COLECȚIE COORDONATĂ DE
MAGDALENA MĂRCULESCU

Prietena mea genială

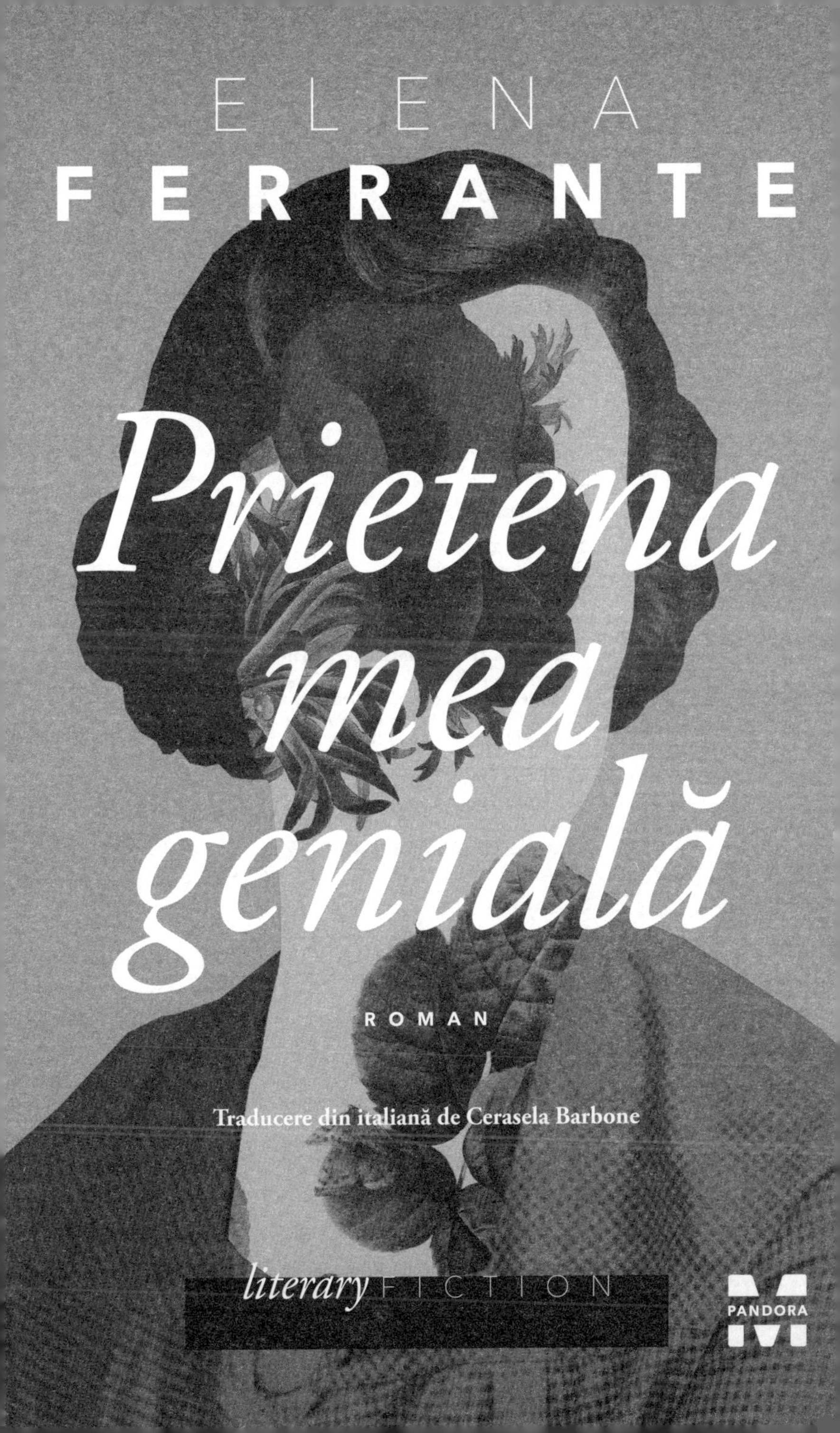
ELENA
FERRANTE
Prietena mea genială
ROMAN
Traducere din italiană de Cerasela Barbone
literary FICTION
PANDORA M

EDITORI:
Silviu Dragomir
Vasile Dem. Zamfirescu

DIRECTOR EDITORIAL:
Magdalena Mărculescu

REDACTOR:
Oana Duşmănescu

DESIGN:
Faber Studio
Imagini copertă: © H. Armstrong Roberts/Corbis
© Fine Art Photographic Library/Corbis
© Christie's Images/Corbis

DIRECTOR PRODUCŢIE:
Cristian Claudiu Coban

DTP:
Corina Rezai

CORECTURĂ:
Sînziana Doman
Maria Muşuroiu

Descrierea CIP a Bibliotecii Naţionale a României
FERRANTE, ELENA
Prietena mea genială / Elena Ferrante ; trad.: Cerasela Barbone. - Bucureşti : Pandora Publishing, 2015 - 4 vol.
ISBN 978-973-1989-69-3

Vol. 1. : Copilăria, adolescenţa. - 2015.
ISBN 978-973-1989-70-9

I. Barbone, Cerasela (trad.)

821.131.1-31=135.1

Titlul original: L'amica geniale
Autor: Elena Ferrante

O.P. 16, Ghişeul 1, C.P. 0490, Bucureşti
Tel.: +4 021 300 60 90 ; Fax: +4 0372 25 20 20
W: pandoram.ro

ISBN: 978-973-1989-70-9

Pandora M face parte din Grupul Editorial TREI

DOMNUL:
Doar liber tu și-aici te-arată;
Celor ca tine ură nu le port.
Din spiritele de tăgadă
Cel mai ușor pe hâtru îl suport.
Slăbește lesne-a omului activitate,
Curând el vrea repaus absolut;
De-aceea soț să-i dau îmi e plăcut,
Ca, diavol, să ațâțe-n creativitate.

J.W. Goethe, *Faust.*[1]

---

1 Johann Wolfgang Goethe, *Faust. O tragedie*, traducere de Mihail Nemeş, Editura Paralela 45, Piteşti, 2005.

INDEX PERSONAJE

Familia Cerullo (familia cârpaciului):
Fernando Cerullo, cizmar.
Nunzia Cerullo, mama Lilei.
Raffaella Cerullo, toți îi spun *Lina*, *Lila* e doar pentru Elena.
Rino Cerullo, fratele mai mare al Lilei, cârpaci și el.
Rino se va numi și unul dintre fiii Lilei.
Alți copii.

Familia Greco (familia portarului):
Elena Greco, zisă *Lenuccia* sau *Lenù*. Prima născută, după ea vin *Peppe*, *Gianni* și *Elisa*.
Tatăl este portar la primărie.
Mama, casnică.

Familia Carracci (familia lui don Achille):
Don Achille Carracci, căpcăunul din povești.
Maria Carracci, soția lui don Achille.
Stefano Carracci, fiul lui don Achille, mezelar la mezelăria familiei.
Pinuccia și *Alfonso Carracci*, ceilalți doi fii ai lui don Achille.

Familia Peluso (familia tâmplarului):
Alfredo Peluso, tâmplar.
Giuseppina Peluso, soția lui Alfredo.
Pasquale Peluso, fiul cel mare al lui Alfredo și al Giuseppinei, zidar.
Carmela Peluso, care vrea să i se spună și *Carmen*, sora lui Pasquale, vânzătoare la mercerie.
Alți copii.

Familia Cappuccio (familia văduvei nebune):
Melina, o rudă a familiei Lilei, văduvă nebună.
Soțul Melinei, care descărca lăzi în piața de fructe și legume.
Ada Cappuccio, fiica Melinei.
Antonio Cappuccio, fratele ei, mecanic.
Alți copii.

Familia Sarratore (familia feroviarului-poet):
Donato Sarratore, controlor.
Lidia Sarratore, soția lui Donato.
Nino Sarratore, cel mai mare dintre cei cinci fii ai lui Donato și ai Lidiei.
Marisa Sarratore, fiica lui Donato și a Lidiei.
Pino, *Clelia* și *Ciro Sarratore*, fiii mai mici ai lui Donato și ai Lidiei.

Familia Scanno (familia vânzătorului de fructe):
Nicola Scanno, vânzător de fructe.
Assunta Scanno, soția lui Nicola.
Enzo Scanno, fiul lui Nicola și al Assuntei, și el vânzător de fructe.
Alți copii.

Familia Solara (familia proprietarului de cafenea cu același nume):
Silvio Solara, patronul cafenelei.
Manuela Solara, soția lui Silvio.
Marcello și *Michele Solara*, fiii lui Silvio și ai Manuelei.

Familia Spagnuolo (familia cofetarului):
Domnul Spagnuolo, cofetarul cafenelei Solara.
Rosa Spagnuolo, soția cofetarului.
Gigliola Spagnuolo, fata cofetarului.
Alți copii.

Gino, fiul farmacistului.

Profesorii:
Ferraro, învăţător şi bibliotecar.
Oliviero, învăţătoare.
Gerace, profesor de gimnaziu.
Galiani, profesoară de liceu.

Nella Incardo, verişoara din Ischia a învăţătoarei Oliviero.

Prolog

ȘTERGEREA URMELOR

1.

Azi-dimineață m-a sunat Rino, am crezut că vrea din nou bani și m-am pregătit să-l refuz. Dar motivul telefonului era cu totul altul: mama lui era de negăsit.

— De când?

— De două săptămâni.

— Și abia acum îmi telefonezi?

Probabil că tonul i s-a părut ostil, deși nu eram nici furioasă, nici indignată, era în el doar o urmă de sarcasm. A încercat să protesteze, dar a făcut-o confuz, stânjenit, când în dialect, când în italiană. A zis că era convins că mama lui se plimba prin Napoli, ca de obicei.

— Chiar și noaptea?

— Știi cum e.

— Știu, dar ți se par normale două săptămâni de absență?

— Da. Tu n-ai văzut-o de mult, e mai rău: nu-i e somn niciodată, vine, pleacă, face ce vrea.

Oricum, în cele din urmă, se îngrijorase. Întrebase pe toată lumea, făcuse turul spitalelor, se dusese chiar și la poliție. Nimic, mama lui nu era nicăieri. Ce fiu bun: un bărbat voinic, spre patruzeci de ani, care n-a muncit niciodată în viața lui, ci a făcut doar trafic și risipă. Mi-am imaginat cu câtă grijă o căutase. Cu niciuna. N-avea creier și se iubea numai pe sine.

— Nu-i cumva la tine? m-a întrebat pe neașteptate.

Mama? Aici, la Torino? Cunoștea bine situația și vorbea doar ca să vorbească. El, da, era un mare călător, venise la mine acasă de cel puțin zece ori fără să fie invitat. Mama lui, pe care, în schimb, aș fi primit-o bucuroasă, nu plecase niciodată din Napoli în toată viața ei. I-am răspuns:

— Nu, nu e la mine.

— Ești sigură?

— Rino, te rog: ți-am spus că nu e.

— Și atunci unde s-a dus?

A început să plângă și l-am lăsat să-și manifeste disperarea, hohote care debutau prefăcute și continuau autentice. Când a terminat, i-am spus:

— Te rog, măcar de data asta comportă-te cum ar vrea ea: n-o căuta.

— Dar ce spui acolo?

— Spun ce-am spus. E inutil. Învață să trăiești singur și nu mă mai căuta nici pe mine.

Am închis.

2.

Mama lui Rino se numește Raffaella Cerullo, dar toți i-au spus întotdeauna Lina. Eu nu, n-am folosit niciodată nici primul, nici al doilea nume. De mai bine de șaizeci de ani pentru mine e Lila. Dacă i-aș spune Lina sau Raffaella, așa, dintr-odată, ar crede că prietenia noastră s-a terminat.

Sunt cel puțin trei decenii de când îmi spune că vrea să dispară fără să lase nicio urmă și numai eu știu bine ce vrea să spună. N-a avut niciodată în minte vreo fugă, vreo schimbare de identitate, vreun vis să-și refacă viața în altă parte. Și nu s-a gândit niciodată la sinucidere, dezgustată de ideea că Rino va avea de-a face cu corpul ei și va fi obligat să se ocupe de asta. Scopul ei a fost mereu altul: își dorea să se volatilizeze; își dorea toate celulele dispersate; din ea nu trebuia să se mai găsească nimic. Și pentru că o cunosc bine, sau cel puțin cred că o cunosc, pun pariu că a găsit modalitatea de a nu lăsa în această lume nici măcar un fir de păr, nicăieri.

3.

Zilele au trecut. Am verificat poșta electronică, m-am uitat în cutia poștală, dar fără speranță. Eu i-am scris foarte des ei, ea nu mi-a răspuns aproape niciodată: acesta a fost mereu obiceiul. Prefera telefonul sau pălăvrăgitul din nopțile lungi când mă duceam la Napoli.

Am deschis sertarele, cutiile din metal în care păstram tot felul de lucruri. Puține. Am aruncat multe chestii, în special pe cele care o priveau, iar ea știe asta. Am descoperit că n-am nimic de-al ei, o imagine, un bilețel, un cadouaș. Am fost eu însămi uimită. Era posibil ca în toți acești ani să nu-mi fi lăsat nimic de-al ei sau, mai rău, eu să nu fi vrut să păstrez ceva de-al ei? Era posibil.

L-am sunat eu pe Rino de data asta, am făcut-o fără niciun chef. Nu răspundea nici pe fix, nici pe mobil. M-a sunat pe seară, după placul lui. Cu vocea pe care-o avea încerca să-mi trezească un sentiment de milă.

— Am văzut că ai sunat. Ai vești?

— Nu. Dar tu?

— Niciuna.

A vorbit dezlânat. Voia să meargă la televiziune, la emisiunea care se ocupă cu persoanele dispărute, să facă un apel, să-i ceară iertare mamei lui pentru tot, s-o implore să se întoarcă.

Am ascultat răbdătoare, apoi l-am întrebat:

— Te-ai uitat în dulapul ei?

— Ca să ce?

Bineînțeles că nu-i venise în minte lucrul cel mai evident.

— Du-te să te uiți.

S-a dus și și-a dat seama că nu mai era nimic acolo, nici măcar o haină de-a mamei lui, nici de vară, nici de iarnă, doar umerașe vechi. L-am trimis să scotocească prin casă. Dispăruseră pantofii. Dispăruseră puținele cărți. Dispăruseră toate fotografiile. Dispăruseră toate filmele foto. Dispăruse computerul ei, și vechile dischete care se foloseau odată, totul, orice lucru al experienței sale de vrăjitoare electronică care începuse să se descurce cu calculatoarele deja spre sfârșitul anilor șaizeci, pe vremea cartelelor perforate. Rino era uluit. I-am spus:

— Nu te grăbi, dar pe urmă sună-mă și spune-mi dacă ai găsit chiar și numai un ac cu gămălie care-i aparține.

M-a sunat a doua zi. Era foarte agitat.

— Nu e nimic.

— Nimic, nimic?

— Nu. S-a decupat din toate fotografiile în care apăream împreună, și din cele de când eram mic.

— Ai căutat bine?

— Peste tot.

— Și în pivniță?

— Ți-am zis peste tot. A dispărut până și cutia cu acte: ce știu eu, vechi certificate de naștere, contracte de telefonie, chitanțe. Ce înseamnă? A furat cineva tot? Ce caută? Ce vor de la mama și de la mine?

L-am încurajat, i-am spus să stea liniștit. Era improbabil ca cineva să vrea ceva, mai ales de la el.

— Pot să vin să stau o vreme la tine?

— Nu.

— Te rog, nu pot să dorm.

— Descurcă-te, Rino, nu știu ce să fac în legătură cu asta.

Am închis și, când a sunat din nou, n-am răspuns. M-am așezat la birou.

Lila, ca de obicei, vrea să exagereze, m-am gândit.

Exacerba peste măsură conceptul de urmă. Nu voia doar să dispară ea, acum, la șaizeci și șase de ani, ci și să șteargă toată viața pe care o lăsase în spate.

M-am simțit dintr-odată foarte furioasă.

Să vedem cine izbutește de data asta, mi-am zis. Am deschis computerul și am început să scriu fiecare detaliu al poveștii noastre, tot ce mi-am amintit.

Copilăria

POVESTEA LUI DON ACHILLE

1.

Atunci când Lila și cu mine am decis să urcăm pe scara întunecată care ducea, treaptă cu treaptă, rampă cu rampă, până la apartamentul lui don Achille, a început prietenia noastră.

Îmi amintesc lumina violacee din curtea interioară, mirosurile unei seri călduțe de primăvară. Mamele pregăteau cina, era timpul să intrăm în casă, dar noi întârziam supunându-ne sfidător, fără să ne adresăm vreodată un cuvânt, la probe de curaj. De la o vreme, la școală și în afara ei, nu făceam decât asta. Lila își strecura mâna și tot brațul în gura neagră a unui canal, imediat după, la rândul meu, făceam și eu la fel, cu inima bătându-mi, sperând ca gândacii să nu mi se urce pe piele și să nu mă muște șoarecii. Lila se cățăra până la fereastra de la parter a doamnei Spagnuolo, se agăța de bara din fier pe unde trecea sârma de întins rufele, se legăna, apoi își dădea drumul jos, pe trotuar, imediat după, la rândul meu, făceam și eu la fel, temându-mă totuși să nu cad și să mă lovesc. Lila își înfigea pe sub piele acul de siguranță ruginit găsit pe stradă nu știu când, dar pe care-l păstra ca pe un dar de la o zână; și eu observam vârful de metal care îi săpa un tunel alburiu în palmă, iar apoi, când îl extrăgea și mi-l întindea, făceam și eu la fel.

La un moment dat, mi-a aruncat o privire de-a ei, hotărâtă, cu ochii mijiți, și s-a îndreptat spre blocul în care locuia don Achille. Am înghețat de frică. Don Achille era căpcăunul din povești, mi se interzisese cu desăvârșire să mă apropii de el, să-i vorbesc, să-l privesc, să-l pândesc, trebuia să mă comport ca și cum nu existau nici el, nici familia lui. La mine în casă, dar nu numai, existau, în privința lui, o teamă și o ură care nu știam de unde proveneau. Din felul în care vorbea tata despre el mi-l imaginasem voinic, plin de bășici movulii, furios în ciuda acelui „don" care mie îmi sugera o autoritate calmă. Era o ființă făcută din nu știu ce material, fier, sticlă, urzică, dar vie, vie cu răsuflarea foarte caldă care-i ieșea pe nas și pe gură. Credeam că dacă doar l-aș fi văzut de departe, mi-ar fi înfipt în ochi ceva ascuțit și usturător. Dacă, apoi, aș fi făcut nebunia să mă apropii de ușa casei lui, m-ar fi ucis.

Am așteptat puțin să văd dacă Lila se răzgândește și se întoarce. Știam ce voia să facă, sperasem degeaba să uite, dar nu. Felinarele nu se aprinseseră încă, și nici luminile de pe scară. Din case se auzeau voci agitate. Ca s-o urmez, trebuia să renunț la albăstriul din curtea interioară și să pătrund în bezna intrării de la bloc. Când, în sfârșit, m-am hotărât, la început n-am văzut nimic, am simțit doar un miros de vechituri și DDT. Apoi m-am obișnuit cu întunericul și am descoperit-o pe Lila așezată pe prima treaptă a primei rampe. S-a ridicat și am început să urcăm.

Am înaintat ținându-ne de perete, ea cu două trepte în față, eu cu două trepte în spate, ezitând între a scurta distanța sau a o lăsa să crească. Mi-a rămas senzația umărului care se freacă de zidul coșcovit și gândul că treptele sunt foarte înalte, mai înalte decât cele din blocul în care locuiam eu. Tremuram. Orice zgomot de pași, orice voce era don Achille care ne ajungea din spate sau ne ieșea în întâmpinare cu un cuțit lung, din cele cu care se despică pieptul găinilor. Se simțea un miros de usturoi prăjit. Maria, soția lui don Achille, m-ar fi pus în tigaia cu ulei încins, copiii m-ar fi mâncat, el mi-ar fi supt capul la fel cum făcea tata cu barbunii.

Ne-am oprit des și de fiecare dată am sperat ca Lila să decidă să ne întoarcem. Eram foarte transpirată, nu știu ea. Din când în când, privea în sus, dar nu pricepeam la ce, se vedea doar cenușiul ferestrelor la fiecare rampă. Luminile s-au aprins brusc, dar slabe, prăfuite, lăsând suprafețe mari de umbră pline de pericole. Am așteptat să ne dăm seama dacă fusese don Achille cel care rotise întrerupătorul, dar n-am auzit nimic, nici pași, nicio ușă care se deschidea sau se închidea. Apoi Lila a înaintat, și eu după ea.

Credea că face un lucru corect și necesar, iar eu uitasem de orice motiv întemeiat și cu siguranță mă aflam acolo doar pentru că se afla ea. Urcam încet spre cea mai mare dintre spaimele noastre de atunci, mergeam să ne expunem fricii și s-o luăm la întrebări.

La a patra rampă, Lila s-a comportat într-un mod neașteptat. S-a oprit să mă aștepte, și când am ajuns-o din urmă, mi-a dat mâna. Gestul acesta a schimbat pentru totdeauna totul între noi.

2.

Fusese vina ei. Nu cu prea mult timp în urmă — zece zile, o lună, cine știe, ignoram tot ce era legat de timp pe-atunci — îmi luase păpușa pe neașteptate și o aruncase în fundul unei pivnițe. Acum urcam spre frică, atunci ne simțiserăm obligate să coborâm, și încă în viteză, spre necunoscut. În sus, în jos, ni se părea mereu că mergem spre ceva teribil care, deși exista dinaintea noastră, numai și numai pe noi ne aștepta. Când ești pe lume de puțin timp, e dificil să înțelegi care sunt dezastrele de la originea sentimentului nostru de dezastru, poate că nici nu simțeam această nevoie. Cei mari, în așteptarea zilei următoare, se mișcă într-un prezent în urma căruia există ieri sau alaltăieri sau, cel mult, săptămâna trecută: la restul nu vor să se gândească. Cei mici nu știu semnificația lui ieri, a lui alaltăieri și nici a lui mâine, totul e asta, acum: strada e asta, ușa e asta, scările sunt astea, asta e mama, ăsta e tata, asta e ziua, asta e noaptea. Eu eram mică și, în fond, păpușa mea știa mai mult ca mine. Îi vorbeam, îmi vorbea. Avea o față de celuloid cu păr de celuloid și ochi de celuloid. Purta o rochiță albastră, pe care i-o cususe mama într-unul din rarele momente fericite, și era foarte frumoasă. Păpușa Lilei, în schimb, avea un corp din stofă galbenă plin cu rumeguș, mi se părea urâtă și murdară. Cele două se pândeau, se cântăreau din priviri, erau gata să scape printre brațele noastre dacă izbucnea o furtună, dacă tuna sau dacă cineva mai mare și mai puternic și cu dinții ascuțiți voia să le înșface.

Ne jucam în curtea interioară, dar ca și cum nu ne-am fi jucat împreună. Lila stătea pe jos, de o parte a ferestruicii unei pivnițe, eu de cealaltă. Ne plăcea locul acela, în primul rând pentru că puteam întinde pe ciment între barele deschizăturii, sprijinite de plasă, atât lucrurile Tinei, păpușa mea, cât și ale lui Nu, păpușa Lilei. Puneam acolo pietre, dopuri de sifoane, floricele, cuie, schije de sticlă. Eu interceptam ce-i spunea Lila lui Nu și îi spuneam același lucru, cu voce joasă, Tinei, dar modificând puțin cuvintele. Dacă ea lua un dop și îl punea pe capul păpușii ei ca și cum ar fi fost o pălărie, eu îi spuneam păpușii mele, în dialect: „Tina, pune-ți coroana de regină, că altfel răcești". Dacă Nu se juca șotronul în brațe la Lila, eu, puțin după aceea, o puneam pe Tina să facă același lucru. Dar nu se întâmpla încă să ne punem de acord în legătură cu vreun joc și să înceapă vreo colaborare. Alegeam chiar și locul fără vreo înțelegere prealabilă. Lila se ducea acolo și eu îi dădeam târcoale, mă prefăceam că mă duc în altă parte. Apoi, ca și cum nimic nu s-ar fi întâmplat, mă așezam și eu lângă gura de aerisire, dar pe latura opusă.

Lucrul care ne atrăgea cel mai mult era aerul rece din pivniță, un suflu care ne răcorea primăvara și vara. Apoi ne plăceau zăbrelele cu pânzele de păianjen, întunericul și plasa deasă care, roșietică de rugină, se răsucea atât pe partea mea, cât și pe a Lilei, formând două spirale paralele prin care puteam lăsa să cadă în întuneric pietre și să auzim zgomotul lor când ajungeau jos. Totul era frumos și înspăimântător pe-atunci. Prin acele deschizături, întunericul ne putea lua pe neașteptate păpușile, uneori în siguranță în brațele noastre, mai des așezate intenționat lângă plasa răsucită și, deci, expuse răsuflării reci a pivniței, zgomotelor amenințătoare care veneau de acolo, foșnetelor, scârțâiturilor, bocănitului.

Nu și Tina nu erau fericite. Spaimele pe care le savuram noi în fiecare zi erau ale lor. Nu aveam încredere în lumina de pe pietre, clădiri, câmpie, oamenii din exteriorul și dinăuntrul caselor. Le intuiam ungherele negre, sentimentele reprimate, dar mereu pe punctul de a exploda. Și tot ce ne speria la lumina zilei atribuiam acelor guri întunecate, cavernelor care, dincolo de ele, se deschideau sub clădirile cartierului. Don Achille, de exemplu, nu se afla doar în casa lui, la ultimul etaj, ci și acolo jos, păianjen între păianjeni, șoarece între șoareci, o formă care lua toate formele. Mi-l imaginam cu gura deschisă din cauza colților lungi de animal, trup de piatră sticlos și ierburi otrăvitoare, întotdeauna gata să adune într-o enormă geantă neagră tot ce lăsam să cadă prin colțurile desprinse ale plasei. Geanta aceea era o trăsătură esențială a lui don Achille, o avea mereu, și în casă la el, și punea înăuntru materie vie și moartă.

Lila știa că mi-era teamă, păpușa mea vorbea despre asta cu voce tare. De aceea, fără măcar să negociem, tocmai în ziua în care, doar din priviri și gesturi, am făcut pentru prima dată schimb de păpuși, ea, cum a luat-o pe Tina, a împins-o prin plasă și a lăsat-o să cadă în întuneric.

3.

Lila a apărut în viața mea în clasa întâi și m-a impresionat imediat pentru că era foarte rea. Toate eram puțin rele, dar numai când învățătoarea Oliviero nu ne vedea. Ea, în schimb, era rea tot timpul. Odată a rupt sugativa în bucățele, le-a băgat mai întâi, una câte una, în călimară, apoi a început să le pescuiască cu stiloul și să le arunce în noi. Pe mine m-a nimerit de două ori în păr și o dată pe gulerul alb. Învățătoarea a urlat cum știa să facă ea, cu o voce ascuțită și prelungă care ne îngrozea, și a obligat-o să se ducă imediat în spatele tablei, pedepsită. Lila n-a ascultat și n-a părut nici că se sperie, ba chiar a continuat să arunce în jur bucăți de hârtie înmuiate în cerneală. Atunci, învățătoarea Oliviero, o femeie zdravănă care ni se părea foarte bătrână chiar dacă pesemne avea puțin peste patruzeci de ani, a coborât de la catedră amenințând-o, s-a împiedicat nu se știe bine în ce, n-a putut să-și mențină echilibrul și s-a lovit cu fața în muchia unei bănci. Părea moartă cum rămăsese întinsă pe podea.

Ce s-a întâmplat imediat după nu-mi amintesc, îmi amintesc doar corpul nemișcat al învățătoarei, un balot închis la culoare, și pe Lila care o privea serioasă.

Am în minte multe incidente de felul acesta. Trăiam într-o lume în care copiii și adulții se răneau deseori, din răni ieșea sânge, apărea supurarea și uneori mureau. Una dintre fiicele doamnei Assunta, vânzătoarea de fructe, se rănise într-un cui și murise de tetanos. Fiul cel mic al doamnei Spagnuolo murise de crup. Un văr de-al meu, la vârsta de douăzeci de ani, a plecat într-o dimineață să strângă moloz și seara murise strivit, cu sângele ieșindu-i pe urechi și pe gură. Tatăl mamei mele murise deoarece construia un bloc și căzuse de la etaj. Tatăl domnului Peluso nu avea un braț, i-l tăiase strungul pe neașteptate. Sora Giuseppinei, soția domnului Peluso, murise de tuberculoză la douăzeci și doi de ani. Fiul cel mare al lui don Achille — nu-l văzusem niciodată și totuși mi se părea că mi-l amintesc — plecase la război și murise de două ori, mai întâi înecat în oceanul Pacific, apoi mâncat de rechini. Toți membrii familiei Melchiorre muriseră îmbrățișați, urlând de frică, sub un bombardament. Bătrâna doamnă Clorinda murise inspirând gaz în loc de aer. Giannino, care era într-a patra când noi eram în clasa întâi, murise într-o zi fiindcă găsise o bombă și o atinsese. Pe Luigina, cu care ne jucaserăm în curte sau poate că nu, era doar un nume, o omorâse tifosul exantematic. Lumea noastră era așa, plină de cuvinte care ucideau: crupul, tetanosul, tifosul exantematic, gazul, războiul, strungul, molozul, munca, bombardamentul, bomba, tuberculoza, supurația. Multele frici care m-au însoțit toată viața își au originea în acele cuvinte și în acei ani.

Puteai muri și de lucruri care păreau normale. Puteai muri, de exemplu, dacă transpirai și apoi beai apă rece de la robinet fără ca mai întâi să-ți umezești încheieturile: ți se întâmpla să te umpli de punctișoare roșii, te apuca tusea și nu mai puteai respira. Puteai muri dacă mâncai cireșe negre fără să scuipi sâmburele. Puteai muri dacă mestecai gumă americană și, din neatenție, o înghițeai. Puteai muri mai ales dacă primeai o lovitură în tâmplă. Tâmpla era o zonă foarte fragilă, eram toate foarte atente. Era de-ajuns o lovitură cu piatra și loviturile cu piatra erau regula. La ieșirea de la școală o gașcă de băieți de la țară, condusă de unul care se numea Enzo sau Enzuccio, unul dintre fiii Assuntei, vânzătoarea de fructe, a început să arunce cu pietre în noi. Se simțeau jigniți de faptul că eram mai bune decât ei. Când veneau pietrele, fugeam toate, dar Lila nu, continua să meargă cu pas regulat și uneori chiar se oprea. Se pricepea foarte bine la observarea traiectoriei pietrelor și la evitarea lor cu o mișcare calmă, astăzi aș zice elegantă. Avea un frate mai mare și poate că învățase de la el, nu știu, și eu aveam frați, dar mai mici decât mine și de la ei nu învățasem nimic. În orice caz, când îmi dădeam seama că rămânea în spate, deși mi-era foarte frică, mă opream și o așteptam.

De-atunci exista deja ceva care mă împiedica s-o abandonez. N-o cunoșteam bine, nu ne adresaserăm niciodată niciun cuvânt, deși ne luam tot timpul la întrecere, în clasă și în afara ei. Dar simțeam confuz că dacă aș fi fugit împreună cu celelalte, i-aș fi lăsat ceva din mine pe care nu mi l-ar mai fi dat înapoi.

La început rămâneam ascunsă după un colț și mă aplecam să văd dacă venea Lila. Apoi, dat fiind că nu se mișca, mă forțam să mă duc lângă ea, îi dădeam pietrele, aruncam și eu. Dar o făceam fără convingere, am făcut multe lucruri în viața mea, dar niciodată hotărâtă, m-am simțit mereu puțin desprinsă de propriile mele acțiuni. Pe Lila, în schimb, de mică — acum nu știu să spun cu precizie dacă deja la șase sau șapte ani sau când urcam împreună scările care duceau la casa lui don Achille și aveam opt, aproape nouă ani — a caracterizat-o determinarea absolută. Că apuca în mână tocul tricolor al stiloului sau o piatră sau balustrada scărilor întunecate, transmitea ideea că lucrurile care urmau — să înfigă cu o aruncare precisă penița în lemnul băncii, să împartă ghemotoace îmbibate în cerneală, să-i lovească pe băieții de la țară, să urce până la ușa lui don Achille — trebuiau făcute fără ezitare.

Gașca venea de pe terasamentul căii ferate, își făcea provizii de pietre dintre șine. Enzo, șeful, era un copil foarte periculos, cu cel puțin trei ani mai mare decât noi, repetent, cu păr foarte scurt blond și ochi de culoare deschisă. Lansa cu precizie pietre mici cu margini tăioase și Lila îi aștepta aruncările ca să-i arate cum le evită, să-l enerveze și mai tare și să riposteze imediat cu aruncări la fel de periculoase. Odată l-am lovit în glezna dreaptă și spun l-am lovit pentru că eu îi dădusem Lilei o piatră plată cu toate marginile ciobite. Piatra s-a frecat de pielea lui Enzo ca o lamă, lăsându-i o pată roșie din care a ieșit imediat sânge. Copilul și-a privit piciorul rănit, îl am în fața ochilor: între degetul mare și arătător ținea piatra cu care se pregătea să tragă, brațul era deja ridicat pentru aruncare și totuși s-a blocat uluit. Și băieții de sub comanda lui au privit uimiți sângele. Lila, în schimb, n-a arătat nici cea mai mică satisfacție pentru reușita loviturii și s-a aplecat să ia o altă piatră. Eu am prins-o de un braț, a fost primul nostru contact, un contact brusc și speriat. Simțeam că gașca va deveni mai feroce și eu voiam să ne retragem. Dar n-a fost timp. Enzo, în ciuda gleznei sângerânde, și-a revenit din stupoare și a aruncat piatra pe care o avea în mână. O țineam încă strâns pe Lila când piatra a nimerit-o în frunte și a smuls-o de lângă mine. O clipă mai târziu era întinsă pe trotuar cu capul spart.

4.

Sânge. În general, ieșea din răni numai după ce schimbam între noi blesteme oribile și obscenități dezgustătoare. Se urma întotdeauna acea filieră. Tata, care deși mi se părea un om bun, emitea încontinuu insulte și amenințări dacă vreunul, cum spunea el, nu era demn să existe pe fața pământului. Era supărat, în special, pe don Achille. Avea mereu să-i reproșeze ceva și uneori îmi puneam mâinile la urechi ca să nu mă tulbure prea mult cuvintele lui urâte. Când vorbea cu mama despre el îi spunea „vărul tău“, dar mama renega imediat legătura aceea de sânge (era o rudă foarte îndepărtată) și exagera cu insultele. Mă speriau nervii lor și mă speria mai ales faptul că don Achille putea să aibă urechi atât de atente încât să audă și insultele spuse de la mare distanță. Mă temeam că vine să-i omoare.

Dușmanul de moarte al lui don Achille, oricum, nu era tata, ci domnul Peluso, un tâmplar foarte priceput, mereu fără bani pentru că juca tot ce câștiga în magazia din spatele cafenelei Solara. Peluso era tatăl colegei noastre de școală, Carmela, al lui Pasquale, care era mare, și al altor doi fii, copii mai sărmani decât noi, cu care eu și Lila ne jucam uneori și care la școală și în afara ei încercau mereu să ne fure lucrurile, stiloul, guma de șters, gemul de gutui, așa încât ne întorceam acasă pline de vânătăi din cauza loviturilor pe care li le administram.

De fiecare dată când îl vedeam, domnul Peluso ni se părea imaginea disperării. Pe de o parte, pierdea totul la jocuri de noroc și, pe de alta, își trăgea pumni în public fiindcă nu mai știa cum să potolească foamea familiei lui. Din motive neștiute, îi atribuia lui don Achille propria degradare. Îl acuza de faptul că îi luase pe neașteptate, ca și cum corpul lui misterios ar fi fost din magnet, toate uneltele muncii sale de tâmplar, ceea ce făcuse inutil atelierul. Îi reproșa că i-l luase și pe ăla și-l transformase în mezelărie. Ani de zile mi-am imaginat cleștele, fierăstrăul, ciocanul, menghina și mii, și mii de cuie care erau supte în formă de roi metalic în materia din care era compus don Achille. Ani de zile am văzut ieșind din corpul lui, brut și greu, din materii eterogene, salamuri, brânzeturi grase și picante, mortadele, osânză și șuncă, tot în formă de roi.

Fapte întâmplate în negura vremurilor. Don Achille probabil că-și manifestase întreaga natură înainte ca noi să ne naștem. *Înainte*. Lila folosea adesea formula aceea la școală și în afara ei. Dar părea să n-o intereseze atât ce se întâmplase înainte de noi — evenimente, în general, obscure, despre care cei mari nu vorbeau sau în legătură cu care se pronunțau cu mare reticență —, cât faptul că fusese, într-adevăr, un înainte. Asta o lăsa perplexă atunci și, mai mult, uneori o enerva. Când am devenit prietene, mi-a vorbit atât de mult de chestia aia absurdă — *înainte de noi* —, că a ajuns să-mi transmită și mie nervozitatea. Era perioada lungă, foarte lungă în care noi nu existaserăm; perioada în care don Achille li se arătase tuturor așa cum era: o ființă rea cu o fizionomie nesigură animalo-minerală, care — așa părea — scotea sângele celorlalți în timp ce din el nu ieșea niciodată, poate că nici măcar nu era posibil să-l zgârii.

Eram în clasa a doua, poate, și încă nu ne vorbeam, când s-a răspândit zvonul că exact în fața bisericii Sacra Famiglia, la ieșirea de la slujbă, domnul Peluso începuse să urle furios împotriva lui don Achille și don Achille îi lăsase pe fiul cel mare

Stefano, pe Pinuccia, pe Alfonso, care era de vârsta noastră, pe soția lui și, manifestându-se pentru o clipă în forma lui cea mai înfiorătoare, se năpustise asupra lui Peluso, îl ridicase, îl aruncase spre un copac din părculeț și îl abandonase acolo, leșinat, cu sângele care-i ieșea din vreo sută de răni la cap și de peste tot, fără ca amărâtul să poată spune măcar „ajutați-mă".

5.

Nu am nostalgia copilăriei noastre, e plină de violență. Ni se întâmplau de toate, în casă și în afara ei, în fiecare zi, dar nu-mi amintesc să fi crezut vreodată că viața care ni se oferise era foarte urâtă. Viața era așa și gata, creșteam cu obligația de a le-o face dificilă celorlalți înainte ca ei să ne-o facă dificilă nouă. Desigur, mi-ar fi plăcut comportamentele delicate predicate de învățătoare și de preot, dar simțeam că acele comportamente nu se potriveau cartierului nostru, chiar dacă erai femeie. Femeile se băteau între ele mai mult decât bărbații, se luau de păr, își făceau rău. A face rău era o boală. Când eram copil mi-am imaginat animale foarte mici, aproape invizibile, care veneau noaptea în cartier, ieșeau din lacuri, din vagoanele de tren scoase din uz dincolo de terasament, din ierburile urât mirositoare, din broaște, din salamandre, din muște, din pietre, din praf și intrau în apă și în mâncare și în aer, făcându-le pe mamele și bunicile noastre nervoase ca niște cățele însetate. Erau mai contaminate decât bărbații, fiindcă bărbații erau furioși tot timpul, dar, în cele din urmă, se calmau, în timp ce femeile, în aparență tăcute, conciliante, când se enervau, mergeau până la capătul furiilor lor fără să se mai oprească.

Lila a fost foarte marcată de ce i s-a întâmplat Melinei Cappuccio, o rudă a mamei sale. Și eu la fel. Melina locuia în același bloc cu părinții mei, noi la etajul întâi, ea la al doilea.

Soțul ei era de o vârstă cu ea, descărca lăzi la piața de fructe și legume. Mi-l amintesc scund și gras, dar frumos, cu un chip mândru. Într-o noapte a ieșit din casă ca de obicei și a murit poate ucis, poate de oboseală. A fost o înmormântare foarte tristă la care a participat tot cartierul, și părinții mei, și părinții Lilei. Apoi a trecut puțin timp și cine știe ce i s-a întâmplat Melinei. Pe dinafară a rămas aceeași, o femeie uscată, cu nasul mare, părul deja alb, vocea ascuțită cu care își striga copiii seara de la fereastră, unul câte unul, pe nume, cu silabe prelungite de o disperare furioasă: Aaa-daaa, Miii-chè. La început a ajutat-o mult Donato Sarratore, care locuia chiar în apartamentul de deasupra ei, la etajul al treilea și ultimul. Donato frecventa asiduu biserica parohială Sacra Famiglia și, ca un bun creștin, și-a dat mult silința pentru ea strângând bani, haine și încălțăminte uzate, pe care le-a organizat Antonio, fiul cel mare, în atelierul mecanic al lui Gorresio, un cunoscut de-al lui. Melina i-a fost atât de recunoscătoare, încât recunoștința s-a transformat, în sufletul ei de femeie dezolată, în dragoste, în pasiune. Nu se știa dacă Sarratore și-a dat vreodată seama. Era un bărbat foarte cordial, dar foarte serios, casă, biserică și muncă, făcea parte din personalul de tren al căilor ferate statale, avea un salariu fix cu care își întreținea demn soția, Lidia, și cei cinci copii, cel mai mare se numea Nino. Când nu călătorea pe distanța Napoli–Paola și retur, se dedica reparării uneia sau alteia prin casă, mergea la cumpărături, îl scotea la plimbare în cărucior pe ultimul născut. Lucruri foarte anormale în cartier. Nimănui nu-i trecea prin minte că Donato se sacrifica în felul acela ca să ușureze eforturile soției. Nu: toți bărbații din blocuri, cu tatăl meu în frunte, îl considerau un bărbat căruia îi plăcea să facă pe femeia, cu atât mai mult cu cât scria poezii și le citea bucuros oricui. Nu i-a trecut vreodată prin minte nici măcar Melinei. Văduva a preferat să creadă că el, din delicatețe sufletească, se lăsase călcat în picioare de soție și, astfel, s-a hotărât să lupte feroce împotriva Lidiei Sarratore ca să-l elibereze și să-i îngăduie să fie alături de ea definitiv. Războiul care a urmat mi s-a părut la început amuzant, se vorbea despre el la mine în casă și pe afară râzându-se malițios. Lidia întindea așternuturile proaspăt spălate și Melina se urca în picioare pe pervaz și i le murdărea la loc cu un băț ars intenționat la vârf; Lidia trecea pe sub fereastră și ea o scuipa în cap sau arunca pe ea gălcți cu apă murdară; Lidia făcea zgomot ziua umblând, împreună cu copiii împielițați, pe deasupra capului ei, și ea se îndârjea toată noaptea să lovească în tavan cu peria de spălat pe jos. Sarratore a încercat în toate felurile să facă pace, dar era un bărbat prea sensibil, prea politicos. Astfel, din necaz în necaz, cele două femei au început să-și vorbească urât dacă doar se intersectau pe stradă sau pe scară, sunete dure, violente. Din acel moment a început să-mi fie frică de ele. Una dintre multele scene îngrozitoare din copilăria mea începe cu urletele Melinei și ale Lidiei, cu jignirile pe care și le aruncă de la ferestre și apoi pe scară; continuă apoi cu mama care aleargă spre ușa casei, o deschide și iese pe palier urmată de noi, copiii; și se încheie cu imaginea, pentru mine încă insuportabilă, a celor două vecine care se rostogolesc îmbrățișate în jos pe scări și capul Melinei se lovește de pavajul palierului, la câtiva centimetri de pantofii mei, ca un pepene galben care ți-a scăpat din mână.

Mi-e greu să spun de ce pe vremea aceea noi, fetele, eram de partea Lidiei Sarratore. Poate pentru că avea trăsături regulate și părul blond. Sau pentru că Donato era al ei și înțeleseserăm că Melina voia să i-l ia. Sau pentru că fiii Melinei erau zdrențăroși și murdari, în timp ce ai Lidiei erau spălați, bine pieptănați și primul, Nino, care era mai mare decât noi cu câțiva ani, era frumos, ne plăcea. Numai Lila înclina spre Melina, dar nu ne-a explicat niciodată de ce. A spus doar, într-o anumită împrejurare, că dacă Lidia Sarratore sfârșea omorâtă, așa îi trebuia, iar eu m-am gândit că vedea lucrurile astfel pentru că, pe de-o parte, avea un suflet rău și, pe de alta, pentru că ea și Melina erau rude îndepărtate.

Într-o zi ne întorceam de la școală, eram patru sau cinci fete. Cu noi era Marisa Sarratore, care de obicei ne însoțea nu pentru că ne era simpatică, ci pentru că speram că, prin ea, am fi putut intra în contact cu fratele ei mai mare, adică Nino. Ea a remarcat-o prima pe Melina. Femeia mergea pe partea cealaltă a șoselei, cu pași lenți, ducând într-o mână un cornet din care, cu cealaltă, lua și mânca. Marisa ne-a arătat-o spunându-i bădăranca, dar fără dispreț, numai pentru că repeta expresia folosită în casă de mama ei. Lila, imediat, chiar dacă era mai mică de statură și foarte slabă, i-a dat o palmă atât de puternică, încât a doborât-o la pământ și a făcut-o la rece, cum era obișnuită să facă în toate momentele de violență, fără să țipe înainte și fără să țipe după, fără un cuvânt de avertizare, fără să holbeze ochii, de gheață și hotărâtă.

Eu mai întâi i-am venit în ajutor Marisei, care deja plângea, și am ajutat-o să se ridice, apoi m-am întors să văd ce făcea Lila. Coborâse de pe trotuar și se ducea spre Melina traversând șoseaua fără să-i pese de camioanele care treceau. Am văzut în atitudinea ei, mai mult decât pe chip, ceva ce m-a tulburat și pe care încă mi-e greu să-l definesc, astfel că pentru moment mă voi mulțumi să spun așa: deși se mișca tăind șoseaua, mică, negricioasă, nervoasă, deși o făcea cu obișnuita ei determinare, era încremenită. Încremenită în ce făcea ruda mamei ei, încremenită de milă, încremenită ca statuile din sare. Aderentă. Unită cu Melina care avea în palmă săpunul negru, moale, abia cumpărat din subsolul lui don Carlo, și din care, cu cealaltă mână, lua și mânca.

6.

În ziua în care învățătoarea Oliviero a căzut de la catedră și s-a lovit cu obrazul de bancă, eu, cum am spus, am crezut-o moartă, moartă la locul de muncă la fel ca bunicul meu și soțul Melinei și mi s-a părut că, în consecință, ar fi murit și Lila din cauza pedepsei teribile pe care ar fi primit-o. În schimb, pentru o perioadă de timp pe care n-o pot defini — scurtă, lungă — nu s-a întâmplat nimic. S-au limitat la a dispărea amândouă, învățătoare și elevă, din zilele noastre și din amintire.

Dar totul era foarte surprinzător atunci. Învățătoarea Oliviero s-a întors la școală vie și a început să se ocupe de Lila nu ca s-o pedepsească, cum ni s-ar fi părut firesc, ci ca s-o laude.

Această nouă etapă a început când a fost chemată la școală mama Lilei, doamna Cerullo. Într-o dimineață a bătut la ușă omul de serviciu și a anunțat-o. Imediat după a intrat Nunzia Cerullo, de nerecunoscut. Ea, care, la fel ca majoritatea femeilor din cartier, trăia cu părul ciufulit, în papuci și rochii vechi ponosite, a apărut în rochie de ceremonie (nuntă, comuniune, confirmare, înmormântare), închisă la culoare, cu o geantă neagră strălucitoare, pantofi cu puțin toc care-i chinuiau picioarele umflate și i-a oferit învățătoarei două pungi de hârtie, una cu zahăr și alta cu cafea.

Învățătoarea a acceptat cu plăcere darul și i-a spus ei și întregii clase, privind-o pe Lila care, în schimb, se uita fix la bancă, fraze al căror sens general m-a dezorientat. Eram în clasa întâi. Tocmai învățam alfabetul și cifrele de la unu la zece. Cea mai bună din clasă eram eu, știam să recunosc toate literele, știam să spun unu doi trei patru etc., eram tot timpul lăudată pentru caligrafie, câștigam cocardele tricolore cusute de învățătoare. Totuși, Oliviero, pe neașteptate, deși Lila o făcuse să cadă băgând-o în spital, a spus că ea era cea mai bună dintre noi. E adevărat că era cea mai rea. E adevărat că făcuse lucrul acela îngrozitor aruncând în noi cu bucăți de sugativă murdare de cerneală. E adevărat că dacă fetița aceea nu s-ar fi comportat atât de indisciplinat, ea, învățătoarea noastră, n-ar fi căzut de la catedră, rănindu-se la obraz. E adevărat că era constrânsă să o pedepsească încontinuu cu nuiaua de lemn sau trimițând-o să stea în genunchi pe grâu dur în spatele tablei. Dar era un fapt care, ca învățătoare și ca om, o umplea de bucurie, un fapt minunat pe care-l descoperise cu câteva zile înainte, întâmplător.

Aici s-a oprit ca și cum cuvintele nu i-ar fi fost de-ajuns sau ca și cum ar fi vrut s-o învețe pe mama Lilei și pe noi că aproape întotdeauna, mai mult decât cuvintele, contează faptele. A luat o bucată de cretă și a scris pe tablă (acum nu-mi amintesc ce, încă nu știam să citesc: deci inventez cuvântul) *soare*. Apoi a întrebat-o pe Lila.

— Cerullo, ce scrie aici?

În clasă s-a lăsat o tăcere curioasă. Lila a schițat un surâs, aproape o grimasă, și s-a aruncat în lateral, peste colega ei de bancă, aceasta dând multe semne de enervare. Apoi a citit pe un ton îmbufnat:

— Soare.

Nunzia Cerullo s-a uitat la învățătoare și privirea ei era nesigură, aproape speriată. Oliviero, pe moment, a părut că nu înțelege cum oare în ochii aceia de mamă nu exista același entuziasm ca al ei. Dar apoi a trebuit să intuiască faptul că Nunzia nu știa să citească sau că, oricum, nu era sigură că pe tablă scrie chiar *soare* și s-a încruntat. Deci, atât ca să-i clarifice situația doamnei Cerullo, cât și ca s-o laude pe colega noastră, i-a spus Lilei:

— Bravo, scrie chiar soare.

Apoi i-a poruncit:

— Vino, Cerullo, vino la tablă.

Lila, fără niciun chef, s-a dus la tablă, învățătoarea i-a întins creta.

— Scrie *gesso*[2], i-a spus.

Lila, foarte concentrată, cu o linie tremurândă, plasând literele una mai sus, alta mai jos, a scris *geso*.

Oliviero a adăugat al doilea „s" și doamna Cerullo, văzând corectura, i-a spus dezamăgită fiicei sale:

— Ai greșit.

Dar învățătoarea a liniștit-o imediat:

— Nu, nu, nu: Lila trebuie să exerseze, asta da, dar știe deja să citească, știe deja să scrie. Cine a învățat-o?

Doamna Cerullo a spus cu ochii-n pământ:

— Eu nu.

— Dar acasă la voi sau în bloc e cineva care ar fi putut s-o facă?

Nunzia a clătinat energic din cap.

Atunci învățătoarea i s-a adresat Lilei și, cu o admirație autentică, a întrebat-o în fața noastră, a tuturor:

— Cine te-a învățat să citești și să scrii, Cerullo?

Cerullo, mică, având părul, ochii și șorțul închise la culoare, o fundă roșie la gât și doar șase ani de viață, a răspuns:

— Eu.

7.

După Rino, fratele mai mare al Lilei, copila învățase să citească în jurul vârstei de trei ani uitându-se la literele și imaginile din abecedarul lui. Se așeza lângă el în bucătărie în timp ce-și făcea temele și învăța mai mult decât reușea să învețe el.

2 În italiană, „cretă".

Rino avea aproape șase ani în plus față de Lila, era un băiat curajos care strălucea la toate jocurile din curte și de pe stradă, mai ales la aruncarea titirezului. Dar a citi, a scrie, a face socoteli, a învăța poezii pe de rost nu erau de el. Când avea mai puțin de zece ani, tatăl lui, Fernando, ca să-l învețe meseria de pingelar de pantofi, începuse să-l ia în fiecare zi în cămăruța lui întunecoasă de cizmar, pe o străduță de pe partea cealaltă a șoselei. Noi, fetele, când îl întâlneam, simțeam că miroase a picioare murdare, a căputa veche, a lipici și râdeam de el, îi spuneam pingelar. Poate de aceea se lăuda că se află la originea priceperii surorii lui. Dar, în realitate, nu avusese niciodată un abecedar și nu stătuse nici măcar un minut, niciodată, să-și facă temele. Imposibil deci ca Lila să fi învățat din eforturile lui școlărești. Era mai probabil să fi înțeles precoce cum funcționa alfabetul grație foilor de ziar în care clienții își înfășurau încălțările vechi și pe care tatăl ei, uneori, le aducea acasă ca să citească familiei știrile cele mai interesante.

Oricum, indiferent cum se petrecuseră lucrurile, starea de fapt era aceea: Lila știa să citească și să scrie, și din dimineața aceea gri în care învățătoarea ne-a dezvăluit asta mi-a rămas în minte mai ales senzația de slăbiciune pe care vestea aceea a lăsat-o asupra mea. Școala, încă din prima zi, mi se păruse imediat un loc mult mai frumos decât casa mea. Era locul din cartier în care mă simțeam cel mai în siguranță, mă duceam acolo foarte emoționată. Eram atentă la lecții, îndeplineam cu cea mai mare grijă tot ce mi se spunea să îndeplinesc, învățam. Dar în special îmi plăcea să fiu pe placul învățătoarei, îmi plăcea să fiu pe placul tuturor. Acasă eram preferata tatălui meu și țineau la mine și frații mei. Problema era mama, cu ea lucrurile nu mergeau niciodată cum trebuie. Mi se părea că, deja când aveam puțin peste șase ani, făcea orice ca să mă facă să înțeleg că în viața ei eram de prisos. Nu-i eram simpatică și nici ea nu-mi era simpatică mie. Mă dezgusta corpul ei, lucru pe care probabil că-l intuia. Era blondă spălăcit, cu ochi albaștri, opulentă. Dar cu ochiul drept nu știai niciodată în ce parte privește. Și nici piciorul drept nu-i funcționa, îi spunea piciorul rănit. Șchiopăta și mersul ei mă neliniștea, mai ales noaptea, când nu putea dormi și umbla pe hol, se ducea la bucătărie, se întorcea, o lua de la capăt. Uneori o auzeam strivind cu lovituri furioase de toc gândacii care veneau pe ușa de la intrare și mi-o imaginam cu ochi mânioși ca atunci când se supăra pe mine.

Cu siguranță nu era fericită, treburile casei o epuizau și banii nu erau niciodată de-ajuns. Se enerva adesea pe tata, portar la primărie, urla la el că trebuia să inventeze ceva, că așa nu se putea continua. Se certau. Dar fiindcă tata nu ridica vocea nici când își pierdea răbdarea, eu eram întotdeauna de partea lui împotriva ei, chiar dacă uneori o bătea, și cu mine știa să fie amenințător. El, și nu mama, fusese cel care îmi spusese în prima zi de școală: „Lenuccia, arată-i învățătoarei că ești bună și noi te ajutăm să înveți. Dar dacă nu ești bună, dacă nu ești cea mai bună, tăticul are nevoie de ajutor și te duci la muncă". Cuvintele acelea mă speriaseră tare, și totuși, deși rostite de el, le auzisem ca și cum ar fi fost mama care i le sugerase, i le impusese. Le-am promis amândurora că voi fi bună. Și lucrurile merseseră repede atât de bine, încât învățătoarea îmi spunea adesea:

— Greco, vino să stai lângă mine.

Era un mare privilegiu. Oliviero avea lângă ea mereu un scaun liber unde le chema pe cele mai bune, ca premiu. Eu, la început, stăteam tot timpul lângă ea. Ea mă îndemna cu multe cuvinte încurajatoare, îmi lăuda buclele blonde și astfel consolida în mine dorința de a mă strădui: exact opusul mamei mele care, când eram acasă, îmi făcea atât de des reproșuri, uneori mă insulta, încât nu voiam decât să mă ghemuiesc într-un colț întunecat, sperând să nu mă mai găsească niciodată. Apoi s-a întâmplat că a venit în clasă doamna Cerullo și învățătoarea Oliviero ne-a dezvăluit că Lila era mult mai avansată decât noi.

Mai mult: a chemat-o mai des pe ea decât pe mine să-i stea alături. Nu știu ce a stârnit în mine acea declasare, cred că e dificil acum să spun cu exactitate și claritate ce am simțit. Pe moment, poate nimic, puțină gelozie, ca toate celelalte. Dar în mod sigur, tocmai în acea perioadă, m-a cuprins o grijă. M-am gândit că, deși picioarele mele funcționau bine, riscam în permanență să devin șchioapă. Mă trezeam cu ideea aceea în minte și mă ridicam imediat din pat ca să văd dacă picioarele mele erau încă în regulă. De aceea poate am făcut o fixație pentru Lila, care avea piciorușe foarte slabe, sprintene și le mișca tot timpul, dădea din ele și când stătea lângă învățătoare, așa încât aceea se enerva și nu după mult timp o trimitea la loc. Ceva m-a convins, atunci, că dacă aș fi mers mereu în spatele ei, în felul său, umbletul mamei, care intrase în creierul meu și nu mai ieșea de acolo, ar fi încetat să mă amenințe. Am hotărât că trebuia să mă țin după copila aceea, să n-o pierd niciodată din vedere, chiar dacă s-ar fi înfuriat și m-ar fi gonit.

8.

Probabil că acesta a fost modul meu de a reacționa la invidie, la ură și de a le înăbuși. Sau, poate, am deghizat în felul acela sentimentul de subordonare, fascinația care mă subjuga. Bineînțeles că m-am obișnuit să accept de bunăvoie superioritatea Lilei în tot, chiar și violențele ei.

În plus, învățătoarea s-a comportat într-un mod foarte înțelept. E adevărat că o chema adesea pe Lila să stea lângă ea, dar părea că o face mai mult ca s-o țină cuminte decât ca s-o premieze. A continuat, într-adevăr, să le laude pe Marisa Sarratore, pe Carmela Peluso și, mai ales, pe mine. M-a lăsat să strălucesc într-o lumină vie, m-a încurajat să devin tot mai disciplinată, tot mai silitoare, tot mai ageră. Când Lila înceta cu neastâmpărul ei și mă întrecea fără efort, Oliviero mă lăuda mai întâi pe mine cu moderație și apoi trecea la exaltarea priceperii ei. Simțeam în măsură mai mare veninul înfrângerii când mă întreceau Sarratore sau Peluso. Dacă, în schimb, ieșeam a doua după Lila, aveam o expresie binevoitoare de consens. În anii aceia cred că m-am temut de un singur lucru: să nu mai fac echipă, în ierarhiile stabilite de Oliviero, cu Lila; să n-o mai aud pe învățătoare spunând cu mândrie: Cerullo și Greco sunt cele mai bune. Dacă într-o zi ar fi spus: cele mai bune sunt Cerullo și Sarratore, sau Cerullo și Peluso, aș fi murit pe loc. De aceea mi-am investit toată energia de copil nu ca să fiu prima din clasă — mi se părea imposibil să reușesc —, ci să nu pic pe al treilea, al patrulea, ultimul loc. M-am dedicat studiului și multor altor lucruri dificile, străine de mine, doar ca să țin pasul cu copila aceea groaznică și sclipitoare.

Sclipitoare pentru mine. Pentru toți ceilalți elevi, Lila era doar groaznică. Din clasa întâi până-ntr-a cincea a fost, din vina directorului și puțin și din vina învățătoarei Oliviero, fetița cea mai detestată din școală și din cartier.

Cel puțin de două ori pe an, directorul obliga clasele să concureze între ele, astfel încât să fie identificați elevii mai strălucitori și, în consecință, învățătorii mai competenți. Lui Oliviero îi plăcea această competiție. În conflict permanent cu colegii ei, cu care părea uneori că e aproape să se încaiere, învățătoarea ne folosea pe Lila și pe mine ca pe dovada evidentă a priceperii ei, cea mai pricepută învățătoare din școala elementară din cartierul nostru. De aceea se întâmpla adesea să ne ducă prin alte clase, și în afara ocaziilor dorite de director, să concurăm cu alți copii, fete și băieți. Eu, de obicei, eram trimisă în recunoaștere ca să sondez nivelul de competență al dușmanului. În general câștigam, dar fără a exagera, fără a-i umili nici pe învățători, nici pe elevi. Eram o copilă cu bucle blonde, frumușică, bucuroasă să mă dau în spectacol, dar nu obraznică, și transmiteam o impresie de delicatețe care înduioșa. Dacă, așadar, rezultam cea mai bună la spus poezii, recitat tabla înmulțirii, făcut împărțiri și înmulțiri, înșirat că Alpii erau maritimi, cotici, graici, pennini etc., ceilalți profesori mă mângâiau oricum, iar elevii simțeau cât efort făcusem ca să învăț pe de rost toate lucrurile alea și de aceea nu mă urau.

Cazul Lilei era diferit. Deja în clasa întâi era dincolo de orice posibilă competiție. Învățătoarea, mai mult, spunea că dacă făcea un mic efort, ar fi fost pregătită să dea imediat examenul de clasa a doua și, la mai puțin de șapte ani, să treacă într-a treia. În consecință, diferența a crescut. Lila făcea în minte calcule foarte complicate, în dictările ei nu era nicio greșeală, vorbea mereu în dialect, ca noi toți, dar la nevoie etala o italiană din cărți, recurgând și la cuvinte ca *deprins*, *luxuriant*, *cu mare plăcere*. Așa că, atunci când învățătoarea o trimitea pe ea în recunoaștere fie să spună moduri și timpuri verbale, fie să rezolve probleme, sărea în aer orice șansă de resemnare în fața unei situații neplăcute, dar inevitabile, spiritele se încingeau. Lila era prea mult pentru oricine.

În plus, nu oferea nicio fărâmă de speranță bunăvoinței. A-i recunoaște priceperea însemna pentru noi, copiii, să admitem că n-am fi reușit niciodată și că era inutil să concurăm, iar pentru învățători și învățătoare să-și mărturisească faptul că au fost copii mediocri. Promptitudinea ei mentală avea gust de șuierat, de săritură, de mușcătură mortală. Și nu exista nimic în înfățișarea ei care să acționeze ca un îndulcitor. Era ciufulită, murdară, la genunchi și la coate avea mereu cruste de răni care nu aveau niciodată timp să se vindece. Ochii mari și foarte vii știau să devină niște crăpături în spatele cărora, înaintea oricărui răspuns strălucitor, era o privire care părea nu doar puțin copilărească, dar chiar neumană. Orice mișcare de-a ei transmitea faptul că nu folosea la nimic să-i faci rău pentru că, oricum ar fi ieșit lucrurile, ea ar fi găsit modalitatea prin care să te facă și mai mult să suferi.

Așadar, ura era palpabilă, eu îmi dădeam seama de asta. Atât fetele, cât și băieții erau supărați pe ea, dar băieții într-un mod mai deschis. Dintr-un motiv secret al ei, într-adevăr, învățătoarei Oliviero îi plăcea să ne ducă mai ales în clasele unde puteam umili nu atât eleve și învățătoare, cât mai ales elevi și învățători. Și directorul, din motivele sale la fel de secrete, favoriza mai ales competiții de genul acela. Ca urmare, m-am gândit că în școala noastră se pariau bani, poate chiar mulți, pe întâlnirile acelea ale noastre. Dar exageram: poate că era doar un mod de a scăpa de vechi ranchiune sau de a-i permite directorului să-i țină sub papuc pe învățătorii mai puțin pricepuți sau mai puțin supuși. Cert e că, într-o dimineață, eu și Lila, care atunci eram în clasa a doua, am fost duse chiar într-o clasă de-a patra, a învățătorului Ferraro, unde se aflau atât Enzo Scanno, fiul cel rău al vânzătoarei de fructe, cât și Nino Sarratore, fratele Marisei, pe care eu îl iubeam.

Pe Enzo îl cunoșteau toți. Era repetent și de cel puțin câteva ori fusese târât prin clase cu o pancartă atârnată de gât pe care învățătorul Ferraro, un bărbat cu părul alb pieptănat pe spate, înalt și foarte slab, cu chipul mic și plin de semne și ochi agitați, scrisese *măgar*. Nino, în schimb, era atât de bun, atât de blând, atât de tăcut, că în special mie îmi era cunoscut și drag. Bineînțeles că Enzo era mai mult decât nul, din punct de vedere școlar vorbind, îl țineam sub observație doar pentru că era violent. Adversarii noștri în chestiuni de inteligență erau Nino și — am aflat pe moment — Alfonso Carracci, al treilea fiu al lui don Achille, un băiat foarte îngrijit, din clasa a doua, ca și noi, care părea mai mic de vârsta de șapte ani câți avea. Se vedea că învățătorul îl chemase acolo, în clasa a patra, pentru că avea mai multă încredere în el decât în Nino, cu aproape doi ani mai mare.

A existat puțină tensiune între Oliviero și Ferraro pentru convocarea aceea neprevăzută a lui Carracci, apoi concursul a început în fața claselor reunite într-o singură aulă. Ne-au întrebat verbele, ne-au întrebat tabla înmulțirii, ne-au întrebat cele patru operații, mai întâi la tablă și apoi pe de rost. Din împrejurarea aceea anume mi-au rămas în minte trei lucruri. Primul că micul Alfonso Carracci m-a învins imediat, era calm și precis, dar faptul că nu se bucura că te întrece era un lucru bun la el. Al doilea că Nino Sarratore, pe neașteptate, n-a răspuns aproape deloc la întrebări, s-a pierdut ca și cum nu înțelegea ce-l întrebau cei doi învățători. Al treilea că Lila l-a înfruntat pe fiul lui don Achille fără niciun chef, de parcă nu i-ar fi păsat că poate s-o învingă. Situația s-a însuflețit doar când s-a trecut la calcule mintale, adunări, scăderi, înmulțiri și împărțiri. Alfonso, în ciuda lipsei de chef a Lilei, care uneori tăcea ca și cum n-ar fi auzit întrebarea, a început să nu mai fie în formă, greșea mai ales înmulțirile și împărțirile. Pe de altă parte, dacă fiul lui don Achille ceda, nici Lila nu era la înălțime și deci păreau, mai mult sau mai puțin, egali. Dar la un moment dat s-a întâmplat ceva imprevizibil. De două ori, când Lila nu răspundea sau Alfonso greșea, s-a auzit vocea plină de dispreț a lui Enzo Scanno care, din ultimele bănci, spunea rezultatul corect.

Acest lucru i-a uimit pe cei din clasă, pe învățători, pe director, pe mine și pe Lila. Cum era posibil ca unul ca Enzo, nepăsător, incapabil și delincvent, să știe să facă mintal calcule complicate mai bine decât mine, decât Alfonso Carracci, decât Nino Sarratore? Brusc a fost ca și cum Lila se trezește. Alfonso a fost eliminat rapid și, cu consensul mândru al învățătorului, care a schimbat prompt campionul, a început un duel între Lila și Enzo.

Cei doi s-au înfruntat îndelung. La un moment dat, directorul, trecând peste învățător, l-a chemat la catedră, lângă Lila, pe fiul vânzătoarei de fructe. Enzo a părăsit ultima bancă râzând nervos, cum făceau și acoliții lui, dar apoi s-a așezat lângă tablă, în fața Lilei, posac, stânjenit. Duelul a continuat cu calcule mintale tot mai dificile. Copilul dădea rezultatul în dialect, ca și cum ar fi fost pe stradă și nu într-o clasă, și învățătorul îi corecta pronunția, dar cifra era mereu bună. Enzo a părut foarte mândru de momentul acela de glorie, el însuși uimit de cât era de bun. Apoi a început să cedeze, fiindcă Lila se trezise definitiv și acum avea ochii aceia ca două crăpături, foarte hotărâți, răspundea cu precizie. Enzo, în cele din urmă, a pierdut. A pierdut, dar fără resemnare. A început să înjure, să urle obscenități îngrozitoare. Învățătorul l-a trimis să stea în genunchi în spatele tablei, dar el n-a vrut să se ducă. A început să-i tragă nuiele peste degete și apoi l-a târât de urechi în colțul pedepsei. Ziua de școală s-a încheiat așa.

Însă de atunci gașca de băieți a început să arunce cu pietre în noi.

9.

Dimineața confruntării dintre ea și Enzo e importantă în economia lungii noastre povești. Atunci s-au pus în mișcare multe atitudini greu de descifrat. De exemplu, s-a văzut limpede că Lila putea, dacă voia, să dozeze utilizarea capacităților sale. Asta făcuse cu fiul lui don Achille. Nu doar că nu voise să-l învingă, ci calibrase, de asemenea, tăceri și răspunsuri astfel încât să nu fie învinsă. Pe atunci încă nu eram prietene și n-o puteam întreba de ce se comportase așa. În realitate, nu era nevoie să pun întrebări, puteam intui motivul. La fel ca mine, și ea avea interdicția de a-l jigni nu doar pe don Achille, ci și întreaga lui familie.

Așa era. Noi nu știam de unde provenea acea teamă-invidie-ură-supunere pe care părinții noștri o manifestau în legătură cu familia Carracci și pe care ne-o transmiteau, dar exista, era o stare de fapt, cum erau cartierul, casele lui alburii, mirosul oribil de pe paliere, praful de pe străzi. Foarte probabil, și Nino Sarratore rămăsese mut ca să-i permită lui Alfonso să dea ce era mai bun din el. Bălmăjise puține lucruri, frumos, îngrijit pieptănat, cu genele foarte lungi, subțire și nervos, și, în cele din urmă, tăcuse. Ca să continui să-l iubesc, am voit să cred că lucrurile decurseseră așa. Dar în sinea mea aveam îndoieli. Aceea fusese alegerea lui, ca aceea a Lilei? Nu eram sigură de asta. Eu mă dădusem deoparte pentru că Alfonso era, într-adevăr, mai bun decât mine. Lila ar fi putut să-l învingă imediat, totuși alesese să aspire la egalitate. Și el? Fusese ceva care mă tulburase, poate chiar mă și îndurerase: nu o incapacitate de-a lui, nici măcar o renunțare, ci, aș spune astăzi, o cedare. Bălmăjeala aceea, paloarea, violaceul care îi înghițise pe neașteptate ochii: cât era de frumos, așa vlăguit, și totuși cât îmi displăcuse vlăguirea lui.

Și Lila, la un moment dat, mi se păruse foarte frumoasă. În general, eu eram cea frumoasă, ea, în schimb, era uscată ca o scrumbie, emana un miros de sălbăticiune, avea un chip prelung, îngust la tâmple, cuprins între două fâșii de păr lins și foarte negru. Dar când a decis să-i elimine atât pe Alfonso, cât și pe Enzo, se luminase ca o sfântă războinică. I se înroșiseră obrajii ca un semn al descătușării unei văpăi din fiecare colț al corpului ei, în așa fel încât pentru prima dată am avut acest gând: Lila e mai frumoasă decât mine. Eram deci a doua în tot. Îmi dorisem ca nimeni să nu remarce asta niciodată.

Dar lucrul cel mai important al acelei dimineți a fost să descoperim că expresia pe care o foloseam ca să ne sustragem pedepselor conținea ceva adevărat, adică greu de stăpânit, adică periculos. Expresia era: *n-am făcut-o înadins*. Enzo, într-adevăr, nu intrase intenționat în concursul în desfășurare și nu intenționat îl învinsese pe Alfonso. Lila intenționat îl învinsese pe Enzo, dar nu intenționat îl învinsese și pe Alfonso și nu intenționat îl umilise, fusese doar o etapă necesară. Faptele rezultate de aici ne-au convins că era mai bine să faci orice înadins, premeditat, astfel încât să știi la ce să te aștepți.

Într-adevăr, ce s-a întâmplat pe urmă ne-a izbit în mod neașteptat. Pentru că aproape nimic nu fusese făcut înadins, s-a abătut asupra noastră o avalanșă de lucruri neașteptate, unul după altul. Alfonso s-a întors acasă în lacrimi din cauza înfrângerii. Fratele lui, Stefano, de paisprezece ani, ucenic mezelar la mezelăria (fostul atelier al tâmplarului Peluso) al cărei proprietar era tatăl lui, care însă nu punea niciodată piciorul acolo, a venit a doua zi la școală și i-a spus Lilei lucruri foarte urâte, ajungând s-o amenințe. La un moment dat, ea l-a insultat foarte obscen, el a împins-o într-un zid și a încercat să-i prindă limba, urlând că voia să i-o străpungă cu un bold. Lila s-a întors acasă și i-a povestit totul fratelui ei, Rino, care, pe măsură ce-i vorbea, se făcea tot mai roșu și cu ochii lucioși. Între timp, Enzo, care se întorcea acasă fără gașca lui de la țară, a fost blocat de Stefano și luat la palme, pumni și șuturi. Rino, dimineața, s-a dus să-l caute pe Stefano și s-au caftit zdravăn, într-un mod mai mult sau mai puțin egal. După câteva zile a bătut la ușa familiei Cerullo soția lui don Achille, tușa Maria, și i-a făcut Nunziei o scenă cu urlete și insulte. A trecut puțin timp și, într-o duminică, după slujbă, Fernando Cerullo, cizmarul, tatăl Lilei și al lui Rino, un bărbat mic, foarte slab, s-a apropiat timid de don Achille și i-a cerut scuze fără să spună de ce se scuză. Eu nu l-am văzut, sau cel puțin nu-mi amintesc, dar s-a spus că scuzele fuseseră cerute cu voce ridicată și în așa fel încât să audă toți, chiar dacă don Achille trecuse mai departe ca și cum cârpaciul nu vorbea cu el. La scurt timp după, eu și Lila l-am rănit la gleznă pe Enzo cu o piatră și Enzo a aruncat o piatră care a lovit-o pe Lila în cap. În vreme ce eu zbieram de frică și Lila se ridica și sângele îi picura de sub păr, Enzo a coborât de pe terasament, și el sângerând, și, văzând-o pe Lila în starea aia, în mod complet neașteptat, iar în ochii noștri de neînțeles, a început să plângă. N-a trecut mult timp și Rino, fratele adorat al Lilei, a venit la școală și l-a ciomăgit bine pe Enzo, care abia a putut să se apere. Rino era mai mare, mai voinic și mai motivat. Mai mult: Enzo n-a zis nimic despre loviturile încasate nici găștii lui, nici mamei, nici tatălui, nici fraților, nici verilor, care munceau toți la țară și vindeau fructe și legume cu căruța. În acel punct, grație lui, răzbunările s-au încheiat.

10.

Lila a umblat o vreme, mândră, cu capul bandajat. Apoi și-a scos bandajul și a arătat, oricui îi cerea, rana neagră, înroșită pe margini, care se ivea pe frunte sub linia părului. În sfârșit a uitat ce i se întâmplase, și dacă cineva se uita insistent la semnul alburiu care-i rămăsese pe piele, făcea un gest agresiv care însemna: ce te uiți, vezi-ți de-ale tale. Mie nu mi-a zis niciodată nimic, nici măcar un cuvânt de mulțumire pentru pietrele pe care i le dădusem, pentru felul în care îi ștersesem sângele cu marginea șorțului. Dar din acel moment a început să mă supună unor probe de curaj care nu mai aveau de-a face cu școala.

Ne vedeam în curte tot mai des. Ne expuneam păpușile, dar nu ostentativ, una în preajma celeilalte, ca și cum am fi fost singure. La un moment dat, le-am făcut să se întâlnească de probă, să vedem dacă se înțelegeau. Și astfel a venit ziua în care stăteam împreună lângă fereastra pivniței cu plasa ruptă și am făcut un schimb, ea a ținut puțin păpușa mea și eu puțin pe a ei, iar Lila, pe nepusă masă, a trecut-o pe Tina prin deschizătura plasei și a lăsat-o să cadă.

Am simțit o durere insuportabilă. Țineam la păpușa mea de celuloid ca la lucrul cel mai prețios pe care-l aveam. Știam că Lila era o fetiță foarte rea, dar nu m-aș fi așteptat niciodată să-mi facă un lucru atât de mizer. Pentru mine, păpușa era vie, s-o știu în fundul pivniței, în mijlocul miilor de animale care trăiau acolo, m-a aruncat într-o stare de disperare. Dar cu ocazia aceea am învățat o artă în care apoi am devenit foarte pricepută. Mi-am înfrânat disperarea, am înfrânat-o la limita ochilor plini de lacrimi, așa încât Lila mi-a spus în dialect:

— Nu-ți pasă?

N-am răspuns. Simțeam o durere foarte ascuțită, dar simțeam că durerea certei cu ea ar fi fost încă și mai puternică. Parcă eram sufocată de două suferințe, una deja în desfășurare, pierderea păpușii, și alta posibilă, pierderea Lilei. N-am spus nimic, am făcut doar un gest fără dispreț, ca și cum ar fi fost firesc, chiar dacă firesc nu era și știam că riscam mult. M-am limitat la a o arunca în pivniță pe Nu a ei, păpușa pe care tocmai mi-o dăduse.

Lila m-a privit uluită.

— Ce faci tu, fac și eu, am spus imediat cu voce ridicată, foarte speriată.

— Acum te duci după ea.

— Dacă te duci și tu după a mea.

Am mers împreună. La intrarea în bloc, în partea stângă, era ușița care dădea spre pivnițe, o știam bine. Scoasă din balamale cum era — unul dintre canaturi se ținea într-una singură —, ușa era blocată cu un zăvor care ținea laolaltă, prost, cele două canaturi. Fiecare copil era tentat și deopotrivă terorizat de posibilitatea de a forța ușița atât cât să poată trece pe partea cealaltă. Noi am făcut-o. Am obținut un spațiu suficient pentru ca trupurile noastre slabe și flexibile să se strecoare în pivniță.

Odată intrate, mai întâi Lila, apoi eu, am coborât cinci trepte de piatră într-un loc umed, prost luminat de micile deschizături de la nivelul străzii. Mi-era frică, am încercat să stau în spatele Lilei, care însă părea nervoasă și avea ca țintă să-și găsească păpușa. Eu am înaintat pe bâjbâite. Simțeam sub tălpile sandalelor obiecte care trosneau, sticlă, pietriș, insecte. În jur erau lucruri imposibil de identificat, grămezi închise la culoare, ascuțite sau pătrățoase sau rotunjite. Puțina lumină care traversa întunericul cădea uneori pe lucruri recognoscibile: scheletul unui scaun, tija unui lampadar, lăzi de fructe, părți din spate și laterale de dulapuri, balamale de fier. Am simțit o mare spaimă cauzată de ceea ce mi s-a părut o față fleșcăită cu ochi mari din sticlă care se prelungea într-o bărbie în formă de cutie. Am văzut-o atârnată, cu o expresie dezolată, pe un mic încălzitor din lemn pentru pat și am țipat, i-am arătat-o Lilei. Ea s-a întors brusc, s-a apropiat încet întorcându-mi spatele, a întins o mână cu grijă, a desprins-o de încălzitor. Apoi s-a rotit. Își pusese fața cu ochi de sticlă peste a ei și acum avea un chip enorm, orbite rotunde fără pupile, fără gură, doar bărbia aia neagră care i se legăna pe piept.

Sunt clipe care mi-au rămas bine întipărite în memorie. Nu sunt sigură, dar probabil că mi-a ieșit din piept un adevărat urlet de groază, pentru că ea s-a grăbit să spună cu o voce răsunătoare că era doar o mască, o mască antigaz: tatăl ei îi spunea așa, avea una identică în debaraua de acasă. Am continuat să tremur și să scâncesc de frică, lucru care, în mod evident, a convins-o să și-o scoată de pe cap și s-o arunce într-un colț, stârnind un mare vacarm și mult praf care s-a îngrămădit printre limbile de lumină ale ferestruicilor.

M-am liniștit. Lila a privit în jur, a identificat deschizătura prin care căzuseră Tina și Nu. Ne-am apropiat de peretele aspru și granulos și ne-am uitat în umbră. Păpușile nu erau. Lila repeta în dialect: nu sunt, nu sunt, nu sunt și căuta pe jos cu mâinile, lucru pe care eu nu aveam curajul să-l fac.

Au trecut minute foarte lungi. O singură dată mi s-a părut c-o văd pe Tina și, emoționată, m-am aplecat s-o iau, dar era doar o veche foaie de ziar făcută cocoloș. Nu sunt, a repetat Lila și s-a îndepărtat spre ieșire. Atunci m-am simțit pierdută, incapabilă să rămân acolo singură continuând să caut, incapabilă să plec cu ea dacă n-aș fi găsit păpușa.

Din vârful treptelor a spus:

— Le-a luat don Achille, le-a pus în geanta neagră.

Și eu în exact același moment l-am auzit pe don Achille: se târa, se freca, printre formele indistincte ale lucrurilor. Atunci am abandonat-o pe Tina destinului ei, am fugit ca să n-o pierd pe Lila care deja se răsucea agilă, alunecând dincolo de ușa scoasă din balamale.

11.

Credeam tot ce-mi spunea ea. Mi-a rămas în minte masa informă a lui don Achille care aleargă prin galerii subterane cu brațele atârnându-i, ținând cu degetele răsfirate de o parte capul lui Nu, de cealaltă pe al Tinei. Am suferit mult. M-am îmbolnăvit de febra creșterii, m-am vindecat, m-am îmbolnăvit din nou. Am fost cuprinsă de un fel de disfuncție tactilă, uneori aveam impresia că, în vreme ce orice ființă însuflețită din jur accelera ritmurile vieții sale, suprafețele solide deveneau moi sub degetele mele sau se umflau lăsând locuri goale între masa lor internă și folia de suprafață. Mi s-a părut că însuși corpul meu, când îl atingeam, părea tumefiat și asta mă întrista. Eram sigură că am obraji în formă de baloane, mâini umplute cu rumeguș, lobii urechilor care păreau scorușe coapte, picioare în formă de pâine rotundă. Când m-am întors pe străzi și la școală, am simțit că și spațiul se schimbase. Părea încătușat între doi poli închiși la culoare, de o parte bula de aer subteran care apăsa la rădăcinile caselor, caverna amenințătoare în care căzuseră păpușile; pe de alta, globul de sus, la al treilea etaj al blocului în care locuia don Achille care ni le furase. Cele două mingi păreau prinse în șuruburi la extremități cu o bară de fier care, în imaginația mea, traversa oblic apartamentele, străzile, câmpia, tunelul, liniile ferate și le presa. Mă simțeam strânsă în acea menghină, împreună cu grămada de lucruri și de persoane din fiecare zi, și aveam un gust rău în gură, aveam o senzație permanentă de greață care mă epuiza, ca și cum totul, așa presat, tot mai strâns, mă măcina, reducându-mă la o cremă dezgustătoare.

A fost o boală rezistentă, poate că a durat ani de zile, până după prima adolescență. Dar exact când abia începuse, în mod nesperat am avut parte de prima declarație de dragoste.

Eu și Lila nu încercaserăm încă să urcăm la don Achille, doliul după pierderea Tinei era încă insuportabil. Mă dusesem, fără niciun chef, să cumpăr pâine. Mă trimisese mama și mă întorceam acasă cu restul strâns bine în pumn ca să nu-l pierd și franzela, caldă încă, lipită de piept, când mi-am dat seama că în spatele meu abia se târa Nino Sarratore cu frățiorul lui de mână. Mama lui, Lidia, în zilele de vară îl punea să iasă din casă însoțit întotdeauna de Pino, care pe vremea aceea nu avea mai mult de cinci ani, cu obligația de a nu-l părăsi nicio clipă. În apropierea unui colț de stradă, imediat după mezelăria familiei Carracci, Nino a dat să mă depășească, dar în loc să treacă mai departe, mi-a tăiat drumul, m-a împins spre zid, și-a sprijinit mâna liberă de perete, ca o bară care trebuia să mă împiedice să fug, și cu cealaltă și-a tras fratele aproape, martor tăcut al acțiunii sale. A spus cu răsuflarea tăiată ceva ce n-am înțeles. Era palid, la început zâmbea, apoi devenea serios, apoi zâmbea iarăși. În cele din urmă a silabisit în italiana de la școală:

— Când ne facem mari, vreau să mă căsătoresc cu tine.

Apoi m-a întrebat dacă până atunci voiam să mă logodesc cu el. Era puțin mai înalt decât mine, foarte slab, cu gâtul lung, urechile ușor clăpăuge. Avea părul rebel, ochi intenși cu gene lungi. Era emoționant efortul pe care-l făcea ca să-și stăpânească timiditatea. Deși voiam și eu să mă căsătoresc cu el, mi-a venit să-i răspund:

— Nu, nu pot.

El a rămas cu gura căscată, Pino l-a smucit. Am fugit.

Din acel moment am început s-o șterg de fiecare dată când îl vedeam. Și totuși, mi se părea superb. De câte ori nu rămăsesem în preajma surorii lui, Marisa, doar ca să mă apropii de el și să ne întoarcem acasă împreună. Dar în mod evident mi-a făcut declarația într-un moment nepotrivit. N-avea de unde să știe cât mă simțeam de dezorientată, câtă neliniște îmi dădea dispariția Tinei, cât mă istovea efortul de a mă ține după Lila, până în ce punct îmi tăia răsuflarea spațiul comprimat al curții, al blocurilor, al cartierului. După multe priviri lungi înspăimântate pe care mi le arunca de la distanță, a început și el să mă evite. O vreme probabil că s-a temut că le voi spune celorlalte fete, și mai ales surorii lui, despre propunerea pe care mi-o făcuse. Se știa că Gigliola Spagnuolo, fata cofetarului, se comportase așa când Enzo îi ceruse să se logodească. Și Enzo aflase și se enervase, îi strigase în dreptul școlii că era o mincinoasă, o și amenințase c-o omoară cu un cuțit. Am fost tentată să povestesc și eu totul, dar apoi am renunțat, n-am spus nimănui, nici măcar Lilei, când am devenit prietene. Încet, încet, eu însămi am uitat.

Chestia mi-a revenit în minte când, după puțină vreme, întreaga familie Sarratore s-a mutat. Într-o dimineață a apărut în curte căruța și calul care-i aparțineau soțului Assuntei, Nicola: cu aceeași căruță și cu același cal bătrân vindea, împreună cu soția lui, fructe și legume umblând pe străzile din cartier. Nicola avea un chip frumos, mare și aceiași ochi albaștri, același păr blond ai fiului său Enzo. Se ocupa, pe lângă vânzarea de fructe și legume, și de mutări. Și, într-adevăr, el, Donato Sarratore, Nino însuși și chiar și Lidia au început să ducă jos totul, catrafuse diverse, saltele, mobile, și au aranjat fiecare lucru în căruță.

Femeile, cum au auzit zgomotul roților în curte, au apărut la ferestre, și mama, și eu. Exista o mare curiozitate. Părea că Donato primise o casă nouă direct de la căile ferate statale, în împrejurimile unei piețe care se numea Nazionale. Sau — a spus mama — l-a obligat soția lui să se mute ca să scape de persecuțiile Melinei, care vrea să-i ia soțul. Probabil. Mama vedea întotdeauna răul unde, spre marea mea neplăcere, se demonstra, mai devreme sau mai târziu, că răul exista cu adevărat, iar ochiul ei strabic părea făcut intenționat să identifice mișcările secrete din cartier. Cum ar fi reacționat Melina? Era adevărat, cum auzisem șoptindu-se, că făcuse un copil cu Sarratore și apoi îl omorâse? Și era posibil să înceapă să urle lucruri foarte urâte, printre care și pe acela? Toate, mari și mici, stăteam la geam, poate ca să facem cu mâna familionului care pleca, poate ca să asistăm la spectacolul mâniei acelei femei urâte, uscate și văduve. Am văzut că și Lila, și mama ei, Nunzia, se aplecau de la fereastră să vadă.

Am căutat privirea lui Nino, dar el părea că are altceva de făcut. M-a cuprins atunci, ca de obicei, fără un motiv precis, o sfârșeală care făcea moale orice lucru din jur. M-am gândit că poate-mi făcuse declarația pentru că știa deja că va pleca și mai întâi voia să-mi spună ce simțea pentru mine. L-am privit în timp ce gâfâia cărând lăzi ințesate cu lucruri și am simțit vina, durerea că-i spusesem nu. Acum fugea ca o mică pasăre.

În cele din urmă procesiunea de mobile a încetat. Nicola și Donato au început să-și treacă sfori de la unul la altul ca să fixeze totul în căruță. Lidia Sarratore a apărut îmbrăcată de sărbătoare, își pusese și o pălărioară albastră din paie, estivală. Împingea căruciorul cu băiatul mic și într-o parte le avea pe cele două fete, Marisa, care avea vârsta mea, opt-nouă ani, și Clelia, de șase ani. S-a auzit dintr-odată un zgomot de lucruri sparte la etajul al doilea. Aproape în același moment Melina a început să urle. Erau niște țipete atât de sfâșietoare că, am văzut, Lila și-a pus mâinile la urechi. A răsunat și vocea foarte îndurerată a Adei, a doua fiică a Melinei, care striga: Mama, nu, mama. După un moment de ezitare, mi-am astupat și eu urechile. Dar între timp au început să zboare lucruri de la fereastră și a fost atât de mare curiozitatea, că mi-am eliberat timpanele, ca și cum aș fi avut nevoie de sunete clare ca să înțeleg. Însă Melina nu urla cuvinte, ci numai aaah, aaah, ca și cum ar fi fost rănită. Ea nu se vedea, nu-i apărea nici măcar un braț sau o mână care arunca lucrurile. Oale de cupru, pahare, sticle, farfurii păreau să zboare de la fereastră din propria lor voință, iar pe stradă Lidia Sarratore fugea cu capul înclinat, cu spatele curbat deasupra căruciorului și cu cele două fiice în spate, Donato se suia în căruță printre bunurile lui și don Nicola ținea calul de frâu în timp ce lucrurile se izbeau de asfalt, ricoșau și se făceau țăndări care săreau printre picioarele agitate ale animalului.

Am căutat-o pe Lila cu privirea. Am văzut acum o altă față, o față rătăcită. Probabil că și-a dat seama că mă uitam la ea și a dispărut imediat de la fereastră. Căruța între timp s-a mișcat. Lipită de zid, fără să salute pe nimeni, s-a strecurat spre poartă și Lidia împreună cu cei patru copii mai mici, în vreme ce Nino părea că n-are chef să plece, parcă hipnotizat de risipa de obiecte fragile aruncate pe asfalt.

Ultimul obiect care a zburat de la fereastră a fost un fel de pată neagră. Era un fier de călcat, fier pur: mânerul din fier, baza din fier. Când încă o aveam pe Tina și mă jucam prin casă, îl foloseam pe al mamei, identic, în formă de proră, prefăcându-mă că e o barcă în mijlocul furtunii. Obiectul a coborât în picaj și a făcut o gaură în pământ cu o bufnitură seacă, la câțiva centimetri de Nino. Puțin — foarte puțin — a lipsit să nu-l omoare.

12.

Niciun copil nu i-a declarat niciodată Lilei dragostea lui și ea nu mi-a spus niciodată dacă a suferit. Gigliola Spagnuolo primea continuu propuneri de logodnă și chiar și eu eram foarte solicitată. Lila, în schimb, nu plăcea, în primul rând pentru că era o scobitoare, murdară și mereu cu câteva răni, dar și pentru că avea limba ascuțită, inventa porecle umilitoare și deși etala față de învățătoare cuvinte ale limbii italiene pe care nimeni nu le știa, cu noi vorbea doar un dialect tăios, plin de cuvinte urâte, care reteza din fașă orice sentiment de iubire. Doar Enzo a făcut un lucru care, dacă nu era chiar o cerere de logodnă, era oricum un semnal de admirație și de respect. La destul de multă vreme după ce-i spărsese capul cu piatra și înainte, mi se pare, să fie respins de Gigliola Spagnuolo, a alergat după noi pe șosea și, sub privirea mea uluită, i-a întins Lilei o coroniță de scorușe.

— Ce să fac cu ele?

— Le mănânci.

— Crude?

— Le lași să se coacă.

— Nu le vreau.

— Aruncă-le.

Atâta tot. Enzo a întors spatele și a alergat la muncă. Eu și Lila am început să râdem. Vorbeam puțin, dar fiecare lucru care ni se întâmpla ne făcea să râdem. I-am zis doar atât, pe un ton distrat:

— Mie îmi plac scorușele.

De fapt, mințeam, era un fruct care nu-mi plăcea. Mă atrăgea culoarea lor roșu-gălbuie când erau crude, soliditatea lor care strălucea în zilele însorite. Dar când se coceau pe balcoane și deveneau maro și moi, ca niște mici pere stricate, și pielița se desprindea ușor dând la iveală o pulpă granuloasă fără gust rău, dar descompusă într-un fel care-mi amintea de hoiturile șoarecilor de-a lungul șoselei, atunci nici măcar nu le atingeam. Rostisem propoziția aceea oarecum de probă, sperând ca Lila să mi le întindă: ține, ia-le tu. Am simțit că dacă mi-ar fi dat darul pe care i-l făcuse Enzo, aș fi fost mai bucuroasă decât dacă mi-ar fi dat ceva de-al ei. Dar n-a făcut-o și îmi amintesc încă senzația de trădare când le-a luat acasă. Ea însăși a bătut cuiul la fereastră. Am văzut-o în timp ce agăța coronița de el.

13.

Enzo nu i-a mai făcut niciodată alte cadouri. După cearta cu Gigliola, care le-a spus tuturor despre declarația pe care el i-o făcuse, l-am văzut tot mai puțin. Deși se arătase foarte bun la calculele mintale, era prea nepăsător, așa încât învățătorul nu l-a propus pentru examenul de admitere la școala medie și el nu s-a plâns de asta, ba chiar a fost bucuros. S-a înscris la școala profesională, dar de fapt muncea deja cu părinții lui. Se trezea foarte devreme ca să meargă cu tatăl lui la piața de fructe și legume sau ca să se plimbe cu căruța, vânzând prin cartier produsele de la câmp, așadar cu școala a terminat-o repede.

Nouă, în schimb, când eram pe punctul de a termina clasa a cincea, ni s-a comunicat că eram făcute pentru continuarea studiilor. Pe rând, învățătoarea i-a chemat pe părinții mei, pe ai Gigliolei și pe ai Lilei să le spună că în mod categoric trebuia să susținem, pe lângă examenul pentru certificatul de absolvire a școlii elementare, și examenul de admitere la școala medie. Eu am făcut tot posibilul astfel încât tata să n-o trimită la învățătoare pe mama, care șchiopăta, avea un ochi strabic și, mai ales, era mereu furioasă, ci să vină el, care era portar și știa să fie manierat. N-am reușit. S-a dus ea, a vorbit cu învățătoarea și s-a întors acasă foarte posacă.

— Învățătoarea vrea bani. Zice că trebuie să facă lecții în plus cu ea, pentru că examenul e dificil.

— Dar la ce folosește examenul acesta? a întrebat tata.

— Ca să poată studia latina.

— Și de ce?

— Pentru că au zis că e bună.

— Dar dacă e bună, de ce trebuie să facă învățătoarea aceste lecții plătite cu ea?

— Ca să trăiască ea mai bine și noi mai rău.

Au discutat mult. La început mama era împotrivă și tata nesigur; apoi tata a devenit circumspect favorabil și mama s-a resemnat să fie mai puțin împotrivă; în fine, s-au decis să mă lase să dau examenul, dar tot cu înțelegerea că, dacă nu voi fi foarte bună, mă vor retrage imediat de la școală.

Lilei, în schimb, părinții i-au spus nu. Nunzia Cerullo a avut câteva tentative cam șovăielnice, dar tatăl n-a vrut nici măcar să discute și, dimpotrivă, i-a tras o palmă lui Rino, care îi spusese că greșea. Părinții înclinau chiar să nu se ducă la învățătoare, care însă i-a chemat la director și atunci Nunzia a fost obligată să meargă. În fața refuzului timid, dar ferm, al femeii înspăimântate, Oliviero, severă, dar calmă, a expus temele minunate ale Lilei, soluțiile strălucitoare la probleme grele și chiar și desenele foarte colorate care, în clasă, când li se dedica, ne încântau pe toate pentru că, cu pasteluri Giotto șterpelite, schița foarte realist prințese cu coafuri, bijuterii, rochii, pantofi pe care nu le văzusem niciodată în nicio carte și nici la cinematograful din parohie. Dar când refuzul a fost confirmat, Oliviero și-a pierdut calmul și a târât-o la director pe mama Lilei ca și cum ar fi fost o elevă indisciplinată. Dar Nunzia nu putea ceda, nu avea permisiunea soțului ei. În consecință, a repetat *nu* până la epuizarea ei, a învățătoarei, a directorului.

A doua zi, mergând spre școală, Lila mi-a spus pe tonul ei obișnuit: eu oricum dau examenul. Am crezut-o, era inutil să-i interzici ceva, știam asta cu toții. Părea cea mai puternică dintre noi, fetele, mai puternică decât Enzo, decât Alfonso, decât Stefano, mai puternică decât fratele ei, Rino, mai puternică decât părinții noștri, mai puternică decât toți oamenii mari, inclusiv învățătoarea și carabinierii care te puteau băga la închisoare. Deși fragilă în aparență, în fața ei orice interdicție își pierdea consistența. Știa cum să întreacă limita fără să suporte niciodată cu adevărat consecințele. În cele din urmă, oamenii cedau și chiar, deși siliți, erau constrânși s-o laude.

14.

Era interzis și să mergi la don Achille, dar a decis s-o facă oricum și eu m-am ținut după ea. Ba, atunci m-am convins că nimic n-o poate opri și că, dimpotrivă, toate nesupunerile ei aveau soluții care, din cauza uluirii, îți tăiau răsuflarea.

Noi voiam ca don Achille să ne dea păpușile înapoi. De aceea am urcat scările, la fiecare treaptă eu eram pe punctul de a mă răsuci pe călcâie și a mă întoarce în curte. Simt încă mâna Lilei care-o apucă pe-a mea și îmi place să cred că s-a hotărât s-o facă nu doar pentru că a intuit că n-aș fi avut curajul să ajung până la ultimul etaj, ci și pentru că ea însăși, cu gestul acela, căuta forța sufletească pentru a continua. Astfel, una lângă cealaltă, eu pe partea cu zidul și ea pe partea cu balustrada, cu mâinile strânse și palmele transpirate, am urcat ultimele rampe. În fața ușii lui don Achille inima îmi bătea foarte tare, mi-o auzeam în urechi, dar m-am consolat gândindu-mă că e și zgomotul inimii Lilei. Din apartament se auzeau voci, poate ale lui Alfonso sau Stefano sau Pinuccia. Lila, după o foarte lungă ședere mută în fața ușii, a rotit întrerupătorul soneriei. Mai întâi liniște, apoi un târșâit de papuci. Ne-a deschis ușa *donna* Maria, avea un halat verde spălăcit. Când a vorbit, i-am văzut în gură un dinte din aur foarte lucitor. A crezut că-l căutăm pe Alfonso, era puțin uimită. Lila i-a spus în dialect:

— Nu, vrem cu don Achille.

— Zi-mi mie.

— Trebuie să vorbim cu el.

Femeia a strigat:

— Achì.

Alt târșâit de papuci. A apărut din penumbră o siluetă robustă, cu bustul lung, picioarele scurte, brațele care-i ajungeau până la genunchi și țigara aprinsă în gură. A întrebat răgușit:

— Cine e?

— Fata cârpaciului împreună cu fiica cea mare a lui Greco.

Don Achille a venit în lumină și, pentru prima dată, l-am văzut bine. Niciun mineral, nicio scânteiere de sticlă. Chipul era din carne, prelung, iar părul i se încrețea doar la urechi, creștetul capului fiindu-i lucios. Avea ochi strălucitori, cu albul brăzdat de mici torenți roșii, gura largă și subțire, bărbia pronunțată cu o gropiță în mijloc. Mi s-a părut urât, dar nu cât îmi imaginasem.

— Ei?

— Păpușile, a spus Lila.

— Ce păpuși?

— Ale noastre.

— Aici n-avem nevoie de păpușile voastre.

— Le-ați luat de jos din pivniță.

Don Achille s-a întors și a strigat spre interiorul apartamentului:

— Pinù, ai luat tu păpușa fetei cârpaciului?

— Eu nu.

— Alfò, ai luat-o tu?

Râsete.

Lila a spus hotărâtă, nu știu de unde îi venea tot curajul acela:

— Le-ați luat dumneavoastră, v-am văzut.

A fost un moment de tăcere.

— Dumneavoastră eu? a întrebat don Achille.

— Da, și le-ați pus în geanta dumneavoastră neagră.

Bărbatul, auzind acele ultime cuvinte, s-a încruntat enervat.

Nu-mi venea să cred că eram acolo, în fața lui don Achille, și Lila îi vorbea în felul acela și el o fixa perplex și în fundal se întrezăreau Alfonso, Stefano, Pinuccia și *donna* Maria care așeza masa pentru cină. Nu-mi venea să cred că era un om obișnuit, puțin scund, puțin chel, puțin disproporționat, dar obișnuit. De aceea, mă așteptam ca dintr-un moment în altul să se transforme.

Don Achille a repetat, de parcă voia să înțeleagă bine sensul cuvintelor:

— Eu v-am luat păpușile și le-am pus în geanta neagră?

Am simțit că nu era nervos, ci dintr-odată întristat, ca și cum tocmai i se confirma un lucru pe care îl știa deja. A spus ceva ce n-am înțeles în dialect, Maria a strigat:

— Achì, e gata.

— Vin.

Don Achille a dus o mână mare și lată la buzunarul de la spatele pantalonilor. Noi ne-am strâns cu putere mâinile, așteptându-ne să scoată un cuțit. În schimb, a scos portofelul, l-a deschis, s-a uitat în el și i-a întins Lilei niște bani, nu-mi amintesc câți.

— Cumpărați-vă păpușile, a spus.

Lila a înșfăcat banii și m-a tras în jos pe scări. El a bombănit de la balustradă:

— Și să țineți minte că eu vi le-am făcut cadou.

Am spus în italiană, atentă să nu cad pe scări:

— Bună seara și poftă bună.

15.

Gigliola Spagnuolo și cu mine, imediat după Paște, am început să mergem acasă la învățătoare ca să ne pregătim pentru examenul de admitere. Învățătoarea locuia chiar lângă biserica parohială Sacra Famiglia, ferestrele ei dădeau spre părculeț și de acolo se vedeau, dincolo de câmpia compactă, rețelele căii ferate. Gigliola trecea pe sub ferestrele mele și mă striga. Eu eram deja gata, ieșeam în viteză. Îmi plăceau lecțiile acelea private, de două ori pe săptămână, mi se pare. Învățătoarea, la sfârșitul lecției, ne oferea fursecuri în formă de inimă și o băutură răcoritoare.

Lila n-a venit niciodată, părinții ei nu acceptaseră s-o plătească pe învățătoare. Dar ea, având în vedere că acum eram prietene bune, a continuat să-mi spună că ar fi dat examenul și ar fi venit la școala medie în aceeași clasă cu mine.

— Și cărțile?

— Mi le împrumuți tu.

Între timp însă, cu banii de la don Achille, a cumpărat un roman: *Micuțele doamne*. S-a decis s-o facă pentru că-l știa deja și-i plăcuse foarte mult. Oliviero, într-a patra, ne dăduse nouă, celor mai bune, cărți să citim. Ei îi revenise *Micuțele doamne*, însoțit de următoarea frază: „Asta e pentru oameni mari, dar merge și pentru tine“, iar mie *Cuore — inimă de copil*, fără niciun cuvânt care să-mi explice despre ce era vorba. Lila citise atât *Micuțele doamne,* cât și *Cuore — inimă de copil* în foarte scurt timp și spunea că nu exista comparație, după ea, *Micuțele doamne* era foarte frumoasă. Eu nu reușisem s-o citesc, cu greu terminasem *Cuore — inimă de copil* la termenul stabilit de învățătoare ca s-o dau înapoi. Citeam încet, încă fac la fel. Lila, când a trebuit să-i dea înapoi cartea lui Oliviero, se întristase atât din cauză că nu putea reciti la nesfârșit *Micuțele doamne*, cât și din cauză că nu putea să vorbească despre ea cu mine. Așa că într-o dimineață s-a hotărât. M-a strigat din stradă, ne-am dus la lacuri, în locul unde îngropaserăm într-o cutiuță din metal banii de la don Achille, i-am luat și ne-am dus s-o întrebăm pe Iolanda, papetăreasa care ținea expus în vitrină, cine știe de când, un exemplar al romanului *Micuțele doamne* îngălbenit de soare, dacă erau suficienți. Erau suficienți. Cum am devenit proprietarele cărții, am început să ne întâlnim în curte ca s-o citim fie în gând, una lângă cealaltă, fie cu voce tare. Am citit-o luni de zile, de atât de multe ori, încât cartea s-a murdărit, s-a zdrențuit, a pierdut partea din spate, firele au început să iasă, fascicolele să se piardă. Dar era cartea noastră, am iubit-o mult. Eu eram custodele ei, o țineam acasă printre cărțile de școală, fiindcă Lila nu avea curaj s-o țină acasă la ea. Tatăl ei, în ultima vreme, se înfuria doar dacă o prindea citind.

Rino, în schimb, o proteja. Când a apărut problema examenului de admitere, între el și taică-său au izbucnit certuri permanente. Rino, pe vremea aceea, avea vreo șaisprezece ani, era un băiat foarte nervos și începuse o luptă proprie ca să fie plătit pentru munca pe care o făcea. Raționamentul lui era: mă trezesc la șase; vin la magazin și lucrez până la opt seara; vreau un salariu. Dar cuvintele acelea îi scandalizau atât pe tatăl lui, cât și pe mama lui. Rino avea un pat de dormit, avea ce să mănânce, de ce voia bani? Sarcina lui era să ajute familia, nu s-o sărăcească. Dar băiatul insista, credea că e nedrept să trudească la fel cât tatăl său și să nu primească un ban. În punctul acela, Fernando Cerullo îi răspundea cu o răbdare aparentă:

— Eu te plătesc deja, Rino, te plătesc generos învățându-te meseria în întregime: în curând tu nu vei ști doar să refaci tocurile sau marginea sau să refaci o jumătate de talpă exterioară; tatăl tău îți transmite tot ce știe și în curând vei ajunge să faci, profesionist, un pantof întreg.

Dar lui Rino nu-i ajungea plata aceea pe bază de instruire, așa că se certau, mai ales la cină. Începeau vorbind despre bani și încheiau certându-se pentru Lila.

— Dacă tu mă plătești, am eu grijă ca ea să studieze, spunea Rino.

— Să studieze? De ce, eu am studiat?

— Nu.

— Și tu ai studiat?

— Nu.

— Atunci de ce trebuie să studieze sora ta care e femeie?

Chestia se termina aproape întotdeauna cu o palmă peste fața lui Rino, care, într-un fel sau altul, și fără să vrea asta, își jignise tatăl. Băiatul, fără să plângă, își cerea scuze cu o voce răutăcioasă.

Lila tăcea în timpul acelor discuții. Nu mi-a spus-o niciodată, dar eu am rămas cu impresia că în vreme ce eu o uram pe mama, și o uram cu adevărat, profund, ea, în ciuda tuturor celor întâmplate, nu era deloc supărată pe tatăl ei. Spunea că era foarte amabil, spunea că atunci când trebuia să facă socotelile o punea pe ea să i le facă, spunea că-l auzise zicându-le prietenilor că fiica lui era persoana cea mai inteligentă din cartier, spunea că de ziua ei de nume îi ducea el însuși la pat ciocolata caldă și patru biscuiți. Dar nu prea era nimic de făcut, în felul cum vedea el lucrurile nu intra continuarea studiilor ei. Și nu intra nici măcar în posibilitățile lui economice: familia era numeroasă, trăiau greu cu toții din micul atelier, plus două surori nemăritate ale lui Fernando și părinții Nunziei. De aceea, referitor la povestea cu studiul parcă vorbeai la pereți, iar mama ei, în fond, era de aceeași părere. Doar fratele ei gândea diferit și-și înfrunta curajos tatăl. Iar Lila, din motive pe care nu le înțelegeam, se arăta convinsă că Rino va câștiga. Va obține salariul și o va trimite la școală cu banii lui.

— Dacă trebuie plătită vreo taxă, o plătește el, îmi explica.

Era sigură că fratele ei îi va da bani și pentru manuale, chiar și pentru stilouri, penar, pasteluri, glob, șorț și fundă. Îl adora. Mi-a spus că, după terminarea studiilor, voia să câștige mulți bani cu singurul scop de a face din fratele ei persoana cea mai bogată din cartier.

Bogăția, în ultima clasă elementară, a devenit obsesia noastră. Vorbeam despre ea cum se vorbește în romane despre căutarea unei comori. Spuneam: când vom deveni bogate, vom face asta, vom face ailaltă. Dacă ne auzeai, părea că bogăția e ascunsă undeva în cartier, în cufere care, odată deschise, licăresc și așteaptă doar ca noi s-o găsim. Apoi, nu știu de ce, lucrurile s-au schimbat și am început să asociem învățătura cu banii. Ne-am gândit că studiind mult ne-ar fi ajutat să scriem cărți și că acestea ne-ar fi făcut bogate. Bogăția era tot o scânteiere de monede de aur închise în nenumărate lăzi, dar era de-ajuns să învățăm și să scriem o carte ca s-o obținem.

— Scriem una împreună, a spus Lila odată, și lucrul acela m-a umplut de bucurie.

Poate că ideea a prins rădăcini când ea a descoperit că autoarea *Micuțelor doamne* câștigase atât de mulți bani, încât dăduse familiei puțin din averea ei. Dar n-aș fi așa de sigură. Am discutat, eu am spus că puteam începe imediat după examenul de admitere. A fost de acord, dar n-a putut să reziste. În timp ce eu aveam mult de învățat, asta și din cauza lecțiilor de după-amiază cu Spagnuolo și învățătoarea, ea era mai liberă, a început să lucreze și a scris un roman fără mine.

Am fost dezamăgită când mi l-a adus să-l citesc, dar n-am zis nimic, dimpotrivă, mi-am înfrânat dezamăgirea și am întâmpinat-o foarte bucuroasă. Erau vreo zece foi cu pătrățele, îndoite și prinse cu un ac cu gămălie. Avea o copertă desenată cu pasteluri, îmi amintesc titlul. Se numea *La fata blu*[3] și cât

---

3 În italiană, „Zâna albastră".

era de captivantă, câte cuvinte dificile conținea. I-am spus să i-o dea învățătoarei s-o citească. N-a vrut. Am rugat-o, m-am oferit să i-o dau eu. Nu foarte convinsă, a făcut semn din cap că da.

Odată, când mă aflam acasă la Oliviero pentru lecție, am profitat de momentul când Gigliola era la baie ca să scot *La fata blu*. Am spus că era un roman foarte frumos scris de Lila și că Lila voia ca ea să-l citească. Dar învățătoarea, care în ultimii cinci ani fusese mereu entuziasmată de tot ce făcea Lila, mai puțin de răutăți, a răspuns rece:

— Zi-i lui Cerullo că ar face bine să învețe pentru certificatul de absolvire în loc să piardă timpul. Și, deși a păstrat romanul Lilei, l-a pus pe masă fără să-i arunce nici măcar o privire.

Atitudinea aceea m-a dezorientat. Ce se întâmplase? Se supărase pe mama Lilei? Regreta banii pe care părinții Lilei nu voiseră să i-i dea? N-am înțeles. După câteva zile am întrebat-o prudent dacă citise *La fata blu*. Mi-a răspuns pe un ton neobișnuit, neclar, ca și cum numai eu și ea ne-am fi putut cu adevărat înțelege.

— Știi ce e plebea, Greco?

— Da: plebea, tribunii plebei, frații Gracchus.

— Plebea e ceva atât de urât.

— Da.

— Și dacă vrea cineva să rămână plebe, el, fiii lui, fiii fiilor lui nu merită nimic. Las-o baltă pe Cerullo și gândește-te la tine.

Învățătoarea Oliviero n-a spus niciodată nimic despre *Fata blu*. Lila mi-a cerut vești de câteva ori, apoi a renunțat. A spus posacă:

— Cum o să am timp, scriu altul, ăla nu era bun.

— Era foarte frumos.

— Era oribil.

Dar a devenit mai puțin vioaie, mai ales în clasă, probabil pentru că și-a dat seama că Oliviero n-o mai lăuda, ba uneori se arăta enervată de excesele ei de cunoaștere. Când a avut loc concursul de sfârșit de an, a ieșit oricum cea mai bună, dar fără obrăznicia de altădată. La sfârșitul zilei, directorul i-a supus pe cei rămași în competiție — adică Lila, Gigliola și cu mine — unei probleme foarte dificile pe care o inventase el însuși. Gigliola și eu ne-am străduit fără niciun rezultat. Ochii Lilei au devenit, ca de obicei, două crăpături, apoi s-a dedicat problemei. A fost ultima care a capitulat. A spus pe un ton timid, neobișnuit pentru ea, că problema nu se putea rezolva pentru că era ceva greșit în text, dar nu știa ce. Dumnezeule mare, Oliviero a certat-o îngrozitor. O vedeam pe Lila plăpândă, la tablă, cu creta în mână, foarte palidă și mitraliată cu fraze pline de răutate. Simțeam suferința ei, nu puteam suporta tremurul buzei ei inferioare și aproape că am fost gata să izbucnesc în lacrimi.

— Când nu știi să rezolvi o problemă, a concluzionat Oliviero ca un sloi de gheață, nu spui: problema e greșită, spui: nu sunt capabilă s-o rezolv.

Directorul a rămas tăcut. Din câte îmi amintesc, ziua s-a încheiat așa.

16.

Cu puțin înainte de examenul pentru certificatul de absolvire, Lila m-a împins să fac un alt lucru din multele pe care, de una singură, n-aș fi avut niciodată curajul să le fac. Am hotărât să nu ne ducem la școală și am trecut dincolo de granițele cartierului.

Nu se întâmplase niciodată. De când puteam să-mi amintesc, nu mă îndepărtasem niciodată de blocurile albe cu patru niveluri, de curte, de biserica parohială, de părculeț și nici nu avusesem impulsul de a face asta. Treceau încontinuu trenuri dincolo de câmpie, treceau mașini și camioane în sus și-n jos pe șosea și totuși nu reușesc să-mi amintesc nici măcar o ocazie în care mă întreb pe mine însămi, să-l întreb pe tata, pe învățătoare: unde se duc mașinile, camioanele, trenurile, în ce oraș, în ce lume?

Nici Lila nu se arătase niciodată foarte interesată, dar atunci a organizat totul. Mi-a zis să-i povestesc mamei că după școală vom merge toate acasă la învățătoare pentru o petrecere de sfârșit de an școlar și, deși am încercat să-i amintesc că învățătoarele nu ne invitaseră niciodată pe noi, fetele, acasă la ele pentru petrecere, ea a spus că tocmai de aceea trebuia să spunem așa. Evenimentul ar fi părut atât de excepțional, că niciunul dintre părinții noștri n-ar fi avut nerușinarea să meargă să întrebe la școală dacă era adevărat sau nu. Am avut încredere, ca de obicei, și a decurs totul exact cum spusese ea. Acasă la mine ne-au crezut toți, nu doar tata și frații mei, ci și mama.

Cu o noapte înainte n-am putut dormi. Ce era dincolo de cartier, dincolo de perimetrul lui hipercunoscut? În spatele nostru se înălțau un delușor cu foarte mulți copaci și câteva rare construcții dincolo de liniile ferate lucitoare. În fața noastră, peste șosea, se întindea o stradă plină de gropi care înainta de-a lungul lacurilor. La dreapta, ieșind pe poartă, se întindea linia unei câmpii fără copaci sub un cer imens. La stânga era un tunel cu trei deschizături, dar dacă te cățărai până la șinele de tren, în zilele frumoase vedeai, dincolo de unele case joase, ziduri de tuf și o vegetație deasă, un munte celest cu o culme mai joasă și cealaltă ceva mai înaltă, care se numea Vezuviu și era un vulcan.

Dar nimic din ce aveam sub ochi în fiecare zi sau puteam vedea cățărându-ne pe deal nu ne impresiona. Obișnuite, din manuale, să vorbim foarte competent despre ce nu văzuserăm niciodată, ne incita ce nu puteam vedea. Lila spunea că exact în direcția muntelui Vezuviu era marea. Rino, care fusese acolo, îi povestise că era apă albastră, sclipitoare, un spectacol foarte frumos. Duminica, mai ales vara, dar adesea și iarna, el dădea o fugă cu prietenii să facă o baie și-i promisese s-o ia. Nu era singurul, bineînțeles, care văzuse marea, o văzuseră și alții pe care-i cunoșteam. Odată ne vorbiseră despre ea Nino Sarratore și sora lui, Marisa, cu tonul cuiva care credea că e normal să mergi acolo din când în când, să mănânci covrigi și fructe de mare. Și Gigliola Spagnuolo fusese. Ea, Nino, Marisa aveau, spre norocul lor, părinți care-și duceau copiii la plimbare foarte departe, nu doar câțiva pași în părculețul din fața bisericii parohiale. Ai noștri nu erau așa, le lipsea timpul, le lipseau banii, le lipsea voința. Era adevărat că mi se părea că am o vagă amintire albăstruie despre mare, mama susținea că mă dusese când eram mică, atunci când trebuia să facă băi de nisip pentru piciorul rănit. Dar pe mama n-o prea credeam și față de Lila, care nu știa nimic despre mare, recunoșteam că nu știu nimic nici eu. Astfel, ea a plănuit să procedeze ca Rino, să pornească la drum și să meargă acolo singură. M-a convins s-o însoțesc. Mâine.

M-am sculat devreme, am făcut totul ca și cum ar fi trebuit să mă duc la școală, înmuiatul pâinii în laptele cald, ghiozdanul, uniforma. Am așteptat-o, ca de obicei, pe Lila în fața porții, numai că, în loc s-o luăm la dreapta, am traversat șoseaua și am mers la stânga, spre tunel.

Era dimineața devreme și deja cald. Se simțea un miros puternic de pământ și iarbă care se uscau la soare. Am urcat printre arbuști înalți, pe cărări neclare care duceau spre șinele de tren. Odată ajunse lângă un stâlp de electricitate, ne-am scos șorțurile și le-am pus în ghiozdanele pe care le-am ascuns în tufișuri. Apoi am mers în viteză peste câmp, îl cunoșteam foarte bine și am zburat foarte entuziasmate peste un povârniș care ne-a dus în spatele tunelului. Deschizătura din dreapta era foarte neagră, nu pătrunseserăm niciodată în acea obscuritate. Ne-am luat de mână și am mers. Era un pasaj lung, cercul luminos al ieșirii părea departe. Odată obișnuite cu penumbra, am văzut tresărind la reverberația pașilor șuvițele de apă argintie care curgeau de-a lungul pereților, marile băltoace. Am înaintat foarte încordate. Apoi Lila a scos un țipăt și a râs de felul în care sunetul exploda violent. Imediat după am țipat eu și am râs la rândul meu. Din momentul acela n-am făcut altceva decât să țipăm, împreună și separat: râsete și țipete, țipete și râsete, pentru plăcerea de a le auzi amplificate. Încordarea s-a diminuat, a început călătoria.

Aveam în fața noastră multe ore în care nimeni din familiile noastre nu ne-ar fi căutat. Când mă gândesc la plăcerea de a fi liber, mă gândesc la începutul acelei zile, la momentul în care am ieșit din tunel și ne-am trezit pe un drum drept cât vedeai cu ochi, drumul pe care, conform celor spuse de Rino Lilei, ajungeai la mare dacă-l parcurgeai pe tot. M-am simțit expusă necunoscutului cu bucurie. Nimic comparabil cu coborâtul în pivnițe sau cu urcatul până acasă la don Achille. Soarele era încețoșat și se simțea un miros puternic de ars. Am mers mult printre ziduri prăbușite invadate de buruieni, clădiri joase din care se auzeau voci în dialect, uneori un sunet de trompetă. Am văzut un cal care cobora atent de pe un terasament și traversa drumul nechezând. Am văzut o femeie tânără, ieșită pe un balconaș, care se pieptăna cu pieptănul des pentru păduchi. Am văzut mulți copii mucoși care s-au oprit din joacă și ne-au privit amenințător. Am văzut și un bărbat gras în maiou care a țâșnit dintr-o casă părăginită, s-a descheiat la pantaloni și ne-a arătat penisul. Dar nu ne-am speriat de nimic: don Nicola, tatăl lui Enzo, ne lăsa uneori să-i mângâiem calul, copiii erau amenințători și în curtea noastră și era bătrânul don Mimì care ne arăta chestia lui odioasă de fiecare dată când ne întorceam de la școală. Cel puțin trei ore de mers, șoseaua pe care o parcurgeam nu ni s-a părut diferită de segmentul pe care umblam zi de zi. Și eu n-am simțit deloc responsabilitatea căii corecte. Ne țineam de mână, înaintam umăr lângă umăr, dar pentru mine, ca de obicei, era ca și cum Lila se află cu zece pași înaintea mea și știe exact ce să facă, unde să meargă. Eram obișnuită să mă simt a doua în tot și de aceea eram sigură că ei, care dintotdeauna era prima, îi e totul clar: mersul, timpul avut la dispoziție pentru a ne duce și a ne întoarce, traseul ca să ajungem la mare. Simțeam asta ca și cum avea totul ordonat în cap în așa fel încât lumea înconjurătoare n-ar fi reușit niciodată să facă dezordine. M-am abandonat cu bucurie. Îmi amintesc o lumină învăluită care părea să vină nu din cer, ci din străfundul pământului, care însă, dacă o vedeai la suprafață, era săracă, scârboasă.

Apoi am început să obosim, să ne fie sete și foame. Nu ne gândiserăm la asta. Lila a încetinit, am încetinit și eu. Am surprins-o de vreo două, trei ori privindu-mă ca și cum ar fi regretat că-mi face o răutate. Ce se întâmpla? Mi-am dat seama că se uita deseori înapoi și am început să mă uit și eu. Mâna a început să-i transpire. De ceva vreme nu mai aveam în spate tunelul care reprezenta granița cu cartierul. Drumul deja parcurs ne era acum puțin familiar, la fel ca acela care continua să se deschidă în fața noastră. Oamenii păreau complet indiferenți la soarta noastră. În timp ce în jurul nostru se dilata un peisaj al abandonului: bidoane deformate, lemne pârlite, caroserii de mașină, roți de căruță cu spițele rupte, mobile pe jumătate distruse, fiare ruginite. De ce se uita Lila înapoi? De ce nu mai vorbea? Ce nu mergea?

Am privit mai bine. Cerul, care la început era foarte sus, parcă se lăsase-n jos. În spatele nostru devenea totul negru, erau nori mari, grei, care se sprijineau pe copaci, pe stâlpii de lumină. În fața noastră, în schimb, lumina era încă orbitoare, dar parcă apăsată pe margini de un gri-violaceu care încerca s-o sufoce. S-au auzit tunete îndepărtate. Mi-a fost frică, dar ce m-a speriat mai mult a fost expresia Lilei, nouă pentru mine. Avea gura deschisă, ochii holbați, privea agitată înainte, înapoi, într-o parte și-mi strângea mâna foarte puternic. E posibil, m-am întrebat, să-i fie frică? Ce i se întâmplă?

Au sosit primii stropi de ploaie, au lovit praful de pe drum lăsând mici pete maro.

— Să ne întoarcem, a spus Lila.

— Și marea?

— E prea departe.

— Și casa?

— La fel.

— Atunci să mergem la mare.

— Nu.

— De ce?

Am văzut-o agitată cum n-o văzusem niciodată. Era ceva — ceva ce-i stătea pe vârful limbii, dar nu se hotăra să-mi spună — care dintr-odată o obliga să mă târască în grabă înapoi acasă. Nu înțelegeam: de ce nu înaintam? Era timp, marea probabil că nu era departe și dacă ne-am fi întors acasă sau am fi continuat drumul, oricum ne-am fi udat dacă ar fi venit ploaia. Era o schemă de raționament pe care o învățasem de la ea și eram uimită că nu o aplică.

O lumină violet a despicat cerul negru, a tunat mai puternic. Lila m-a smucit, m-am trezit, nu foarte convinsă, că alerg în direcția cartierului. S-a pornit vântul, stropii mari s-au îndesit, în câteva secunde s-au transformat într-o cascadă. Niciuneia dintre noi nu i-a trecut prin minte să caute un adăpost. Am alergat orbite de ploaie, cu hainele imediat fleașcă, cu picioarele goale în sandale ponosite care nu prea făceau priză pe terenul de-acum noroios. Am alergat cât ne-a ținut răsuflarea.

Apoi n-am mai putut, am încetinit. Fulgere, tunete, un șuvoi de apă de ploaie curgea pe marginile șoselei, camioane foarte zgomotoase treceau în viteză ridicând valuri de mocirlă. Am parcurs drumul cu pași rapizi, inima surescitată, mai întâi pe sub torenți, apoi pe sub o ploaie fină, în sfârșit pe sub un cer gri. Eram ude leoarcă, cu părul lipit de țeastă, buzele livide, privirea înspăimântată. Am traversat din nou tunelul, am urcat pe câmp. Arbuștii plini de apă ne atingeau în treacăt și ne făceau să tremurăm de frig. Am găsit ghiozdanele, ne-am pus uniformele uscate peste hainele ude, am pornit spre casă. Încordată, uitându-se tot timpul în jos, Lila nu mi-a mai dat mâna.

Am înțeles repede că nimic nu mersese cum prevăzuserăm. Cerul se făcuse negru deasupra cartierului concomitent cu ieșirea de la școală. Mama se dusese la școală cu umbrela ca să mă însoțească la petrecerea învățătoarei. Aflase că nu eram acolo, că nu era nicio petrecere. Mă căuta de ore întregi. Când i-am văzut de departe silueta înduioșător de imperfectă, am lăsat-o imediat pe Lila ca să n-o certe pe ea și i-am alergat în întâmpinare. Nici nu m-a lăsat să vorbesc. M-a lovit cu palmele și cu umbrela, urlând că mă va omorî dacă am să mai fac așa ceva.

Lila a șters-o, la ea acasă nimeni nu băgase nimic de seamă.

Seara, mama i-a spus totul tatălui meu și l-a obligat să mă bată. El s-a enervat, de fapt nu voia, au ajuns să se certe. Mai întâi i-a tras o palmă, apoi, furios pe sine însuși, m-a bătut zdravăn. Toată noaptea am încercat să înțeleg ce se întâmplase cu adevărat. Trebuia să mergem la mare și nu merseserăm, o încasasem degeaba. Se verificase o misterioasă inversiune de atitudini: eu, în ciuda ploii, aș fi continuat drumul, mă simțeam departe de tot și de toți și depărtarea — descoperisem pentru prima oară — anula în mine orice legătură și orice grijă; Lila își regretase brusc propriul plan, renunțase la mare, voise să se întoarcă între granițele cartierului. Eram derutată.

A doua zi n-am așteptat-o la poartă, m-am dus singură la școală. Ne-am întâlnit în părculeț, ea mi-a văzut vânătăile de pe brațe și m-a întrebat ce se întâmplase. Am dat din umeri, așa ieșiseră lucrurile.

— Doar te-au bătut?

— Și ce trebuiau să-mi facă?

— Te mai trimit să studiezi latina?

Am privit-o uluită.

Era posibil? Mă târâse după ea dorindu-și ca părinții mei, drept pedeapsă, să nu mă mai trimită la școala medie? Sau mă dusese înapoi în mare grabă tocmai ca să evit pedeapsa aceea? Sau — mă întreb azi — își dorise, în momente diferite, și una, și alta?

17.

Am dat împreună examenul pentru certificatul de absolvire. Când și-a dat seama că eu îl voi da și pe cel de admitere, și-a pierdut energia. S-a întâmplat astfel ceva ce i-a surprins pe toți: eu am trecut ambele examene numai cu zece; Lila a luat certificatul de absolvire cu note de nouă și opt la aritmetică.

Nu mi-a spus nici măcar un cuvânt de furie sau de nemulțumire. A început în schimb să se alieze cu Carmela Peluso, fiica tâmplarului-jucător, ca și cum eu nu-i mai eram de-ajuns. În decurs de câteva zile am devenit un trio în care însă eu, care ieșisem prima la școală, tindeam să fiu aproape mereu a treia. Vorbeau și glumeau întruna între ele sau, mai bine zis, Lila vorbea și glumea, Carmela asculta și se distra. Când ieșeam la plimbare între biserică și șosea, Lila stătea întotdeauna în mijloc și noi două pe margini. Dacă-mi dădeam seama că ea urmărea să se apropie mai mult de Carmela, suferеam și voiam să mă întorc acasă.

În acea ultimă fază parcă era amețită, părea victima unei insolații. Era deja foarte cald și ne udam adesea capul la fântână. Mi-o amintesc cu părul și fața șiroindu-i de apă voind să vorbească neîncetat despre momentul în care am fi mers la școală în anul următor. Devenise subiectul ei preferat și-l aborda ca și cum ar fi fost una dintre poveștile pe care intenționa să le scrie ca să devină bogată. Când vorbea, acum, prefera să i se adreseze

Carmelei Peluso, care luase certificatul de absolvire numai cu șapte și nu dăduse nici ea examenul de admitere.

Lila era foarte abilă când povestea, totul părea adevărat, școala unde am fi mers, profesorii, și mă făcea să râd, mă făcea să mă îngrijorez. Dar într-o dimineață am întrerupt-o.

— Lila, i-am spus, tu nu poți merge la școala medie, nu ai dat examenul de admitere. Nici tu, nici Peluso nu puteți merge.

S-a enervat. A spus că se va duce oricum, cu examen sau fără.

— Și Carmela?

— Și ea.

— E imposibil.

— Ai să vezi.

Dar cuvintele mele probabil că au scuturat-o zdravăn. De atunci a încetat cu poveștile despre viitorul nostru școlar și a redevenit tăcută. Apoi, cu o determinare neașteptată, a început să-și chinuie familia urlând că voia să studieze latina ca mine și ca Gigliola Spagnuolo. S-a supărat mai ales pe Rino, care promisese s-o ajute, dar n-o făcuse. Era inutil să-i explici că deja nu se mai putea face nimic, devenea și mai irațională, și mai rea.

La începutul verii m-a apucat un sentiment dificil de așezat în cuvinte. O vedeam nervoasă, agresivă cum fusese întotdeauna și eram bucuroasă, o recunoșteam. Dar simțeam, de asemenea, în spatele vechiului ei comportament, o durere care mă enerva. Suferea și durerea ei nu-mi plăcea. O preferam când era diferită de mine, foarte departe de anxietățile mele. Și disconfortul pe care-l aveam descoperind-o fragilă se transforma, pe căi secrete, într-o nevoie a mea de superioritate. Imediat cum puteam, prudent, mai ales când nu era cu noi Carmela Peluso, găseam modul de a-i aminti că luasem note mai bune decât ea. Imediat cum puteam, prudent, îi semnalam că eu mă duceam la școala medie și ea nu. Pentru prima dată mi s-a părut un succes să nu mai fiu a doua, s-o întrec. Probabil că și-a dat seama și a devenit și mai aspră, dar nu cu mine, ci cu familia ei.

Adesea, în timp ce așteptam să vină jos în curte, îi auzeam țipetele care ieșeau pe ferestre. Emitea insulte în cel mai urât dialect al străzii, atât de spurcate, încât, auzindu-le, simțeam nevoia de ordine și de respect, nu mi se părea drept să-i trateze pe cei mari în felul acela, nici pe fratele ei. Desigur, tatăl, Fernando cârpaciul, când îl apucau dracii, devenea rău. Dar toți tații se înfuriau. Cu atât mai mult cu cât al ei, când ea nu-l provoca, era un om drăguț, simpatic, muncitor. Semăna la față cu un actor care se numea Randolph Scott, dar fără nicio finețe. Era mai necioplit, fără culori deschise, avea o ditamai barba neagră care-i creștea până sub ochi și niște mâini late și scurte brăzdate de mizerie în fiecare cută și sub unghii. Glumea bucuros. Când mă duceam acasă la Lila, îmi prindea nasul între arătător și degetul mijlociu și se prefăcea că mi-l smulge. Voia să mă facă să cred că mi-l furase și că acum nasul i se agita prizonier între degete cu intenția de a scăpa și a reveni la locul lui. Mi se părea amuzant. Dar dacă Rino sau Lila sau ceilalți copii îl enervau, auzindu-l din stradă mă speriam și eu.

Nu știu ce s-a întâmplat într-o după-amiază. Vara stăteam afară până la ora cinei. De data aceea Lila nu se arăta, m-am dus s-o strig sub fereastra ei care era la parter. Strigam: „Lì, Lì, Lì" și vocea mea se adăuga vocii foarte ridicate a lui Fernando, vocii ridicate a soției lui, vocii insistente a prietenei mele. Am simțit clar că se întâmpla ceva ce mă îngrozea. Pe ferestre se auzea o napoletană vulgară și vacarmul de obiecte sparte. Aparent, nu diferea cu nimic de ce se întâmpla acasă la mine când mama se enerva că nu ajungeau banii și tata se enerva că ea cheltuise deja partea din salariu pe care i-o dăduse. În realitate, era o diferență substanțială. Tata se stăpânea chiar și când era nervos, devenea violent în surdină, nelăsându-și vocea să izbucnească chiar dacă i se umflau oricum venele de la gât și îi luau foc ochii. Fernando, în schimb, urla, spărgea lucruri și furia i se autoalimenta, nu se putea opri, dimpotrivă, tentativele soției lui de a-l potoli îl făceau și mai furibund și, chiar dacă nu era supărat pe ea, sfârșea prin a o lovi. Așadar, o strigam pe Lila insistent și ca s-o scot din manifestarea aceea violentă de țipete, de obscenități, de zgomote ale distrugerii. Strigam: „Lì, Lì, Lì", dar ea — am auzit-o — nu contenea să-și insulte tatăl.

Aveam zece ani, nu peste mult timp urma să facem unsprezece. Eu mă împlineam tot mai mult, Lila rămânea mică de statură, foarte slabă, era ușoară și delicată. Brusc țipetele au încetat și, după câteva clipe, prietena mea a zburat pe fereastră, a trecut peste capul meu și a aterizat în spatele meu pe asfalt.

Am rămas cu gura căscată. Fernando a apărut la fereastră continuând să zbiere amenințări oribile spre fiica lui. O aruncase ca pe un obiect.

Am privit-o îngrozită în timp ce încerca să se ridice și îmi spunea cu o grimasă aproape amuzată:

— N-am pățit nimic.

Dar sângera și își rupsese un braț.

18.

Tații le puteau face una și alta fetelor impertinente. Pe urmă, Fernando a devenit mai posac, muncea mai mult ca de obicei. Toată vara s-a întâmplat adesea ca eu, Carmela și Lila să trecem prin fața micului lui atelier, dar în vreme ce Rino ne făcea mereu un semn vesel de salut, cârpaciul, cât timp fiica lui a avut brațul în ghips, nici măcar nu s-a uitat la ea. Se vedea că îi părea rău. Violențele lui de tată erau o nimica toată în comparație cu violența răspândită în cartier. La cafeneaua Solara, odată cu vremea caldă, între pierderi la jocuri de noroc și beții enervante, se ajungea deseori la disperare (cuvânt care, în dialect, însemna că ți-ai pierdut orice speranță, dar și, totodată, că rămăseseși fără un ban) și deci la ciomăgeli. Silvio Solara, patronul, voinic, cu o burtă impunătoare, ochi albaștri și frunte foarte înaltă, avea o bâtă neagră în spatele tejghelei cu care nu ezita să-i lovească pe cei care nu plăteau consumația, pe cei care ceruseră împrumuturi și la scadență nu voiau să le restituie, pe cei care făceau tot felul de înțelegeri, dar nu le respectau și, adesea, era ajutat de fiii lui, Marcello și Michele, băieți de vârsta fratelui Lilei, care însă loveau și mai dur decât tatăl lor. Acolo loviturile de bâtă se dădeau și se primeau. Apoi bărbații se întorceau acasă înfuriați de banii pierduți la joc, de alcool, de datorii, de scadențe, de lovituri și, la primul cuvânt greșit, îi băteau pe cei din familie, un lanț de nedreptăți care genera nedreptăți.

În toiul acestui anotimp foarte lung s-a întâmplat ceva care i-a tulburat pe toți, dar care asupra Lilei a avut un efect deosebit. Don Achille, teribilul don Achille, a fost omorât în casa lui la începutul după-amiezii unei zile de august surprinzător de ploioase.

Era în bucătărie, tocmai deschisese fereastra ca să lase să intre aerul proaspăt al ploii. Se ridicase din pat înadins, întrerupându-și siesta. Purta o pijama bleu foarte uzată, în picioare avea doar șosete de-o culoare gălbuie înnegrită la călcâie. Imediat cum a deschis fereastra a primit peste față o rafală de ploaie și pe partea dreaptă a gâtului, exact la mijloc între mandibulă și claviculă, o lovitură de cuțit.

Sângele i-a țâșnit din gât și a pocnit o oală de cupru agățată pe perete. Cuprul era atât de strălucitor, că sângele părea o pată de cerneală din care — ne povestea Lila — se scurgea, nesigur, o dâră neagră. Asasinul — dar ea înclina spre o asasină — nu intrase prin efracție, la o oră când copiii și tinerii erau pe stradă, iar cei mari, dacă nu se aflau la muncă, se odihneau. Deschisese în mod sigur cu o cheie falsă. Intenționase în mod sigur să-l lovească în inimă în timp ce dormea, dar îl găsise treaz și îi dăduse lovitura aceea la gât. Don Achille se întorsese, cu lama înfiptă toată în gât, ochii holbați și sângele ieșind în râuri și curgând pe pijama. Pe urmă căzuse în genunchi și apoi cu fața la pământ.

Omorul o impresionase atât de mult pe Lila, încât aproape în fiecare zi, serioasă, adăugând mereu noi detalii, ne obliga să ascultăm povestea, ca și cum ar fi fost prezentă. Atât eu, cât și Carmela Peluso, auzind-o, ne speriam, Carmela chiar nu dormea noaptea. În momentele cele mai groaznice, când dâra neagră de sânge se scurgea pe oala de cupru, ochii Lilei deveneau două crăpături feroce. În mod sigur își imagina că vinovatul e femeie doar pentru că îi venea mai ușor să se identifice cu ea.

În perioada aceea mergeam des acasă la familia Peluso să jucăm dame sau brelan, pe Lila o apucase acea pasiune. Mama Carmelei ne lăsa să intrăm în sufragerie, unde toate mobilele fuseseră făcute de soțul ei când don Achille nu-i luase încă uneltele de tâmplar și atelierul. Ne așezam la masa poziționată între două bufete cu oglinzi și jucam. Carmela îmi era tot mai antipatică, dar mă prefăceam că sunt prietenă cu ea cel puțin cât eram cu Lila, ba, în unele împrejurări, lăsam să se creadă chiar că țineam mai mult la ea. În schimb, îmi era foarte simpatică doamna Peluso. Lucrase la fabrica de tutun, dar de câteva luni își pierduse locul de muncă și stătea tot timpul în casă. Era oricum, la bine și la rău, o persoană veselă, grasă, cu sâni mari, obrajii aprinși de două văpăi roșii și, chiar dacă banii lipseau, avea mereu ceva bun să ne ofere. Și soțul ei părea puțin mai liniștit. Acum era ospătar într-o pizzerie și se străduia să nu mai meargă la cafeneaua Solara să piardă la cărți puținul pe care-l câștiga.

Într-o dimineață stăteam în sufragerie jucând dame, eu și Carmela împotriva Lilei. Stăteam la masă, noi două pe o parte, ea pe cealaltă. Atât în spatele Lilei, cât și în spatele meu și al Carmelei erau mobile cu oglinzi, identice. Erau din lemn închis la culoare și aveau o ramă cu volute. Mă uitam la noi trei reflectate la infinit și nu reușeam să mă concentrez atât din cauza tuturor imaginilor noastre care nu-mi plăceau, cât și din cauza țipetelor lui Alfredo Peluso, care, în ziua aceea, era foarte nervos și se supăra pe soția lui, Giuseppina.

La un moment dat cineva a bătut la ușă și s-a dus să deschidă doamna Peluso. Exclamații, țipete. Noi trei am apărut pe hol și i-am văzut pe carabinieri, persoane de care ne era foarte teamă. Carabinierii l-au înșfăcat pe Alfredo și l-au luat cu ei. El dădea din mâini, urla, îi striga pe nume pe fiii lui, Pasquale, Carmela, Ciro, Immacolata, se agăța de mobilele făcute cu mâna lui, de scaune, de Giuseppina, jura că nu-l omorâse pe don Achille, că era nevinovat. Carmela plângea disperată, plângeau toți, am început să plâng și eu. Lila nu, Lila a avut privirea aceea pe care o avusese cu ani în urmă pentru Melina, dar cu unele diferențe: acum, deși rămânând imobilă, părea că se mișcă odată cu Alfredo Peluso, care scotea țipete răgușite, aaah, înspăimântătoare.

A fost lucrul cel mai groaznic la care am asistat în decursul copilăriei noastre, m-a impresionat mult. Lila a avut grijă de Carmela, a consolat-o. Îi spunea că, dacă într-adevăr fusese tatăl ei, făcuse foarte bine că-l omorâse pe don Achille, dar că, după părerea ei, nu fusese el: cu siguranță era nevinovat și urma să iasă din închisoare repede. Șușoteau între ele neîncetat, și dacă mă apropiam, se duceau puțin mai încolo ca eu să nu aud.

Adolescența

POVESTEA PANTOFILOR

1.

Pe 31 decembrie 1958, Lila a avut primul episod de tăiere a marginilor. Expresia nu e a mea, a folosit-o întotdeauna ea, forțând semnificația obișnuită a cuvintelor. Spunea că în acele momente se dizolvau pe neașteptate marginile persoanelor și ale lucrurilor. Când, în noaptea aceea, pe terasa unde sărbătoream sosirea anului 1959 a pocnit-o brusc o senzație de genul acela, s-a speriat și a ținut chestia pentru ea, incapabilă încă s-o denumească. Abia câțiva ani mai târziu, într-o seară de noiembrie a anului 1980 — aveam deja amândouă treizeci și șase de ani, eram căsătorite, cu copii —, mi-a povestit amănunțit ce i se întâmplase în acea împrejurare, ce i se întâmpla încă și a recurs, pentru prima dată, la acea expresie.

Eram afară, pe terasa unuia dintre blocurile din cartier. Deși era foarte frig, purtam rochii lejere și decoltate ca să părem frumoase. Îi priveam pe băieți, care erau veseli, agresivi, siluete negre răvășite de petrecere, de mâncare, de șampanie. Aprindeau fitilele artificiilor ca să sărbătorească noul an, ritual la a cărui realizare Lila, cum mi-a povestit pe urmă, colaborase foarte mult, astfel încât acum se simțea bucuroasă, privea dungile de foc pe cer. Dar, dintr-odată — mi-a spus —, în ciuda frigului, începuse să asude. I se păruse că toți strigă prea mult și că se mișcă prea repede. Această senzație a fost însoțită de greață și avusese impresia că ceva absolut material, prezent dintotdeauna în jurul ei și în jurul tuturor oamenilor și lucrurilor, dar fără să-l poți percepe, distruge contururile persoanelor și lucrurilor ieșind la iveală.

Inima se apucase să-i bată necontrolat. Începuseră s-o îngrozească urletele care ieșeau din gura tuturor celor care se mișcau pe terasă, prin fum și pocnituri, ca și cum sonoritatea lor asculta de legi noi și necunoscute. Senzația de greață crescuse, dialectul își pierduse orice familiaritate, îi devenise insuportabil modul în care gâtlejurile noastre scăldau cuvintele în lichidul salivei. O senzație de repulsie asaltase toate corpurile în mișcare, structura lor osoasă, frenezia care le zgâlțâia. Cât suntem de prost alcătuiți, se gândise, cât suntem de inadecvați. Umerii largi, brațele, picioarele, urechile, nasurile, ochii i se păruseră atribute ale unor ființe monstruoase, picate din vreun cotlon al cerului negru. Și dezgustul, cine știe de ce, se concentrase mai ales asupra corpului fratelui ei, Rino, persoana care totuși îi era mai familiară, persoana pe care o iubea mai mult.

I se păruse că-l vede pentru prima dată cum era în realitate: o formă animală bondoacă, masivă, cea mai urlătoare, cea mai feroce, cea mai avidă, cea mai meschină. Agitația inimii o copleșise, simțise că se sufocă. Prea mult fum, prea mult miros urât, prea multă strălucire de artificii în ger. Lila încercase să se liniștească, își spusese: trebuie să înșfac dâra care mă traversează, trebuie s-o alung din mine. Dar în punctul acela auzise, printre strigătele de bucurie, un fel de detonare și, în apropierea ei, trecuse ceva ca o bătaie de aripi. Cineva nu mai trăgea focuri de artificii și petarde, ci focuri de armă. Fratele ei, Rino, urla obscenități insuportabile în direcția scânteierilor gălbui.

Cu prilejul acelei povestiri, Lila mi-a spus și că lucrul pe care-l numește tăierea marginilor, deși venise peste ea în mod clar cu acea ocazie, nu-i era complet nou. De exemplu, avusese deja adesea senzația că se transferă, pentru câteva fracțiuni de secundă, într-o persoană sau un lucru sau un număr sau o silabă, violându-i contururile. Și în ziua în care tatăl ei o aruncase pe fereastră fusese absolut sigură, chiar în timp ce zbura spre asfalt, că animale mici roșietice, foarte prietenoase, dizolvă compoziția străzii, transformând-o într-o materie netedă și moale. Dar în noaptea aceea de Anul Nou i se întâmplase pentru prima dată să perceapă entități necunoscute care distrugeau profilul lumii și-i arătau natura înspăimântătoare. Asta o tulburase.

2.

Când Lilei i-au scos ghipsul și i-a reapărut un braț mic, alburiu, dar perfect funcțional, tatăl ei, Fernando, a ajuns la o mijlocire cu sine însuși și, fără să se pronunțe direct, ci prin gura lui Rino și a soției lui, Nunzia, i-a îngăduit să frecventeze o școală nu știu bine ca să învețe ce, stenodactilografie sau contabilitate, sau economie casnică, sau toate trei disciplinele.

Ea s-a dus în silă. Nunzia a fost convocată de profesori pentru că fiica lipsea adesea nemotivat, deranja lecția, dacă era întrebată, refuza să răspundă, dacă trebuia să facă exercițiile, le făcea în cinci minute și apoi le sâcâia pe colegele ei. La un moment dat, a răcit foarte rău, ea care nu se îmbolnăvea niciodată, și a părut că primește răceala cu un fel de abandon, astfel că virusul i-a luat curând toată energia. Treceau zilele și nu se putea restabili. Imediat cum încerca să revină în circulație, mai palidă ca de obicei, o apuca febra. Într-o zi am văzut-o pe stradă și mi s-a părut o stafie, stafia unei fetițe care mâncase bace otrăvitoare cum văzusem desenat într-o carte a învățătoarei Oliviero. Apoi s-a răspândit zvonul că va muri curând, chestie care mi-a provocat o neliniște insuportabilă. În schimb, și-a revenit, aproape fără voia ei. Dar la școală, cu scuza că nu era în putere, s-a dus tot mai rar și la sfârșitul anului a fost respinsă.

Nici eu nu m-am simțit bine în clasa întâi de la școala medie. Inițial am avut mari așteptări și, chiar dacă nu mi-o spuneam cu claritate, eram bucuroasă că ajunsesem acolo împreună cu Gigliola Spagnuolo și nu împreună cu Lila. Într-un loc din mine, foarte secret, mă bucuram anticipat de o școală la care ea n-ar fi avut niciodată acces, unde în absența ei aș fi fost cea mai bună și despre care, dacă aveam ocazia, aș fi putut să-i vorbesc lăudându-mă. Dar am început repede să mă descurc greu, s-au dovedit destui mai buni decât mine. Am ajuns împreună cu

Gigliola într-un fel de mlaştină, eram nişte animăluţe speriate de propria noastră mediocritate şi am luptat tot anul să nu ne găsim printre ultimii. Am fost foarte dezamăgită. A început să apară, în surdină, ideea că fără Lila nu voi mai simţi niciodată plăcerea de a aparţine grupului foarte restrâns al celor mai buni.

Din când în când, la intrare, îl întâlneam pe Alfonso, fiul cel mic al lui don Achille, dar ne prefăceam că nu ne cunoaştem. Eu nu ştiam ce să-i spun, credeam că Alfredo Peluso făcuse bine că-i omorâse tatăl şi nu-mi veneau cuvinte de consolare. Nu reuşea nici măcar să mă emoţioneze condiţia lui de orfan, era ca şi cum el se făcea puţin vinovat de frica pe care o simţisem ani de zile faţă de don Achille. Avea o panglică neagră cusută pe jachetă, nu râdea niciodată, îşi vedea mereu de-ale lui. Nu era în aceeaşi clasă cu mine şi mergea vorba că e foarte bun. La sfârşitul anului s-a ştiut că fusese promovat cu media opt şi chestia m-a deprimat rău. Gigliola a rămas corijentă la latină şi matematică, eu m-am descurcat numai cu note de şase.

La afişarea rezultatelor, profesoara a convocat-o pe mama, i-a spus în prezenţa mea că mă salvasem la latină doar datorită generozităţii ei, dar că fără lecţii în particular anul următor cu siguranţă n-aş fi reuşit. M-am simţit de două ori umilită: mi-a fost ruşine pentru că nu fusesem în stare să fiu bună ca în şcoala primară şi mi-a fost ruşine din cauza diferenţei dintre silueta armonioasă, îmbrăcată decent a profesoarei, dintre italiana ei care semăna puţin cu cea din *Iliada* şi silueta strâmbă a mamei mele, cu pantofii vechi, părul lipsit de strălucire, dialectul supus unei italiene agramate.

Şi mama probabil că a simţit povara acelei umilinţe. S-a întors acasă ameninţătoare, i-a spus tatei că profesorii nu sunt mulţumiţi de mine, că ea avea nevoie de ajutor în casă şi că trebuia să termin cu studiile. Au discutat mult, s-au certat şi, în cele din urmă, tata a hotărât că, fiindcă fusesem oricum promovată în timp ce Gigliola rămăsese corijentă chiar la două materii, meritam să continui.

Am petrecut o vară letargică, în curte, la lacuri, în general în compania Gigliolei care-mi vorbea adesea despre tânărul student care venea acasă să-i dea meditații și care, după părerea ei, o iubea. Eu o ascultam, dar mă plictiseam. Din când în când, o vedeam pe Lila la plimbare cu Carmela Peluso, și ea făcuse o școală de nu știu ce anume și fusese și ea respinsă. Simțeam că Lila nu voia să mai fie prietena mea și gândul mă obosea într-atât de parcă mă lua somnul. Uneori, sperând că mama nu mă vede, mă duceam să mă întind pe pat și ațipeam.

Într-o după-amiază am adormit de-a binelea și, când m-am trezit, m-am simțit udă. M-am dus la closet să văd ce aveam și am descoperit chiloții murdari de sânge. Înspăimântată nu știu bine de ce, poate de un posibil reproș al mamei că-mi făcusem rău între picioare, i-am spălat bine, bine, i-am stors și mi i-am pus din nou uzi. Apoi am ieșit în căldura din curte. Îmi bătea inima de frică.

M-am întâlnit cu Lila și Carmela, am mers cu ele la plimbare până la biserică. Am simțit că mă ud din nou, dar am încercat să mă liniștesc gândindu-mă că e umezeala chiloților. Când teama a devenit insuportabilă, i-am șoptit Lilei:

— Trebuie să-ți spun ceva.

— Ce?

— Vreau să-ți spun numai ție.

Am prins-o de un braț încercând s-o iau de lângă Carmela, dar Carmela a venit după noi. Era atât de mare îngrijorarea, că până la urmă le-am mărturisit amândurora, dar adresându-mă doar Lilei.

— Ce poate fi? am întrebat.

Carmela știa tot. Ei sângele îi venea de un an deja, în fiecare lună.

— E normal, a spus. Femeile îl au prin natura lor: sângerezi câteva zile, te dor burta și spatele, dar pe urmă trece.

— Sigur?

— Sigur.

Tăcerea Lilei m-a împins spre Carmela. Naturalețea cu care-mi spusese puținul pe care-l știa m-a liniștit și mi-a făcut-o simpatică. Am petrecut toată după-amiaza vorbind cu ea, până la ora cinei. Nu mureai din cauza acelei răni, am lămurit. Dimpotrivă „înseamnă că ești mare și că poți face copii dacă un băiat îți pune în burtă chestia lui".

Lila a stat să ne asculte fără să spună mai nimic. Am întrebat-o dacă ea avea sângele, ca noi, și am văzut-o ezitând, apoi, împotriva voinței ei, ne-a răspuns că nu. Dintr-odată mi s-a părut mică, mai mică față de cum o văzusem mereu. Era cu șase sau șapte centimetri mai scundă, numai piele și os, foarte palidă în ciuda zilelor petrecute afară. Și fusese respinsă. Și nu știa nici măcar ce era sângele. Și niciun băiat nu-i făcuse niciodată o declarație.

— Îți va veni și ție, i-am spus amândouă pe un ton prefăcut de consolare.

— Mi se rupe, a spus, eu nu-l am pentru că nu vreau să am, mi-e scârbă de el. Și mi-e scârbă și de cine-l are.

A dat să plece, dar apoi s-a întors și m-a întrebat:

— Cum e latina?

— Frumoasă.

— Ești bună?

— Foarte.

S-a gândit și a bombănit:

— Eu i-am făcut să mă respingă înadins. Nu mai vreau să merg la nicio școală.

— Și ce-ai să faci?

— Ce-mi place mie.

Ne-a lăsat acolo în mijlocul curții și a plecat.

În restul verii nu s-a mai arătat. Am devenit foarte bună prietenă cu Carmela Peluso, care, deși oscila enervant între prea multe râsete și prea multe vaiete, suferise influența Lilei într-o formă atât de puternică, încât devenea, din când în când, un fel de surogat al ei. Carmela vorbea imitându-i intonațiile, îi folosea unele expresii recurente, gesticula într-un mod asemănător și, când mergea, încerca să se miște ca ea, chiar dacă fizic îmi semăna mai mult mie: grațioasă și dolofană, plesnea de sănătate. Felul ăla de apropiere nemeritată pe de o parte mă supăra, pe de alta mă atrăgea. Oscilam între iritare, cauzată de o nouă versiune care mi se părea o caricatură, și fascinație, pentru că, deși palide, felurile de a fi ale Lilei mă încântau oricum. Acelea au fost cele care, în cele din urmă, m-au legat de Carmela. A povestit cât fusese de urâtă noua școală: toți o necăjeau și profesorii nu suportau s-o vadă. A povestit despre dățile în care mergea la Poggioreale împreună cu mama și frații ei ca să-și viziteze tatăl și de cât plângeau. A povestit că tatăl ei era nevinovat, că pe don Achille îl omorâse o ființă negricioasă, puțin mascul, dar mai ales femelă, care trăia împreună cu șoarecii și ieșea din gurile de canal chiar și ziua și făcea lucrurile teribile pe care trebuia să le facă pentru ca apoi s-o ia la sănătoasa sub pământ. A povestit, pe neașteptate, cu un zâmbet îngâmfat, că era îndrăgostită de Alfonso Carracci. Imediat după, de la zâmbet a trecut la lacrimi: era o iubire care o chinuia și o epuiza, fiica asasinului se îndrăgostise de fiul victimei. Îi era de ajuns să-l vadă traversând curtea sau de-a lungul șoselei ca să simtă că leșină.

Ultima confidență m-a impresionat mult și ne-a consolidat prietenia. Carmela a jurat că nu vorbise niciodată cu nimeni despre asta, nici măcar cu Lila: dacă hotărâse să fie deschisă față de mine, era pentru că nu mai putea să țină totul în ea. Mi-a plăcut tonul ei dramatic. Am analizat toate consecințele posibile ale acelei pasiuni până când s-au redeschis școlile și eu n-am mai avut timp să stau s-o ascult.

Ce poveste. Nici măcar Lila, poate, n-ar fi știut să construiască o astfel de narațiune.

3.

A început o perioadă de indispoziție. M-am îngrășat, la piept s-au ivit, sub piele, două vlăstare foarte dure, a apărut părul la subsuori și pe pubis, am devenit tristă și totodată nervoasă. La școală am făcut mai mult efort decât în anii precedenți, exercițiile de matematică nu dădeau aproape niciodată rezultatul trecut în manual, frazele în latină mi se păreau fără cap și coadă. Imediat cum puteam, mă închideam în closet și mă priveam în oglindă, goală. Nu mai știam cine sunt. Am început să suspectez faptul că m-aș fi schimbat tot mai mult, până când din mine ar fi apărut cu adevărat mama, șchioapă, cu ochiul strabic și nimeni nu m-ar fi iubit. Plângeam adesea, pe neașteptate. Pieptul, între timp, din dur cum era a devenit mai mare și mai moale. M-am simțit în voia unor forțe obscure care acționau în corpul meu, eram mereu agitată.

Într-o dimineață, la ieșirea de la școală, Gino, fiul farmacistului, m-a urmărit pe stradă și mi-a spus că, după colegii lui, sânii mei nu erau adevărați, că-mi puneam vată. Vorbea și râdea. A spus că el, în schimb, credea că sunt adevărați, pusese pariu pe 20 de lire. A spus, în sfârșit, că, în cazul în care ar fi câștigat, zece lire le-ar fi păstrat el și zece mi-ar fi dat mie, dar trebuia să-i demonstrez că nu aveam vată.

M-a speriat rău ce mi-a cerut. Pentru că nu știam cum să mă comport, am recurs, în mod conștient, la tonul obraznic al Lilei:

— Dă-mi cele zece lire.

— De ce, am dreptate eu?

— Da.

A fugit, eu am plecat dezamăgită. Dar, la scurt timp după, m-a ajuns însoțit de un tip din clasa lui, unul foarte slab al cărui nume nu mi-l amintesc, cu un pufușor închis la culoare deasupra buzei. Gino mi-a spus:

— Trebuie să fie și el prezent, altfel ceilalți nu ne cred că am câștigat.

Am recurs din nou la tonul Lilei:

— Mai întâi banii.

— Și dacă ai vată?

— Nu am.

Mi-a dat zece lire și am urcat toți trei, în tăcere, până la ultimul etaj al unui bloc care se afla la câțiva metri de părculeț. Acolo, lângă ușița din fier care dădea spre terasă, desenată clar de segmente subțiri de lumină, mi-am ridicat tricoul și le-am arătat sânii. Cei doi au rămas încremeniți cu o expresie de parcă nu le venea să creadă ce aveau sub ochi. Apoi s-au întors și au fugit în jos pe scări.

Am răsuflat ușurată și m-am dus la cafeneaua Solara să-mi cumpăr o înghețată.

Episodul acela mi-a rămas întipărit în memorie: am experimentat pentru prima dată forța distrugătoare pe care o exercita corpul meu asupra bărbaților, dar am realizat, mai ales, că Lila acționa nu doar asupra Carmelei, ci și asupra mea, ca o fantomă exigentă. Dacă într-o împrejurare ca aceea ar fi trebuit să iau o decizie în pura dezordine a emoțiilor, ce-aș fi făcut? Aș fi fugit. Și dacă aș fi fost în compania Lilei? Aș fi tras-o de braț, i-aș fi șoptit: să mergem și apoi, ca de obicei, aș fi rămas doar pentru că ea, ca de obicei, ar fi decis să rămână. În schimb, în absența ei, după o scurtă ezitare, mă pusesem în locul ei. Sau, mai bine, i-am făcut loc în mine. Dacă mă gândeam din nou la momentul în care Gino îndrăznise să-și formuleze cererea, simțeam cu precizie cum mă împinsesem înapoi pe mine însămi, cum imitasem privirea, tonul și gesturile lui Cerullo în situații de conflict necuviincios și eram foarte bucuroasă. Dar uneori mă întrebam puțin neliniștită dacă fac precum Carmela. Mi se părea că nu, mi se părea că sunt diferită, dar nu știam să-mi explic în ce sens și-mi stricam bucuria. Când am trecut cu înghețata prin fața atelierului lui Fernando și am văzut-o pe Lila ocupată cu aranjatul pantofilor pe un raft lung, am fost tentată s-o strig și să-i povestesc totul, să aud ce credea. Dar ea nu m-a văzut și am trecut mai departe.

4.

Era tot timpul ocupată. În anul acela, Rino o obligase să se reînscrie la școală, dar iarăși nu s-a dus aproape niciodată și iarăși a fost respinsă. Mama ei îi cerea s-o ajute în casă, tatăl îi cerea să stea în magazin și ea, pe neașteptate, în loc să opună rezistență, a părut chiar bucuroasă să se spetească pentru amândoi. Rarele dăți în care s-a întâmplat să ne vedem — duminica după slujbă sau la plimbare între părculeț și șosea — n-a arătat niciodată nicio curiozitate pentru școala mea, începea imediat să vorbească neîntrerupt și cu admirație despre munca pe care o făceau tatăl și fratele ei.

Aflase că tatăl ei, când era tânăr, își dorise emanciparea, fugise din atelierul bunicului, și el cizmar, și se dusese să lucreze într-o fabrică de încălțăminte din Casoria, unde făcuse pantofi pentru toată lumea, chiar și pentru cei care plecau la război. Descoperise că Fernando știa să producă manual o încălțăminte de la început la sfârșit, dar cunoștea foarte bine și mașinile și era capabil să le folosească pe toate, pe cea de tăiat, cea de tivit, cea de polizat. Mi-a vorbit de piele, de căpute, de pielari și pielării, despre tocul întreg și jumătatea de toc, despre pregătirea firului, despre tălpi și despre cum se aplica pingeaua și se colora și se lustruia. A folosit toate acele cuvinte ale meseriei ca și cum ar fi fost magice și tatăl ei le învățase într-o lume fermecată — Casoria, fabrica — de unde apoi se întorsese ca un explorator sătul, atât de sătul, că acum prefera micul atelier de familie, masa de lucru liniștită, ciocanul, piciorul din fier, mirosul bun al cleiului amestecat cu cel al pantofilor uzați. Și m-a tras înăuntrul acelui vocabular cu un asemenea entuziasm energic, încât tatăl ei și Rino, grație acelei abilități pe care o aveau de a acoperi picioarele oamenilor cu pantofi solizi și comozi, mi s-au părut persoanele cele mai bune din cartier. În plus, de fiecare dată m-am întors acasă cu impresia că, nepetrecându-mi zilele în atelierul unui cizmar, având, dimpotrivă, ca tată un foarte banal portar, nu mi se oferă un rar privilegiu.

În clasă am început să mă simt inutil prezentă. Luni la rând mi s-a părut că din manuale fugiseră toate promisiunile, toate energiile. Când ieșeam de la școală, buimacă de nefericire, treceam prin fața atelierului lui Fernando doar ca s-o văd pe Lila la locul ei de muncă, așezată la o măsuță, în spate, cu bustul ei foarte slab fără urmă de sâni, gâtul subțire, chipul emaciat. Nu știu ce făcea exact, dar era acolo, activă, dincolo de ușa din sticlă, țintuită între capul aplecat al tatălui și capul aplecat al fratelui, fără cărți, fără lecții, fără teme. Uneori mă opream să privesc în vitrină cutiile din cromatină, pantofii vechi cu tălpi noi, pe cei noi puși într-o formă care dilata pielea și îi lărgea făcându-i mai comozi, ca și cum aș fi fost o clientă și m-ar fi interesat marfa. Mă îndepărtam numai, și fără voia mea, când ea mă vedea și mă saluta și eu îi răspundeam la salut și ea se concentra din nou asupra muncii. Dar, adesea, era Rino cel care mă vedea primul și se strâmba caraghios ca să mă facă să râd. Rușinată, fugeam de acolo fără să aștept privirea Lilei.

Într-o duminică, m-am pomenit vorbind cu pasiune despre pantofi cu Carmela Peluso. Ea cumpăra *Sogno* și devora romane ilustrate. La început mi s-a părut o pierdere de vreme, apoi am început să arunc și eu o privire și acum citeam împreună, în părculeț, și comentam poveștile și replicile personajelor, scrise cu litere albe pe fond negru. Carmela, mai mult decât mine, era înclinată să treacă, fără continuitate, de la comentarii referitoare la poveștile de dragoste inventate la comentarii referitoare la povestea ei de dragoste reală, cea pentru Alfonso. Eu, ca să nu fiu mai prejos, odată i-am spus de fiul farmacistului, Gino, am susținut că mă iubea. N-a crezut. Fiul farmacistului, în ochii ei, era un fel de prinț inaccesibil, viitor moștenitor al farmaciei, un domn care nu s-ar fi căsătorit niciodată cu fiica unui portar și atunci am fost cât pe ce să-i spun despre momentul în care îmi ceruse să-i arăt sânii și eu o făcusem și câștigasem zece lire. Dar țineam amândouă revista *Sogno* deschisă pe genunchi și privirea mi-a căzut pe pantofii superbi cu toc ai uneia dintre actrițe. Mi s-a părut un subiect de mare efect, mai mult decât povestea cu mamelele, și n-am putut rezista, am început să le laud și să-i laud pe cei care-i făcuseră atât de frumoși și să-mi închipui că dacă am fi purtat astfel de pantofi, nici Gino, nici Alfonso nu ne-ar fi rezistat. Dar cu cât vorbeam, cu atât îmi dădeam seama, stânjenită, că încercam să-mi însușesc noua pasiune a Lilei. Carmela m-a ascultat distrată, apoi a spus că trebuia să plece. Nu prea-i păsa de încălțăminte și cizmari. Spre deosebire de mine, ea, deși imitând comportamentul Lilei, se agăța bine de singurele lucruri care o atrăgeau: romanele ilustrate, iubirea.

5.

Toată perioada aceea a decurs așa. A trebuit să recunosc repede că lucrurile pe care le făceam eu singură nu reușeau să-mi facă inima să bată, numai ce atingea în treacăt Lila devenea important. Dar dacă ea se îndepărta, dacă vocea ei se îndepărta de lucruri, acestea se pătau, se umpleau de praf. Școala medie, latina, profesorii, cărțile, limba cărților mi s-au părut categoric mai puțin sugestive decât finisajul unui pantof și asta m-a deprimat.

Dar, într-o duminică, s-a schimbat totul din nou. Ne duseserăm, Carmela, Lila și eu, la catehism, trebuia să ne pregătim pentru prima comuniune. La ieșire, Lila a spus că avea treabă și a plecat. Dar am văzut că nu se îndrepta spre casă: spre marea mea surpriză, a intrat în clădirea școlii primare.

Am pornit împreună cu Carmela, dar pentru că mă plictiseam, la un moment dat am salutat-o, am înconjurat blocul și m-am întors. Duminica, școlile erau închise, cum intrase oare Lila în clădire? M-am aventurat foarte șovăitoare dincolo de ușa de la intrare, în hol. Nu mă mai dusesem niciodată în fosta mea școală și am simțit o emoție puternică, i-am recunoscut mirosul, căruia i-a urmat o senzație de tihnă, o conștiință de sine pe care n-o mai aveam. M-am strecurat pe singura ușă deschisă de la parter. Era o sală mare, luminată de neoane, pereții erau acoperiți cu rafturi pline de cărți vechi. Am numărat vreo zece adulți, numeroși copii și adolescenți. Luau cărți, le răsfoiau, le puneau la loc, alegeau una. Apoi se așezau la rând în fața unei mese în spatele căreia stătea un vechi dușman al învățătoarei Oliviero, învățătorul Ferraro, slab, cu părul alb pieptănat în sus. Ferraro analiza textul ales, însemna ceva în registru și persoanele ieșeau de acolo cu una sau mai multe cărți.

Am privit în jur: Lila nu era, poate că plecase deja. Ce făcea, nu mai mergea la școală, o pasionau pantofii și pantofii uzați și totuși, fără să-mi spună nimic, venea să ia cărți din locul acela? Îi plăcea spațiul acela? De ce nu mă invita s-o însoțesc? De ce mă lăsase cu Carmela? De ce-mi vorbea despre cum se șmirgheluiau tălpile și nu despre ce citea?

M-am enervat, am șters-o de acolo.

O vreme, timpul petrecut la școală mi s-a părut mai nesemnificativ ca de obicei. Apoi am fost absorbită de mulțimea de teme și de examene de sfârșit de an, mă temeam de note proaste, învățam neglijent, dar mult. Și, în plus, mă presau alte griji. Mama mi-a spus că eram indecentă cu tot pieptul acela care-mi apăruse și m-a dus să cumpărăm un sutien. Era mai lipsită de tact ca de obicei. Părea că se rușinează de faptul că am sâni, că-mi venise sorocul. Instrucțiunile aspre pe care mi le dădea erau rapide și insuficiente, abia mormăite. Nu apucam să-i pun o întrebare, că-mi și întorcea spatele și se îndepărta cu mersul ei strâmb.

Cu sutienul, pieptul a devenit și mai vizibil. În ultimele luni de școală am fost hărțuită de băieți și am înțeles repede de ce. Gino și colegul lui răspândiseră zvonul că arătam fără probleme cum eram făcută și, din când în când, apărea câte unul care îmi cerea să repet spectacolul. O ștergeam, îmi apăsam pieptul ținându-mi peste el brațele încrucișate, mă simțeam în mod misterios vinovată și singură cu vina mea. Băieții insistau, și pe stradă, și în curte. Râdeau, își băteau joc de mine. Am încercat să-i resping o dată sau de două ori comportându-mă ca Lila, dar nu mi-a ieșit bine și atunci n-am rezistat și am izbucnit în plâns. De teamă că mă sâcâie, m-am izolat în casă. Învățam foarte mult, ieșeam acum doar ca să mă duc, foarte în silă, la școală.

Într-o dimineață de mai, Gino a venit după mine și m-a întrebat, lipsit de aroganță, dacă voiam să ne logodim. I-am spus nu, de ciudă, de răzbunare, de rușine, mândră, totuși, că fiul farmacistului mă vrea. A doua zi m-a întrebat din nou și a continuat să mă întrebe până în iunie, când, cu o mică întârziere din cauza vieții complicate a părinților noștri, am făcut prima comuniune în rochie albă ca de mirese.

Astfel îmbrăcate, am zăbovit pe treptele din fața bisericii păcătuind numaidecât vorbind despre iubire. Carmelei nu-i venea să creadă că-l refuzasem pe fiul farmacistului și i-a spus Lilei. Ea, uimindu-mă, în loc să se care cu aerul cuiva care spune: cui îi pasă, a fost interesată de chestiune. Am vorbit toate trei.

— De ce îi spui nu? m-a întrebat Lila în dialect.

Am răspuns, pe neașteptate, în italiană, ca s-o impresionez, ca s-o fac să înțeleagă că, deși îmi petreceam timpul vorbind despre logodnici, nu trebuia să fiu tratată precum Carmela:

— Pentru că nu sunt sigură de sentimentele mele.

Era o propoziție pe care o învățasem citind *Sogno* și Lila mi s-a părut impresionată. Am început, ca și cum ar fi fost unul dintre concursurile de la școala primară, o conversație în limbajul desenelor animate și al cărților, lucru care a redus-o pe Carmela la o simplă ascultătoare. Momentele acelea mi-au înflăcărat sufletul și mintea: eu și ea cu toate cuvintele acelea atent imaginate. La școala medie nu se întâmpla nimic asemănător, nici cu colegii, nici cu profesorii; a fost foarte frumos. Încetul cu încetul, Lila m-a convins că în iubire obții puțină încredere doar supunându-l la probe foarte dure pe pretendentul tău. Și apoi, revenind brusc la dialect, m-a sfătuit, da, să mă logodesc cu Gino, dar cu condiția ca toată vara el să accepte să cumpere înghețată pentru mine, ea și Carmela.

— Dacă nu acceptă, înseamnă că nu e iubire adevărată.

Am făcut așa cum mi-a spus, și Gino a dispărut. Nu era iubire adevărată, deci, și totuși n-am suferit. Schimbul cu Lila îmi oferise o plăcere atât de intensă, că am plănuit să mă dedic ei în totalitate, mai ales vara, când aș fi avut mai mult timp liber. Până una-alta, voiam ca acea conversație să devină modelul tuturor întâlnirilor noastre viitoare. Mă simțisem din nou bună, ca și cum m-ar fi izbit ceva în cap, făcând să irupă imagini și cuvinte.

Însă episodul acela n-a avut urmarea pe care o așteptam. În loc să reconsolideze relația dintre mine și Lila și s-o facă exclusivă, a adunat în jurul ei multe alte fetișcane. Conversația, sfatul pe care mi-l dăduse, efectul lui o impresionaseră atât de mult pe Carmela Peluso, că a ajuns să le povestească tuturor. Rezultatul a fost că fata cârpaciului, care nu avea sâni, nici menstruație și niciun curtezan, a devenit, în decursul a câteva zile, cea mai autorizată sfătuitoare în problemele sufletești. Iar ea, din nou, uimindu-mă, a acceptat rolul acela. Dacă nu era ocupată acasă sau la atelier, o vedeam vorbind când cu una, când cu alta. Treceam pe lângă ea, o salutam, dar era atât de concentrată, că nu mă auzea. Interceptam mereu fraze care mi se păreau foarte frumoase și sufeream din cauza asta.

6.

Au fost zile dezolante, la capătul cărora m-a năpădit o umilință pe care ar fi trebuit s-o prevăd și pe care, în schimb, mă prefăcusem că n-o iau în considerare: Alfonso Carracci a fost promovat cu media opt, Gigliola Spagnuolo a fost promovată cu media șapte și eu am avut numai șase și patru la latină. Am fost amânată pentru septembrie doar la materia aceea.

De data asta a fost chiar tata care a spus că era inutil să continuu. Manualele costaseră deja mult. Dicționarul de latină, Campanini și Carboni, deși cumpărat la mâna a doua, fusese o cheltuială mare. Nu erau bani să mă trimită la meditații în timpul verii. Dar, mai ales, era deja evident că nu eram bună: fiul mic al lui don Achille reușise și eu nu, fiica lui Spagnuolo, cofetarul, reușise și eu nu: trebuia să mă resemnez.

Am plâns zi și noapte, m-am urâțit intenționat ca să mă pedepsesc. Eram prima născută, după mine erau doi băieți și o altă fată, mica Elisa: Peppe și Gianni, cei doi băieți, veneau pe rând să mă consoleze, uneori aducându-mi niște fructe, alteori rugându-mă să mă joc cu ei. Dar eu mă simțeam la fel de singură, cu un destin urât, și nu reușeam să mă liniștesc. Apoi, într-o după-amiază, am auzit-o pe mama venind în spatele meu. A vorbit în dialect, cu obișnuitul ei ton aspru:

— Nu putem să-ți plătim lecțiile, dar poți încerca să înveți singură și să vezi dacă treci examenul.

Am privit-o nesigură. Era tot aceeași: părul decolorat, ochiul strabic, nasul mare, corpul greoi. A adăugat:

— Nu scrie nicăieri că nu poți reuși.

N-a zis altceva sau, cel puțin, asta îmi amintesc. De-a doua zi am început să învăț, impunându-mi să nu mă duc deloc în curte sau în părculeț.

Dar, într-o dimineață, m-am auzit strigată din stradă. Era Lila, care, de când terminaserăm școala primară, își pierduse complet obiceiul acela.

— Lenù, striga.

Am apărut la fereastră.

— Trebuie să-ți spun ceva.

— Ce?

— Coboară.

Am coborât în silă, mă enerva să-i spun că fusesem lăsată corijentă. Am colindat puțin prin curte, în soare. Am întrebat fără niciun chef ce mai era nou în materie de logodne. Îmi amintesc că am întrebat-o explicit dacă evoluaseră lucrurile între Carmela și Alfonso.

— Ce să evolueze?

— Ea îl iubește.

A mijit ochii. Când făcea așa, serioasă, fără să zâmbească, ca și cum crăpătura lăsată pupilelor îi permitea să vadă mai intens, îmi amintea de păsările răpitoare pe care le văzusem în filmele de la cinematograful din parohie. Dar atunci mi s-a părut că identificase ceva care o înfuria și totodată o speria.

— Nu ți-a zis nimic de tatăl ei? m-a întrebat.

— Că e nevinovat.

— Și cine ar fi asasinul?

— Unul jumătate mascul și jumătate femelă care stă ascuns în canale de unde iese ca șoarecii.

— Atunci e adevărat, a spus, pe neașteptate aproape suferind, și a adăugat că și Carmela lua de bun tot ce spunea ea, că toate făceau așa în curte. Nu vreau să mai vorbesc, nu vreau să vorbesc cu nimeni, a bombănit încruntată și am simțit că n-o spune cu dispreț, că influența pe care o exercita asupra noastră n-o făcea mândră, astfel că, o vreme, n-am înțeles: eu, în locul ei, aș fi fost foarte mândră, dar în ea nu era nicio mândrie, ci un fel de suferință amestecată cu teama responsabilității.

— E frumos, am spus în șoaptă, să vorbești cu alții.

— Da, dar numai dacă atunci când vorbești, e cineva care răspunde.

Am simțit că mi se umple inima de bucurie. Ce rugăminte era în fraza aceea frumoasă? Îmi spunea că voia să vorbească doar cu mine fiindcă nu luam de bun tot ce-i ieșea pe gură, ci îi răspundeam? Îmi spunea că doar eu știam să țin pasul cu lucrurile care-i treceau prin minte?

Da. Și mi-o spunea pe un ton stins, pe care nu i-l știam, deși, ca de obicei, aspru. I-am sugerat, mi-a povestit ea, că fiica asasinului s-ar îndrăgosti de fiul victimei într-un roman sau într-un film. Exista o posibilitate: ca să devină un fapt adevărat, ar fi trebuit să se nască o iubire adevărată. Dar Carmela nu pricepuse și chiar a doua zi le spusese tuturor că se îndrăgostise de Alfonso; o minciună ca să-și dea aere în ochii celorlalte, dar care cine știe ce consecințe ar fi putut avea. Am vorbit despre asta. Aveam doisprezece ani, dar am umblat mult pe străzile fierbinți din cartier, prin praf și printre muștele care lăsau în urmă camioanele vechi în trecere, ca două bătrânele care trag concluzia vieților lor pline de dezamăgiri și stau lipite una de cealaltă. Nimeni nu ne înțelegea, numai noi două — mă gândeam — ne înțelegeam. Noi, împreună, numai noi știam cum apăsarea simțită dintotdeauna peste cartier, adică de când ne puteam aminti, se însenina măcar puțin dacă Peluso, fostul tâmplar, nu înfipsese cuțitul în gâtul lui don Achille, dacă cel care o făcuse fusese locuitorul din canale, dacă fiica asasinului se căsătorea cu fiul victimei. Lucrurile, persoanele, blocurile, străzile aveau ceva insuportabil care devenea acceptabil doar reinventând totul ca într-un joc. Esențial însă era să știi să te joci, iar eu și ea, numai eu și ea, știam s-o facem.

M-a întrebat la un moment dat, fără o legătură evidentă, ci ca și cum toate acele discuții nu puteau duce decât la întrebarea aceea:

— Suntem încă prietene?

— Da.

— Atunci îmi faci o favoare?

Aș fi făcut orice pentru ea în dimineața aceea de reapropiere: aș fi fugit de acasă, aș fi părăsit cartierul, aș fi dormit în case de la țară, m-aș fi hrănit cu rădăcini, aș fi coborât în canale, nu m-aș fi întors înapoi nici dacă era frig, nici dacă ploua. Dar mi s-a părut un fleac ce m-a rugat și pe moment m-a decepționat. Voia pur și simplu să ne vedem o dată pe zi, în părculeț, și numai pentru o oră, înainte de cină, și să aduc cărțile de latină.

— Nu te voi deranja, a spus.

Știa deja că fusesem lăsată corijentă și voia să învețe împreună cu mine.

7.

În anii aceia de școală medie multe lucruri s-au schimbat sub ochii noștri, dar zi după zi, astfel că nu ni s-au părut niște schimbări autentice.

Cafeneaua Solara s-a extins, a devenit o cofetărie foarte bine aprovizionată — al cărei cofetar priceput era tatăl Gigliolei Spagnuolo — care duminica se umplea de bărbați tineri și bătrâni care cumpărau prăjituri pentru familiile lor. Cei doi fii ai lui Silvio Solara, Marcello, care avea în jur de douăzeci de ani, și Michele, doar puțin mai mic, și-au cumpărat un Fiat 1100 alb cu albastru și duminica se făleau mergând în sus și-n jos pe străzile din cartier.

Fosta tâmplărie a lui Peluso, transformată în mezelărie, odată intrată pe mâinile lui don Achille, s-a umplut cu lucruri bune care au ocupat și puțin din trotuar. Când treceai prin fața ei, simțeai un miros de condimente, de măsline, de mezeluri, de pâine proaspătă, de jumări și osânză care-ți stârnea foamea. Moartea lui don Achille îndepărtase încet umbra lui amenințătoare de locul acela și de întreaga familie. Văduva, *donna* Maria, se comporta foarte cordial și acum gestiona magazinul ea personal, împreună cu Pinuccia, fiica ei de cincisprezece ani, și Stefano, care nu mai era băiețelul furios care încercase să-i smulgă Lilei limba, ci devenise calm, avea o privire fermecătoare și un zâmbet blând. Numărul clienților crescuse mult. Mama mă trimitea acolo să fac cumpărăturile și tata nu se opunea, asta și pentru că, atunci când nu aveam bani, Stefano nota totul într-un carnețel și plăteam la sfârșitul lunii.

Assunta, care vindea fructe și legume pe străzi împreună cu soțul ei, Nicola, fusese nevoită să se retragă din cauza unei dureri urâte de spate și, după câteva luni, o pneumonie aproape că-i ucisese bărbatul. Oricum, acele două ghinioane se dovediseră a fi un bine. Acum, cel care mergea în fiecare dimineață pe străzile din cartier cu căruța trasă de cal, vara și iarna, pe ploaie sau pe soare, era fiul cel mare, Enzo, care nu mai avea aproape nimic din copilul care trăgea cu pietre în noi, devenise un tânăr voinic, cu un aer sănătos și puternic, părul blond ciufulit, ochi albaștri, o voce groasă cu care își lăuda marfa. Băiatul avea cele mai bune produse și transmitea, doar prin gesturi, o disponibilitate onestă și de încredere când își servea clientele. Mânuia cântarul cu mare dibăcie. Îmi plăcea mult viteza cu care plimba greutatea de-a lungul țevii până când găsea echilibrul corect și apoi gata, după un zgomot de fier care alunecă pe fier, înfășura cartofii sau fructele în hârtie și alerga să le pună în coșul doamnei Spagnuolo sau al Melinei sau al mamei mele.

În tot cartierul apăreau inițiative. La mercerie, unde Carmela Peluso începuse de puțină vreme să lucreze ca vânzătoare, pe neașteptate se asociase o tânără croitoreasă și magazinul se mărise, aspira să se transforme într-o croitorie ambițioasă pentru doamne. Atelierul mecanic unde lucra fiul Melinei, Antonio, grație fiului bătrânului proprietar Gentile Gorresio, încerca să devină o fabricuță de biciclete cu motor. În fine, totul tremura ușor, se arcuia voind parcă să-și modifice trăsăturile, să nu fie recunoscut în urile acumulate, în tensiuni, în urâțenii și să expună, în schimb, o față nouă. În vreme ce eu și Lila învățam latină în părculeț, chiar și spațiul banal care ne înconjura, cișmeaua, tufișul, o groapă lângă stradă, s-a schimbat. Era un miros constant de smoală, răsuna compactorul aburind care înainta încet peste stratul așternut, muncitori la bustul gol sau în maiou asfaltau străzile și șoseaua. S-au schimbat și culorile. Fratele cel mare al Carmelei, Pasquale, a fost angajat să meargă să taie plantele de lângă linia ferată. Cât a tăiat, am auzit zgomotul distrugerii zile în șir: plantele fremătau, emanau un miros de lemn proaspăt și verdeață, străbăteau văzduhul, loveau pământul după un lung foșnet care părea un suspin, iar el și alții tăiau cu fierăstrăul, spărgeau, smulgeau rădăcini care emanau un miros de subteran. Pata verde a dispărut și în locul ei a apărut o esplanadă gălbuie. Pasquale găsise locul acela de muncă printr-un noroc. Cu puțin timp în urmă, un prieten îi spusese că veniseră unii la cafeneaua Solara în căutare de tineri care să meargă să taie noaptea copacii dintr-o piață din centrul orașului. El — deși Silvio Solara și fiii lui nu-i plăceau era în barul acela care-l ruinase pe tatăl lui —, pentru că trebuia să-și întrețină familia, se dusese. Se întorsese foarte obosit, în zori, cu nările pline de mirosul lemnului, al frunzelor torturate și al mării. Apoi, dintr-una în alta, fusese chemat din nou pentru astfel de munci. Și acum stătea pe șantierul de lângă linia ferată și noi îl vedeam uneori cățărat pe schelele clădirilor noi care înălțau stâlpi etaj după etaj sau cu pălăria făcută din ziar, în soare, mâncând pâine cu cârnați și rapiță sălbatică în timpul pauzei de prânz.

Lila se enerva dacă mă uitam la Pasquale și-mi distrăgeam atenția. A fost repede limpede, spre marea mea uimire, că știa deja multă latină. Declinările, de exemplu, le știa pe toate și, de asemenea, verbele. Am întrebat-o prudent cum era posibil, și ea, cu uitătura ei rea de fetiță care nu vrea să piardă vremea, a recunoscut că, deja când mersesem în clasa întâi de la școala medie, împrumutase o gramatică de la bibliotecă, cea administrată de învățătorul Ferraro, și o studiase din curiozitate. Biblioteca era pentru ea o mare resursă. Tot pălăvrăgind, mi-a arătat mândră toate legitimațiile pe care le avea, patru: una a ei, una pe numele lui Rino, una pe al tatălui și una pe al mamei. Cu fiecare lua câte o carte împrumut, astfel încât să aibă patru deodată. Le devora, și duminica următoare le ducea înapoi și lua alte patru.

N-am întrebat-o niciodată ce cărți citise și ce cărți citește, n-a fost timp, trebuia să învățăm. Mă asculta și se enerva dacă nu știam. Odată mi-a dat o palmă peste braț, puternică, cu mâinile ei lungi și slabe, și nu și-a cerut scuze, dimpotrivă, mi-a spus că dacă mai greșeam o dată, o să mă lovească din nou și mai tare. Era încântată de dicționarul de latină, atât de mare, multe și multe pagini, greu, nu văzuse niciodată unul. Căuta tot timpul cuvinte în el, nu doar pe cele prezente în exerciții, ci și pe toate cele care-i veneau în minte. Stabilea temele pe tonul învățat de la învățătoarea noastră Oliviero. Mă obliga să traduc treizeci de fraze pe zi, douăzeci din latină în italiană și zece din italiană în latină. Le traducea și ea, mult mai repede decât mine. La sfârșitul verii, când examenul era aproape, după ce observase sceptică cum căutam în dicționar cuvintele pe care nu le știam, în aceeași ordine în care le găseam așezate în fraza de tradus și îmi notam semnificațiile principale și abia atunci mă străduiam să înțeleg sensul, a spus circumspect:

— Ți-a spus profesoara să faci așa?

Profesoara nu spunea niciodată nimic, dădea exercițiile doar. Eu mă descurcam în felul acela.

A tăcut puțin, apoi m-a sfătuit:

— Citește mai întâi fraza în latină, apoi vezi unde e verbul. În funcție de persoana verbului, înțelegi care e subiectul. Odată găsit subiectul, cauți complementele: complementul direct dacă verbul e tranzitiv sau, dacă nu, alte complemente. Încearcă așa.

Am încercat. A traduce, pe neașteptate, mi s-a părut ușor. În septembrie m-am dus la examen, la scris n-am avut nicio greșeală și la oral am știut să răspund la toate întrebările.

— Cine ți-a dat lecții? a întrebat profesoara, puțin încruntată.

— O prietenă de-a mea.

— Studentă?

Nu știam ce înseamnă. Am răspuns da.

Lila mă aștepta afară, la umbră. Când am ieșit, am îmbrățișat-o, i-am spus că făcusem foarte bine și am întrebat-o dacă voia să învățăm împreună tot anul următor. Pentru că ea fusese prima care îmi propusese să ne întâlnim doar ca să studiem, s-o invit să continuăm mi s-a părut un mod frumos de a-i comunica bucuria și recunoștința mea. S-a retras cu un gest aproape de enervare. A spus că doar voia să înțeleagă ce era latina pe care o studiau cei buni.

— Și atunci?

— Am înțeles, gata.

— Nu-ți place?

— Ba da. O să iau niște cărți de la bibliotecă.

— În latină?

— Da.

— Dar mai e încă mult de învățat.

— Învață tu și pentru mine, și dacă dau peste dificultăți, mă ajuți. Eu acum am ceva de făcut cu fratele meu.

— Ce?

— Îți arăt mai încolo.

8.

A reînceput școala și am fost bună dintr-odată la toate materiile. Abia așteptam ca Lila să-mi ceară s-o ajut la latină sau la altceva și, de aceea, cred, nu învățam atât pentru școală, cât pentru ea. Am ajuns să fiu prima din clasă, nici în școala primară nu fusesem atât de bună.

În anul acela mi s-a părut că cresc precum aluatul pentru pizza. M-am împlinit tot mai mult la piept, coapse și fund. Într-o duminică în care mă duceam în părculeț, unde aveam întâlnire cu Gigliola Spagnuolo, s-au apropiat de mine frații Solara în Fiatul 1100. Marcello, cel mai mare, era la volan, Michele, cel mai mic, stătea lângă el. Erau amândoi frumoși, cu părul foarte negru și lucios, un zâmbet alb. Dar îmi plăcea cel mai mult Marcello, semăna cu Hector, așa cum era reprezentat în exemplarul de la școală al *Iliadei*. M-au însoțit tot drumul, eu pe trotuar și ei într-o parte, în mașină.

— Ai mers vreodată cu mașina?

— Nu.

— Urcă, facem o tură.

— Tatăl meu nu vrea.

— Iar noi nu-i spunem. Când ți se mai întâmplă să urci într-o mașină ca asta?

Niciodată, m-am gândit eu. Dar între timp am zis nu și am continuat să spun nu până în părculeț, când mașina a accelerat și a dispărut fulgerător dincolo de blocurile în construcție.

Am spus nu pentru că dacă tata ar fi aflat că eu m-am urcat în mașina aceea, chiar dacă era un om bun și drăguț, chiar dacă mă iubea foarte mult, m-ar fi omorât în bătaie imediat, în timp ce, în paralel, cei doi frățiori ai mei Peppe și Gianni, deși mici ca vârstă, s-ar fi simțit obligați, acum și în anii următori, să încerce să-i omoare pe frații Solara. Nu erau reguli scrise, se știa că era așa și gata. Și frații Solara o știau, totuși e adevărat că fuseseră politicoși, se limitaseră doar la a mă invita să urc în mașină.

Nu la fel au fost, după o vreme, cu Ada, fiica cea mare a Melinei Capuccio, adică văduva nebună care făcuse scandal când se mutase familia Sarratore. Ada avea paisprezece ani. Duminica, pe ascuns față de mama ei, își dădea cu ruj și, cu picioarele ei lungi și drepte, cu sânii mai mari decât ai mei, părea mare și frumoasă. Frații Solara i-au vorbit vulgar, Michele a ajuns s-o prindă de braț, să deschidă portiera mașinii și s-o tragă înăuntru. După o oră au adus-o înapoi în același loc, iar Ada pe de o parte era furioasă, pe de alta râdea.

Dar printre cei care au văzut-o trasă cu forța în mașină a fost cineva care i-a spus lui Antonio, fratele mai mare al Adei care era mecanic în atelierul lui Gorresio. Antonio era muncitor, disciplinat, foarte timid, în mod vizibil rănit atât de moartea prematură a tatălui, cât și de dezechilibrele mamei. Fără să spună un cuvânt prietenilor și rudelor, s-a dus în fața cafenelei Solara să-i aștepte pe Marcello și Michele și, când cei doi frați au apărut, i-a întâmpinat cu pumni și picioare fără nicio introducere. Câteva minute s-a descurcat bine, dar apoi au ieșit Solara tatăl și unul din cei doi barmani. Amândoi l-au snopit în bătaie pe Antonio și niciun trecător, niciun client n-au intervenit ca să-l ajute.

Noi, fetele, ne-am împărțit în legătură cu acest episod. Gigliola Spagnuolo și Carmela Peluso au fost de partea fraților Solara, dar numai pentru că erau frumoși și aveau un Fiat 1100.

Eu am ezitat. În prezența celor două prietene ale mele înclinam spre frații Solara și ne întreceam să vedem cine îi adora mai mult, dat fiind că într-adevăr erau foarte frumoși și ne era imposibil să nu ne închipuim ce figură am fi făcut stând lângă unul dintre ei în mașină. Dar simțeam și că se comportaseră foarte rău cu Ada și că Antonio, chiar dacă nu era o frumusețe, chiar dacă nu era musculos ca ei care mergeau la sală în fiecare zi să ridice greutăți, avusese curaj să-i înfrunte. De aceea, în prezența Lilei, care exprima fără echivoc opinia pe care o aveam și eu, înaintam și eu niște rezerve.

O dată discuția a devenit atât de aprinsă, că Lila, poate pentru că nu era dezvoltată ca noi și nu cunoștea plăcerea-spaimă de a fi privită de frații Solara, s-a făcut mai palidă ca de obicei și a spus că, dacă i s-ar fi întâmplat ce i se întâmplase Adei, ca să evite buclucul în care ar fi putut intra tatăl și fratele ei, Rino, ar fi avut ea grijă personal de cei doi.

— Oricum, Marcello și Michele la tine nici măcar nu se uită, a spus Gigliola Spagnuolo și noi am crezut că Lila se va enerva. În schimb, a răspuns serioasă:

— Cu atât mai bine.

Era plăpândă ca întotdeauna, dar încordată toată. Îi priveam mâinile uimită: în puțin timp îi deveniseră ca ale lui Rino, ca ale tatălui ei, cu pielea buricelor gălbuie și groasă. Chiar dacă n-o obliga nimeni — nu aceea era datoria ei în atelier —, începuse să facă mici munci, pregătea firul, descosea, lipea, chiar făcea tiv, iar acum mânuia instrumentele lui Fernando aproape ca fratele ei. Iată de ce, în anul acela, nu m-a întrebat nimic despre latină. La un moment dat însă, mi-a povestit planul pe care-l avea în minte, ceva care nu avea nimic de-a face cu cărțile: încerca să-și convingă tatăl să înceapă să fabrice pantofi noi. Dar Fernando nici nu voia să audă. „Să faci pantofi manual“, îi spunea, „e o artă fără viitor: astăzi există mașini și mașinile costă bani, iar banii ori sunt la bancă, ori la cămătari, nu în buzunarele familiei Cerullo." Atunci ea insista, îl copleșea cu laude sincere: „Cum știi tu să faci pantofi, tată, nu știe nimeni să-i facă". Și el răspundea că, deși era adevărat, deja totul se producea în fabrici, în serie, cu costuri scăzute, și pentru că muncise în fabrici, știa bine ce porcării ajungeau pe piață; dar nu prea aveai ce să faci, oamenii, când aveau nevoie de încălțăminte nouă, nu se mai duceau la cizmarul din cartier, se duceau în magazinele de pe Rettifilo, așa că, voind să faci perfect produsul artizanal, nu-l vindeai, iroseai bani și efort, și în cele din urmă te ruinai.

Lila nu se lăsase convinsă și, ca de obicei, îl trăsese pe Rino de partea ei. Fratele ei mai întâi trecuse de partea tatălui, enervat de faptul că ea se bagă unde nu mai era o chestiune de cărți, ci de efort, iar aici expertul era el. Apoi, încet, încet, se lăsase vrăjit și acum se certa cu Fernando o zi da, una ba, repetând ce-i băgase ea în cap.

— Să facem măcar o încercare.

— Nu.

— Ai văzut mașina pe care o au frații Solara, ai văzut ce bine merge mezelăria familiei Carracci?

— Am văzut că vânzătoarea de la mercerie care voia să deschidă croitoria a renunțat și am văzut că Gorresio, din prostia fiului, s-a întins mai mult decât îi era plapuma cu atelierul mecanic.

— Dar familia Solara se extinde tot mai mult.

— Vezi-ți de ale tale și lasă în pace familia Solara.

— Lângă calea ferată se construiește noul cartier.

— Puțin îmi pasă.

— Tată, oamenii câștigă și vor să cheltuiască.

— Oamenii cheltuie pe mâncare pentru că trebuie să mănânce în fiecare zi. În schimb, încălțămintea, în primul rând, nu se mănâncă și, în al doilea rând, când se strică, o duci la reparat și poate să te țină douăzeci de ani. Munca noastră, în ce privește situația prezentă, e să reparăm încălțămintea și atât.

Îmi plăcea cum băiatul acela, întotdeauna amabil cu mine, dar capabil de durități care îl speriau puțin și pe tatăl lui, își susținea mereu, în orice împrejurare, sora. O invidiam pe Lila pentru fratele ei atât de puternic și uneori mă gândeam că adevărata diferență dintre mine și ea era că eu aveam doar frați mici, deci pe nimeni care să aibă forța de a mă încuraja și susține împotriva mamei mele, eliberându-mă cumva, în timp ce Lila putea conta pe Rino, care era capabil s-o apere împotriva oricui, orice lucru i-ar fi trecut prin minte. Acestea fiind spuse, eu credeam că Fernando are dreptate, mă simțeam de partea lui. Și, discutând cu Lila, am descoperit că și ea credea asta.

Odată mi-a arătat desenele pantofilor pe care voia să-i realizeze împreună cu fratele ei, atât pentru bărbați, cât și pentru femei. Erau desene foarte frumoase, făcute pe foi cu pătrățele, bogate în detalii colorate cu precizie, ca și cum ar fi avut posibilitatea să studieze pantofi de felul acela de aproape, în vreo lume paralelă cu a noastră, și apoi îi fixase pe hârtie. În realitate, îi inventase ea în întregime și în fiecare detaliu, cum făcea la școala primară când desena prințese, așa încât, deși erau pantofi foarte comuni, nu semănau cu cei pe care-i vedeai prin cartier și nici măcar cu ai actrițelor din romanele ilustrate.

— Îți plac?

— Sunt foarte eleganți.

— Rino zice că sunt foarte dificili.

— Dar știe să-i facă?

— Jură că da.

— Și tatăl tău?

— El sigur poate.

— Atunci faceți-i.

— Tata nu vrea să-i facă.

— De ce?

— A zis că una este joaca mea, dar el și Rino nu pot pierde timp cu mine.

— Ce înseamnă asta?

— Înseamnă că pentru a face cu adevărat lucrurile așa cum trebuie e nevoie de timp și bani.

A fost pe punctul de a-mi arăta și socotelile pe care le făcuse, pe ascuns față de Rino, ca să înțeleagă câți bani erau cu adevărat necesari ca să-i realizeze. Apoi s-a oprit, a împăturit foile neîndemânatică și mi-a spus că era inutil să piardă timp: tatăl ei avea dreptate.

— Și atunci?

— Trebuie să încercăm oricum.

— Fernando se va înfuria.

— Dacă nu încerci, nu schimbi nimic.

Ce trebuia să schimbe, după ea, era tot același lucru: din sărace trebuia să devenim bogate, de la a nu avea nimic trebuia să ajungem în punctul de a avea totul. Am încercat să fac aluzie la vechiul proiect cu scrisul de romane cum făcuse autoarea cărții *Micuțele doamne*. Încremenisem acolo, țineam la asta. Învățam latină special și, în fond, eram convinsă că ea lua atâtea cărți de la biblioteca învățătorului Ferraro numai pentru că, deși nu mai mergea la școală, deși acum era obsedată de pantofi, voia oricum să scrie un roman împreună cu mine și să câștige foarte mult. În schimb, a ridicat din umeri în felul ei nepăsător, readaptase noilor condiții *Micuțele doamne*.

— Acum, mi-a explicat, ca să devenim cu adevărat bogate, e nevoie de o activitate economică.

Așa că se gândea să înceapă cu o singură pereche de pantofi, doar ca să-i demonstreze tatălui ei cât erau de frumoși și de comozi; apoi, odată convins Fernando, trebuia lansată producția: două perechi de pantofi azi, patru mâine, treizeci într-o lună, patru sute într-un an, ca să ajungă, în puțin timp, să înființeze, ea, tatăl, Rino, mama și ceilalți frați, o fabrică de încălțăminte dotată cu mașini și cel puțin cincizeci de muncitori: fabrica de încălțăminte Cerullo.

— O fabrică de pantofi?

— Da.

Mi-a vorbit despre asta cu multă convingere, cum numai ea știa să facă, cu fraze în italiană care-mi desenau în fața ochilor firma fabricii: Cerullo; marca ștanțată pe căpute: Cerullo; și apoi pantofii Cerullo în ansamblu, toți minunați, toți foarte eleganți, ca în desenele ei, din cei pe care, odată puși în picioare, a spus, nu-i mai scoți când te duci seara la culcare, atât sunt de frumoși și de comozi.

Am râs, ne-am distrat.

Apoi Lila s-a blocat. A părut că-și dă seama că ne jucam cum o făceam cu ani în urmă cu păpușile, cu Tina și Nu, în fața aerisirii pivniței, și mi-a spus, dintr-o nevoie de ceva concret, accentuând aerul de fetiță-bătrână care mi se părea că devine trăsătura ei caracteristică:

— Știi de ce se cred frații Solara stăpânii cartierului?

— Pentru că sunt puternici.

— Nu, pentru că au bani.

— Zici?

— Sigur. Ai văzut că pe Pinuccia Carracci n-au deranjat-o niciodată?

— Da.

— Dar știi de ce s-au comportat cum s-au comportat cu Ada?

— Nu.

— Pentru că Ada nu are tată, fratele ei, Antonio, nu contează deloc, iar ea o ajută pe Melina să spele scările blocurilor.

În consecință, ori făceam și noi bani, mai mulți decât familia Solara, ori, ca să ne apărăm de cei doi frați, trebuia să recurgem la a le face foarte rău. Mi-a arătat un cuțit de cizmărie foarte ascuțit, pe care-l luase din atelierul tatălui ei.

— De mine nu se ating pentru că sunt urâtă și n-am soroc, a spus, dar de tine s-ar putea să da. Dacă se întâmplă, să-mi spui.

Am privit-o derutată. Nu știam nimic, la aproape treisprezece ani, despre instituții, legi, justiție. Repetam, și eventual o făceam cu convingere, ce auzisem și văzusem în jurul nostru încă din copilărie. Justiția nu se realiza cu ciomăgeală? Peluso nu-l omorâse pe don Achille? M-am întors acasă. Mi-am dat seama că, rostind ultimele fraze, recunoscuse că ține mult la mine și m-am simțit fericită.

9 .

Am trecut examenul pentru certificatul de absolvire a școlii medii cu note de opt, nouă la italiană și nouă la latină. Am ieșit cea mai bună din clasă: mai bună decât Alfonso, care a avut media opt, și cu mult mai bună decât Gino. Zile în șir am savurat întâietatea aceea absolută. Am fost foarte lăudată de tata, care din acel moment a început să se mândrească față de toți cu fiica lui cea mare care obținuse nouă la italiană și nouă, de asemenea, la latină. Mama, pe neașteptate, aflându-se în bucătărie în picioare lângă chiuvetă și curățând niște legume, mi-a spus fără să se întoarcă:

— Poți să-ți pui duminica brățara mea de argint, dar să n-o pierzi.

Mai puțin succes am avut în curte. Acolo contau numai iubirile și logodnicii. Când i-am spus Carmelei Peluso că eram cea mai bună din școală, ea a început imediat să vorbească despre cum o privea Alfonso când trecea. Gigliola Spagnuolo s-a întristat rău pentru că fusese lăsată corijentă la latină și matematică și a încercat să-și recâștige prestigiul povestind că Gino se ține după ea, dar nu e prietenoasă cu el pentru că e îndrăgostită de Marcello Solara și poate că și Marcello o iubește. Nici Lila nu s-a arătat foarte bucuroasă. Când i-am înșirat notele la fiecare materie, a spus râzând pe tonul ei răutăcios:

— Zece nu ți-au dat?

M-am supărat. Zece se dădea numai la purtare, profesorii nu-l dăduseră nimănui la materiile importante. Dar a fost de-ajuns propoziția aceea pentru ca un gând latent să devină, brusc, manifest: dacă ea ar fi venit la școală cu mine, în aceeași clasă, dacă i s-ar fi permis, acum ar fi avut numai zece și știam asta dintotdeauna, și o știa și ea, iar acum ținea să mi-o și spună.

M-am dus acasă cu sufletul îndurerat că sunt prima fără să fiu cu adevărat prima. În plus, părinții mei au început să vorbească despre locurile în care mă puteau plasa acum că aveam certificatul de absolvire. Mama voia să-i ceară papetăresei să mă ia ca asistentă: după ea, la cât de bună eram, eram potrivită să vând stilouri, creioane, caiete și manuale. Tata fantaza la negocieri viitoare cu cunoștințele lui de la primărie astfel încât să mă aranjeze într-o funcție de prestigiu. Am simțit o tristețe în mine care, deși nu se contura, a crescut și a tot crescut până în punctul în care n-aveam chef să mai ies nici măcar duminica.

Nu mai eram mulțumită de mine, totul mi se părea opac. Mă priveam în oglindă și nu vedeam ce mi-ar fi plăcut să văd. Părul blond devenise castaniu. Aveam un nas mare, turtit. Tot corpul meu continua să se dilate, dar fără să cresc în înălțime. Și chiar și pielea mi se altera: pe frunte, pe bărbie, în jurul maxilarelor, se multiplicau arhipelaguri de umflături roșietice, care apoi deveneau violet și, în fine, căpătau vârfuri galbene-deschis. Am început, din propria mea inițiativă, s-o ajut pe mama la curățenia casei, la gătit, să mă ocup de dezordinea lăsată în urmă de frații mei, să mă ocup de Elisa, cea mică. Când aveam răgaz, nu ieșeam, mă așezam într-un colț și citeam romanele pe care le luam de la bibliotecă: Grazia Deledda, Pirandello,

Cehov, Gogol, Tolstoi, Dostoievski. Uneori simțeam o nevoie puternică de a merge s-o caut pe Lila la atelier și să-i vorbesc despre personajele care-mi plăcuseră mult, despre fraze pe care le învățasem pe dinafară, dar pe urmă o lăsam baltă: ar fi spus o răutate; ar fi început să vorbească despre proiectele pe care le făcea împreună cu Rino, pantofi, fabrică de încălțăminte, bani, iar eu, încet, încet, aș fi simțit inutile romanele pe care le citeam și dezolantă viața mea, viitorul, ce aș fi devenit: o vânzătoare grasă și plină de coșuri în papetăria din fața bisericii, o fată bătrână funcționară la primărie, mai devreme sau mai târziu strabică și șchioapă.

Într-o duminică, o invitație venită prin poștă pe numele meu, prin care învățătorul Ferraro mă convoca dimineața la bibliotecă, m-a impulsionat și am decis, în sfârșit, să reacționez. Am încercat să mă fac frumoasă, cum mi se păruse că sunt încă de mică, cum îmi doream să cred că mai sunt, și am ieșit. Mi-am petrecut timpul storcându-mi coșurile cu rezultatul unei și mai evidente înroșiri a feței, mi-am pus brățara de argint a mamei mele, mi-am lăsat părul liber. Dar tot nu mă plăceam. Deprimată, în căldura care în anotimpul acela se așternea peste cartier încă de dimineața ca o mână umflată de febră, am parcurs drumul până la bibliotecă.

Am înțeles imediat, după mica mulțime de părinți și copii din școala primară și cea medie care se scurgea prin intrarea principală, că ceva nu funcționa ca de obicei. Am intrat. Erau șiruri de scaune toate deja ocupate, ghirlande colorate, preotul, Ferraro, chiar și directorul școlii primare și Oliviero. Învățătorul, am aflat, se gândise să-i premieze cu o carte de căciulă pe cititorii cei mai zeloși, cum reieșea din registrele lui. Pentru că ceremonia era gata să înceapă și împrumutul era momentan suspendat, m-am așezat în fundul sălii. Am căutat-o pe Lila, dar am văzut-o doar pe Gigliola Spagnuolo împreună cu Gino și Alfonso. M-am fâțâit pe scaun, indispusă. După puțin timp, s-au așezat lângă mine Carmela Peluso și fratele ei, Pasquale. Salut, salut. Mi-am acoperit mai bine cu părul obrajii iritați.

Mica ceremonie a început. Premianții au fost: prima, Raffaella Cerullo, al doilea, Fernando Cerullo, a treia, Nunzia Cerullo, al patrulea, Rino Cerullo, a cincea, Elena Greco, adică eu.

Mie mi-a venit să râd, la fel și lui Pasquale. Ne-am privit, ne-am înăbușit râsetele, în timp ce Carmela șoptea insistent: „De ce râdeți?“ Nu i-am răspuns: ne-am privit din nou și am râs cu mâna dusă la gură. Astfel, cu râsul pe care îl simțeam încă în ochi, cu o neașteptată stare de bună dispoziție, după ce învățătorul a întrebat în mai multe rânduri și inutil dacă era cineva din familia Cerullo în sală, am fost chemată eu, a cincea în clasament, să-mi ridic premiul. Ferraro mi-a înmânat, cu multe laude, *Trei într-o barcă* de Jerome K. Jerome. Am mulțumit și am întrebat dintr-o suflare:

— Pot să ridic și premiile familiei Cerullo, să li le duc eu?

Învățătorul mi-a dat cărțile-premiu ale toți membrilor familiei Cerullo. În timp ce ieșeam, iar Carmela o ajungea din urmă invidioasă pe Gigliola, care pălăvrăgea foarte fericită cu Alfonso și Gino, Pasquale mi-a spus, în dialect, lucruri care m-au făcut să râd tot mai mult: despre Rino care-și strica vederea citind, despre Fernando cârpaciul care nu dormea noaptea ca să citească, despre doamna Nunzia care citea în picioare, lângă aragaz, în timp ce gătea paste cu cartofi, într-o mână cu romanul și în cealaltă cu lingura. Fusese la școala primară în aceeași clasă cu Rino, în aceeași bancă — mi-a spus, cu lacrimi în ochi de râs — și amândoi, el și prietenul lui, chiar și ajutându-se reciproc, după șase sau șapte ani de școală, inclusiv repetențele, reușeau să citească cel mult: Săruri și Tutun, Mezelărie, Poștă și Telegraf. Apoi m-a întrebat care era premiul fostului lui coleg de școală.

— *Bruges, a doua moarte.*

— E cu fantome?

— Nu știu.

— Pot veni cu tine când i-o dai? Adică, pot să i-o dau eu, cu mâinile mele?

Am izbucnit din nou în râs.

— Da.

— I-au dat premiu lui Rinuccio. Ce nebunie! Lina e cea care citește tot, măiculiță, ce grozavă e fata aia.

M-a consolat mult atitudinea binevoitoare a lui Pasquale Peluso, mi-a plăcut că m-a făcut să râd. Poate că nu sunt atât de urâtă, m-am gândit, poate că nu știu eu să mă văd.

În momentul acela m-am auzit strigată, era învățătoarea Oliviero.

M-am dus la ea, s-a uitat la mine cu privirea ei mereu evaluativă și mi-a spus, aproape confirmându-mi legitimitatea unei judecăți mai generoase referitoare la aspectul meu:

— Ce frumoasă ești, ce mult ai crescut.

— Nu e adevărat, doamnă învățătoare.

— E adevărat, ești o stea, sănătoasă, voinică. Și pregătită. Am aflat că ai fost cea mai bună din școală.

— Da.

— Ce vei face acum?

— Mă duc la muncă.

S-a întristat.

— Nici nu încape vorbă, trebuie să-ți continui studiile.

Am privit-o mirată. Ce mai era de studiat? Nu știam nimic despre organizarea școlilor, nu știam exact ce venea după certificatul de absolvire. Cuvinte gen liceu, universitate pentru mine erau lipsite de substanță, ca foarte multe cuvinte pe care le întâlneam în romane.

— Nu pot, părinții mei nu mă trimit.

— Cât ți-a dat la latină profesorul de literatură?

— Nouă.

— Sigur?

— Da.

— Atunci vorbesc eu cu părinții tăi.

Am dat să plec, puțin speriată, trebuie să spun. Dacă Oliviero s-ar fi dus într-adevăr la tata și mama să le spună să mă trimită în continuare la studii, ar fi declanșat din nou certuri cu care nu aveam chef să mă confrunt. Preferam lucrurile așa cum erau: să o ajut pe mama, să lucrez la papetărie, să-mi accept urâțenia și coșurile, să fiu sănătoasă și voinică, așa cum spunea Oliviero, și să trudesc în mizerie. Nu o făcea deja Lila de cel puțin trei ani, cu excepția visurilor ei nebunești de fiică și soră de cârpaci?

— Mulțumesc, doamnă învățătoare, am spus, la revedere.

Dar Oliviero m-a ținut de braț.

— Nu-ți pierde vremea cu ăla, a spus făcând semn spre Pasquale care mă aștepta. E zidar, nu va merge niciodată mai departe. Și apoi provine dintr-o familie proastă, tatăl lui e comunist și l-a omorât pe don Achille. Nu vreau sub nicio formă să te văd cu el, care sigur e comunist la fel ca taică-su.

Am făcut un semn de consimțire și am plecat fără să-l salut pe Pasquale, care inițial a rămas perplex, apoi mi-a plăcut să-l aud venind în urma mea la zece pași distanță. Nu era un băiat frumos, dar nici eu nu eram mai frumoasă. Avea părul foarte creț și negru, cu pielea măslinie și bronzată, avea gura largă și era fiu de asasin, poate și comunist.

Mi-am repetat în minte cuvântul *comunist*, lipsit de sens pentru mine, dar căruia învățătoarea îi imprimase imediat o pecete de negativitate. Comunist, comunist, comunist. Mi s-a părut fermecător. Comunist și fiu de asasin.

Între timp, cotind, Pasquale m-a ajuns din urmă. Am parcurs drumul împreună până la câțiva metri de casă și, râzând din nou, ne-am dat întâlnire pentru a doua zi când ne-am fi dus la atelierul cârpaciului să le dăm Lilei și lui Rino cărțile. Înainte să ne despărțim, Pasquale mi-a spus și că duminica următoare el, sora lui și cine mai voia mergeau acasă la Gigliola ca să învețe să danseze. M-a întrebat dacă voiam să merg și eu, eventual împreună cu Lila. Am rămas cu gura căscată, știam deja că mama nu m-ar fi lăsat niciodată. Dar am zis oricum: bine, mă gândesc. Atunci el mi-a întins mâna și eu, care nu eram obișnuită cu un astfel de gest, am ezitat, am atins-o în treacăt pe a lui, dură, aspră, și m-am retras.

— Tot zidar ești? l-am întrebat, chiar dacă știam deja că era.

— Da.

— Și ești comunist?

S-a uitat la mine cu o privire perplexă.

— Da.

— Și te duci în vizită la tatăl tău, la Poggioreale?

A devenit serios:

— Când pot.

— Pa.

— Pa.

10.

În aceeași după-amiază, învățătoarea Oliviero a apărut fără să anunțe la mine acasă, aruncându-l într-o totală neliniște pe tata și enervând-o pe mama. I-a făcut pe amândoi să jure că mă vor înscrie la cel mai apropiat liceu clasic. S-a oferit să-mi găsească ea însăși cărțile de care aș fi avut nevoie. I-a spus tatălui meu, dar uitându-se la mine cu severitate, că mă văzuse singură cu Pasquale Peluso, o companie total nepotrivită pentru mine, care promiteam mult.

Părinții mei n-au îndrăznit s-o contrazică. Ba i-au jurat solemn că mă vor trimite în clasa a patra de gimnaziu, iar tata a spus încruntat:

— Lenù, să nu mai îndrăznești niciodată să vorbești cu Pasquale Peluso.

Înainte să-și ia la revedere, învățătoarea m-a întrebat de Lila, tot în prezența părinților mei. I-am răspuns că-și ajuta tatăl și fratele, că ținea în ordine socotelile și magazinul. A făcut o grimasă de dispreț, m-a întrebat:

— Știe că ai luat nouă la latină?

Am făcut semn că da.

— Spune-i că acum vei învăța și greacă. Spune-i.

Și-a luat, foarte mândră, la revedere de la părinții mei.

— Fata asta, a exclamat, ne va da satisfacții imense.

În aceeași seară, în timp ce mama, furioasă, spunea că acum trebuia să mă trimită obligatoriu la școala de domni, altfel Oliviero ar fi chinuit-o până la epuizare și, sub formă de represalii, ar fi trântit-o cine știe de câte ori la examene pe mica Elisa; în timp ce tata, ca și cum aceea ar fi fost problema principală, amenința că-mi rupe ambele picioare dacă ar fi aflat că mă apropiasem de Pasquale Peluso, s-a auzit un țipăt foarte ascuțit care ne-a luat piuitul. Era Ada, fiica Melinei, care cerea ajutor.

Am alergat la ferestre, în curte era o mare zarvă. Am înțeles că Melina, care după mutarea familiei Sarratore se comportase, în general, bine — puțin tristă, sigur, puțin distrată, dar în esență ciudățeniile deveniseră rare și inofensive, de genul cântatului cu voce foarte ridicată în timp ce spăla scările blocurilor sau aruncatul de găleți cu apă pe stradă fără să-i pese cine trecea —, avea o criză nouă de nebunie, un fel de nebunie de fericire. Râdea, țopăia în patul din casă și-și ridica fusta arătându-le fiilor speriați coapsele descărnate și chiloții. Asta a înțeles mama întrebându-le de la fereastră pe femeile ieșite la geam. Am văzut că și Nunzia Cerullo și Lila alergau să vadă ce se întâmpla și am încercat s-o șterg pe ușă ca să mă duc după ele, dar mama mi-a interzis. Și-a aranjat părul și, cu pasul ei șchiopătat, s-a dus ea să evalueze situația.

La întoarcere era indignată. Cineva îi trimisese Melinei o carte. O carte, da, o carte. Ei, care terminase cel mult clasa a doua și nu citise niciodată una în viața ei. Cartea avea pe copertă numele lui Donato Sarratore. Înăuntru, pe prima pagină, era o dedicație cu stiloul pentru Melina și erau însemnate, cu cerneală roșie, poeziile pe care le scrisese pentru ea.

Tata, auzind ciudățenia aceea, l-a insultat într-un mod foarte indecent pe feroviarul-poet. Mama a spus că cineva ar fi trebuit să-și asume sarcina de a-i sparge omului aceluia de rahat capul de rahat pe care-l avea. Am auzit-o toată noaptea pe Melina care cânta de fericire, am auzit vocile fiilor, mai ales pe-ale lui Antonio și Adei, care încercau s-o liniștească, dar nu reușeau.

Eu, în schimb, eram copleșită de uimire. În aceeași zi atrăsesem atenția unui tânăr sumbru ca Pasquale, mi se deschisese în față o nouă școală și aflasem că o persoană, până cu puțin timp în urmă rezidentă în cartier, chiar în blocul nostru, publicase o carte. Ultimul lucru demonstra cum Lila avusese dreptate să creadă că ni se poate întâmpla și nouă. Desigur, ea renunțase, dar eu, poate, mergând la școala aceea dificilă care se numea gimnaziu, fortificată eventual de iubirea lui Pasquale, aș fi putut scrie singură una, așa cum făcuse Sarratore. Cine știe, dacă totul ar fi mers bine, aș fi devenit bogată înaintea Lilei cu desenele ei de pantofi și fabrica ei de încălțăminte.

11.

A doua zi m-am dus pe ascuns la întâlnirea cu Pasquale Peluso. El a sosit gâfâind în hainele de lucru, foarte asudat, pătate cu var peste tot. Pe drum i-am povestit despre Donato și Melina. I-am spus că ultimele evenimente dovedeau că Melina nu era nebună, că Donato se îndrăgostise cu adevărat de ea și că încă o iubea. Dar deja în timp ce vorbeam, deja în timp ce Pasquale îmi dădea dreptate, manifestând sensibilitate în legătură cu chestiunile amoroase, mi-am dat seama că, din ultimele întâmplări, ceea ce continua să mă provoace mai mult decât orice altceva era faptul că Donato Sarratore chiar publicase o carte. Funcționarul acela de la Căile Ferate devenise autorul unui volum pe care învățătorul Ferraro ar fi putut foarte bine să-l pună în bibliotecă și să-l dea cu împrumut. Așadar, i-am spus lui Pasquale, noi toți cunoscuserăm nu un tip oarecare, fragil din cauza modului în care se lăsa călcat în picioare de soția lui, Lidia, ci un poet. Așadar, sub ochii noștri se născuse iubirea lui tragică și cea care i-o inspirase fusese o persoană pe care o cunoșteam foarte bine, adică Melina. M-am entuziasmat tare, inima îmi bătea cu putere. Dar mi-am dat seama că Pasquale nu putea să mă urmărească în legătură cu tema aceea, spunea da doar ca să nu mă contrazică. Și, într-adevăr, după puțin timp a început să o dea cotită, a început să-mi pună întrebări despre Lila: cum fusese la școală, ce credeam despre ea, dacă eram prietene bune. Am răspuns bucuroasă: era prima dată când cineva îmi punea întrebări legate de prietenia mea cu ea și am vorbit tot drumul foarte încântată. A fost și prima dată când am simțit cum, fiind nevoită să caut cuvinte pentru o temă pentru care nu aveam cuvinte pregătite, am avut tendința să reduc relația dintre mine și Lila la afirmații exaltate și cu un caracter pozitiv exclamativ.

Când am ajuns la magazinul cârpaciului, încă vorbeam despre asta. Fernando se dusese acasă pentru siestă, dar Lila și Rino stăteau unul lângă altul cu fețe posace, aplecați peste ceva la care se uitau cu ostilitate și, imediat ce ne-au văzut dincolo de ușa din sticlă, au ascuns totul. I-am înmânat prietenei mele darurile învățătorului Ferraro, în timp ce Pasquale își bătea joc de prietenul lui, deschizându-i sub nas premiul și spunându-i:

— După ce citești povestea acestui Bruges mort îmi zici dacă ți-a plăcut și poate-o citesc și eu.

Au râs mult și, din când în când, își șopteau la ureche fraze despre Bruges, fraze cu siguranță obscene. Dar am observat, la un moment dat, că, deși glumind cu Rino, Pasquale arunca priviri furișe spre Lila. De ce o privea așa, ce căuta, ce vedea la ea? Erau priviri lungi și intense de care ea părea că nici nu-și dă seama, în vreme ce — mi s-a părut — mai mult decât mine, făcea caz din asta Rino care curând l-a tras pe Pasquale afară în stradă, parcă ferindu-se să nu auzim noi ce-i distra în legătură cu Bruges, în realitate enervat de felul în care prietenul îi privea sora.

Eu am însoțit-o pe Lila în spate, chinuindu-mă să văd la ea ce-i atrăsese lui Pasquale atenția. Mi s-a părut aceeași fetiță firavă, piele și os, palidă, în afară poate de o formă mai mare a ochilor și o mică sinuozitate a pieptului. A aranjat cărțile între alte cărți pe care le avea, printre pantofii vechi și câteva caiete cu copertele într-o stare jalnică. Am făcut aluzie la accesele de nebunie ale Melinei, dar în special am încercat să-i comunic tot entuziasmul meu, fiindcă în sfârșit puteam spune că știam pe unul care tocmai publicase o carte, Donato Sarratore. I-am șoptit în italiană:

— Gândește-te, fiul lui, Nino, era la școală cu noi; gândește-te, toată familia Sarratore poate va deveni bogată.

Ea abia a schițat un zâmbet sceptic.

— Cu asta? a spus. A întins o mână și mi-a arătat cartea lui Sarratore.

I-o dăduse Antonio, fiul cel mare al Melinei, ca s-o îndepărteze pentru totdeauna din fața ochilor și din mâinile mamei. L-am luat, am studiat volumașul. Se intitula *Prove di sereno*. Avea o copertă roșiatică pe care era desenat un soare strălucitor în vârful unui munte. A fost emoționant să citesc chiar deasupra titlului: Donato Sarratore. Am deschis-o și am rostit cu voce tare dedicația cu stiloul: *Melinei, din care s-a hrănit poemul meu. Donato. Napoli, 12 iunie 1958*. M-am emoționat, am simțit un fior la ceafă, la rădăcina părului. Am spus:

— Nino va avea o mașină mai frumoasă decât cea a fraților Solara.

Dar Lila a avut una dintre privirile ei intense și am văzut că parcă se lipise de cartea pe care o aveam în mâini.

— Se va afla dacă o să se întâmple, a mormăit. Pentru moment, poeziile acelea au făcut numai rău.

— De ce?

— Sarratore n-a avut curajul să se ducă personal la Melina și i-a trimis cartea în locul lui.

— Și nu e un lucru frumos?

— Cine știe asta. Acum Melina îl așteaptă și dacă Sarratore nu va veni, va suferi mai mult decât a suferit până acum.

Ce frumos vorbea. I-am privit pielea foarte albă, fină, necrăpată. Da, m-am gândit, poate că se schimbă și nu doar fizic, ci și în modul de a se exprima. Mi s-a părut — formulat cu cuvintele de astăzi — nu doar că știa să spună bine lucrurile, dar și că dezvolta un talent pe care deja îl cunoșteam: mai bine față de cum făcea când era mică, lua faptele și, cu naturalețe, le încărca de tensiune; făcea realitatea mai puternică reducând-o la cuvinte, îi injecta energie. Dar mi-am dat seama, de asemenea, cu plăcere, că imediat ce începea să facă asta, iată că mă simțeam și eu capabilă să fac la fel, și încercam și-mi ieșea bine. Asta — m-am gândit bucuroasă — mă distinge de Carmela și de toate celelalte: eu mă aprind odată cu ea, în același moment în care îmi vorbește. Ce mâini mari și puternice avea, ce gesturi frumoase, ce priviri.

Dar în timp ce Lila discuta despre iubire, în timp ce eu discutam despre ea, plăcerea s-a compromis și am avut un gând urât. Am înțeles brusc că mă înșelasem: Pasquale, zidarul, comunistul, fiul asasinului, voise să mă însoțească până acolo nu pentru mine, ci pentru ea, ca să aibă ocazia s-o vadă.

12.

Am rămas o clipă fără aer gândindu-mă la lucrul acela. Când cei doi băieți au intrat înapoi, întrerupându-ne discuția, Pasquale a mărturisit că plecase de pe șantier fără să-i zică nimic maistrului-șef, dar trebuia să se întoarcă imediat la treabă. Am observat că o privea din nou pe Lila îndelung, intens, aproape împotriva voinței lui, poate ca să-i semnaleze: risc să fiu concediat numai de dragul tău. Dar a spus adresându-i-se lui Rino.

— Duminică mergem cu toții la Gigliola să dansăm, vine și Lenuccia, veniți și voi?

— Mai e până duminică, ne mai gândim, a răspuns Rino.

Pasquale a aruncat o ultimă privire spre Lila, care nu i-a acordat nicio atenție, apoi a întins-o de acolo fără să mă întrebe dacă voiam să merg cu el.

Am simțit un disconfort care m-a enervat. Am început să-mi ating obrajii cu degetele tocmai în zonele cele mai iritate, mi-am dat seama de asta și mi-am impus să n-o mai fac. În vreme ce Rino recupera de sub taburet lucrurile la care muncea înainte să ajungem și le studia perplex, am încercat din nou să vorbesc cu Lila despre cărți, despre povești de dragoste. Am exagerat în legătură cu Sarratore, nebunia din iubire a Melinei, rolul acelei cărți. Ce se va întâmpla? Ce reacții urma să provoace nu neapărat citirea versurilor, ci obiectul în sine, faptul că titlul, prenumele și numele, coperta ei aprinseseră din nou inima femeii? Am vorbit cu atâta pasiune, că Rino, brusc, și-a pierdut răbdarea și a urlat la noi:

— Nu încetați? Lila, să ne vedem de lucru, altfel se întoarce tata și nu mai putem face nimic.

Am încetat. Am aruncat o privire la ce făceau, o formă de lemn asediată de o încurcătură de pingele, fâșiuțe din piele, bucăți din piele groasă între cuțite și sule și fiare de diferite tipuri. Lila mi-a spus că ea și Rino încercau să facă un pantof bărbătesc de drumeție și fratele ei, imediat după, neliniștit, m-a pus să jur pe sora mea Elisa că nu voi vorbi niciodată cu nimeni despre chestia aia. Lucrau pe ascuns de Fernando, Rino făcuse rost de piele de la un prieten care-și câștiga banii ca zilier într-o tăbăcărie la Ponte di Casanova. Dedicau realizării pantofului cinci minute acum, zece mâine, fiindcă nu fusese chip să-și convingă tatăl să-i ajute, ba de fiecare dată când abordau discuția aceea, Fernando o trimitea acasă pe Lila urlând că nu mai voia s-o vadă în atelier și, în același timp, amenința că-l omoară pe Rino care-și băgase în cap la nouăsprezece ani, nerespectându-l, că poate fi mai presus decât el.

M-am prefăcut interesată de acțiunea lor secretă, dar de fapt m-am întristat. Deși amândoi frații mă implicaseră alegându-mă drept confidenta lor, era vorba totuși de o experiență din care puteam face parte doar ca martor: Lila ar fi făcut lucruri mărețe de una singură pe drumul acela, eu eram exclusă. Dar, mai ales, cum era posibil ca, după discuțiile noastre intense despre iubire și poezie, ea să mă conducă la ușă cum făcea, considerând mult mai interesantă atmosfera aceea de tensiune în jurul unui pantof? Vorbiserăm atât de bine despre Sarratore și Melina. Nu-mi venea să cred că, deși făcând aluzie la acea grămadă de piei și unelte, nu rămânea înăuntrul ei, ca în al meu, angoasa pentru femeia care suferea din dragoste. Ce-mi păsa mie de încălțăminte. Aveam încă împrejur, în ochi, schimbările cele mai secrete ale acelei întâmplări de fidelitate încălcată, de pasiune, de poem care devenea carte, și era ca și cum ea și eu am fi citit împreună un roman, ca și cum am fi văzut un film foarte dramatic acolo, în spatele atelierului, și nu în sala parohială duminica. M-a mâhnit sentimentul de irosire, că eram obligată să plec, că ea prefera aventura pantofilor discuțiilor noastre, că știa să fie independentă și eu, în schimb, aveam nevoie de ea, că avea chestiile ei în care nu puteam pătrunde, că Pasquale, unul mare ca vârstă, nu un băiețel, cu siguranță ar fi căutat alte ocazii ca s o privească și să insiste și să încerce s o convingă să se logodească în secret cu el și să fie sărutat, atins, cum se spunea că se face când te logodești; că, în fine, ar fi simțit că-i sunt tot mai puțin necesară.

De aceea, atât ca să alung senzația de repulsie cauzată de acele gânduri, cât și ca să-mi subliniez valoarea și faptul că sunt indispensabilă, i-am spus brusc că voi merge la gimnaziu. I-am spus-o în ușa magazinului, adică atunci când eram deja în stradă. I-am povestit că învățătoarea Oliviero le impusese asta părinților mei, promițând să-mi facă rost ea însăși, gratis, de cărțile la mâna a doua. Am făcut asta pentru că voiam să-și dea seama că sunt mai degrabă unică decât rară și că, deși ar fi devenit bogată fabricând pantofi împreună cu Rino, n-ar fi putut niciodată fără mine așa cum eu nu puteam fără ea.

S-a uitat la mine perplexă.

— Ce e gimnaziul? a întrebat.

— O școală importantă care vine după școala medie.

— Și tu ce te duci să faci acolo?

— Să învăț.

— Ce?

— Latina.

— Și atât?

— Și greaca.

— Greaca?

— Da.

A avut expresia cuiva care s-a pierdut și nu mai găsește nimic de spus. În cele din urmă a șoptit fără nicio legătură:

— Săptămâna trecută mi-a venit sorocul.

Și deși Rino n-o strigase, a intrat.

13.

Deci acum sângera și ea. Mișcările secrete ale corpului, care ajunseseră mai întâi la mine, veniseră, ca unda unui cutremur, și la ea și urma s-o transforme, deja se transforma. Pasquale — m-am gândit — și-a dat seama de asta înaintea mea. El și probabil alți băieți. Mersul meu la gimnaziu și-a pierdut rapid aura. Zile în șir n-am putut să mă gândesc la altceva decât la transformările necunoscute care s-ar fi abătut asupra Lilei. Ar fi devenit frumoasă ca Pinuccia Carracci sau Gigliola sau Carmela? S-ar fi urâțit ca mine? M-am întors acasă și m-am studiat în oglindă. Cum eram de fapt? Cum ar fi fost, mai devreme sau mai târziu, ea?

Am început să mă îngrijesc și mai mult. Într-o duminică după-amiază, cu ocazia obișnuitei plimbări de la șosea spre părculeț, m-am îmbrăcat cu rochia mea de sărbătoare, una albastră cu un decolteu pătrat, și mi-am pus brățara de argint a mamei. Când m-am întâlnit cu Lila, am simțit o plăcere ascunsă s-o văd așa cum era zi de zi, cu părul foarte negru nepieptănat și cu o rochiță ponosită și decolorată. Nu o deosebea nimic de obișnuita Lila, o fetiță nervoasă și uscată. Mi s-a părut doar puțin mai înaltă, din mică cum era se făcuse înaltă aproape cât mine, poate doar cu un centimetru în minus. Dar ce însemna oare schimbarea aceea? Eu aveam sâni mari, forme de femeie.

Am ajuns la părculeț, ne-am întors, am făcut din nou drumul până la părculeț. Era devreme, rumoarea duminicală încă lipsea, vânzătorii de alune și migdale prăjite și boabe de lupin. Lila m-a întrebat din nou prudent despre gimnaziu. I-am spus puținul pe care-l știam, dar exagerând cât mai mult posibil. Voiam să devină curioasă, să vrea măcar puțin să participe, din exterior, la aventura mea, să simtă că pierde ceva din mine cum mă temeam eu mereu că pierd mult din ea. Mergeam pe bordura străzii, eu la margine. Eu vorbeam, ea asculta cu multă atenție.

Apoi a apărut lângă noi Fiatul 1100 al fraților Solara, la volan era Michele, în dreapta lui Marcello, care a început să facă glume cu noi. Cu amândouă, nu doar cu mine. Fredona în dialect fraze de genul: dar ce domnișoare frumoase, nu vă obosiți să mergeți înainte și-napoi, să știți că Napoli e mare, cel mai frumos oraș din lume, frumos ca voi, urcați, doar jumătate de oră și vă aducem înapoi aici.

N-ar fi trebuit s-o fac, dar am făcut-o. În loc să continui drept ca și cum n-ar fi existat nici el, nici mașina, nici fratele lui; în loc să continui să pălăvrăgesc cu Lila ignorându-l, dintr-o nevoie de a mă simți atrăgătoare și norocoasă și pe punctul de a merge la școala de domni, unde aș fi găsit, foarte probabil, tineri cu o mașină mai frumoasă decât a fraților Solara, m-am întors spre ei și am spus în italiană:

— Mulțumim, dar nu putem.

Atunci Marcello a întins o mână. I-am văzut-o lată și scurtă, deși era un tânăr înalt, bine făcut. Cele cinci degete au trecut peste geam și s-au apropiat să mă prindă de încheietură, în timp ce vocea lui spunea:

— Michè, pune frână, tu vezi ce brățară frumoasă are fiica portarului?

Mașina s-a oprit. Mi s-a încrețit pielea simțind degetele lui Marcello în jurul încheieturii, mi-am tras brațul dezgustată. Brățara s-a rupt și a căzut între trotuar și mașină.

— Maică Sfântă, uite ce mi-ai făcut, am exclamat gândindu-mă la mama.

— Stai calmă, a spus el și a deschis portiera, ieșind din mașină. Ți-o repar numaidecât.

Era vesel, cordial, a încercat din nou să mă prindă de încheietură ca și cum ar fi vrut să stabilească o familiaritate care să mă liniștească. A durat o clipă. Lila, jumătate cât el, l-a împins spre automobil și i-a lipit cuțitul de cizmărie de gât.

A spus calm, în dialect:

— Atinge-o încă o dată și o să vezi ce se întâmplă.

Marcello a încremenit stupefiat. Michele a coborât imediat din mașină, spunând pe un ton liniștitor:

— Nu-ți face nimic, Marcè, nătânga asta n-are curaj.

— Vino, a spus Lila, vino, așa înțelegi dacă am sau nu curaj.

Michele a înconjurat mașina în timp ce eu începeam să plâng. De unde stăteam, vedeam bine că vârful cuțitului tăiase deja pielea lui Marcello, o zgârietură din care ieșea un firicel de sânge. Am în minte scena cu claritate: era încă foarte cald, puțini trecători, Lila stătea deasupra lui Marcello ca și cum văzuse o insectă urâtă pe fața lui și voia s-o gonească. Mi-a rămas în cap absoluta certitudine de atunci: n-ar fi ezitat să-i taie gâtul. A realizat asta și Michele.

— Bine, bravo, a spus, și tot cu același calm, aproape amuzat, s-a întors în mașină. Urcă, Marcè, cere-le scuze domnișoarelor și hai să mergem.

Lila a îndepărtat lent vârful lamei de gâtul lui Marcello. El i-a zâmbit timid, avea o privire rătăcită.

— Un moment, a spus.

A-ngenuncheat pe trotuar, în fața mea, de parcă ar fi vrut să se scuze supunându-se celei mai mari forme de umilință. A căutat sub automobil, a găsit brățara, a studiat-o și a reparat-o strângând cu unghiile inelușul de argint care cedase. Mi-a dat-o uitându-se nu la mine, ci la Lila. Ei i-a spus:

— Scuze.

Apoi a urcat în automobil și mașina a pornit.

— Am început să plâng din cauza brățării, nu de frică, am spus.

14.

Limitele cartierului s-au estompat în decursul acelei veri. Într-o dimineață, tata m-a luat cu el. A vrut ca, odată cu ocazia înscrierii la liceu, să înțeleg bine ce mijloace de transport ar fi trebuit să iau și pe ce străzi ar fi trebuit să merg, din octombrie, la noua școală.

Era o zi vântoasă frumoasă și foarte senină. M-am simțit iubită, răsfățată, afecțiunii pe care o aveam pentru el adăugându-i-se repede o admirație crescândă. Cunoștea foarte bine întinderea enormă a orașului, știa de unde să ia metroul sau un tramvai sau un autobuz. Pe stradă avea un comportament sociabil, o politețe calmă pe care, în casă, nu le avea aproape niciodată. Intra în vorbă cu oricine, în mijloacele de transport, în birouri și reușea mereu să-l înștiințeze pe interlocutor că el lucra la primărie și că, dacă voia, ar fi putut grăbi proceduri, deschide uși.

Am petrecut întreaga zi împreună, singura din viața noastră, de altele nu-mi amintesc. Mi s-a dedicat mult, ca și cum ar fi vrut să-mi transmită, în câteva ore, tot ce învățase util de-a lungul existenței lui. Mi-a arătat piața Garibaldi și gara care se construia: după el, era atât de modernă, că veneau japonezi din Japonia special ca s-o studieze și s-o refacă identică la ei acasă, mai ales pilaștrii. Dar mi-a mărturisit că îi plăcea mai mult gara de dinainte, îi era mai dragă. Ce să-i faci. Napoli, după el, era așa dintotdeauna: se taie, se sparge și apoi se reface, iar banii circulă și se creează locuri de muncă.

M-a dus pe bulevardul Garibaldi până la clădirea care urma să fie școala mea. Și-a făcut de lucru în secretariat cu o bonomie extremă, avea darul de a se face simpatic, dar pe care în cartier și acasă îl ținea ascuns. S-a lăudat cu extraordinarul meu carnet de note față de un om de serviciu pe al cărui naș de cununie, a aflat atunci, îl știa bine. Am auzit că repeta adesea: e totul în regulă? Sau: ce se poate face, se face. Mi-a arătat Piața Carol al III-lea, Albergo dei Poveri, Grădina Botanică, strada Foria, muzeul. M-a dus pe strada Costantinopoli, pe Port'Alba, Piața Dante, strada Toledo. M-au copleșit numele, zgomotul traficului, vocile, culorile, aerul de sărbătoare din jur, efortul de a ține minte totul pentru ca apoi să vorbesc despre asta cu Lila, abilitatea cu care discuta cu vânzătorul de pizza, de unde mi-a cumpărat una fierbinte cu ricotta, cu vânzătorul de fructe și legume de la care îmi cumpărase o piersică foarte galbenă. Era posibil ca numai cartierul nostru să fie atât de plin de tensiuni și violențe, în timp ce restul orașului era radios, binevoitor?

M-a dus să văd locul unde lucra, care era în Piața Municipio. Și acolo, a spus, totul se înnoise, plantele fuseseră tăiate, tot fusese spart: acum vezi cât spațiu, singurul lucru vechi e Maschio Angioino, dar e frumos, micuțo, în Napoli sunt doi bărbați adevărați, tatăl tău și cel de colo. Ne-am dus la primărie, a salutat pe unul și pe altul, era foarte cunoscut. Cu unii a fost jovial, m-a prezentat, a repetat pentru a nu știu câta oară că primisem la școală nouă la italiană și nouă la latină; cu alții a fost aproape mut, doar bine, da, voi ordonați și eu execut. În sfârșit, m-a anunțat că-mi va arăta Vezuviul de aproape și marea.

A fost un moment de neuitat. Am mers spre strada Caracciolo, tot mai mult vânt, tot mai mult soare. Vezuviul era o formă delicată de culoare pastel la picioarele căruia se îngrămădeau pietrele albicioase ale orașului, linia de culoarea pământului a Castelului Dell'Ovo, marea. Dar ce mare! Era foarte agitată, zgomotoasă, vântul îți tăia răsuflarea, îți lipea hainele de tine și zbura pălăriile de pe frunte. Am stat de cealaltă parte a străzii alături de o mică mulțime care privea spectacolul. Valurile se rostogoleau ca niște tuburi de metal albastru purtând în coamă albușul de ou al spumei, apoi se spărgeau într-o mie de așchii strălucitoare și ajungeau până sus, în stradă, cu un oh! de surpriză și teamă din partea noastră a tuturor care priveam. Ce păcat că nu era și Lila. M-am simțit amețită de rafalele puternice, de zgomot. Aveam impresia că, deși absorbeam mult din spectacolul acela, foarte multe lucruri, prea multe, se fâleau în jurul nostru fără să se lase prinse.

Tata m-a strâns de mână de parcă se temea c-aș fi scăpat de acolo. Într-adevăr, voiam să-l părăsesc, să alerg, să mă duc în alt loc, să traversez strada, să mă las lovită de țăndările scânteietoare ale mării. În acel moment atât de înfricoșător, plin de lumină și de zarvă, m-am imaginat singură în noutatea orașului, nouă eu însămi cu toată viața înainte, expusă furiei mișcătoare a lucrurilor, dar cu siguranță învingătoare: eu, eu și Lila, noi două cu acea capacitate pe care o aveam împreună — numai împreună — de a capta mulțimea de culori, de zgomote, de lucruri și persoane, și de a ne-o povesti și de a-i da forță.

M-am întors în cartier ca și cum aș fi fost plecată pe un tărâm îndepărtat. Iată din nou străzile cunoscute, iată din nou mezelăria lui Stefano și a surorii lui, Pinuccia, pe Enzo care vindea fructe, Fiatul 1100 al fraților Solara parcat în fața cafenelei și pentru care acum aș fi plătit nu știu ce ca să fie șters de pe fața pământului. Bine că mama nu aflase nimic despre episodul cu brățara. Bine că nimeni nu-i spusese lui Rino ce se întâmplase.

I-am povestit Lilei despre străzi, despre numele lor, despre zgomot, despre lumina extraordinară. Dar am simțit imediat un disconfort. Dacă povestea despre ziua aceea ar fi fost a ei, m-aș fi furișat în ea cu un contracânt indispensabil și, chiar dacă nu fusesem prezentă, m-aș fi simțit vie și activă, aș fi pus întrebări, aș fi ridicat probleme, aș fi încercat să-i demonstrez că trebuia să refacem același traseu împreună, obligatoriu, pentru că i l-aș fi îmbogățit, aș fi fost o companie mult mai bună decât tatăl ei. În schimb, ea m-a ascultat fără curiozitate și, pe moment, am crezut că face așa din răutate, ca să reducă puterea entuziasmului meu. Dar a trebuit să mă conving că nu era așa, pur și simplu firul gândului ei se hrănea cu lucruri concrete, cu o carte precum cu o fântână. Cu siguranță mă asculta cu urechile, dar ochii și mintea ei erau foarte ancorate în ce se întâmpla pe stradă, cu puținele plante din părculeț, cu Gigliola care se plimba cu Alfonso și Carmela, cu Pasquale care saluta de pe schela șantierului, cu Melina care vorbea cu voce tare de Donato Sarratore în timp ce Ada încerca s-o târască acasă, cu Stefano, fiul lui don Achille, care tocmai își cumpărase o furgonetă și o avea în dreapta pe mama lui și pe bancheta din spate pe sora lui, Pinuccia, cu Marcello și Michele Solara care treceau în Fiatul lor 1100 și Michele se prefăcea că nu ne vede, în timp ce Marcello avea grijă să ne trimită o privire cordială, mai ales cu activitatea secretă, ascunsă de tatăl ei, căreia i se dedica ca să continue proiectul cu pantofii. În momentul acela, povestea mea era pentru ea doar un ansamblu de semnale inutile din spații inutile. S-ar fi ocupat de spațiile acelea numai dacă ar fi avut ocazia să meargă acolo. Și, într-adevăr, după cât vorbisem, a zis doar:

— Trebuie să-i spun lui Rino că duminică trebuie să acceptăm invitația lui Pasquale Peluso.

Iată, eu îi povesteam despre centrul orașului Napoli și ea punea în centru casa Gigliolei, într-unul din blocurile cartierului, unde Pasquale voia să ne ducă să dansăm. Mi-a părut rău. Invitațiilor lui Peluso spuseserăm întotdeauna da și totuși nu ne duseserăm niciodată, eu ca să evit certurile cu părinții mei, ea din cauză că se opunea Rino. Dar îl pândeam adesea, în zilele de petrecere, în timp ce-și aștepta îmbrăcat elegant prietenii, pe cei mari și pe cei mai mici. Era un băiat generos, nu făcea deosebiri de vârstă, târa după el pe oricine. De obicei, el aștepta în fața benzinăriei și între timp soseau, pe rând, Enzo, Gigliola și Carmela, care acum voia să i se spună Carmen, și uneori Rino însuși, dacă nu avea altceva de făcut, și Antonio, care ducea povara mamei lui, Melina, și, în cazul în care aceasta era calmă, și sora lui, Ada, pe care frații Solara o trăseseră în mașină și o duseseră cine știe unde timp de o oră bună. Când era o zi frumoasă, se duceau la mare și se întorceau cu fețele roșii de soare. Sau, mai adesea, se strângeau toți la Gigliola, ai cărei părinți erau mai primitori decât ai noștri, iar acolo cine știa să danseze dansa și cine nu știa învăța.

Lila a început să mă târască la acele mici petreceri, o apucase nu știu cum interesul pentru dans. Atât Pasquale, cât și Rino se dovediseră, în mod surprinzător, foarte buni dansatori și noi am învățat de la ei tango, vals, polka și mazurka. Rino, trebuie spus, se enerva repede ca antrenor, mai ales pe sora lui, în timp ce Pasquale era foarte răbdător. La început am dansat ținându-ne pe picioarele lui, în așa fel încât să învățăm bine pașii, apoi, imediat ce am devenit mai experte, liber la învârtit prin casă.

Am descoperit că-mi plăcea foarte mult să dansez, aș fi dansat întruna. Lila, în schimb, avea aerul ăla al ei care părea al cuiva care vrea să înțeleagă bine cum se face și parcă distracția ei consta numai în a învăța și, într-adevăr, deseori stătea jos să privească, studiindu-ne, și aplauda perechile mai armonioase. Odată m-am dus acasă la ea și mi-a arătat o cărticică pe care o luase de la bibliotecă: scria acolo totul despre dansuri și fiecare mișcare era explicată cu două siluete negre, de bărbat și femeie, care se roteau. Era foarte veselă în perioada aceea, o exuberanță surprinzătoare în cazul ei. Pe neașteptate, m-a prins de talie și, făcând pe bărbatul, m-a obligat să dansez tango cântând din gură. A apărut Rino care ne-a văzut și a izbucnit în râs. A vrut să danseze și el, mai întâi cu mine și apoi cu sora lui, deși fără muzică. În timp ce dansam, mi-a povestit că pe Lila o apucase o asemenea nebunie de perfecțiune, că îl obliga tot timpul să exerseze, chiar dacă nu aveau gramofon. Dar imediat cum a rostit cuvântul acela — gramofon, gramofon, gramofon — Lila a urlat la mine din colțul camerei, mijind ochii:

— Știi ce cuvânt e?

— Nu.

— Grecesc.

Eu am privit-o nesigură. Rino între timp m-a lăsat și a început să danseze cu sora lui, care a scos un țipăt subțire, mi-a încredințat manualul de dansuri și a zburat prin cameră cu el. Am așezat printre cărțile ei manualul. Ce spusese? Gramofon era italienesc, nu grecesc. Dar am văzut că sub *Război și pace*, cu eticheta bibliotecii învățătorului Ferraro, se vedea un volum zdrențuit care se intitula *Gramatica greacă*. Gramatică. Greacă. Am auzit ce-mi promitea, gâfâind:

— Pe urmă îți scriu gramofon cu litere grecești.

Am spus că aveam treabă și am plecat.

15.

Începuse să studieze greacă înainte ca eu să merg la gimnaziu? O făcuse singură în vreme ce eu nici măcar nu mă gândeam la asta? Vara, când era vacanță? Făcea întotdeauna lucrurile pe care trebuia să le fac eu, înaintea mea și mai bine decât mine? Îmi scăpa când mă țineam după ea și între timp mă urmărea ca să mă depășească?

Am încercat să n-o întâlnesc o vreme, eram furioasă. M-am dus la bibliotecă să iau, la rândul meu, o gramatică greacă, dar exista una singură și o avea cu împrumut, pe rând, toată familia Cerullo. Poate că trebuie s-o șterg pe Lila din minte ca pe un desen pe tablă, m-am gândit, și a fost, cred, prima dată. Mă simțeam fragilă, expusă la tot, nu-mi puteam petrece timpul ținându-mă după ea sau descoperind că ea se ține după mine, și nici într-un caz, nici în celălalt, să mă simt mai prejos. Dar n-am reușit, m-am dus s-o caut din nou imediat. Am lăsat-o să mă învețe cum se făcea cadrilul. Am lăsat-o să-mi arate cum știa să scrie toate cuvintele italienești în alfabetul grec. A vrut să învăț și eu alfabetul acela înainte să merg la școală și m-a obligat să-l scriu și să-l citesc. Mie mi-au apărut și mai multe coșuri. Mergeam la dansuri la Gigliola cu un sentiment permanent de insuficiență și de rușine.

Am sperat să treacă, dar insuficiența și rușinea s-au intensificat. Odată Lila s-a dat în spectacol într-un vals cu fratele ei. Dansau așa de bine împreună, că le-am lăsat lor tot spațiul. Am fost încântată. Erau frumoși, erau armonioși. Îi priveam și am înțeles definitiv că în scurt timp își va pierde tot aerul ei de copilă-bătrână, cum se pierde un motiv muzical foarte cunoscut când e adaptat cu prea mult imbold. Devenise sinuoasă. Fruntea înaltă, ochii mari care se strângeau pe neașteptate, nasul mic, pomeții, buzele, urechile căutau o altă orchestrare și păreau aproape să o găsească. Când se pieptăna cu coadă, gâtul lung se ivea cu o eleganță care înduioșa. Pieptul avea mici sâni tot mai vizibili. Spatele ei avea o curbură adâncă, înainte să ajungă la arcul tot mai ferm al fundului. Gleznele erau încă prea slabe, glezne de fetiță; dar cât le-ar fi luat să se adapteze siluetei ei deja de adolescentă? Mi-am dat seama că băieții, contemplând-o în timp ce dansa cu Rino, vedeau și mai multe lucruri decât mine. Pasquale în primul rând, dar și Antonio, și Enzo. O fixau cu privirea ca și cum noi celelalte am fi dispărut. Și totuși, eu aveam sâni mai mari. Și totuși, Gigliola era de un blond strălucitor, avea trăsături regulate și picioare perfecte. Și totuși, Carmela avea ochi superbi și mai ales mișcări tot mai provocatoare. Dar nu era nimic de făcut: din corpul în mișcare Lila începuse să emane ceva ce băieții simțeau, o energie care îi zăpăcea, ca zgomotul tot mai apropiat al frumuseții în curs de apariție. A trebuit să se termine muzica pentru ca ei să-și revină cu zâmbete ezitante și aplauze exagerate.

16.

Lila era rea: continuam să cred asta într-un loc ascuns din mine. Îmi demonstrase că nu știa doar să rănească prin cuvinte, dar că ar fi putut să omoare fără ezitare, și totuși acele potențialități mi se păreau acum niște nimicuri. Îmi spuneam că „va descătușa ceva și mai malițios“ și recurgeam la cuvântul malefic, un termen exagerat care-mi venea din poveștile copilăriei. Dar dacă latura mea copilărească era cea care-mi stârnea acele gânduri, un miez de adevăr exista. Și într-adevăr, faptul că din Lila izvora un fluid care nu era pur și simplu seducător, ci și periculos, treptat a devenit clar nu numai pentru mine, care o supravegheam de când eram în clasa întâi, ci pentru toți.

Spre sfârșitul verii au început să se înmulțească presiunile asupra lui Rino ca, în ieșirile în grup în afara cartierului pentru o pizza, pentru o plimbare, s-o ia după el și pe sora lui. Dar Rino voia spațiul lui. Și el mi se părea că se schimbă, Lila îi aprinsese fantezia și speranțele. Dar, văzându-l, auzindu-l, efectul nu era dintre cele mai bune. Devenise mai fanfaron, nu pierdea o ocazie să nu facă aluzie la cât era de priceput în munca lui și la cum va deveni bogat, repeta adesea o frază care-i plăcea: nu trebuie mult, puțin noroc și mă piș pe fața fraților Solara. Însă pentru aceste lăudăroșenii era esențial ca sora lui să nu fie prin preajmă. În prezența ei se zăpăcea, vorbea sumar despre ceva, apoi o lăsa baltă. Își dădea seama că Lila îl privește strâmb ca și cum el ar trăda un pact secret de conduită, de detașare, așa că prefera să n-o aibă în preajmă, deja trudeau împreună toată ziua în cizmărie. O ștergea și se ducea să se umfle în pene fața de prietenii lui. Dar uneori trebuia să cedeze.

Într-o duminică, după multe discuții cu părinții noștri, am ieșit (Rino a venit să-și asume față de părinții mei, în mod generos, și responsabilitatea persoanei mele) chiar seara. Am văzut orașul luminat de firme, străzile aglomerate, mirosul urât de pește stricat din cauza căldurii, dar și aromele restaurantelor, ale birturilor, ale cafenelelor care erau mult mai îmbelșugate decât cea a familiei Solara. Nu-mi amintesc dacă Lila avusese deja ocazia să meargă în centru, cu fratele ei sau cu alții. Cu siguranță dacă se întâmplase, nu-mi vorbise despre asta. Îmi amintesc însă că în acea împrejurare a fost complet mută. Am traversat piața Garibaldi, dar ea rămânea în urmă, întârzia privind un lustragiu de pantofi, o ditamai femeia pestriță, oamenii posomorâți, tinerii. Se uita cu multă atenție la persoane, le privea direct în față, astfel încât unii râdeau, iar alții făceau gestul care înseamnă: ce vrei? Din când în când o smuceam de frică să nu ne pierdem de Rino, Pasquale, Antonio, Carmela și Ada.

În seara aceea am mers într-o pizzerie de pe Rettifilo, am mâncat într-o atmosferă de veselie. Mie mi s-a părut că Antonio îmi face puțină curte, forțându-și timiditatea, și am fost bucuroasă, astfel se echilibra atenția lui Pasquale pentru Lila. Dar la un moment dat s-a întâmplat că plăcintarul, un bărbat la vreo treizeci de ani, a început să rotească aluatul prin aer, în timp ce-l frământa, cu o virtuozitate excesivă și schimbând zâmbete cu Lila care-l privea uimită.

— Încetează, i-a spus Rino.

— Nu fac nimic, a răspuns ea și s-a chinuit să se uite în altă parte.

Dar lucrurile au degenerat rapid. Pasquale, râzând, ne-a spus că bărbatul acela, plăcintarul — unul care nouă, fetițelor, ni se părea bătrân, avea verighetă pe deget, era cu siguranță tată — îi trimisese pe ascuns un sărut Lilei suflând peste vârful degetelor. Ne-am întors imediat să ne uităm la el: își făcea munca și atât. Dar Pasquale a întrebat-o pe Lila, tot râzând:

— E adevărat sau m-am înșelat?

Lila, cu un râset nervos în contrast cu zâmbetul generos al lui Pasquale, a răspuns:

— Eu n-am văzut nimic.

— Las-o baltă, Pascà, a spus Rino, fulgerându-și sora cu privirea.

Dar Peluso s-a ridicat, s-a dus la masa de lucru a cuptorului, a ocolit-o și, cu zâmbetul lui inocent pe buze, i-a tras o palmă peste față plăcintarului împingându-l către gura cuptorului.

A venit imediat patronul localului, un bărbat la vreo șaizeci de ani, mic și palid, și Pasquale i-a explicat cu calm că nu trebuia să-și facă griji, doar îi explicase angajatului său un lucru care nu-i era prea clar, acum nu vor mai fi probleme. Am terminat de mâncat pizza în liniște, cu ochii în jos, cu înghițituri rare, ca și cum ar fi fost otrăvită. Și când am ieșit, Rino a certat-o rău pe Lila și a încheiat cu o amenințare: continuă așa și nu te mai iau.

Ce se întâmplase? Pe stradă, bărbații cu care ne intersectam ne priveau pe toate, frumoase, frumușele, urâte, și nu atât tinerii, cât bărbații maturi. Funcționa așa atât în cartier, cât și în afara lui, iar Ada, Carmela, eu însămi — mai ales după incidentul cu frații Solara — învățaserăm instinctiv să ținem ochii în jos, să ne prefacem că nu auzim porcăriile pe care ni le adresau și să mergem mai departe. Lila nu. Mersul cu ea la plimbare duminica devenise un factor constant de tensiune. Dacă cineva o privea, îl privea și ea înapoi. Dacă cineva îi spunea ceva, ea se oprea perplexă, ca și cum nu-i venea să creadă că vorbeau cu ea, și uneori răspundea uimită. Cu atât mai mult cu cât, lucru ieșit din comun, aproape niciodată nu-i adresau obscenitățile acelea pe care aproape întotdeauna ni le rezervau nouă.

Într-o după-amiază de la sfârșitul lui august ne-am dus până la grădina publică și acolo ne-am așezat la un bar pentru că Pasquale, care în perioada aceea se comporta ca un nobil spaniol, a vrut să ne ofere tuturor înghețată. În fața noastră era o familie care mânca înghețata la masă, ca noi: tatăl, mama și trei băieți cu vârste între doisprezece și șapte ani. Păreau oameni de bine: tatăl, un om voinic, spre cincizeci de ani, avea aerul unui profesor. Și pot să jur că Lila nu afișa nimic bătător la ochi: nu era rujată, purta aceleași zdrențe cusute de mama ei, eram mai arătoase noi, mai ales Carmela. Dar domnul acela — de data asta ne-am dat seama toți — nu reușea să-și ia ochi de la ea, și Lila, oricât încerca să se controleze, răspundea la privire de parcă nu-i venea să creadă că este atât de admirată. În cele din urmă, în vreme ce la masa noastră creștea furia lui Rino, a lui Pasquale, a lui Antonio, bărbatul, în mod evident fără să-și dea seama de riscul pe care și-l asuma, s-a ridicat, s-a așezat în fața Lilei și, adresându-se bărbaților politicos, a spus:

— Sunteți norocoși, aveți aici o fată care se va face mai frumoasă decât Venus a lui Botticelli. Mă scuzați, dar i-am spus-o soției mele, fiilor mei și am simțit nevoia să v-o spun și vouă.

Lila a izbucnit în râs din cauza încordării. Bărbatul a zâmbit la rândul lui și, făcând o plecăciune reținută, a dat să se întoarcă la masa lui când Rino l-a apucat de guler, l-a ajutat să parcurgă drumul de întoarcere în viteză, l-a așezat pe scaun cu forța și, în fața soției și a copiilor, i-a trântit o serie de înjurături ca în cartier. Bărbatul atunci s-a enervat, soția a urlat intervenind, Antonio l-a tras de acolo pe Rino. Altă duminică distrusă.

Dar ce era mai rău s-a întâmplat o dată când Rino nu era cu noi. Nu m-a impresionat faptul în sine, ci legătura, în jurul Lilei, de tensiuni de diverse naturi. Mama Gigliolei, cu ocazia onomasticii (se numea Rosa, dacă-mi amintesc bine), a dat o petrecere cu persoane de vârste diferite. Pentru că soțul ei era cofetarul de la cofetăria Solara, lucrurile au fost făcute cu clasă: erau din abundență eclere, tarte, foitaje, prăjituri cu migdale, lichioruri, băuturi pentru copii și discuri cu dansuri, de la cele mai obișnuite la cele de ultimă modă. Au venit oameni care la micile noastre petreceri de copii n-ar fi venit niciodată. De exemplu, farmacistul cu soția și fiul lor cel mare, Gino, care urma să meargă la gimnaziu ca mine. De exemplu, învățătorul Ferraro și toată familia lui numeroasă. De exemplu, Maria, văduva lui don Achille, și fiul Alfonso și fiica Pinuccia, foarte colorată, chiar și Stefano.

Aceste ultime prezențe inițial au provocat tensiune: la petrecere erau și Pasquale, și Carmela Peluso, fiii asasinului lui don Achille. Dar apoi totul a ieșit bine. Alfonso era un băiat drăguț (urma să meargă și el la gimnaziu, la aceeași școală cu mine) și chiar a schimbat câteva vorbe cu Carmela; Pinuccia se bucura mai ales că venise la o petrecere, sacrificată cum era în fiecare zi la mezelărie; Stefano înțelesese repede faptul că negoțul se bazează pe absența prejudecăților, îi considera pe toți locuitorii cartierului potențiali clienți care să-și cheltuiască banii la el, își etala, în general, față de oricine zâmbetul lui frumos, blând și de aceea s-a limitat la a evita să-și intersecteze, chiar și pentru o clipă, privirea cu Pasquale; Maria, în fine, care, în mod normal, dacă o vedea pe doamna Peluso, întorcea capul în altă parte, i-a ignorat complet pe cei doi băieți și a pălăvrăgit îndelung cu mama Gigliolei. Mai ales faptul că în curând a început să se danseze a risipit orice tensiune, a luat proporții harababura și nimeni n-a mai făcut caz de nimic.

Mai întâi au fost dansurile tradiționale și apoi s-a trecut la un dans nou, rock'n'roll, față de care toți, de la bătrâni la copii, aveau o mare curiozitate. Eu, încălzită, m-am retras într-un colț. Știam să dansez, bineînțeles, rock'n'roll, dansasem adesea acasă la mine cu Pepe, fratele meu, duminica, acasă la ea cu Lila, dar mă simțeam prea caraghioasă pentru mișcările acelea sprintene și agile și, chiar dacă îmi părea rău, am decis să stau să privesc. Nici Lila, de altfel, nu mi s-a părut foarte bună: se mișca într-un fel cam ridicol, chiar îi spusesem asta, iar ea luase critica ca pe o provocare și se îndârjise să exerseze singură, dat fiind că și Rino refuza să danseze. Dar, perfecționistă cum era în toate lucrurile, în seara aceea a decis și ea, spre satisfacția mea, să stea deoparte, lângă mine, să se uite cât de bine dansau Pasquale și Carmela Peluso.

Dar, la un moment dat, s-a apropiat de ea Enzo. Copilul care aruncase cu pietre în noi, care, pe neașteptate, concurase cu Lila la aritmetică, care-i dăruise odată o ghirlandă de scorușe, de-a lungul anilor fusese parcă ținut prizonier într-un organism de statură mică, dar puternică, obișnuit cu munca dură. Părea, uitându-te la el, mai bătrân și decât Rino care, dintre noi, era cel mai mare. Se vedea bine în fiecare trăsătură de-a lui că se scula înainte de ivirea zorilor, că avea de-a face cu mafia pieței de fructe și legume, că mergea în toate anotimpurile, pe frig, pe ploaie, să vândă fructe și legume cu căruța, dând roată pe străzile din cartier. Pe chipul lui de blond, însă, deschis la culoare, gene și sprâncene blonde, ochi albaștri, mai exista încă o rămășiță din copilul rebel cu care avuseserăm de-a face. De altfel, Enzo vorbea foarte puțin și liniștit, numai în dialect, niciunuia dintre noi nu i-ar fi trecut prin minte să glumească pe seama asta, să converseze. El a avut inițiativa. A întrebat-o pe Lila de ce nu dansa. Ea a răspuns: Pentru că încă nu știu să dansez bine dansul acesta. El a stat tăcut puțin timp, apoi a spus: Nici eu. Dar când s-a pus un alt rock'n'roll, a luat-o de un braț cu naturalețe și a împins-o în mijlocul sălii. Lila, care atinsă în treacăt de cineva fără permisiunea ei sărea într-o parte ca și cum ar fi fost înțepată de o viespe, n-a reacționat, atât de evidentă era dorința de a dansa. Dimpotrivă, l-a privit cu recunoștință și s-a abandonat muzicii.

S-a văzut imediat că Enzo nu știa să facă mare lucru. Se mișca puțin, în mod serios și controlat, dar era foarte atent la Lila, își dorea în mod vădit să-i facă plăcere, să-i permită să se dea în spectacol. Și ea, chiar dacă nu era la fel de bună precum Carmen, a reușit, ca de obicei, să atragă atenția tuturor. Și lui Enzo îi place — mi-am spus dezamăgită. Și — mi-am dat seama imediat — chiar și lui Stefano, mezelarul: a privit-o tot timpul cum privești o divă la cinematograf.

Dar exact în timp ce Lila dansa au sosit frații Solara.

Mi-a fost de ajuns să-i văd ca să devin agitată. S-au dus să-i salute pe cofetar și pe soția lui, l-au bătut cu simpatie pe umăr pe Stefano și apoi au început și ei să-i privească pe dansatori. Mai întâi, ca niște stăpâni ai cartierului cum se simțeau, s-au uitat insistent la Ada, care a întors privirea; apoi au trăncănit între ei și și l-au arătat pe Antonio, i-au făcut un semn exagerat de salut pe care el s-a prefăcut că nu-l vede; în fine, au observat-o pe Lila, au fixat-o îndelung cu privirea, și-au spus ceva la ureche, Michele a făcut un vizibil semn de consimțire.

Nu i-am pierdut din vedere și nu mi-a luat mult să înțeleg că mai ales Marcello — Marcello care plăcea tuturor fetelor — părea să nu fie deloc înfuriat de povestea cu cuțitul de cizmărie. Dimpotrivă. În câteva secunde a fost complet cucerit de trupul flexibil și elegant al Lilei, de chipul ei ciudat pentru cartier și poate pentru tot orașul Napoli. Nu și-a dezlipit deloc privirea de la ea, ca și cum își pierduse puținul creier pe care-l avea. A continuat s-o fixeze cu privirea chiar și când muzica s-a terminat.

A durat o clipă. Enzo a dat s-o împingă pe Lila în colțul în care stăteam eu, Stefano și Marcello s-au mișcat împreună ca s-o invite la dans; dar le-a luat-o înainte Pasquale. Lila a făcut o săritură grațioasă de aprobare, a bătut din mâini fericită. Spre o siluetă zveltă a unei fete de paisprezece ani s-au îndreptat simultan patru bărbați, de vârste diferite, fiecare în felul său convins de propria putere absolută. Vârful a zgâriat discul, a început muzica. Stefano, Marcello și Enzo au dat înapoi nesiguri. Pasquale a început să danseze cu Lila și, dată priceperea dansatorului, ea și-a dat frâu liber imediat.

În punctul acela, Michele Solara, poate din dragoste pentru fratele lui, poate pentru simpla plăcere de a crea dezordine, a decis să complice în felul lui situația. L-a lovit cu cotul pe Stefano și i-a spus cu voce tare:

— Dar ai sânge în vene sau nu? Ăla e fiul celui care l-a omorât pe taică-tu, ăla e un comunist de rahat, și tu stai aici să te uiți cum dansează cu fetișcana cu care voiai să dansezi tu?

Pasquale cu siguranță n-a auzit, pentru că muzica era tare și era ocupat să facă acrobații cu Lila. Dar eu am auzit și a auzit și Enzo, care stătea lângă mine, și, bineînțeles, a auzit și Stefano. Ne-am așteptat să se întâmple ceva, dar nu s-a întâmplat nimic. Stefano era un băiat care-și vedea de-ale lui. Mezelăria mergea mai mult decât bine, plănuia să cumpere un local alăturat ca s-o extindă, se simțea, în fine, norocos, ba era foarte sigur că viața îi va da tot ce-și dorea. I-a spus lui Michele cu zâmbetul lui fermecător:

— Să-l lăsăm să danseze, dansează bine, și a continuat s-o privească pe Lila ca și cum singurul lucru care-l interesa în momentul acela era ea. Michele a făcut o grimasă dezgustată și s-a dus să-i caute pe cofetar și pe soția lui.

Acum ce voia să facă? Am văzut că vorbea agitat cu stăpânii casei, o indica pe Maria într-un colț, îi indica pe Stefano, Alfonso și Pinuccia, îl indica pe Pasquale care dansa, o indica pe Carmela care se dădea în spectacol cu Antonio. Imediat cum s-a terminat muzica, mama Gigliolei l-a luat cordial pe Pasquale de braț, l-a dus într-un colț și i-a spus ceva la ureche.

— Du-te, i-a spus Michele fratelui său râzând, cale liberă. Și Marcello Solara a reluat asaltul asupra Lilei.

Eram sigură că-l va refuza, știam cât de mult îl detestă. Dar n-a fost așa. Muzica a reînceput și ea, dorindu-și în fiecare fibră să danseze, mai întâi l-a căutat din priviri pe Pasquale, apoi, nevăzându-l, a apucat mâna lui Marcello ca și cum ar fi fost doar o mână, ca și cum dincolo de ea n-ar fi fost un braț, tot corpul lui, și, transpirată, a reînceput să facă ceea ce în momentul acela pentru ea conta cel mai mult: să danseze.

M-am uitat la Stefano, m-am uitat la Enzo. Totul era încărcat de tensiune. În timp ce inima îmi bătea cu putere din cauza neliniștii, Pasquale, amenințător, s-a dus la Carmela și i-a spus ceva purtându-se aspru. Carmela a protestat cu voce joasă, el, cu voce joasă, i-a zis să tacă. Antonio s-a apropiat de ei, a discutat cu Pasquale. Amândoi s-au uitat amenințător la Michele Solara, care vorbea din nou cu Stefano, la Marcello, care dansa cu Lila trăgând-o spre el, ridicând-o, împingând-o. Apoi Antonio s-a dus s-o ia de la dans pe Ada. Muzica s-a oprit, Lila s-a întors lângă mine. I-am spus:

— Se întâmplă ceva, trebuie să plecăm.

Ea a râs și a spus:

— Chiar dacă vine un cutremur mai dansez o dată, și s-a uitat la Enzo care stătea sprijinit de un perete. Dar între timp Marcello a invitat-o din nou și ea s-a lăsat iarăși târâtă la dans.

Pasquale a venit la mine, mi-a spus posac că trebuia să plecăm.

— Să așteptăm să termine Lila de dansat.

— Nu, imediat, a spus el pe un ton care nu îngăduia replici, dur, nepoliticos. Apoi s-a dus direct spre Michele Solara, l-a lovit puternic cu un umăr. Acela a râs, i-a spus ceva obscen cu jumătate de gură. Pasquale a înaintat spre ușa de la intrare, urmat de Carmela, îndărătnică, și de Antonio care o trăgea după el pe Ada.

Eu m-am întors ca să văd ce făcea Enzo, dar el a rămas sprijinit de perete s-o privească pe Lila care dansa. Muzica s-a oprit. Lila a pornit spre mine, iar Marcello, cu ochii lucioși de bună dispoziție, se ținea după ea.

— Trebuie să plecăm, aproape că am urlat, foarte nervoasă.

Probabil că s-a simțit în voce o asemenea neliniște, că ea, în sfârșit, s-a uitat în jur de parcă se trezea.

— Bine, să mergem, a spus perplexă.

Am pornit spre ușă fără să mai aștept, muzica a reînceput. Marcello Solara a prins-o pe Lila de un braț și i-a spus râzând și implorând:

— Rămâi, te duc eu acasă.

Lila, ca și cum l-ar fi recunoscut abia atunci, s-a uitat la el uimită, pe neașteptate i s-a părut imposibil că o atinge cu atâta familiaritate. A încercat să-și elibereze brațul, dar Marcello a strâns-o tare spunând:

— Încă un dans și atât.

Enzo s-a desprins de perete, l-a apucat pe Marcello de încheietură fără să spună un cuvânt. Îl am în fața ochilor: era liniștit și, deși era mai mic ca vârstă și ca statură, părea să nu facă niciun efort. S-a văzut cât strângea de tare doar pe chipul lui Marcello Solara, care i-a dat drumul Lilei cu o grimasă de durere și cu cealaltă mână și-a prins încheietura. Am plecat în timp ce o auzeam pe Lila care-i spunea indignată lui Enzo într-o napoletană neaoșă:

— M'atins, ai văzut? Pe mine, prostu' cela. Bine că nu era Rino. Dacă mai face asta o dată, e mort.

Era posibil ca nici măcar să nu-și fi dat seama că a dansat cu Marcello de două ori? Da, așa era ea.

Afară i-am găsit pe Pasquale, Antonio, Carmela și Ada. Pasquale își ieșise din minți, noi nu-l văzuserăm niciodată așa. Urla înjurături, urla cât îl ținea gura, cu niște ochi de nebun, și era imposibil să-l calmezi. Era furios, da, pe Michele, dar mai ales pe Marcello și pe Stefano. Zicea lucruri despre care noi n-aveam detalii ca să le înțelegem. Zicea că barul Solara fusese întotdeauna un loc de camoriști speculanți, că stătea la baza contrabandei și a strângerii de voturi ale lui Stella și Corona, ale monarhiștilor. Zicea că don Achille fusese spion pentru nazisto-fasciști, zicea că banii cu care Stefano dezvoltase mezelăria erau făcuți de tatăl lui la bursa neagră. Urla: „Tata a făcut bine că l-a omorât". Urla: „De Solara, tată și fii, mă ocup eu să le tai gâtul și pe urmă îi șterg de pe fața pământului și pe Stefano și familia lui". Urla, în fine, adresându-se Lilei, ca și cum ar fi fost lucrul cel mai grav: „Și tu, tu ai și dansat cu latrina aia".

În acel punct, ca și cum furia lui Pasquale i-ar fi pompat aer în piept, a început să urle și Antonio și aproape că părea să aibă ceva cu Pasquale pentru că voia să-l priveze de o bucurie: bucuria de a-i omorî el pe frații Solara pentru ce-i făcuseră Adei. Și Ada imediat a început să plângă, iar Carmela n-a mai putut să se abțină, a izbucnit în lacrimi la rândul ei. Iar Enzo a încercat să ne convingă pe toți să plecăm de pe stradă.

— Să mergem la culcare, a spus.

Dar Pasquale și Antonio i-au spus să tacă, voiau să rămână și să-i înfrunte pe frații Solara. Încruntați, i-au repetat lui Enzo de mai multe ori, cu un calm prefăcut:

— Du-te, du-te, ne vedem mâine.

Atunci Enzo a zis încet:

— Dacă rămâneți voi, rămân și eu.

În acel punct am izbucnit și eu în plâns și o clipă mai târziu — lucru care m-a emoționat și mai mult — a plâns Lila, pe care n-o văzusem niciodată plângând, niciodată.

Eram deja patru fete în lacrimi, lacrimi disperate. Dar Pasquale s-a înmuiat doar când a văzut-o pe ea că plânge. A zis pe un ton resemnat:

— Bine, în seara asta nu, cu cei doi Solara o să rezolv altă dată, să mergem.

Imediat, hohotind, eu și Lila l-am luat de braț, l-am tras de acolo. Pentru scurtă vreme l-am consolat vorbindu-i de rău pe Solara, dar și susținând că era cel mai bine să ne prefacem că nu există. Apoi Lila a întrebat, ștergându-și lacrimile cu dosul palmei:

— Cine sunt nazisto-fasciștii, Pascà? Cine sunt monarhiștii? Ce e bursa neagră?

17.

E dificil de spus ce efect au avut asupra Lilei răspunsurile lui Pasquale, risc să povestesc greșit, asta și pentru că asupra mea, la vremea aceea, ele n-au avut un efect concret. În schimb, pe ea, în felul ei obișnuit, au traversat-o și transformat-o, în așa fel încât până la sfârșitul verii m-a pisat cu un singur concept, pentru mine destul de insuportabil. Folosesc limba de astăzi și încerc să rezum astfel: nu sunt gesturi, cuvinte, suspine care să nu conțină suma tuturor crimelor pe care le-au comis și le comit ființele umane.

Bineînțeles că ea o spunea altfel. Dar ce contează e că a fost cuprinsă de o frenezie a dezvăluirii totale. Îmi arăta oamenii pe stradă, lucrurile, străzile și spunea:

— Ăla a făcut războiul și a ucis, ăla a ciomăgit și a dat ulei de ricin, ăla a denunțat o groază de persoane, ăla și-a înfometat până și mama, în casa aceea s-a torturat și omorât, pe piatra asta au mărșăluit și au făcut salutul roman, la colțul ăsta s-au bătut cu bâta, banii ăstora provin din foamea ăstorlalți, mașina asta a fost cumpărată vânzând pâine cu praf de marmură și carne stricată la bursa neagră, măcelăria aia a apărut furându-se cupru și tâlhărindu-se trenuri de marfă, în spatele acelui bar e camorra, contrabanda, camăta.

Curând nu s-a mai mulțumit cu Pasquale. Ca și cum el i-ar fi pus în mișcare un mecanism în cap și acum sarcina ei era să pună ordine într-o masă haotică de idei. Tot mai încordată, tot mai obsedată, probabil ea însăși cuprinsă de nevoia de a se simți închisă într-o viziune compactă, fără crăpături, a complicat informațiile lui aride cu niște cărți pe care le-a găsit la bibliotecă. Astfel a dat motivații concrete și chipuri obișnuite atmosferei de tensiune abstractă pe care de mici o respiraserăm în cartier. Fascismul, nazismul, războiul, Aliații, monarhia, republica ea le-a transformat în străzi, case, chipuri, don Achille și bursa neagră, Peluso comunistul, bunicul camorist al fraților Solara, tatăl Silvio, fascist încă și mai rău decât Marcello și Michele, și tatăl ei, Fernando cârpaciul, și tatăl meu, toți toți, toți în ochii ei compromiși până-n măduva oaselor de vinovății secrete, toți criminali insensibili sau complici docili, toți, cumpărați cu firimituri. Ea și Pasquale m-au închis într-o lume teribilă care nu-ți lăsa cale de ieșire.

Apoi Pasquale însuși a tăcut, învins și el de capacitățile Lilei de a suda lucrurile între ele într-un lanț care te strângea din toate părțile. Îi priveam plimbându-se adesea împreună și, dacă la început ea era cea care îl asculta atent, acum el era cel care o asculta atent. E îndrăgostit, mă gândeam. Gândeam și că se va îndrăgosti și Lila, se vor logodi, se vor căsători, vor vorbi mereu de chestiile astea politice, vor face copii care vor vorbi, la rândul lor, de aceleași lucruri. Când a reînceput școala, pe de o parte am suferit mult pentru că știam că nu mai aveam timp pentru Lila, pe de alta am sperat să mă sustrag adunării ei de nelegiuiri și supuneri și lașități ale persoanelor pe care le cunoșteam, pe care le iubeam, pe care le purtam — eu, ea, Pasquale, Rino, toți — în sânge.

18.

Cei doi ani de gimnaziu au fost mult mai obositori decât școala medie. Am nimerit într-o clasă cu patruzeci și doi de elevi, una dintre foarte rarele clase mixte ale acelei școli. Fetele erau foarte puține, nu cunoșteam pe niciuna. Gigliola, după multe lăudăroșenii („da, merg și eu la gimnaziu, e sigur, ne așezăm în aceeași bancă"), a sfârșit prin a începe să-și ajute tatăl în cafeneaua Solara. Dintre băieți, în schimb, îi cunoșteam pe Alfonso și Gino, care însă s-au așezat împreună în primele bănci, umăr lângă umăr, cu un aer speriat, și aproape că s-au prefăcut că nu mă cunosc. Sala putea, un miros acid de transpirație, picioare murdare, teamă.

În primele luni mi-am trăit noua viață școlărească în tăcere, cu degetele mereu pe frunte și pe maxilarele asaltate de acnee. Așezată într-un rând din spatele clasei, de unde vedeam prost atât profesorii, cât și ce scriau pe tablă, eram o necunoscută pentru colega mea de bancă, la fel cum ea era o necunoscută pentru mine. Grație învățătoarei Oliviero, am primit repede cărțile de care aveam nevoie, murdare, superuzate. Mi-am impus o disciplină dobândită în școala medie: studiam toată după-amiază până la ora unsprezece și apoi dimineața de la cinci până la șapte, când se făcea timpul să plec. La ieșirea din casă, încărcată cu cărți, mi se întâmpla adesea să mă întâlnesc cu Lila care alerga la cizmărie să deschidă magazinul, să măture, să spele, să facă ordine înainte să ajungă tatăl și fratele ei. Îmi punea întrebări despre materiile pe care le aveam, despre ce învățasem și voia răspunsuri precise. Dacă nu i le dădeam, mă sâcâia cu întrebări care îmi provocau neliniștea că nu învățasem suficient, că nu sunt în stare să răspund profesorilor cum nu eram în stare să-i răspund nici ei. În unele dimineți reci, când mă sculam în zori și repetam în bucătărie lecțiile, mi se părea, ca de obicei, că sacrific somnul cald și profund al dimineții ca să fac impresie frumoasă mai mult față de fiica cârpaciului decât față de profesorii școlii de domni. Și micul dejun era grăbit din cauza ei. Dădeam pe gât laptele și cafeaua și alergam în stradă doar ca să nu pierd nici măcar un metru din bucata de drum pe care o parcurgeam împreună.

Așteptam la poartă. O vedeam venind dinspre blocul în care locuia și constatam că încă se schimba. Era deja mai înaltă decât mine. Nu mai mergea ca fetița colțuroasă care fusese până cu câteva luni înainte, ci ca și cum, rotunjindu-i-se trupul, și mersul îi era mai delicat. Salut, salut, începeam imediat să vorbim.

Când ne opream la intersecție și ne luam la revedere, ea care se ducea la cizmărie, eu spre stația de metrou, întorceam permanent capul ca s-o mai văd încă o dată. O dată sau de două ori am văzut că venea gâfâind Pasquale și i se alătura, o însoțea.

Metroul era plin de băieți și fete cu urdori la ochi, murdari de fumul primelor țigări. Eu nu fumam, nu vorbeam cu nimeni. În puținele minute parcurse repetam înspăimântată lecțiile, îmi impuneam frenetic în minte limbaje străine, tonuri diferite de cele folosite în cartier. Eram îngrozită de eșecul școlăresc, de umbra strâmbă a mamei mele nemulțumite, de privirile dure și amenințătoare ale învățătoarei Oliviero. Și totuși aveam acum un singur gând adevărat: să-mi găsesc un logodnic, repede, înainte ca Lila să mă anunțe că era împreună cu Pasquale.

În fiecare zi simțeam mai puternic angoasa că n-o să apuc. Mă temeam, întorcându-mă de la școală, că mă întâlnesc cu ea și că aflu chiar din vocea ei seducătoare că făcea dragoste cu Peluso. Sau dacă nu era el, era Enzo. Sau dacă nu era Enzo, era Antonio. Sau, ce știu eu, Stefano Carracci, mezelarul, sau chiar Marcello Solara: Lila era imprevizibilă. Masculii care-i dădeau târcoale erau aproape bărbați, cu multe pretenții. În consecință, între proiectul cu pantofii, lecturi despre lumea oribilă în care sfârșiserăm născându-ne și logodnici n-ar mai fi avut timp pentru mine. Uneori, la întoarcerea de la școală, făceam un ocol mare ca să nu trec prin fața cizmăriei. Dacă, în schimb, o vedeam cumva pe ea în persoană, de departe, din cauza angoasei o luam pe altă stradă. Dar pe urmă nu rezistam și îi ieșeam în întâmpinare, ca și cum mă îndreptam spre ceva inevitabil.

La intrarea și la ieșirea din liceu, o clădire imensă, gri și întunecată, aflată în cea mai proastă stare, mă uitam la băieți. Îi priveam insistent pentru ca ei să-mi simtă privirea și să mă bage în seamă. Îi priveam pe cei de-o vârstă cu mine de la gimnaziu, unii aveau încă pantaloni scurți, alții până la genunchi sau lungi. Mă uitam la cei mari, de la liceu, care purtau mai ales sacou și cravată, niciodată palton, trebuiau să-și demonstreze lor înșiși, înainte de toate, că nu suferă de frig: părul dat pe spate, cu ceafa albă datorită tunsorii scurte în scară. Îi preferam pe aceia, dar m-aș fi mulțumit și cu unul din clasa a cincea de gimnaziu, important era să aibă pantaloni lungi.

Într-o zi, un elev m-a uimit cu mersul lui deșelat, foarte slab, cu părul negru și ciufulit, un chip care mi s-a părut foarte frumos și cu ceva familiar. Câți ani putea să aibă, șaisprezece, șaptesprezece? L-am observat bine, l-am privit încă o dată și mi s-a oprit inima: era Nino Sarratore, fiul lui Donato Sarratore, feroviarul-poet. S-a uitat și el la mine, dar nu cu atenție, și nu m-a recunoscut. Sacoul era deformat la coate, îngust la umeri, pantalonii erau roși, pantofii scâlciați. Nu etala niciun semn de bunăstare cum, în schimb, o făceau Stefano și, mai ales, frații Solara. Tatăl lui, deși scrisese o carte de poezii, în mod evident încă nu devenise bogat.

M-a tulburat foarte mult apariția aceea neașteptată. La ieșire m-am gândit să alerg imediat să-i povestesc Lilei, impulsul a fost foarte puternic, dar pe urmă m-am răzgândit. Dacă i-aș fi spus, cu siguranță mi-ar fi cerut să mă însoțească la școală ca să-l vadă. Și știam deja ce s-ar fi întâmplat. Așa cum Nino nu și-a dat seama de mine, așa cum n-o recunoscuse pe fetița blondă și subțire din clasele primare în fata de paisprezece ani grasă și plină de coșuri care devenisem, ar fi recunoscut-o imediat pe Lila, care l-ar fi cucerit. Am decis să mă dedic imaginii lui Nino Sarratore în tăcere, când ieșea de la școală cu un mers legănat și o ștergea pe strada Garibaldi. Din ziua aceea am mers la școală ca și cum să-l văd, sau chiar și doar să-l zăresc în treacăt, ar fi fost singurul motiv real ca să mă duc acolo.

Toamna a zburat. Am fost ascultată din *Eneida*, într-o dimineață, era prima dată când eram chemată la catedră. Profesorul, cutare Gerace, un bărbat la vreo șaizeci de ani, apatic, care căsca întruna zgomotos, a izbucnit în râs cum am pronunțat oracòlo în loc de oràcolo. Nu i-a trecut prin minte că, deși știam semnificația cuvântului, trăiam într-o lume în care nimeni nu avusese niciodată motiv să-l folosească. Au râs toți, mai ales Gino, acolo în prima bancă lângă Alfonso. M-am simțit umilită. Apoi au trecut zilele, am dat prima lucrare la latină. Când Gerace a adus lucrările corectate, a întrebat:

— Cine e Greco?

Am ridicat mâna.

— Vino.

Mi-a pus o serie de întrebări despre declinări, verbe, sintaxă. Am răspuns terorizată, mai ales pentru că mă privea cu o atenție pe care până în momentul acela n-o arătase niciunuia dintre noi. Apoi mi-a dat foaia fără niciun comentariu. Luasem nouă.

De atunci a fost un crescendo. La lucrarea de italiană mi-a dat opt, la istorie n-am greșit nicio dată, la geografie am știut la perfecție suprafețe, populații, bogății ale subsolului, agricultură. Dar mai ales la greacă l-am lăsat cu gura căscată. Grație celor învățate cu Lila, am demonstrat o cunoaștere a alfabetului, o pricepere la citit, o dezinvoltură la fonațiune care, în sfârșit, i-au smuls profesorului laude publice. Iscusința mea i-a năucit, ca o dogmă, pe ceilalți profesori. Până și profesorul de religie m-a luat deoparte, într-o dimineață, și m-a întrebat dacă voiam să mă înscriu la un curs gratuit de teologie prin corespondență. Am spus da. În preajma Crăciunului toți îmi spuneau de-acum Greco, câțiva Elena. Gino a început să întârzie la ieșire, să mă aștepte ca să ne întoarcem împreună în cartier. Într-o zi m-a întrebat din nou, pe neașteptate, dacă voiam să ne logodim și eu, deși era un nătâng, am răsuflat ușurată: tot mai bine decât nimic, am acceptat.

Toată încordarea aceea euforică a avut o pauză în timpul vacanței de Crăciun. M-a reasorbit cartierul, am avut mai mult timp, am văzut-o mai des pe Lila. Aflase că învățam engleză și, bineînțeles, făcuse rost de o gramatică. Știa deja multe cuvinte pe care le pronunța într-un mod foarte aproximativ și, bineînțeles, pronunția mea nu era mai prejos. Dar ea mă sâcâia, spunea: când te întorci la școală, întreabă-l pe profesor cum se pronunță asta, cum se pronunță ailaltă. Într-o zi m-a dus la magazin, mi-a arătat o cutie de metal îndesată cu bucăți de hârtie: pe fiecare scrisese pe o parte cuvântul italian, pe cealaltă echivalentul englezesc: matita/pencil, capire/to understand, scarpa/shoe[4]. Învățătorul Ferraro o sfătuise să facă așa, un mod perfect de a învăța cuvintele. Îmi citea partea în italiană, voia să-i spun corespondentul în engleză. Dar eu nu știam mai nimic. Mi-am dat seama că în toate cele părea mai avansată decât mine, ca și cum ar fi mers la o școală secretă. Am perceput și o tensiune de-a ei, dorința de a-mi arăta că era la înălțimea a ceea ce studiam eu. Aș fi preferat să vorbesc despre altceva, în schimb mi-a pus întrebări despre declinările în greacă, lucru din care a dedus repede că mă oprisem la prima, în vreme ce ea o studiase deja pe-a treia. M-a întrebat și de *Eneida*, făcuse o pasiune. O citise pe toată în câteva zile, în timp ce eu, la școală, eram la jumătatea cărții a doua. Mi-a vorbit detaliat despre Didona, personaj despre care nu știam nimic, am auzit numele acela prima dată de la ea, nu de la școală. Și într-o după-amiază, a făcut în treacăt o observație care m-a impresionat mult. A spus:

— Dacă nu există iubire, devine aridă nu doar viața oamenilor, ci și a orașelor.

Nu-mi amintesc cum s-a exprimat exact, dar ideea era aceea și eu am asociat-o cu străzile noastre murdare, cu părculețul prăfuit, cu câmpia masacrată de blocurile noi, cu violența din fiecare casă, din fiecare familie. Mi-a fost însă teamă că va începe să-mi vorbească din nou de fascism, nazism, comunism.

---

4 Creion, a înțelege, pantof.

Și n-am rezistat, am vrut să-i explic că mie mi se întâmplau lucruri frumoase, i-am spus totul dintr-o răsuflare, în primul rând că mă logodisem cu Gino și în al doilea rând că la școala mea venea Nino Sarratore, mai frumos decât în școala primară.

A mijit ochii, mi-a fost teamă că e pe punctul de a-mi spune că și ea s-a logodit. Dar nu, a început să facă mișto de mine:

— Faci dragoste cu fiul farmacistului, a spus, bravo, ai cedat, te-ai îndrăgostit ca logodnica lui Enea.

Apoi, brusc, de la Didona a trecut la Melina și mi-a vorbit îndelung despre ea, dat fiind că nu știam mai nimic despre ce se întâmpla în blocuri, aveam școală dimineața și învățam până seara târziu. A povestit despre ruda ei ca și cum n-o pierdea niciodată din ochi. Pe ea și pe copiii ei îi devora sărăcia, așa încât spăla în continuare scările blocurilor împreună cu Ada (banii pe care-i aducea acasă Antonio nu ajungeau). Dar n-o mai auzeai cântând, îi trecuse euforia, acum trudea cu gesturi de robot. Mi-a descris-o amănunțit: aplecată în față, pornea de la ultimul etaj și, cu mâinile, trecea cu cârpa udă rampă după rampă, treaptă după treaptă, cu o energie și o agitație care ar fi doborât persoane mult mai robuste decât ea. Dacă vreo persoană cobora sau urca începea să urle înjurături, aruncând cârpa spre ea. Ada îi povestise că o văzuse odată pe mama ei în plină criză, fiindcă urme de tălpi îi distruseseră munca, bând apă murdară din găleată și fusese nevoită să i-o smulgă. Ai înțeles? Pas cu pas, a ajuns de la Gino la Didona, la Enea care o părăsea, la văduva nebună. Și abia în punctul acela l-a luat în discuție pe Nino Sarratore, semn că mă ascultase cu atenție.

— Spune-i de Melina, m-a îndemnat stăruitor, și spune-i că trebuie să-i povestească tatălui său.

Apoi a adăugat cu răutate:

— Dacă nu e prea ușor să scrii poezii.

Și, în fine, a început să râdă și a promis cu o anumită solemnitate:

— Eu n-o să mă îndrăgostesc niciodată de nimeni și n-o să scriu niciodată, niciodată, niciodată o poezie.

— Nu cred.

— Serios.

— Dar ceilalți o să se îndrăgostească de tine.

— Cu atât mai rău pentru ei.

— Or să sufere ca Didona asta.

— Nu, se vor logodi cu alta, exact cum a făcut Enea, care, până la urmă, a fost împreună cu fiica unui rege.

M-am arătat puțin convinsă. Am plecat, apoi m-am întors, discuțiile acelea despre logodnici, acum că aveam unul, îmi plăceau. Am întrebat-o o dată, prudent:

— Marcello Solara ce face, se ține după tine?

— Da.

— Și tu?

A schițat un zâmbet de dispreț care însemna: Marcello Solara mă îngrețoșează.

— Și Enzo?

— Suntem amici.

— Și Stefano?

— După părerea ta, se gândesc toți la mine?

— Da.

— Stefano mă servește întotdeauna prima, chiar dacă e lume.

— Vezi?

— Nu-i nimic de văzut.

— Și Pasquale, ț'a făcut declarația?

— Ești nebună?

— Am văzut că dimineața te însoțește la magazin.

— Pentru că-mi explică lucrurile întâmplate înainte de vremea noastră.

A revenit astfel tema acelui „înainte“, dar nu ca în școala primară. A spus că noi nu știam nimic, nici când eram mici, nici acum, că de aceea nu ne aflam în condiția de a înțelege ceva, că fiecare lucru din cartier, fiecare piatră sau bucată de lemn, orice, exista deja înainte de noi, dar noi crescuserăm fără să ne dăm seama de asta, fără măcar să ne gândim la asta. Nu doar noi. Tatăl ei se prefăcea că nu existase niciodată nimic înainte. La fel făcea mama ei, mama mea, tatăl meu, chiar și Rino. Și totuși, mezelăria lui Stefano *înainte* era tâmplăria lui Peluso, tatăl lui Pasquale. Și totuși, banii lui don Achille fuseseră făcuți *înainte*. Și la fel și banii familiei Solara. Ea avusese dovada de la tatăl și mama ei. Nu știau nimic, nu voiau să vorbească despre nimic. Nici despre fascism, nici despre rege. Nici despre persecuții, nici despre samavolnicii, nici despre exploatare. Îl urau pe don Achille și le era frică de frații Solara. Însă treceau peste asta și se duceau să-și cheltuiască banii atât la fiul lui don Achille, cât și la frații Solara, și ne trimiteau chiar pe noi. Și votau pentru fasciști, pentru monarhiști, cum voiau frații Solara să facă. Și credeau că tot ce se întâmplase înainte trecuse și, ca să trăiască liniștit, puneau o piatră deasupra, deși erau înăuntrul lucrurilor dinainte și ne țineau și pe noi înăuntru și astfel, fără s-o știe, le continuau.

Discursul acela cu „înainte“ m-a impresionat mai mult decât discursurile obscure în care mă târâse în timpul verii. Vacanța de Crăciun a trecut vorbind încontinuu, în cizmărie, pe stradă, în curte. Ne-am mărturisit totul, chiar și nimicuri, și ne-am simțit bine.

19.

În perioada aceea m-am simțit puternică. La școală mă comportasem perfect, i-am povestit învățătoarei Oliviero despre succesele mele și ea m-a lăudat. Mă întâlneam cu Gino, făceam în fiecare zi o plimbare până la cafeneaua Solara: el îmi cumpăra o prăjitură, o mâncam în doi, ne întorceam. Uneori aveam impresia că Lila depindea de mine, nu eu de ea. Eu mersesem dincolo de limitele cartierului, frecventam gimnaziul, stăteam cu băieți care studiau latină și greacă, nu ca ea, cu zidari, mecanici, cizmari, vânzători de fructe și legume, mezelari, cârpaci. Când îmi vorbea despre Didona sau despre metoda ei de a învăța cuvinte englezești sau despre a treia declinare sau despre lucrurile în legătură cu care își bătea capul vorbind cu Pasquale, percepeam tot mai limpede că o făcea puțin înfricoșată, ca și cum în sfârșit ea era cea care simțea nevoia să-mi arate în permanență că putea discuta la fel ca mine. Chiar și când, într-o după-amiază, cu ceva ezitări, a decis să-mi arate în ce punct se afla pantoful secret pe care-l realiza împreună cu Rino, n-am mai simțit că locuia pe un tărâm minunat fără mine. Mi s-a părut, în schimb, că atât ea, cât și fratele ei ezită să-mi vorbească despre lucruri așa puțin demne.

Sau poate eram doar eu cea care începeam să simt să sunt mai mult decât ei. Când au căutat într-un colțișor și au scos o pungă de hârtie, i-am încurajat artificial. Dar perechea de pantofi bărbătești pe care mi-au arătat-o mi s-a părut într-adevăr ieșită din comun, numărul 43, măsura lui Rino și a lui Fernando, maro, exact cum mi-i aminteam dintr-un desen al Lilei, cu un aer care era în același timp lejer și robust. Nu văzusem niciodată în picioarele nimănui ceva asemănător. În timp ce mă lăsau să-i ating și-mi descriau calitățile, am început să-i laud pe un ton entuziasmat.

— Pune mâna aici, spunea Rino însuflețit de laudele mele, și spune-mi dacă se simte cusătura.

— Nu, răspundeam eu, nu se simte.

Atunci îmi lua pantofii din mâini, îi îndoia în sus și în jos, îmi arăta rezistența lor. Eu aprobam, spuneam bravo cum făcea învățătoarea Oliviero când voia să ne încurajeze. Dar Lila nu părea mulțumită. Cu cât fratele ei înșira calități, cu atât ea îmi arăta defecte și-i spunea lui Rino:

— Tatei cât îi ia să vadă aceste erori?

La un moment dat a spus serioasă:

— Să încercăm din nou cu apă.

Fratele ei s-a arătat contrariat. Ea a umplut oricum un lighenaș, a băgat mâna într-unul din pantofi, ca și cum ar fi fost piciorul, și l-a făcut să meargă puțin pe apă.

— Trebuie să se joace, mi-a spus Rino în rolul fratelui mai mare plictisit de copilăriile surorii mai mici. Dar imediat cum a văzut-o pe Lila că ridică pantoful, a căpătat un aer îngrijorat și a întrebat:

— Deci?

Lila și-a scos mâna, și-a frecat degetele și i l-a întins.

— Atinge.

Rino a băgat o mână și a spus:

— E uscat.

— E umed.

— Numai tu simți umezeala. Atinge, Lenù.

Am atins.

— E puțin umed, am spus.

Lila a făcut o grimasă nemulțumită.

— Ai văzut? Îl ții un minut în apă și e deja umed, nu merge. Trebuie să dezlipim și să coasem totul din nou.

— Ce dracu' crezi că înseamnă puțină umezeală?

Rino s-a enervat. Mai mult: a trecut, sub ochii mei, printr-un fel de transformare. S-a făcut roșu la față, i-a apărut o umflătură în jurul ochilor și al pomeților, n-a știut să se controleze și a izbucnit într-o serie de înjurături și blesteme împotriva surorii lui. S-a plâns că așa nu se mai termină niciodată. I-a reproșat Lilei că mai întâi îl încuraja și apoi îl descuraja. A urlat că el nu voia să rămână pentru totdeauna în locul acela împuțit, să facă pe servitorul tatălui său și să vadă cum se îmbogățeau ceilalți. A apucat piciorul din fier, s-a prefăcut că-l aruncă în ea, iar dacă ar fi făcut-o într-adevăr, ar fi ucis-o.

Eu am plecat de acolo, pe de o parte dezorientată de furia unui tânăr în general amabil și, pe de alta, mândră de cât se dovedise de autorizată, de definitivă părerea mea.

În zilele următoare am descoperit că acneea începea să se usuce.

— Arăți foarte bine, e satisfacția pe care ți-o dă școala, e iubirea, mi-a spus Lila și am simțit-o puțin tristă.

20.

Rino, pentru că se apropia petrecerea de sfârșit de an, a fost cuprins de nebunia de a aprinde mai multe artificii decât toți, mai ales mai multe decât aprindeau frații Solara. Lila râdea de el, dar uneori se purta cu el foarte dur. Mi-a spus că, după ea, fratele ei, care inițial fusese sceptic în legătură cu posibilitatea de a face mulți bani cu pantofii, acum începuse să mizeze pe asta, se văzuse deja patronul fabricii de încălțăminte Cerullo și nu voia să redevină cârpaci. Asta o îngrijora, era o latură a lui Rino pe care n-o cunoștea. I se păruse mereu generos de impetuos, uneori agresiv, dar nu fanfaron. Acum, în schimb, se prefăcea în ceva ce nu era. Se simțea aproape de bogăție. Un mic patron. Unul capabil să dea cartierului un prim semnal al norocului pe care i l-ar fi adus noul an aprinzând artificii în număr mare, multe, mult mai multe decât frații Solara, care, în ochii lui, deveniseră modelul de tânăr bărbat de imitat și chiar de depășit. Oameni pe care-i ura și pe care-i simțea dușmani care trebuiau învinși ca să ajungă să le ia locul.

Lila n-a spus niciodată, cum se întâmplase pentru Carmela și pentru celelalte fete din curte: poate că i-am băgat în cap o fantezie pe care nu știe s-o țină sub control. Ea însăși credea în fantezie, o simțea realizabilă, iar fratele era o piesă importantă a acelei realizări. Și apoi ținea la el, era mai mare cu șase ani decât ea, nu voia să-l reducă la un copil care nu știe să-și gestioneze visurile. Dar a pomenit adesea că lui Rino îi lipsea concretețea, nu știa să înfrunte dificultățile cu picioarele pe pământ, avea tendința să exagereze. Cum se întâmplase la întrecerea aceea cu frații Solara, de exemplu.

— Poate e gelos pe Marcello, am spus odată.

— Adică?

A râs făcând pe proasta, dar mi-o povestise ea însăși. Marcello Solara se plimba prin fața cizmăriei în fiecare zi, atât pe jos, cât și cu Fiatul 1100, și Rino probabil că băgase de seamă, astfel că îi spusese de mai multe ori surorii lui:

— Nu te hazarda să ai încredere în prostu' cela.

Poate, cine știe, neputând să le spargă fața fraților Solara pentru că aspirau la sora lui, voia să-și arate forța cu focurile de artificii.

— Dacă e așa, recunoști că am dreptate?

— Dreptate în legătură cu ce?

— Că a devenit un fanfaron: de unde ia bani pentru artificii?

Era adevărat. Ultima noapte din an era o noapte de luptă, în cartier și în întreg orașul Napoli. Lumini orbitoare, explozii. Fumul foarte dens de la praful de pulbere încețoșa toate lucrurile, intra în case, te usturau ochii de la el, provoca tuse. Dar explozia petardelor, șuieratul rachetelor, canonada pocniturilor în zid aveau un preț și, ca de obicei, trăgea mai mult cine avea mai mulți bani. Noi, familia Greco, nu aveam bani, acasă la mine contribuția pentru artificiile de sfârșit de an era mică. Tata cumpăra o cutie de bețe, una de rotitoare și una de rachete subțiri. La miezul nopții îmi dădea în mână mie, care eram cea mai mare, bățul din fier cu steluțe sau cu vârtelnițe, aprindea și eu stăteam nemișcată, încântată și speriată să privesc fix scânteile mișcătoare, scurtele vârtejuri de foc la mică distanță de degete. El, între timp, alerga să pună bățul rachetelor într-o sticlă pe marmura ferestrei, dădea foc fitilului cu jarul de la țigară și, entuziasmat, trimitea spre cer șuieratul luminos. La sfârșit arunca în stradă și sticla.

Și acasă la Lila se trăgea cu mai nimic, oricum Rino se revoltase imediat. Încă de când avea doisprezece ani își luase obiceiul să se ducă să petreacă miezul nopții cu persoane mai îndrăznețe decât tatăl lui și erau faimoase acțiunile lui de recuperare a pocnitorilor neexplodate, după care pornea la vânătoare imediat ce petrecerea lua sfârșit. Le strângea pe toate în zona lacurilor, le dădea foc și se bucura de flăcările înalte, pac pac pac, și de explozia finală. Încă mai avea o cicatrice neagră pe mână, o pată întinsă din cauza faptului că, o dată, nu se retrăsese la timp.

Printre multele motive evidente și ascunse ale acelei întreceri de la sfârșitul anului 1958 trebuie să adăugăm și faptul că poate Rino voia să-și ia o revanșă de la copilăria săracă. De aceea s-a ocupat să câștige banii pe ici, pe colo ca să cumpere focuri de artificii. Dar se știa — o știa și el în ciuda nebuniei grandomanice care-l apucase — că nu exista întrecere cu frații Solara. Ca în fiecare an, cei doi se plimbau de zile în șir în sus și-n jos în Fiatul lor 1100, cu portbagajul plin de explozibil care în noaptea de Anul Nou ar fi ucis păsări, ar fi speriat câini, pisici, șoareci, ar fi făcut să vibreze blocurile din pivnițe până la acoperiș. Rino îi urmărea din atelier cu invidie și între timp se ocupa, împreună cu Pasquale, cu Antonio și mai ales cu Enzo, care avea ceva mai mulți bani, să adune un arsenal care să facă măcar impresie bună.

Lucrurile au luat o mică și neașteptată întorsătură când Lila și eu am fost trimise de mamele noastre să facem cumpărături pentru cina de Anul Nou la mezelăria lui Stefano

Carracci. Magazinul era plin de lume. Dincolo de tejghea, pe lângă Stefano și Pinuccia, servea și Alfonso, care ne-a zâmbit stânjenit. Ne-am pregătit pentru o lungă așteptare. Dar Stefano mi-a făcut mie, în mod clar mie, un semn de salut și i-a spus fratelui său ceva la ureche. Colegul meu de școală a ieșit de după tejghea și m-a întrebat dacă aveam lista cu lucrurile de cumpărat. I-am dat-o și a șters-o. În cinci minute cumpărăturile noastre erau gata.

Am pus totul în sacoșe, i-am plătit doamnei Maria ce datoram și am plecat, dar Stefano, chiar Stefano, m-a strigat cu vocea lui frumoasă de bărbat matur.

— Lenù.

Ne-a ajuns din urmă. Avea o expresie liniștită, zâmbetul cordial. Singurul mic defect era halatul alb pătat de grăsimi. A vorbit cu amândouă, în dialect, dar s-a uitat la mine.

— Vreți să veniți să petreceți Anul Nou la mine acasă? Alfonso ține mult la asta.

Soția și fiii lui don Achille, și după omorârea tatălui lor, duceau o viață foarte retrasă: biserică, mezelărie, casă, cel mult câte o mică petrecere de la care nu puteai lipsi. Invitația aceea era o noutate. Am răspuns făcând semn spre Lila.

— Avem deja planuri, stăm cu fratele ei și mulți prieteni.

— Spuneți-i și lui Rino, spuneți-le părinților voștri: casa e mare și pentru artificii mergem pe terasă.

Lila a intervenit pe un ton nimicitor:

— Cu noi vin să petreacă și Pasquale și Carmen Peluso împreună cu mama lor.

Trebuia să fie o frază care să excludă orice discuție ulterioară: Alfredo Peluso era la Poggioreale pentru că-l omorâse pe don Achille, iar fiul lui don Achille nu-i putea invita pe fiii lui Alfredo să închine pentru noul an în casa lui. În schimb, Stefano a privit-o ca și cum până în momentul acela n-ar fi văzut-o, o privire foarte intensă, și a spus în treacăt, pe un ton al evidenței:

— Bine, veniți toți: bem șampanie, dansăm, an nou, viață nouă.

Cuvintele acelea m-au emoționat. M-am uitat la Lila, și ea era dezorientată. A murmurat:

— Trebuie să vorbim cu fratele meu.

— Dați-mi de știre.

— Și artificiile?

— În ce sens?

— Noi le aducem pe ale noastre, dar tu?

Stefano a zâmbit:

— Câte artificii vrei?

— Foarte multe.

Tânărul mi s-a adresat din nou mie:

— Veniți toți la mine acasă și vă promit că atunci când se vor ivi zorile, noi încă vom trage.

21.

Tot drumul n-am făcut altceva decât să plesnim de râs, spunându-ne lucruri de genul:

— O face pentru tine.

— Nu, pentru tine.

— S-a îndrăgostit, și ca să te aibă la el acasă, îi invită chiar și pe comuniști, chiar și pe asasinii tatălui său.

— Dar ce spui? Nici măcar nu s-a uitat la mine.

Rino a ascultat propunerea lui Stefano și a spus imediat nu. Dar dorința de a-i învinge pe frații Solara l-a făcut să șovăie și a vorbit despre asta cu Pasquale, care s-a enervat foarte rău. Enzo, în schimb, a mormăit:

— Bine, dacă pot, vin.

În ceea ce-i privește pe părinții noștri, au fost foarte fericiți de invitația aceea fiindcă pentru ei don Achille nu mai exista, iar fiii și soția erau niște persoane foarte cumsecade și înstărite pe care era o onoare să le ai ca prieteni.

Lila, la început, a părut buimăcită, ca și cum ar fi uitat unde se află, străzile, cartierul, cizmăria. Apoi a apărut la mine într-o după-amiază târzie, cu aerul cuiva care a înțeles totul și mi-a spus:

— Am greșit: Stefano nu ne vrea nici pe mine, nici pe tine.

Am discutat conform obiceiului nostru, combinând date de fapt și născociri. Dacă nu ne voia pe noi, ce voia? Ne-am gândit că și Stefano avea în minte să le dea o lecție fraților Solara. Ne-am amintit de momentul în care Michele îl alungase pe Pasquale de la petrecerea mamei Gigliolei, amestecându-se astfel în treburile familiei Carracci și făcându-l pe Stefano să pară că nu știe să apere memoria tatălui său. Cu acea ocazie cei doi frați, dacă te gândeai, nu-l călcaseră în picioare numai pe Pasquale, ci și pe el. Așadar, acum întrecea măsura, parcă făcându-le în ciudă: se împăca pentru totdeauna cu familia Peluso, ba chiar îi invita la el acasă de Anul Nou.

— Și ce câștigă? am întrebat-o pe Lila.

— Nu știu. Vrea să facă un gest pe care aici, în cartier, nu l-ar face nimeni.

— Să ierte?

Lila a clătinat din cap sceptică. Încerca să înțeleagă, amândouă încercam să înțelegem și să înțelegem era un lucru care ne plăcea foarte mult. Stefano nu părea genul capabil să ierte. După Lila, avea în minte altceva. Și încet, încet, pornind de la una dintre ideile ei fixe din ultima vreme, adică din momentul în care începuse să discute cu Pasquale, i s-a părut că a găsit soluția.

— Îți amintești când i-am spus Carmelei că se putea logodi cu Alfonso?

— Da.

— Stefano are în minte așa ceva.

— Să se însoare el cu Carmela?

— Mai mult.

Stefano, după Lila, voia să șteargă totul. Voia să încerce să iasă din acel *înainte*. Nu voia să se prefacă deloc, cum făceau părinții noștri, ci dimpotrivă, să concretizeze o frază de genul: știu, tata a fost ce a fost, dar acum sunt eu, suntem noi, așa că ajunge. În fine, voia să explice întregului cartier că el nu era don Achille și că nici familia Peluso nu erau fostul tâmplar care-l omorâse. Ipoteza aceea ne-a plăcut, a devenit repede o certitudine și am avut un sentiment de mare simpatie pentru tânărul Carracci. Am decis să fim de partea lui.

Am început să le explicăm lui Rino, Pasquale, Antonio că invitația lui Stefano era mai mult decât o invitație, că în spatele ei erau semnificații importante, că era ca și cum ar fi spus că înainte de noi au fost lucruri urâte; tații noștri, unii într-un fel, alții în altul, nu s-au comportat bine; de acum să luăm act și să demonstrăm că noi, fiii, suntem mai buni decât ei.

— Mai buni? a întrebat Rino, interesat.

— Mai buni, am spus eu, total opuși fraților Solara, care în schimb se poartă mai rău decât bunicul și tatăl lor.

Am vorbit foarte emoționată, în italiană, ca și cum aș fi fost la școală. Lila însăși mi-a aruncat o privire uimită și Rino, Pasquale, Antonio au mormăit ceva stânjeniți. Pasquale a încercat chiar să-mi răspundă în italiană, dar a renunțat imediat. A zis posac:

— Banii cu care Stefano face alți bani sunt cei pe care tatăl lui i-a făcut la bursa neagră. Spațiul mezelăriei e cel în care odată era tâmplăria tatălui meu.

Lila a mijit ochii, aproape că nu i se mai vedeau.

— E adevărat. Dar preferați să fiți de partea unuia care vrea să schimbe ceva sau de partea fraților Solara?

Pasquale a zis cu mândrie, atât din convingere, cât și fiindcă era vizibil gelos pe neașteptata importanță a lui Stefano în cuvintele Lilei:

— Eu sunt de partea mea și atât.

Dar era un băiat bun, s-a gândit și s-a răzgândit. S-a dus să vorbească cu mama lui, a discutat cu toată familia. Giuseppina, care dintr-o femeie muncitoare neobosită, cu un caracter frumos, dezinvoltă, exuberantă se transformase, după încarcerarea soțului ei, într-o femeie înfrântă, întristată de soarta rea, s-a adresat preotului. Preotul a trecut pe la magazinul lui Stefano, a vorbit îndelung cu Maria, apoi a vorbit din nou cu Giuseppina Peluso. În cele din urmă, s-au convins toți că viața era deja destul de dificilă și că, dacă se putea, cu ocazia Anului Nou, să i se atenueze tensiunile, era mai bine pentru toți. Astfel, pe 31 decembrie, după marea cină, la ora 23:30, familii diferite, familia fostului tâmplar, familia portarului, a cârpaciului, a vânzătorului de fructe și legume, familia Melinei — care s-a îngrijit mult de aspectul ei pentru acea ocazie — au urcat, una câte una, până la etajul al treilea, până la vechea casă foarte detestată a lui don Achille, ca să sărbătorească noul an împreună.

22.

Stefano ne-a primit cu mare amabilitate. Îmi amintesc că era pieptănat cu grijă, era puțin roșu la față din cauza agitației, purta o cămașă albă cu cravată și o vestă albastră. Mi s-a părut foarte frumos, cu maniere de prinț. Am calculat că avea aproape șapte ani în plus față de mine și de Lila și m-am gândit atunci că să fiu logodită cu Gino, de vârsta mea, era nesemnificativ: când i-am cerut să vină la familia Carracci, îmi spusese că nu putea fiindcă părinții nu-l lasă să iasă după miezul nopții, era periculos. Eu voiam un logodnic mare, nu un băiețel, unul ca tinerii aceia, Stefano, Pasquale, Rino, Antonio, Enzo. M-am uitat la ei, i-am privit pe furiș toată seara. Îmi atingeam nervos cerceii, brățara de argint a mamei. Începusem din nou să mă simt frumoasă și voiam să le citesc această dovadă în ochi. Dar păreau toți prinși cu petrecerea de artificii de la miezul nopții. Așteptau războiul lor între bărbați și nici măcar Lilei părea să nu-i acorde atenție.

Stefano a fost amabil mai ales cu doamna Peluso și cu Melina, care nu zicea nimic, avea privirea înspăimântată, nasul lung, dar era frumos pieptănată și cu cerceii, cu vechea ei rochie neagră de văduvă părea o mare doamnă. La miezul nopții, stăpânul casei a umplut cu șampanie mai întâi paharul mamei lui și imediat pe cel al mamei lui Pasquale. Am toastat pentru lucrurile minunate care se vor întâmpla în anul nou, apoi am început să mergem în grupuri spre acoperiș, bătrânii și copiii cu paltoane și fulare pentru că era foarte frig. Mi-am dat seama că singurul care întârzia fără niciun chef jos era Alfonso. L-am strigat din politețe, nu m-a auzit sau s-a prefăcut că nu mă aude. Am alergat sus. Am găsit deasupra capului un cer înspăimântător, plin ochi de stele și de tenebre, înghețat.

Băieții erau în pulover, Pasquale și Enzo chiar în cămașă. Lila, eu, Ada și Carmela aveam niște rochițe subțiri, pe care le foloseam pentru petrecerile dansante, și tremuram de frig și de încântare. Se auzeau deja primele șuierături de rachete, brăzdau cerul și explodau în flori foarte colorate. Se auzeau deja bufniturile lucrurilor vechi care zburau de la ferestre, țipetele, râsetele. Întreg cartierul făcea gălăgie, arunca petarde. Eu am aprins bețele și rotitoarele copiilor, îmi plăcea să văd în ochii lor uimirea înspăimântată pe care o simțisem și eu când eram mică. Lila a convins-o pe Melina să aprindă împreună cu ea fitilul unui artificiu, zgomotul surd al focului a țâșnit cu foșnet colorat. Amândouă au urlat de bucurie și la sfârșit s-au îmbrățișat.

Rino, Stefano, Pasquale, Enzo și Antonio au transportat lăzi și cutii și pungi cu exploziv, mândri de toată muniția aceea pe care reușiseră să o strângă. A contribuit și Alfonso, dar a făcut-o apatic, a reacționat la presiunile fratelui cu manifestări de om sâcâit. Mi s-a părut, în schimb, intimidat de Rino, care părea, într-adevăr, în culmea fericirii, îl împingea urât, îi lua lucrurile, îl trata ca pe un copilaș. Astfel că, în loc să se enerveze, Alfonso s-a retras, amestecându-se tot mai puțin printre ceilalți. Între timp au strălucit bețele de chibrit, cei mari și-au aprins reciproc țigările cu mâinile făcute căuș, vorbind serioși și cordiali. Dacă va izbucni un război civil, m-am gândit, ca acela între Romulus și Remus, între Marius și Sulla, între Cezar și Pompei, ei vor avea aceste fețe, vor avea aceste priviri, aceste atitudini.

În afară de Alfonso, toți bărbații și-au umplut cămășile de petarde și de pocnitori, au aranjat șiruri de rachete în șiruri de sticle goale. Rino, tot mai agitat, tot mai urlător, ne-a încredințat mie, Lilei, Adei și Carmelei sarcina de a reface toate munițiile la timp. Apoi, foarte tinerii, tinerii și mai puțin tinerii — frații mei Peppe și Gianni, ca să ne înțelegem, dar și tata, și cârpaciul, care era cel mai în vârstă — au început să se miște în întuneric și frig aprinzând fitile și aruncând artificiile peste parapet sau spre cer, într-o atmosferă de sărbătoare, de excitație crescândă, de strigăte de genul ai văzut ce culori, mamă ce lovitură, hai, hai, oarecum stricată de gemetele deopotrivă îngrozite și languroase ale Melinei, de Rino care smulgea petardele de la frații mei și le folosea el, urlând că ei le iroseau pentru că le aruncau fără să aștepte ca fitilul să ia într-adevăr foc.

Furia sclipitoare a orașului încet s-a atenuat, s-a consumat, lăsând să se audă zgomotul mașinilor, al claxoanelor. Au reapărut suprafețe întinse de cer negru. Balconul familiei Solara a devenit, deși în fum, deși printre sclipiri, mai vizibil.

Erau la mică distanță, îi vedeam. Tatăl, fiii, rudele, prietenii erau cuprinși, ca noi, de dorința de haos. Știau toți, în cartier, că lucrurile care se întâmplaseră până în acel moment însemnau foarte puțin, ei s-ar fi dezlănțuit cu adevărat abia când zdrențăroșii ar fi încheiat cu micile petreceri și micile explozii meschine și ploicelele argintii și aurii, numai în momentul în care stăpânii absoluți ai petrecerii ar fi rămas ei.

Și așa a fost. Din balcon focul s-a intensificat brusc, cerul și strada au început iarăși să explodeze. La fiecare aruncare, mai ales dacă petarda făcea un zgomot nimicitor, din balcon se auzeau obscenități entuziaste. Dar, pe neașteptate, iată că Stefano, Pasquale, Antonio și Rino au început să răspundă cu alte trageri și obscenități echivalente. La rachetă cu rachetă, la petardă cu petardă și pe cer se întindeau corole minunate, jos strada lua foc, tremura, iar Rino, la un moment dat, chiar s-a urcat în picioare pe parapet, urlând insulte și aruncând pocnitori foarte puternice, în timp ce mama lui urla îngrozită, țipa: „Coboară, altfel cazi".

În acel moment, pe Melina a cuprins-o panica și a început să emită niște urlete subțiri și prelungi. Ada a pufnit, ei îi revenea misiunea s-o ia de acolo, dar Alfonso i-a făcut un semn, s-a ocupat el și a dispărut jos cu femeia. Mama i-a urmat imediat șchiopătând și, de asemenea, celelalte au început să-și ia copiii de acolo. Exploziile provocate de frații Solara deveneau tot mai puternice, o rachetă de-a lor, în loc să ajungă pe cer, a explodat de parapetul terasei noastre cu o lumină roșie zgomotoasă și fum înăbușitor.

— Au făcut-o intenționat, i-a strigat Rino lui Stefano scos din minți.

Stefano, o siluetă neagră în ger, i-a făcut semn să se potolească. A alergat într-un colț unde pusese el însuși o cutie pe care noi, fetele, avuseserăm ordin să n-o atingem, și a luat de acolo invitându-i pe ceilalți să ia și ei.

— Enzo, a strigat, fără să mai aibă nici urmă de ton stins de negustor, Pascà, Rino, Antò, aici, hai, aici, să-i facem să simtă ce avem noi.

Toți s-au precipitat râzând. Repetau: da, să-i facem să simtă, na, ticălosule, na, și făceau gesturi obscene spre balconul familiei Solara. Noi priveam siluetele lor frenetice negre, tremurând tot mai mult de frig. Rămăseserăm singure, fără niciun rol. Și tata coborâse împreună cu cârpaciul. Lila, nu știu, era mută, acaparată de spectacol ca de o enigmă.

I se întâmpla lucrul la care deja am făcut aluzie și pe care ea, în consecință, a numit-o tăierea marginilor. A fost — mi-a spus — ca și cum într-o noapte cu lună plină pe mare, o masă foarte neagră de furtună ar înainta pe cer, ar înghiți orice lumină, ar strica cercul lunar și ar deforma discul strălucitor, reducându-l la adevărata lui natură de materie brută, insensibilă. Lila și-a imaginat, a văzut, a simțit — de parcă ar fi fost adevărat — cum se despică fratele ei. Rino, în fața ochilor ei, și-a pierdut fizionomia pe care o avusese de când putea să și-l amintească, fizionomia băiatului generos, onest, trăsăturile plăcute ale persoanei de încredere, profilul iubit al celui care dintotdeauna, de când își amintea ea, o distrase, o ajutase, o protejase. Acolo, în mijlocul exploziilor foarte violente, în ger, în fumul care ustura nările și mirosul violent al sulfului, ceva a violat structura organică a fratelui ei, a exercitat asupra lui o presiune atât de intensă, că i-a distrus contururile, iar materia s-a extins ca o magmă arătându-i din ce era cu adevărat făcut. Fiecare secundă din acea noapte de petrecere a îngrozit-o, a avut impresia că așa cum Rino se mișca, cum se expanda în jurul lui însuși, fiecare margine cădea și ea, de asemenea, marginile ei, deveneau tot mai moi și maleabile. A făcut eforturi ca să-și păstreze controlul, dar a reușit, mai nimic din angoasa ei nu s-a manifestat în exterior. Adevărul e că în agitația de explozii și culori nu i-am acordat multă atenție. M-a impresionat, cred, expresia ei tot mai înspăimântată. Mi-am dat seama și că fixa cu privirea umbra fratelui ei — cel mai activ, cel mai fanfaron, cel care urla în mod mai exagerat insulte crude în direcția terasei familiei Solara — cu repulsie. Ea, care, în general, nu se temea de nimic, părea speriată. Dar au fost impresii la care m-am gândit abia după. În momentul acela n-am dat importanță, mă simțeam mai apropiată de Carmela și de Ada decât de ea. Părea, ca de obicei, să nu aibă nicio nevoie de atenția bărbaților. Noi, în schimb, așa în frig, în mijlocul haosului, fără acea atenție nu ne puteam oferi o semnificație. Am fi preferat ca Stefano sau Enzo, sau Rino să oprească războiul, să-și treacă un braț în jurul umerilor noștri, să ne lipească de șoldurile lor și să ne spună complimente. În schimb, stăteam lipite una de alta să ne încălzim, în timp ce ei se grăbeau să apuce cilindri cu fitile mari, uluiți de rezerva infinită de artificii a lui Stefano, uimiți de generozitatea lui, buimăciți de câți bani era posibil să transformi în dâre, scântei, explozii, fum, pentru simpla satisfacție de a câștiga.

S-au întrecut cu frații Solara încă nu știu cât timp, explozii de o parte și de alta, ca și cum terasa și balconul ar fi fost tranșee, și întreg cartierul a tresărit, a vibrat. Nu se mai înțelegea nimic, vuiete, geamuri sparte, cer străpuns. Și când Enzo a urlat: „Au terminat, nu mai au nimic“, ai noștri au continuat, mai ales Rino a continuat, până când n-a mai rămas niciun fitil de ars. Apoi au înălțat cu toții un cor victorios țopăind sau îmbrățișându-se. În sfârșit, s-au calmat, s-a așternut liniștea.

Dar n-a ținut mult, a fost întreruptă de un plânset de copil îndepărtat tot mai puternic, de urlete și insulte, de mașini care înaintau pe străzile pline de gunoaie. Și apoi am văzut scânteieri pe balconul fraților Solara, au ajuns până la noi zgomote seci, pac, pac. Rino a strigat dezamăgit: „Iarăși“. Dar Enzo, care a înțeles din zbor ce se întâmpla, a fost primul care ne-a împins înăuntru și, după el au intrat și Pasquale, și Stefano. Doar Rino a continuat să lanseze insulte dure, aplecându-se peste parapetul terasei, astfel încât Lila l-a evitat pe Pasquale și a alergat să-și tragă fratele înăuntru, urlându-i, la rândul ei, insulte. Noi, fetele, am coborât țipând. Frații Solara, deși câștigaseră, trăgeau focuri de armă în noi.

23.

Din noaptea aceea, am spus-o, mi-au scăpat multe lucruri. Dar în special, cuprinsă de atmosfera de sărbătoare și de pericol, de vârtejul de bărbați ale căror corpuri emanau o căldură mai arzătoare decât artificiile de pe cer, am neglijat-o pe Lila. Și totuși atunci a avut loc prima ei transformare interioară.

Am spus-o, n-am realizat ce i se întâmplase, schimbarea era dificil de perceput. Dar de consecințe mi-am dat seama aproape imediat. A devenit mai leneșă. Eu, deja două zile mai târziu, m-am sculat devreme, chiar dacă nu aveam școală, ca s-o însoțesc să deschidă magazinul și s-o ajut la curățenie, dar ea n-a apărut. A venit târziu, îmbufnată, și ne-am plimbat prin cartier, evitând cizmăria.

— Nu te duci să muncești?

— Nu.

— De ce, mă rog?

— Nu-mi mai place.

— Și pantofii noi?

— Departe de a fi realizați.

— Și atunci?

Mi s-a părut că nu știe nici măcar ea ce vrea. Singurul lucru sigur era că părea îngrijorată din cauza fratelui ei, mult mai mult decât o văzusem în ultima vreme. Și chiar pornind de la acea îngrijorare a început să-și schimbe discursul despre bogăție. Exista încă nevoia de a deveni bogate, nu încăpea discuție în legătură cu asta, dar scopul nu mai era același din copilărie: fără cufere, fără strălucirea monedelor și a pietrelor prețioase. Acum părea că banii, în mintea ei, deveniseră un liant: consolidau, întăreau, reparau una și alta. Reparau mai ales capul lui Rino. El considera perechea de pantofi pe care o făcuseră împreună gata de purtat și voia să i-o arate lui Fernando. Dar Lila știa bine (și, după ea, o știa și Rino) că produsul avea multe defecte, că tatăl ar fi examinat pantofii și i-ar fi aruncat. De aceea îi spunea că trebuia să încerce și iar să încerce, că drumul spre fabrica de încălțăminte era un parcurs dificil; dar el nu mai voia să aștepte, pentru el era urgent să devină la fel ca frații Solara, ca Stefano, iar Lila nu reușea să-l facă să fie rațional. Dintr-odată mi s-a părut chiar că bogăția în sine n-o mai interesa. Nu se mai lumina la față când vorbea despre bani, erau doar un remediu pentru a evita ca fratele ei să provoace vreun necaz.

— E numai vina mea, a început să recunoască ea, cel puțin față de mine, l-am făcut să creadă că norocul e după colț.

Dar pentru că nu era după colț, se întreba cu o privire rea ce trebuia să inventeze ca să-l calmeze.

Rino, într-adevăr, era nerăbdător. Fernando, de exemplu, nu i-a reproșat niciodată Lilei că nu se mai ducea la cizmărie, dimpotrivă: i-a dat de înțeles că era bucuros dacă rămânea acasă să-și ajute mama. Fratele, în schimb, s-a enervat și deja în primele zile din ianuarie am asistat la o altă ceartă urâtă. Rino a apărut cu capul plecat, ne-a oprit pe stradă și i-a spus:

— Vino imediat la muncă.

Lila i-a răspuns că nici nu se gândește. El, atunci, a tras-o de un braț, ea s-a răzvrătit cu o înjurătură urâtă, Rino i-a dat o palmă, a urlat la ea:

— Atunci, du-te acasă, du-te s-o ajuți pe mama.

S-a supus, nici măcar nu m-a salutat și a plecat.

Apogeul conflictului a fost atins de ziua Befanei[5]. Ea, se pare, s-a trezit și a găsit lângă pat o șosetă plină cu cărbune. A înțeles că fusese Rino și, la micul dejun, a pus masa pentru toți, mai puțin pentru el. A apărut mama lor: fiul ei îi lăsase agățat de scaun un ciorap cu bomboane și ciocolată, lucru care o

5 În folclorul italian, sărbătoarea Epifaniei coincide cu venirea Befanei, o femeie bătrână care le aduce daruri copiilor.

emoționase, băiatul acela era preferatul ei. De aceea, când și-a dat seama că unde stătea Rino nu era masa așezată, a încercat să o facă ea, dar Lila i-a interzis. În timp ce mama și fiica se certau, a apărut fratele ei, iar Lila a aruncat imediat în el cu o bucată de cărbune. Rino a râs crezând că e un joc, că ea apreciase gluma, dar când și-a dat seama că nu glumea, a încercat s-o prindă ca s-o bată. Atunci a apărut Fernando, în chiloți și maiou, cu o cutie de carton în mână.

— Priviți ce mi-a adus Befana, a spus și se vedea că era foarte nervos.

A scos din cutie pantofii noi, făcuți în secret de cei doi fii ai lui. Lila a rămas cu gura căscată de uimire. Nu știa nimic despre inițiativa aceea, Rino decisese singur să-i arate tatălui munca lor, ca și cum ar fi fost un cadou de la Befana.

Când a văzut pe chipul fratelui ei un surâs distrat și totodată neliniștit, când a surprins privirea alarmată care traversa chipul tatălui ei, i s-a părut că i se confirmă ce o speriase pe terasă, în mijlocul fumului și al pocnitorilor: Rino își pierduse profilul său obișnuit, ea avea acum un frate fără margini din care putea să iasă iremediabilul. În surâsul acela, în privirea aceea a văzut ceva insuportabil de meschin, cu atât mai insuportabil cu cât continua să-și iubească fratele, să simtă nevoia de a-i fi alături, ca să-l ajute și să fie ajutată.

— Ce frumoși sunt, a spus Nunzia, care nu știa nimic despre povestea cu încălțările.

Fernando, fără să spună un cuvânt, cu expresia unui Randolph Scott mânios, s-a așezat și și-a pus mai întâi pantoful drept, apoi pe cel stâng.

— Befana, a spus, le-a făcut chiar pentru picioarele mele.

S-a ridicat, i-a încercat, a mers înainte și-napoi prin bucătărie, sub privirea familiei sale.

— Într-adevăr comozi, a comentat.

— Sunt pantofi de mare domn, a spus soția lui, aruncându-i fiului priviri înflăcărate.

Fernando s-a așezat din nou. Și i-a scos, i-a studiat deasupra, dedesubt, înăuntru și pe dinafară.

— Cine a făcut pantofii ăștia e un maestru, a spus, însă fără să se lumineze la față nici măcar un pic. Bravo, Befana.

În fiecare cuvânt al său se simțea cât suferă și cât îl umple suferința lui de dorința de a sparge totul. Dar Rino părea să nu bage de seamă. La fiecare cuvânt sarcastic al tatălui devenea tot mai mândru, zâmbea roșu tot, formula fraze trunchiate: am făcut așa, tată, am adăugat asta, m-am gândit că. Lila, în schimb, voia să iasă din bucătărie, să se sustragă răbufnirii iminente a tatălui, dar nu putea să se hotărască, nu voia să-și lase fratele singur.

— Sunt deopotrivă lejeri și robuști, a continuat Fernando, nu e nimic neîngrijit. Și, în plus, nu i-am văzut niciodată la nimeni în picioare, cu vârful acesta lat sunt foarte originali.

S-a așezat, s-a încălțat din nou cu ei, și-a legat șireturile. I-a spus fiului:

— Întoarce-te, Rinù, că trebuie să-i mulțumesc Befanei.

Rino s-a gândit la o glumă care ar fi încheiat definitiv toată controversa lor îndelungată și s-a întors, fericit și stânjenit deopotrivă. Dar imediat ce a dat semne că întoarce spatele, tatăl i-a tras un șut foarte puternic în fund, l-a făcut bestie, idiot și a aruncat în el cu tot ce-i cădea în mână, la sfârșit și cu pantofii.

Lila a intervenit doar când a văzut că fratele, la început atent doar să se apere de pumni și de șuturi, începea și el să urle răsturnând scaune, spărgând farfurii, plângând, jurând că mai degrabă se omoară decât să continue să muncească gratis pentru tatăl lui, îngrozindu-și mama, pe ceilalți frați și pe vecini. Dar inutil. Tatăl și fiul au fost nevoiți mai întâi să se descarce până la consumarea puterilor. Apoi au lucrat din nou împreună, muți, închiși în micul atelier cu disperările lor.

O vreme nu s-a mai vorbit despre pantofi. Lila a decis în mod definitiv că rolul ei era să-și ajute mama, să meargă la cumpărături, să gătească, să spele rufe, să le întindă la soare și nu s-a mai dus niciodată în cizmărie. Rino, amărât, bosumflat, a simțit-o ca pe o nedreptate de neînțeles și a început să pretindă ca sora lui să-i pună șosetele, chiloții și cămășile în ordine în sertarul lui, să-l servească și să-l respecte când se întorcea de la muncă. Dacă ceva nu era pe placul lui, protesta, spunea lucruri urâte precum: nici măcar o cămașă nu știi să calci, proasto. Ea ridica din umeri, nu protesta, și-a îndeplinit îndatoririle cu atenție și grijă.

Băiatul însuși, bineînțeles, nu era bucuros să se comporte așa, se chinuia, încerca să se liniștească, făcea destule eforturi să fie din nou cel de odinioară. În zilele bune, duminica dimineața, de exemplu, se învârtea pe lângă ea glumind, folosea un ton amabil: „Ești supărată pe mine pentru că mi-am asumat tot meritul pentru pantofi? Dar am făcut asta“, spunea mințind, „pentru a evita ca tata să se enerveze și pe tine“. Și apoi o întreba: „Ajută-mă, ce trebuie să facem acum? Nu putem sta încremeniți, eu trebuie să ies din situația asta“. Lila mută: gătea, călca, uneori îl săruta pe un obraz ca să-i dea de înțeles că nu mai era supărată. Dar între timp el deja se enerva din nou și sfârșea întotdeauna prin a sparge ceva. Îi urla că ea îl trădase și o va mai face, dat fiind că, mai devreme sau mai târziu, s-ar fi căsătorit cu vreun imbecil și ar fi plecat lăsându-l să trăiască pentru totdeauna în sărăcie.

Lila, uneori, când nu era nimeni în casă, se ducea în cămăruța unde ascunsese pantofii și îi pipăia, îi privea, uimită ea însăși de faptul că, bine sau rău, existau și apăruseră grație unui desenaș pe o foaie de caiet. Câtă trudă irosită.

24.

M-am întors la școală, am fost absorbită în ritmurile chinuitoare impuse de profesori. Mulți colegi de-ai mei au început să cedeze, clasa a început să se subțieze. Gino a colecționat calificative insuficient și mi-a cerut ajutorul. Am încercat să-l ajut, dar în realitate nu voia decât să-i dau să copieze temele. L-am lăsat să copieze, dar era fără chef: nici când copia nu era atent, nu făcea eforturi să înțeleagă. Și Alfonso, deși foarte disciplinat, se afla în dificultate. Într-o zi a izbucnit în plâns când era ascultat la greacă, lucru considerat foarte umilitor pentru un bărbat. S-a văzut clar că mai degrabă ar fi preferat să moară decât să verse o singură lacrimă în fața clasei, dar n-a reușit. Am rămas toți în liniște, foarte tulburați, în afară de Gino care, poate din cauza încordării, poate a satisfacției că și pentru colegul lui de bancă lucrurile ieșeau rău, a izbucnit în râs. La ieșirea de la școală, i-am spus că, din cauză că râsese, nu mai eram logodiți. A reacționat întrebându-mă îngrijorat:

— Îți place Alfonso?

I-am explicat că, pur și simplu, nu-mi mai plăcea de el. A mormăit că de abia începuserăm, nu era corect. Ca logodnici, între noi nu se întâmplase mare lucru: ne sărutaserăm o dată, dar fără limbă, încercase să-mi atingă pieptul și eu mă enervasem, îl respinsesem. M-a rugat să continuăm încă puțin, am rămas fermă în hotărârea mea. Am știut că nu mă costa nimic să renunț la mersul la școală și întoarcerea acasă mereu în compania lui.

Trecuseră puține zile de la despărțirea de Gino când Lila mi-a mărturisit că primise două declarații aproape în același timp, primele din viața ei. Pasquale, într-o dimineață, o ajunsese din urmă când se ducea la cumpărături. Avea cearcăne de oboseală, era foarte agitat. Îi spusese că se îngrijorase pentru că n-o mai văzuse la cizmărie și crezuse că s-a îmbolnăvit. Însă acum era fericit că o găsea sănătoasă. Dar, în timp ce vorbea, nu mai era niciun pic de fericire pe chipul lui. Se întrerupsese de parcă s-ar fi sufocat, și ca să-și elibereze gâtlejul, aproape că strigase că o iubea. O iubea atât de mult, că dacă ea era de acord, ar fi venit să discute cu fratele ei, cu părinții ei, cu oricine, imediat, ca să se logodească oficial. Ea rămăsese fără cuvinte, câteva minute crezuse că glumește. E adevărat că eu îi spusesem de o mie de ori că Pasquale pusese ochii pe ea, dar nu mă crezuse niciodată. Acum, în schimb, el era acolo, într-o superbă zi de primăvară, aproape cu lacrimi în ochi, și o implora, îi spunea că viața lui nu însemna nimic dacă ea îi spunea nu. Ce dificil erau de descurcat sentimentele de iubire. Lila, cu multă prudență, deși nespunând deloc nu, găsise cuvintele ca să-l refuze. Îi spusese că și ea îl iubea, dar nu cum trebuie să iubești un logodnic. Îi spusese și că îi va fi mereu recunoscătoare pentru toate lucrurile pe care i le explicase: fascismul, rezistența, monarhia, republica, bursa neagră, comandantul Lauro, Mișcarea Socială Italiană, democrația creștină, comunismul. Dar să se logodească nu, nu s-ar fi logodit niciodată cu nimeni. Și încheiase:

— Pe voi toți, pe Antonio, pe tine, pe Enzo, vă iubesc cum îl iubesc pe Rino.

Atunci Pasquale murmurase:

— Eu, în schimb, nu te iubesc ca pe Carmela.

Fugise și se întorsese să trudească.

— Și cealaltă declarație? am întrebat-o curioasă, dar și puțin neliniștită.

— Nu ți-ai imagina niciodată.

Cealaltă declarație i-o făcuse Marcello Solara.

Când am auzit numele acela, am simțit o împunsătură în stomac. Dacă iubirea lui Pasquale era un semn despre cât putea Lila să placă, iubirea lui Marcello, un tânăr frumos, bogat, cu mașină, dur, violent, camorist, obișnuit adică să aibă ce femei voia, era în ochii mei, în ochii tuturor fetelor de vârsta mea, în ciuda proastei reputații pe care o avea, adică poate și datorită aceleia, o promovare, o trecere de la fetița sfrijită la femeia capabilă să îmblânzească pe oricine.

— Și cum s-a întâmplat?

Marcello era la volanul Fiatului 1100, singur, fără fratele lui, și o văzuse întorcându-se acasă de-a lungul șoselei. Nu se apropiase de bordură, nu-i vorbise de la fereastră. Lăsase mașina în mijlocul străzii, cu portiera deschisă, și se dusese după ea. Lila continuase să meargă, el în spatele ei. O implorase să-l ierte pentru cum se comportase înainte, recunoscuse că ar fi făcut foarte bine să-l omoare cu cuțitul de cizmărie. Îi amintise emoționat cât de bine dansaseră rock la petrecerea mamei Gigliolei, semn că erau foarte potriviți. Începuse, în fine, să-i facă multe complimente:

— Ce mare te-ai făcut, ce ochi frumoși ai, ce frumoasă ești.

Și apoi îi povestise visul pe care-l avusese în acea noapte: el îi cerea să se logodească, ea îi spunea da, el îi dăruia un inel de logodnă identic cu inelul de logodnă al bunicii lui, care avea în lăcaș trei diamante. Lila, continuând să meargă, în sfârșit, vorbise. Îl întrebase:

— În visul ăsta ți-am spus da?

Marcello îi confirmase și ea răspunsese:

— Atunci era într-adevăr un vis, pentru că ești un animal, tu și familia ta, bunicul tău, tatăl tău, fratele tău, iar cu tine nu m-aș logodi nici dacă-mi spui că mă omori.

— I-ai spus așa?

— I-am spus chiar mai mult.

— Adică?

Când Marcello, ofensat, îi replicase că sentimentele lui erau foarte delicate, că zi și noapte se gândea cu dragoste numai la ea, că de aceea nu era un animal, ci un om care o iubea, ea îi răspunsese că dacă o persoană se comporta cum se comportase el cu Ada, dacă aceeași persoană în noaptea de Anul Nou începea să tragă cu pistolul în oameni, să-l numească animal însemna să jignească animalele. Marcello înțelesese în sfârșit că nu glumea, că, într-adevăr, îl considera mult mai puțin decât o broască, decât o salamandră și, dintr-odată, se mâhnise. Murmurase slab:

— Fratele meu a fost cel care a tras.

Dar deja, în timp ce vorbea, înțelesese că după fraza aceea ea îl disprețuia și mai mult. Lucru foarte adevărat. Lila grăbise pasul și, când el a încercat să se țină după ea, îi strigase: „Pleacă" și începuse să alerge. Marcello atunci se oprise ca și cum nu-și amintea unde se afla și ce trebuia să facă, apoi se întorsese la mașină cu capul plecat.

— Tu i-ai făcut asta lui Marcello Solara?

— Da.

— Ești nebună: să nu spui nimănui că l-ai tratat așa.

Pe moment mi s-a părut un sfat inutil, am spus fraza aceea pentru a arăta că mă interesa întâmplarea ei. Lila avea caracterul uneia căreia îi plăcea să discute și să fabuleze pe marginea evenimentelor, dar nu bârfea niciodată, spre deosebire de noi care făceam asta încontinuu. Și, într-adevăr, despre iubirea lui Pasquale mi-a spus numai mie, n-am aflat niciodată că povestise și altora. Dar despre Marcello Solara a spus tuturor. Astfel încât m-am întâlnit cu Carmela și ea mi-a spus:

— Ai aflat că prietena ta i-a spus nu lui Marcello Solara?

M-am întâlnit cu Ada care mi-a zis:

— Prietena ta chiar i-a spus nu lui Marcello Solara.

Pinuccia Carracci, la mezelărie, mi-a șoptit la ureche:

— E adevărat că prietena ta i-a spus nu lui Marcello Solara?

Până și Alfonso mi-a spus într-o zi la școală, uimit:

— Prietena ta i-a spus nu lui Marcello Solara?

Când am văzut-o pe Lila, i-am spus:

— Ai făcut rău că le-ai spus tuturor, Marcello se va enerva.

Ea a ridicat din umeri. Era ocupată cu frații ei, casa, mama, tatăl și n-a stat mult de vorbă. De acum, după noaptea de Anul Nou, se ocupa numai de treburi casnice.

25.

Întocmai așa. Tot restul anului școlar, pe Lila n-a interesat-o deloc ce făceam la școală. Și când am întrebat-o ce cărți lua de la bibliotecă, ce citea, a răspuns cu răutate:

— Nu mai iau nimic, cărțile îmi fac rău la cap.

Eu, în schimb, învățam, deja citeam aproape dintr-o plăcută obișnuință. Dar a trebuit să constat repede că, de când Lila încetase să mă mai îmboldească, să mi-o ia înainte cu studiul și cu lecturile, școala, sau chiar și biblioteca învățătorului Ferraro, nu mai era un fel de aventură și devenise doar un lucru pe care știam să-l fac bine și pentru care primeam multe laude.

Mi-am dat seama de asta cu claritate în două ocazii.

O dată m-am dus să iau cărți de la bibliotecă cu legitimația mea plină de împrumuturi și restituiri și învățătorul mai întâi m-a complimentat pentru sârguința mea, apoi m-a întrebat de Lila, arătându-se foarte mâhnit din cauză că ea și toată familia ei nu mai luau cărți. E dificil de explicat de ce, dar mâhnirea aceea m-a făcut să sufăr. Mi s-a părut semnul unui interes real și profund pentru Lila, ceva mult mai puternic decât complimentele pentru disciplina mea de cititoare sârguincioasă. Mi-a dat prin minte că dacă Lila ar fi luat și o singură carte pe an, pe cartea aceea și-ar fi lăsat amprenta și învățătorul ar fi simțit-o în momentul restituirii, în vreme ce eu nu lăsam semne, întrupam doar îndârjirea cu care adunam laolaltă, în mod dezordonat, volum după volum.

Cealaltă împrejurare a avut de-a face cu ritualurile școlare. Profesorul de literatură a adus corectate lucrările la italiană (îmi amintesc încă tema: „Diversele etape ale dramei Didonei“) și, dacă în general se limita să spună două vorbe pentru a justifica obișnuita notă de opt sau nouă, cu acea ocazie m-a lăudat în mod articulat în fața clasei și a dezvăluit abia la final că-mi dăduse chiar zece. La sfârșitul lecției m-a chemat pe hol într-adevăr uimit de modul în care tratasem subiectul, și când a apărut profesorul de religie, l-a oprit și i-a rezumat entuziast expunerea mea. Au trecut câteva zile și mi-am dat seama că Gerace nu se limitase la preot, făcuse să circule lucrarea mea și printre ceilalți profesori, nu doar din specializarea mea. Unii profesori de liceu îmi zâmbeau acum pe holuri, chiar făceau în treacăt câte un comentariu. O profesoară de la clasa întâi A, de exemplu, profesoara Galiani, pe care toți o apreciau și o evitau pentru că avea faima că e comunistă și din două replici reușea să demonteze orice argument prost construit, m-a oprit pe hol și s-a arătat în special entuziasmată de ideea, centrală în lucrarea mea, că dacă iubirea e exilată din orașe, orașele își modifică natura lor benefică în natură malefică. M-a întrebat:

— Ce înseamnă pentru tine „un oraș fără iubire“?

— Un popor lipsit de fericire.

— Dă-mi un exemplu.

M-am gândit la discuțiile pe care le avusesem cu Lila și Pasquale toată luna septembrie și le-am simțit dintr-odată ca pe o adevărată școală, mai adevărată decât cea pe care o făceam în fiecare zi.

— Italia sub fascism, Germania sub nazism, noi toți, ființele umane din ziua de astăzi.

M-a scrutat cu un interes crescut. A spus că scriam foarte bine, mi-a recomandat câteva cărți, s-a oferit să mi le împrumute pe-ale ei. La final m-a întrebat cu ce se ocupă tata, am răspuns:

— Portar la primărie.

S-a îndepărtat cu capul plecat.

Interesul lui Galiani bineînțeles că m-a făcut să mă simt mândră, dar n-a avut cine știe ce urmare, totul a redevenit rutină școlară. În consecință, și transformarea mea, deja în clasa a patra de gimnaziu, într-o elevă bună cu mica ei faimă a ajuns curând să nu mi se pară mare lucru. În fond, ce dovedea? Dovedea mai ales cât fusese de rodnic să învăț și să conversez cu Lila, s-o am ca stimul și sprijin la intrarea în acea lume din afara cartierului, printre lucrurile, persoanele, peisajele și ideile cărților. Desigur, îmi spuneam, expunerea despre Didona e a mea, capacitatea de a formula fraze frumoase e ceva ce vine de la mine; desigur, ce am scris despre Didona îmi aparține; dar n-am elaborat împreună cu ea, nu ne stimulaserăm reciproc, pasiunea mea nu a crescut la căldura pasiunii ei? Și ideea orașului fără iubire, care le plăcuse mult profesorilor, nu-mi venise de la Lila, chiar dacă apoi o dezvoltasem eu, cu capacitatea mea? Ce trebuia să deduc din asta?

Am început să aștept alte laude care să-mi dovedească autonomia priceperii. Dar Gerace, când a dat altă lucrare despre regina Cartaginei („Enea și Didona: întâlnire între doi refugiați"), nu s-a entuziasmat, s-a limitat să-mi dea opt. De la profesoara Galiani am obținut, în schimb, semne cordiale de salut și descoperirea plăcută că era profesoara de latină și greacă a lui Nino Sarratore, elev în clasa întâi A. Chiar aveam nevoie de atenție și de stimă reconfortante, speram să vină măcar de la el. Mi-am dorit ca, în caz că profesoara lui de literatură m-ar fi lăudat în mod public, să presupunem că în clasa lui, și-ar fi adus aminte de mine și, în sfârșit, mi-ar fi vorbit. În schimb, nu s-a întâmplat nimic, am continuat să-l zăresc la ieșire, la intrare, mereu cu aerul lui absent și nicio privire. Odată am ajuns chiar să-l urmăresc pe bulevardul Garibaldi și pe strada Casanova, sperând să mă descopere și să-mi spună: „Salut, văd că mergem pe același drum, am auzit vorbindu-se mult despre tine". Dar înainta grăbit, cu capul plecat, și nu s-a întors deloc. Am obosit, m-am disprețuit. Am cotit deprimată pe bulevardul Novara și m-am întors acasă.

Am mers mai departe zi după zi, cu datoria să le confirm tot mai mult profesorilor, colegilor, mie însămi tenacitatea și silința mea. Dar între timp a crescut în mine un sentiment de singurătate, simțeam că învăț fără energie. Am încercat atunci să-i spun Lilei de mâhnirea învățătorului Ferraro, i-am spus să se întoarcă la bibliotecă. M-am referit și la cât fusese de bine primită lucrarea despre Didona, fără să-i spun însă ce scrisesem, dar dându-i de înțeles că era și succesul ei. M-a ascultat fără niciun chef, poate că nici nu-și mai amintea despre ce vorbiserăm în legătură cu personajul acela, avea alte probleme. Imediat cum i-am dat ocazia, mi-a spus că Marcello Solara nu se resemnase ca Pasquale, continua să se țină după ea. Dacă ieșea la cumpărături, o urma fără s-o deranjeze până la magazinul lui Stefano, până la căruța lui Enzo, doar ca s-o privească. Dacă apărea la fereastră, îl găsea nemișcat într-un colț, așteptând ca ea să apară. O neliniștea constanța aceea. Îi era teamă că-și dă seama de ea tatăl ei, că, mai ales, își dă seama Rino. O speria posibilitatea că ar începe una dintre poveștile alea de masculi în care se ajungea la bătaie o zi da, una ba, din astea erau multe în cartier.

— Ce am? spunea.

Se vedea slabă, urâtă: de ce făcuse Marcello o obsesie pentru ea?

— Am ceva bolnav? spunea. Îi fac pe oameni să facă lucruri greșite.

Repeta deseori acea idee. Convingerea că-i făcuse mai mult rău decât bine fratelui ei i se întărise.

— E de-ajuns să te uiți la el, spunea.

Odată dispărut proiectul fabricii de încălțăminte Cerullo, Rino rămăsese prins în nebunia de a deveni bogat ca frații

Solara, ca Stefano, chiar mai mult, și nu putea să se resemneze banalității lucrului în atelier. Îi spunea, încercând să-i însuflețească din nou vechiul entuziasm:

— Noi suntem inteligenți, Lina, pe noi împreună nu ne oprește nimeni, zi-mi ce trebuie să facem.

Voia să-și cumpere și el mașină, televizor și îl detesta pe Fernando că nu înțelegea importanța acelor lucruri. Dar în special, când Lila arăta că nu mai vrea să-l susțină, o trata mai rău decât pe o servitoare. Poate că el nici nu știa că se degradase, dar ea, care îl avea zilnic în față, era alarmată. Mi-a spus odată:

— Ai văzut că oamenii când se trezesc sunt urâți, deformați, nu au privire?

Rino, după ea, așa devenise.

26.

Într-o duminică-seară de la jumătatea lunii aprilie, îmi amintesc, am ieșit în cinci: Lila, eu, Carmela, Pasquale și Rino. Noi, fetele, ne-am îmbrăcat cât puteam de bine și, cum am ieșit din casă, ne-am dat cu ruj și ne-am fardat puțin la ochi. Am luat metroul, foarte aglomerat, iar Rino și Pasquale au stat tot drumul în gardă lângă noi. Se temeau că ne atinge cineva, dar nu ne-a atins nimeni, însoțitorii noștri aveau niște fețe prea periculoase.

Am coborât pe jos pe Toledo. Lila insista să mergem pe strada Chiaia, strada Filangieri și apoi pe strada dei Mille, până la piața Amedeo, zone unde se știa că erau oameni bogați și eleganți. Rino și Pasquale se împotriveau, dar nu știau sau nu voiau să ne explice, și răspundeau doar cu bombăneli în dialect și insulte către persoane oarecare pe care le numeau gagà. Noi trei ne-am coalizat și am insistat. În acel moment am auzit un claxon. Ne-am întors și am văzut Fiatul 1100 al fraților Solara.

Pe cei doi nici nu i-am observat, atât am fost de impresionate de fetele care își agitau brațele la ferestre: erau Gigliola și Ada. Păreau foarte frumoase, rochii frumoase, coafuri frumoase, cercei frumoși sclipitori, dădeau din mâini și ne strigau salutări. Rino și Pasquale au întors privirea, Carmela și eu, din cauza surprizei, n-am răspuns. Lila a fost singura care a strigat ceva cu entuziasm și le-a salutat cu gesturi ample, în timp ce mașina dispărea în direcția pieței Plebiscito.

Am tăcut o vreme, apoi Rino i-a zis posac lui Pasquale că se știuse mereu că Gigliola era o curvă și Pasquale a încuviințat grav. Niciunul dintre ei nu s-a referit la Ada, Antonio era prietenul lor și nu voiau să-l jignească. Carmela, în schimb, a vorbit foarte rău și de Ada. Eu am simțit mai ales amărăciune. Trecuse ca un fulger imaginea puterii, patru tineri în mașină, modul potrivit de a ieși din cartier și a petrece. Modul nostru era greșit: pe jos, prost îmbrăcați, săraci. Mi-a venit cheful să mă întorc imediat acasă. În schimb Lila, ca și cum nu avusese loc întâlnirea aceea, a reacționat insistând din nou că voia să meargă la plimbare unde erau oameni eleganți. S-a agățat de brațul lui Pasquale, a țipat, a râs, a făcut ceea ce, după ea, era parodia persoanei înstărite, adică mergea legănându-și șoldurile, s-a manifestat zâmbind larg și având gesturi molatice. Noi am ezitat o clipă și apoi am susținut-o, înfuriate de gândul că Gigliola și Ada se simțeau bine în Fiatul 1100 cu superbii frați Solara, în timp ce noi eram pe jos, în compania lui Rino care repara pantofi și a lui Pasquale care era zidar.

Nemulțumirea asta a noastră, bineînțeles neexprimată, probabil că a ajuns pe căi secrete la cei doi tineri, care s-au privit, au oftat și au cedat. Bine, au spus, și am pornit pe strada Chiaia.

A fost ca și cum am trecut o graniță. Îmi amintesc o mulțime densă și un fel de diversitate umilitoare. Nu mă uitam la băieți, ci la fete, la doamne: erau complet diferite de noi. Parcă respiraseră alt aer, mâncaseră altceva, se îmbrăcaseră pe vreo altă planetă, învățaseră să meargă pe adieri de vânt. Rămăsesem cu gura căscată. Cu atât mai mult cu cât, în timp ce eu mă opream să privesc în tihnă rochii, pantofi, tipul de ochelari pe care-i purtau, dacă purtau ochelari, ele treceau și parcă nu mă vedeau. Nu vedeau pe niciunul dintre noi cinci. Eram imperceptibili. Sau neinteresanți. Și, dimpotrivă, dacă uneori privirea lor cădea asupra noastră, se întorceau imediat în altă parte, parcă deranjate. Se priveau numai între ele.

Toți ne-am dat seama de asta. Nimeni n-a vorbit, dar am înțeles că Rino și Pasquale, care erau mai mari, pe străzile acelea găseau numai confirmarea lucrurilor deja știute și asta îi prost dispunea, îi făcea amenințători, înrăiți de certitudinea că sunt inadecvați, în timp ce noi, fetele, o descopeream abia atunci, cu sentimente ambigue. Ne-am simțit stânjenite și încântate, urâte, dar și îmboldite să ne imaginăm cum am fi devenit dacă am fi putut să ne reeducăm și să ne îmbrăcăm și să ne machiem și să ne dichisim cum trebuie. Însă, ca să nu ne stricăm seara, reacționam hlizindu-ne, ironizând.

— Tu ai purta vreodată rochia aia?

— Nici dacă m-ar plăti.

— Eu da.

— Bravo, așa ai părea o gogoașă ca aia de acolo.

— Și ai văzut pantofii?

— De ce, pantofi's 'ceia?

Am înaintat până în dreptul Palazzo Cellammare râzând și glumind. Pasquale, care evita în fel și chip să stea lângă Lila, iar când ea îl luase de braț se eliberase imediat politicos (i se adresa adesea, desigur, simțea o plăcere evidentă să-i audă vocea, să o privească, dar se vedea că și cel mai mic contact îl tulbura, poate că putea chiar să-l facă să plângă), stând aproape de mine, m-a întrebat sarcastic:

— La școală, colegele tale sunt așa?

— Nu.

— Înseamnă că nu e o școală bună.

— E un liceu clasic, am spus jignită.

— Nu e bun, a insistat el, fii sigură că, dacă nu sunt oameni de felul ăsta, nu e bun: nu-i așa, Lila, că nu e bun?

— Bun? a spus Lila și a arătat o fată blondă care venea spre noi în compania unui tânăr brunet, cu un pulover alb strălucitor cu decolteu în V, înalt. Dacă nu e ca aia, școala ta e oribilă. Și a izbucnit în râs.

Fata era toată în verde: pantofi verzi, fustă verde, sacou verde și pe cap — mai ales asta o făcea pe Lila să râdă — avea un melon ca al lui Charlot, tot verde.

Veselia ei ne-a molipsit și pe noi. Când perechea a trecut pe lângă noi, Rino a făcut un comentariu foarte dur în legătură cu ce trebuia să facă domnișoara în verde cu melonul și Pasquale s-a oprit, atât de tare i-a venit să râdă, și s-a sprijinit de zid cu un braț. Fata și însoțitorul ei au făcut câțiva pași, apoi s-au oprit. Băiatul cu pulover alb s-a întors, reținut imediat de fată de un braț. El s-a scuturat, a venit spre noi, i s-a adresat direct lui Rino cu o serie de fraze jignitoare. A durat o clipă. Apoi Rino l-a doborât cu un pumn în față urlând:

— Cum mi-ai spus? N-am înțeles, repetă, cum mi-ai spus? Ai auzit, Pascà, cum mi-a spus?

Noi, fetele, am trecut brusc de la râs la spaimă. Lila a fost prima care s-a năpustit asupra fratelui ei înainte să-l ia la șuturi pe tânărul căzut la pământ și l-a târât de acolo cu o expresie uimită, ca și cum o mie de fragmente din viața noastră, din copilărie până la acel al paisprezecelea an al nostru, compuneau o imagine în sfârșit clară însă care în momentul acela părea neverosimilă.

I-am împins de acolo pe Rino și pe Pasquale, în timp ce fata cu melon își ajuta logodnicul să se ridice. Uimirea Lilei între timp se transforma în furie disperată. Exact când îl trăgea de acolo și-a agresat fratele cu înjurături foarte vulgare, l-a tras de un braț, l-a amenințat. Rino a ținut-o departe cu o mână, cu un râs nervos pe chip, și în timpul ăsta i s-a adresat lui Pasquale:

— Sora mea își crede că aici e de joacă, Pascà, a zis în dialect, cu o privire de nebun, sora mea își crede că dacă eu zic acolo e mai bine să nu mergem, ca poate face pe aia care știe întotdeauna totul, care înțelege întotdeauna totul, ca de obicei, și vrea să meargă neapărat. După o mică pauză în care și-a controlat respirația a adăugat: Ai auzit că prostu' cela m-o făcut țăran? Țăran pe mine? Țăran? Și iarăși, abia respirând: Sor'mea m-adus aici și acu' vede dacă accept să mi se spună țăran, acu' vede ce fac dacă sunt făcut țăran.

— Calmează-te, Rino, i-a răspuns Pasquale posac, uitându-se din când în când în spate, alarmat.

Rino a rămas agitat, dar vlăguit. Lila, în schimb, s-a calmat. Ne-am oprit în Piața Martirilor. Pasquale a spus, aproape rece, adresându-i-se Carmelei:

— Voi acum vă întoarceți acasă.

— Noi singure?

— Da.

— Nu.

— Carmè, nu vreau să discut: plecați de aici.

— Nu știm să ne întoarcem.

— Nu minți.

— Hai, i-a spus Rino Lilei, încercând să se stăpânească, ține niște bani, pe drum vă cumpărați înghețată.

— Am ieșit împreună și ne întoarcem împreună.

Rino și-a pierdut din nou răbdarea, i-a dat un brânci:

— Dar tu ai de gând să încetezi? Fratele mare sunt eu și trebuie să faci ce-ți spun. Mișcă-te, hai, du-te, că nu-mi ia mult să-ți sparg fața.

Am văzut că era gata s-o facă pe bune, am tras-o de un braț pe Lila. A înțeles și ea că risca:

— Îi spun tatei.

— Mi se fâlfâie. Mergi, hai, șterge-o, nu meriți nici măcar înghețata.

Nesigure, am pornit în sus pe Santa Caterina. Dar, după o clipă, Lila s-a răzgândit, s-a oprit, a spus că se întoarce la fratele ei. Am încercat s-o convingem să rămână cu noi, dar nici nu voia să audă. Exact în momentul în care discutam, am văzut un grup de băieți, cinci, poate șase, păreau canotierii pe care îi admiraserăm, uneori, în plimbările duminicale pe lângă Castel dell'Ovo. Erau toți înalți, bine făcuți, bine îmbrăcați. Unii aveau o bâtă, alții nu. Au trecut cu pas vioi pe lângă biserică și s-au dus spre piață. Între ei era tânărul pe care-l lovise Rino în față, avea puloverul în V murdar de sânge.

Lila a scăpat din strânsoarea mea și a alergat, eu și Carmela în spate. Am ajuns la timp să-i vedem pe Rino și Pasquale retrăgându-se spre monumentul din centrul pieței, umăr lângă umăr, iar grupul celor bine îmbrăcați alergând spre ei și lovindu-i cu bâtele. Am strigat ajutor, am început să plângem, să blocăm trecători, dar bâtele îi speriau, oamenii nu făceau nimic. Lila l-a apucat pe unul dintre agresori de braț, dar a fost trântită la pământ. L-am văzut pe Pasquale în genunchi, lovit cu șuturi, l-am văzut pe Rino care se apăra cu brațul de loviturile de bâtă. Apoi s-a oprit o mașină și era Fiatul 1100 al fraților Solara.

A coborât imediat Marcello, care mai întâi a ridicat-o pe Lila și apoi, întărâtat de ea care urla de furie și-și striga fratele, s-a aruncat în încăierare trăgând și primind pumni. Abia atunci a coborât și Michele din mașină, a deschis portbagajul, a luat ceva ce părea o bucată din fier strălucitor și a intrat în încăierare lovind cu o cruzime rece pe care sper să n-o mai văd niciodată în viață. Rino și Pasquale s-au ridicat furioși, acum loveau, strângeau, smulgeau și mi se păreau doi necunoscuți, atât îi transformase ura. Tinerii bine îmbrăcați au fost puși pe fugă. Michele s-a apropiat de Pasquale căruia îi curgea sânge din nas, dar Pasquale l-a respins urât și și-a trecut peste față mâneca de la cămașa albă, apoi a privit-o îmbibată de roșu. Marcello a cules de pe jos un mănunchi de chei și i l-a dat lui Rino, care a mulțumit indispus. Oamenii care înainte se îndepărtaseră acum se apropiau curioși. Eu eram paralizată de frică.

— Luați le pe fete de aici, le-a spus Rino fraților Solara, pe tonul recunoscător al unuia care solicită ceva ce știe că nu poate fi evitat.

Marcello ne-a obligat să urcăm în mașină, mai întâi pe Lila care se opunea cel mai tare. Ne-am înghesuit toate pe bancheta din spate, una peste genunchii celeilalte, și am pornit. Am întors capul să mă uit la Pasquale și la Rino care se îndepărtau spre Riviera, Pasquale șchiopăta. M-am simțit ca și cum cartierul se lărgise și înglobase întreg orașul Napoli, chiar și străzile oamenilor cumsecade. În mașină au apărut imediat tensiuni. Gigliola și Ada erau foarte enervate, au protestat în legătură cu modul incomod în care se călătorea.

— Nu se poate, spuneau.

— Atunci coborâți și mergeți pe jos, a strigat Lila, și erau pe punctul de a se lua la bătaie.

Marcello a frânat distrat. Gigliola a coborât și, cu un mers lent de prințesă, s-a dus să stea în față, pe genunchii lui Michele. Am călătorit așa, cu Gigliola și Michele care se sărutau încontinuu sub privirile noastre. Eu mă uitam la ea și ea, în timp ce săruta pasional, se uita la mine. Întorceam imediat privirea.

Lila n-a mai zis nimic până n-am ajuns în cartier. Marcello a spus în treacăt câteva cuvinte, căutând-o cu privirea în oglinda retrovizoare, dar ea nu i-a răspuns niciodată. Ne-au lăsat departe de casă pentru a evita să fim văzute în mașina fraților Solara. Noi, cele cinci fete, am parcurs restul drumului pe jos. În afară de Lila, care părea roasă de furie și de grijă, eram toate foarte mirate de comportamentul celor doi frați. Curajoși, ziceam noi, au făcut foarte bine. Gigliola repeta întruna: „Păi, bineînțeles", „păi, ce credeați", „păi, sigur" cu aerul cuiva care, lucrând la cofetărie, știa bine ce oameni de calitate erau cei din familia Solara. La un moment dat m-a întrebat, cu aerul cuiva care face mișto de tine:

— La școală cum e?

— Frumos.

— Dar nu te distrezi cum mă distrez eu.

— E un alt tip de distracție.

Când ea, Carmela și Ada ne-au părăsit ca să se strecoare pe ușa de la intrare a casei lor, i-am spus Lilei:

— Cu siguranță domnii sunt mai răi decât noi.

Ea n-a răspuns. Am adăugat, circumspectă:

— Frații Solara or fi oameni de rahat, dar bine că erau acolo: cei din strada dei Mille puteau să-i omoare pe Rino și pe Pasquale.

Ea a clătinat din cap energic. Era mai palidă ca de obicei și sub ochi avea riduri adânci de culoare violet. Nu era de acord, dar nu mi-a spus de ce.

27.

Am trecut clasa cu note de nouă, urma chiar să primesc și ceva care se numea bursă de studiu. Din cincizeci câți eram am rămas treizeci și doi. Gino a fost respins, Alfonso a fost lăsat corijent pentru septembrie la trei materii. Îmboldită de tata m-am dus acasă la învățătoarea Oliviero — mama era contra, nu-i plăcea ca Oliviero să-și bage nasul în familia ei și să-și aroge luarea de decizii în legătură cu copiii în locul ei — cu obișnuitele două pachete, unu de zahăr și unu de cafea, cumpărate de la cafeneaua Solara, ca să-i mulțumesc pentru interesul ei față de mine.

Nu se simțea deloc bine, avea ceva în gât care-i făcea rău, dar m-a lăudat mult, m-a felicitat pentru cât mă străduisem, a spus că mă vedea puțin palidă și că intenționa să-i telefoneze unei verișoare de-a ei care locuia la Ischia ca să vadă dacă mă găzduiește o perioadă de timp. Am mulțumit, nu i-am spus nimic mamei despre acea propunere. Știam deja că nu m-ar fi trimis niciodată. Eu la Ischia? Eu singură pe vapor să fac o călătorie pe mare? Eu pe plajă, intrând în apă în costum de baie?

Nu i-am vorbit nici măcar Lilei despre asta. Viața ei, în câteva luni, își pierduse și aura aventuroasă a fabricii de pantofi și n-aveam chef să mă laud cu promovarea, cu bursa de studiu, cu o posibilă vacanță la Ischia. Aparent, lucrurile se îmbunătățiseră: Marcello Solara nu se mai ținea după ea. Dar, după violențele din Piața Martirilor, se întâmplase ceva cu totul neașteptat care o lăsase perplexă. Tânărul, făcându-l mai ales pe Fernando să se agite datorită onoarei care i se făcea, se prezentase la atelier ca să se informeze în legătură cu starea lui Rino. Dar Rino, care avusese mare grijă să nu-i povestească tatălui întâmplarea (ca să explice vânătăile de pe față și corp inventase că picase de pe Lambretta unui prieten de-al lui), temându-se că Marcello va zice un cuvânt în plus, îl împinsese imediat în stradă. Făcuseră câțiva pași. Rino îi mulțumise fără chef lui Solara atât pentru intervenția lui, cât și pentru amabilitatea de a trece să vadă cum se simțea. După două minute și-au luat la revedere. La întoarcerea în atelier tatăl lui îi spusese:

— În sfârșit faci ceva bun.

— Ce?

— Prietenia cu Marcello Solara.

— Nu e nicio prietenie, tată.

— Atunci înseamnă că fraier erai și tot fraier ai rămas.

Fernando voia să spună că se schimba ceva și că fiul, oricum voia să numească chestia aia cu Solara, ar fi făcut bine s-o încurajeze. Avea dreptate. Marcello se întorsese câteva zile mai târziu cu o pereche de pantofi ai bunicului său de pingelit; apoi îl invitase pe Rino la o plimbare cu mașina; apoi voise să-l învețe să conducă; apoi îl încurajase să pregătească actele pentru permis, asumându-și obligația de a-l ajuta să exerseze la volanul Fiatului 1100. Poate că nu era vorba de prietenie, dar cu siguranță frații Solara începuseră să-l îndrăgească pe Rino.

Lila, exclusă de la toate întâlnirile acelea care se desfășurau în preajma cizmăriei, unde ea nu mai punea piciorul, auzind vorbindu-se despre asta, spre deosebire de tatăl ei, simțea o îngrijorare tot mai mare. La început își amintise de lupta focurilor de artificii și se gândise: Rino îi urăște prea mult pe frații Solara, e imposibil să se lase tras pe sfoară. Apoi fusese nevoită să constate că atențiile lui Marcello îl seduceau pe fratele ei mai mare mai mult decât pe părinții ei. Cunoștea deja fragilitatea lui Rino, dar tot se enerva din cauza modului în care frații Solara îi intrau în minte, făcând din el un fel de maimuțoi vesel.

— Ce-i rău în asta? am obiectat o dată.

— Sunt periculoși.

— Aici totul e periculos.

— Ai văzut ce a luat Michele din mașină în Piața Martirilor?

— Nu.

— O bară din fier.

— Ceilalți aveau bâte.

— Tu nu înțelegi, Lenù, dar bara era ascuțită la vârf: dacă voia, putea s-o înfigă în pieptul sau în stomacul unuia din ăia.

— Păi, tu l-ai amenințat pe Marcello cu cuțitul de cizmărie.

În punctul acela s-a enervat, a zis că nu înțelegeam. Și probabil că era adevărat. Fratele era al ei, nu al meu; iar mie îmi plăcea să judec rațional, ea, în schimb, avea alte nevoi, voia să-l scoată pe Rino din relația aia. Dar cum făcea vreo aluzie critică, Rino îi spunea să tacă, o amenința, uneori o lovea. Și, în fine, lucrurile, vrând-nevrând, au mers înainte, atât de vertiginos, că într-o seară de la sfârșitul lui iunie — eu eram acasă la

Lila, o ajutam să împăturească așternuturile uscate sau altceva, nu-mi amintesc —, s-a deschis ușa casei și a intrat Rino urmat de Marcello.

Băiatul îl invitase pe Solara la cină, iar Fernando, care se întorsese de puțin timp de la atelier, foarte obosit, pe moment s-a enervat, dar pe urmă s-a simțit onorat și s-a comportat amabil. De Nunzia nu mai vorbim: a început să se agite, a mulțumit pentru cele trei sticle de vin bun aduse de Marcello, i-a târât în bucătărie pe ceilalți copii ca să nu deranjeze.

Eu însămi am fost implicată, împreună cu Lila, în pregătirile cinei.

— Pun otravă pentru gândaci, spunea Lila furioasă, la aragaz, și râdeam, în timp ce Nunzia ne zicea să tăcem.

— A venit să se căsătorească cu tine, o provocam, o să te ceară de la tatăl tău.

— Își face iluzii.

— De ce, întreba Nunzia panicată, dacă te vrea, îi spui nu?

— Mama, i-am zis deja nu.

— Serios?

— Da.

— Tu ce zici?

— Așa e, am confirmat eu.

— Taică-tu nu trebuie să afle niciodată, că te omoară.

La cină a vorbit doar Marcello. Era evident că se autoinvitase și Rino, care nu știuse să spună nu, la masă a tăcut aproape tot timpul sau râdea fără motiv. Solara a vorbit adresându-i-se mai ales lui Fernando, dar fără să uite deloc să ne toarne apă sau vin Nunziei, Lilei și mie. I-a spus stăpânului casei cât era de stimat în cartier pentru priceperea lui de cizmar. I-a spus cum vorbește tatăl lui mereu foarte bine despre marea lui îndemânare. I-a spus că Rino avea o admirație nemărginită pentru talentul lui de cizmar.

Fernando, și puțin din cauza vinului, s-a emoționat. A mormăit ceva elogiindu-l pe Silvio Solara și a ajuns chiar să spună că Rino era muncitor și că devenea foarte priceput. Atunci Marcello a început să laude nevoia de îmbunătățire. A spus că bunicul lui începuse cu un demisol, apoi tatăl lui se extinsese și acum cafeneaua Solara era ceea ce era, o știau toți, lumea venea din toate părțile orașului ca să bea o cafea și să mănânce o prăjitură.

— Ce exagerare, a exclamat Lila, iar tatăl ei a fulgerat-o cu privirea.

Dar Marcello i-a zâmbit umil și a recunoscut:

— Da, poate că am exagerat puțin, dar numai ca să spun că banii trebuie să circule. Începi cu o pivniță și, din generație în generație, poți ajunge foarte departe.

În acest punct, evident făcându-l mai ales pe Rino să se simtă stânjenit, a început să laude ideea de a face pantofi noi. Și, din momentul acela, a început să se uite la Lila de parcă lăudând energia generațiilor tinere o lăuda mai ales pe ea. Spunea că dacă cineva are chef, dacă e priceput, dacă știe să inventeze lucruri bune, care plac, de ce nu trebuie să încerce? A vorbit într-un frumos dialect fermecător și, vorbind, s-a uitat încontinuu la prietena mea. Auzeam, vedeam că se îndrăgostise de ea ca în cântece, că ar fi vrut s-o sărute, că ar fi vrut să-i respire răsuflarea, că ea ar fi putut face din el tot ce voia, că întruchipa, în ochii lui, toate posibilele calități feminine.

— Știu, a încheiat Marcello, că fiii dumneavoastră au făcut o pereche de pantofi foarte frumoși, numărul 43, chiar numărul meu.

S-a lăsat o tăcere lungă. Rino țintuia farfuria cu privirea și nu îndrăznea s-o ridice spre tatăl lui. Se auzea doar agitația sticletelui lângă fereastră. Fernando a spus lent:

— Da, e chiar un număr 43.

— Mi-ar plăcea tare mult s-o văd, dacă nu vă supărați.

Fernando a mormăit:

— Nu știu unde sunt. Nunzia, tu știi?

— Sunt la ea, a spus Rino făcând semn spre sora lui.

Lila l-a privit drept în față pe Solara, apoi a spus:

— Îi aveam eu, da, îi pusesem în debara. Dar mi-a zis mama alaltăieri să fac curățenie și i-am aruncat. Oricum nu plăceau nimănui.

Rino s-a enervat și a spus:

— Ești o mincinoasă, du-te și adu imediat pantofii.

Și Fernando a spus nervos:

— Du-te și adu pantofii, hai.

Lila a izbucnit adresându-i-se tatălui:

— Cum se face că acum îi vrei? I-am aruncat pentru că ai zis că nu-ți plac.

Fernando a lovit cu palma în masă, a tremurat vinul în pahare.

— Ridică-te și du-te să aduci pantofii, imediat.

Lila a mutat scaunul și s-a ridicat.

— I-am aruncat, a repetat slab și a ieșit din cameră.

Nu s-a mai întors.

Timpul a trecut în liniște. Primul care s-a alarmat a fost chiar Marcello. A spus, cu adevărat neliniștit:

— Poate că am greșit, nu știam că sunt probleme.

— Nu sunt probleme, a spus Fernando și i-a șoptit soției: Du-te să vezi ce pune la cale fiică-ta.

Nunzia a ieșit din cameră. Când a revenit, era foarte stânjenită, Lila nu era de găsit. Am căutat-o prin toată casa, nu era. Am strigat de la fereastră: nimic. Marcello, dezolat, și-a luat rămas-bun. Imediat cum a plecat, Fernando a urlat către soția lui:

— Dumnezeule, de data asta chiar o omor pe fiică-ta.

Rino i s-a alăturat tatălui în amenințări, Nunzia a început să plângă. Eu am plecat aproape în vârful picioarelor, speriată.

Dar cum am închis ușa și am ajuns pe palier, Lila m-a strigat. Era la ultimul etaj, am urcat în vârful picioarelor. Se ghemuise lângă ușa terasei, în penumbră. Ținea pantofii în poală, pentru prima dată i-am văzut finisați. Străluceau în lumina slabă a unui bec atârnat de un cablu electric.

— Ce te costa să-i arăți? am întrebat dezorientată.

A clătinat energic din cap.

— Nici măcar nu vreau să-i atingă.

Dar părea copleșită de reacția ei extremă. Îi tremura buza de jos, lucru care nu i se întâmpla niciodată.

Am convins-o încet, încet să intre în casă, nu putea rămâne pitită acolo pe veci. Am însoțit-o contând pe faptul că prezența mea ar fi protejat-o. Dar oricum au fost țipete, jigniri, câteva palme. Fernando a urlat la ea că, pentru un capriciu, îl făcuse să facă impresie proastă față de un oaspete de seamă. Rino i-a smuls pantofii din mână, a spus că erau ai lui, efortul fusese al lui. Ea a început să plângă șoptind:

— Am muncit și eu, dar mai bine ar fi fost dacă n-aș fi făcut-o niciodată, te-ai transformat într-o bestie nebună.

Nunzia a fost cea care a pus capăt acelei sfâșieri. S-a făcut pământie și, cu o voce neobișnuită pentru ea, le-a ordonat copiilor, chiar și soțului — ea care era întotdeauna supusă —, să înceteze imediat, să-i dea ei pantofii, să nu scoată nici măcar un cuvânt dacă nu voiau să se arunce pe fereastră. Rino i-a dat pantofii imediat și, de data aceea, lucrurile s-au încheiat așa. Eu am șters-o de acolo.

28.

Dar Rino n-a renunțat, în zilele următoare a continuat să-și atace sora verbal și fizic. De fiecare dată când mă întâlneam cu Lila, vedeam o nouă vânătaie. La scurtă vreme am simțit-o resemnată. Într-o dimineață el i-a impus să iasă din casă împreună și să-l însoțească la cizmărie. Pe drum au încercat amândoi, cu mișcări prudente, să încheie războiul. Rino i-a spus că ținea foarte mult la ea, dar că ea nu-și dorea binele nimănui, nici pe al părinților, nici pe al fraților. Lila a spus șoptit:

— Care e binele tău, care e binele familiei noastre? Să auzim.

Încetul cu încetul, el i-a dezvăluit ce avea în minte.

— Dacă lui Marcello îi plac pantofii, tata se răzgândește.

— Nu cred.

— Sigur. Și dacă Marcello chiar îi cumpără, tata înțelege că modelele tale sunt bune, că pot aduce un câștig și ne lasă să ne apucăm de lucru.

— Noi trei?

— Eu, el și, eventual, și tu. Tata poate face o pereche de pantofi finisați în patru zile, cel mult cinci. Iar eu, dacă mă dedic, îți arăt că pot face la fel. Îi fabricăm, îi vindem și ne autofinanțăm; îi fabricăm, îi vindem și ne autofinanțăm.

— Cui îi vindem, tot lui Marcello Solara?

— Frații Solara fac negoț, cunosc lume importantă. Ne vor face reclamă.

— O vor face gratis?

— Dacă vor un mic procent, li-l dăm.

— Și de ce s-ar mulțumi cu un mic procent?

— Mă simpatizează.

— Frații Solara?

— Da.

Lila a oftat:

— Facem așa: eu îi spun tatei și vedem ce crede despre asta.

— Nu te hazarda.

— Sau așa, sau deloc.

Rino a tăcut, foarte nervos.

— Bine. Oricum, vorbește tu pentru că știi să vorbești mai bine.

În aceeași seară, la cină, stând înaintea fratelui ei roșu la față, Lila i-a spus lui Fernando că Marcello nu doar că se arătase foarte curios în legătură cu inițiativa cu pantofii, dar că putea fi chiar interesat să și cumpere și că, mai mult, în cazul în care ar fi început să-l pasioneze chestiunea din punct de vedere comercial, ar fi făcut multă publicitate produsului în mediile pe care le frecventa, în schimbul, evident, al unui mic procent din vânzări.

— Asta am spus-o eu, a precizat Rino cu ochii în pământ, nu Marcello.

Fernando s-a uitat la soția lui: Lila a înțeles că deja vorbiseră și că ajunseseră la o concluzie secretă.

— Mâine, a spus, pun pantofii voștri în vitrina magazinului. Dacă cineva vrea să-i vadă, dacă vrea să-i probeze, dacă vrea să și-i cumpere, să facă orice dracului vrea cu ei, trebuie să vorbească cu mine, eu sunt cel care hotărăște.

Câteva zile mai târziu am trecut prin fața atelierului. Rino muncea, Fernando muncea, amândoi încovoiați, cu capul plecat. Am văzut în vitrină, printre șireturi și cutii de cromatină, pantofii frumoși și proporționați marca Cerullo. Un anunț lipit pe geam, cu siguranță de mâna lui Rino, spunea chiar așa: „Aici pantofi marca Cerullo". Tatăl și fiul așteptau să le surâdă norocul.

Dar Lila era sceptică, încruntată. Nu acorda niciun credit ipotezelor naive ale fratelui ei și se temea de înțelegerea indescifrabilă dintre tată și mamă. Se aștepta, în fine, la lucruri rele. A trecut o săptămână și nimeni n-a arătat nici cel mai mic interes pentru pantofii din vitrină, nici măcar Marcello. Doar fiindcă fusese îmboldit de Rino, adică aproape târât cu forța în magazin, Solara le-a aruncat o privire, dar ca și cum se gândea la cu totul altceva. I-a probat, sigur, dar a spus că-l strângeau puțin, i-a scos imediat și a dispărut fără niciun compliment, ca și cum îl durea burta și trebuia să dea fuga acasă. Dezamăgire și pentru tată, și pentru fiu. Dar după două minute Marcello a reapărut. Rino a sărit brusc în picioare, radios, și i-a întins mâna ca și cum vreo înțelegere, datorată simplului fapt că se întorsese, ar fi fost deja stipulată. Dar Marcello l-a ignorat și i s-a adresat direct lui Fernando. A spus totul dintr-o răsuflare:

— Eu am intenții foarte serioase, don Fernà: vă cer mâna fiicei dumneavoastră Lina.

29.

Rino a reacționat la acea întorsătură de situație făcând febră foarte mare, care l-a ținut departe de muncă zile în șir. Când febra i-a scăzut brusc, a avut manifestări îngrijorătoare: se ridica din pat în toiul nopții, deși continuând să doarmă, mut și foarte agitat se ducea la ușă, încerca s-o deschidă, se zbătea cu ochii holbați. Nunzia și Lila, speriate, îl târau din nou în pat.

În schimb Fernando, care împreună cu soția lui intuiseră imediat adevăratele intenții ale lui Marcello, a vorbit cu fiica lui calm. I-a explicat că propunerea lui Marcello Solara e importantă nu doar pentru viitorul ei, ci pentru viitorul întregii familii. I-a spus că ea e încă un copil și că nu e obligată să spună da imediat, dar a adăugat că el, ca tată, o sfătuia să accepte. O lungă logodnă oficială ar fi făcut-o să se obișnuiască încet, încet cu ideea căsătoriei.

Lila i-a răspuns cu același calm că mai degrabă se duce să se înece în lacuri decât să se logodească și apoi să se căsătorească cu Marcello Solara. A ieșit o mare ceartă, care însă n-a făcut-o să se răzgândească.

M-a paralizat acea veste. Știam bine că Marcello voia să se logodească cu Lila cu orice preț, dar nu m-aș fi gândit niciodată că la vârsta noastră puteai primi o cerere în căsătorie. În schimb, Lila o primise și n-avea încă cincisprezece ani, nu fusese niciodată logodită pe ascuns, nu se sărutase niciodată cu nimeni. Am trecut imediat de partea ei. Să se mărite? Cu Marcello Solara? Eventual să facă și copii? Nu, categoric nu. Am încurajat-o să poarte acel nou război împotriva tatălui și am jurat c-o voi susține, chiar dacă el nu mai era calm și acum o amenința, spunea că pentru binele ei îi va rupe oasele dacă nu acceptă o căsătorie de importanța aceea.

Dar n-am avut cum să rămân alături de ea. La jumătatea lui iulie s-a întâmplat o chestie pe care ar fi trebuit s-o iau în considerare și care, în schimb, m-a luat pe nepregătite și m-a copleșit. Într-o după-amiază târzie, după obișnuita plimbare prin cartier discutând cu Lila despre ce i se întâmpla și cum să scape, m-am întors acasă și a venit să-mi deschidă sora mea, Elisa. A spus emoționată că în sufragerie era învățătoarea ei, adică Oliviero. Stătea de vorbă cu mama.

Am apărut timid în cameră, mama a bombănit enervată:

— Învățătoarea Oliviero spune că trebuie să te odihnești, că te-ai obosit prea mult.

M-am uitat la Oliviero fără să înțeleg. Ea părea să aibă nevoie de odihnă, era palidă și cu fața umflată. Mi-a spus:

— Verișoara mea a răspuns chiar ieri: poți merge la ea, la Ischia, și poți rămâne acolo până la sfârșitul lui august. Te ține cu plăcere, trebuie doar s-o ajuți puțin prin casă.

Mi-a vorbit ca și cum ea ar fi fost mama și ca și cum mama mea adevărată, cea cu piciorul bolnav și ochiul strâmb, ar fi fost doar o ființă vie lipsită de valoare și, ca atare, de neluat în considerare. În plus, n-a plecat imediat după ce ne-a comunicat acel lucru, ci a mai rămas încă o oră bună ca să-mi arate, una câte una, cărțile pe care mi le adusese cu împrumut. Mi-a explicat pe care că le citesc mai întâi și pe care după, m-a pus să jur că, înainte de a le citi, le voi pune învelitoare, mi-a impus să i le restitui pe toate la sfârșitul verii, fără niciun colț îndoit. Mama a rezistat răbdătoare. A rămas pe scaun, atentă, chiar dacă ochiul strabic îi dădea un aer halucinant. A izbucnit numai după ce învățătoarea, în sfârșit, a plecat salutând-o disprețuitor pe ea și fără o mângâiere pentru sora mea, care ținea la asta și de care ar fi fost mândră. Mi s-a adresat copleșită de ranchiuna cauzată de umilința pe care i se păruse c-o suportase din vina mea. A spus:

— Domnișoara trebuie să meargă să se odihnească la Ischia, domnișoara s-a obosit prea mult. Du-te să pregătești cina, du-te, că altfel îți trag o palmă.

După două zile însă, după ce mi-a luat măsurile și mi-a cusut foarte repede un costum de baie copiindu-l de nu știu unde, m-a condus ea însăși la vapor. Pe drumul spre port, în timp ce-mi lua biletul și așteptam să mă îmbarc, m-a chinuit cu sfaturile. Lucrul care o speria cel mai mult era traversarea.

— Să sperăm că marea e liniștită, spunea aproape ca pentru sine și jura că, mică fiind, la trei sau patru ani, mă dusese la Coroglio în fiecare zi ca să nu-mi mai curgă nasul și că marea era frumoasă și că învățasem să înot.

Dar eu nu-mi aminteam nici de Coroglio, nici de mare, nici de faptul că știu să înot și i-am spus-o. Ea a luat un ton ranchiunos, vrând parcă să spună că eventualul meu înec ar fi fost de imputat în întregime faptului că uitasem, nu ei, care, pentru a-l evita, făcuse ce trebuia să facă. Apoi m-a sfătuit să nu mă duc în larg nici când marea era liniștită și să rămân acasă dacă era agitată sau era pus steagul roșu.

— Mai ales, mi-a spus, dacă ai stomacul plin sau ți-a venit sorocul, nu trebuie nici măcar să-ți uzi picioarele.

Înainte să plece, a vorbit cu un marinar bătrân ca să stea cu ochii pe mine. Când vaporul s-a desprins de dig, m-am simțit îngrozită și fericită deopotrivă. Pentru prima dată plecam de acasă, făceam o călătorie, o călătorie pe mare. Trupul lat al mamei mele — împreună cu cartierul, cu întâmplarea Lilei — s-a îndepărtat tot mai mult, s-a pierdut.

30.

Am înflorit. Verișoara învățătoarei se numea Nella Incardo și locuia la Barano. Am ajuns în sat cu autobuzul, am găsit ușor casa. Nella s-a dovedit o femeie voinică, amabilă, foarte veselă, vorbăreață, nemăritată. Închiria camere turiștilor, ținând pentru ea o cămăruță și bucătăria. Eu urma să dorm în bucătărie. Trebuia să-mi fac patul seara și să demontez totul (mese, elemente de susținere, saltea) dimineața. Am aflat că aveam sarcini inderogabile: să mă scol la șase și jumătate, să pregătesc micul dejun pentru ea și oaspeții ei — când am ajuns, era acolo un cuplu de englezi cu doi copii —, să fac curat și să spăl cești și castroane, să așez masa pentru cină, să spăl vasele înainte să merg la culcare. În rest eram liberă. Puteam sta pe terasă să citesc cu fața la mare sau coborî pe jos pe un drum alb și abrupt spre o plajă lungă, lată, neagră, care se numea Maronti.

La început, după toate spaimele băgate în cap de mama și cu toate problemele pe care le aveam cu corpul meu, mi-am petrecut timpul pe terasă, îmbrăcată, scriindu-i Lilei o scrisoare pe zi, fiecare plină de întrebări, ironii, descrieri ale insulei cu un entuziasm aclamat. Dar Nella, într-o dimineață, a râs de mine și a spus:

— Ce faci așa? Pune-ți costumul.

Când mi l-am pus, a izbucnit în râs, l-a considerat de babă. Mi-a cusut unul albastru frumos, după ea, mai modern, foarte decoltat la sâni, mai aderent pe fund. L-am probat și a fost încântată, a spus că era timpul să merg la mare, gata cu terasa.

A doua zi, stăpânită de teamă și de curiozitate, am pornit, cu un prosop și o carte, spre plaja Maronti. Traseul mi s-a părut foarte lung, n-am întâlnit pe nimeni care să urce sau să coboare. Plaja era distrusă și pustie, cu un nisip granulos care foșnea la fiecare pas. Marea emana un miros intens, un sunet sec, monoton.

Am privit îndelung, stând în picioare, întinderea de apă. Apoi m-am așezat pe prosop, nefiind sigură ce să fac. Până la urmă m-am ridicat și mi-am udat picioarele în apă. Cum mi se putuse întâmpla să trăiesc într-un oraș ca Napoli și să nu mă gândesc niciodată, nici măcar o dată, să fac o baie în mare? Și totuși, așa era. Am înaintat prudent lăsând apa să urce de la tălpi la glezne și la coapse. Apoi am pus un picior greșit și m-am dus la fund. M-am zbătut îngrozită, am luat apă, am revenit la suprafață, la aer. Mi-am dat seama că-mi venea natural să mișc picioarele și brațele în așa fel încât să plutesc. Știam, așadar, să înot. Mama chiar mă dusese când eram mică la mare și acolo, în timp ce ea făcea băi de nisip, chiar învățasem. Am văzut-o într-o străfulgerare, mai tânără, mai puțin descompusă, așezată pe plaja neagră în soarele amiezii, cu o rochie albă înflorată, cu piciorul bun acoperit de o haină până la genunchi, cu cel bolnav îngropat în întregime sub nisipul arzător.

De la apa mării și soare mi-a dispărut imediat acneea de pe față. M-am ars, m-am înnegrit. Am așteptat scrisori de la Lila, ni le promiseserăm când ne luaserăm la revedere, dar n-au venit. M-am străduit să vorbesc puțin în engleză cu familia găzduită de Nella. Au înțeles că voiam să învăț și mi-au vorbit tot mai des, cu simpatie, am avansat mult. Nella, care era tot timpul veselă, m-a încurajat, am început să fiu interpreta ei. Între timp, nu pierdea nicio ocazie să mă complimenteze. Îmi făcea feluri de mâncare imense, gătea foarte bine. Zicea că sosisem acolo o prăpădită și acum, datorită îngrijirilor ei, eram foarte frumoasă.

În fine, ultimele zece zile din iulie mi-au dat un sentiment de bună dispoziție necunoscut până atunci. Am avut o senzație care apoi, în viața mea, s-a repetat adesea: bucuria de nou. Îmi plăcea totul: să mă scol devreme, să pregătesc micul dejun, să strâng masa, să mă plimb prin Barano, să fac drumul spre plajă urcând și coborând, să citesc întinsă la soare, să mă arunc în apă, să citesc din nou. Nu-mi era dor de tata, de frații mei, de mama, de străzile cartierului, de părculeț. Îmi lipsea doar Lila, Lila care însă nu răspundea la scrisorile mele. Mă temeam că i se întâmplă lucruri, bune sau rele, fără ca eu să fiu prezentă. Era o spaimă veche, o spaimă care nu-mi trecuse niciodată: teama de faptul că, pierzând fragmente din viața ei, ar pierde din intensitate și importanță și viața mea. Iar faptul că nu-mi răspundea accentua acea îngrijorare. Oricât mă străduiam, în scrisorile mele, să-i comunic privilegiul zilelor la Ischia, râul meu de cuvinte și tăcerea ei mi se păreau că demonstrează faptul că viața mea era splendidă, dar lipsită de evenimente, astfel încât aveam timp să-i scriu în fiecare zi, a ei neagră, dar aglomerată.

Abia la sfârșitul lui iulie mi-a spus Nella că în locul englezilor, pe întâi august, ar fi venit o familie din Napoli. Era al doilea an în care venea. Oameni foarte cumsecade, oameni cu stare foarte amabili, rafinați: mai ales soțul, un adevărat gentilom, care-i spunea mereu cuvinte foarte frumoase. Și apoi fiul cel mare, chiar un băiat frumos: înalt, slab, dar vânjos, anul acesta împlinea șaptesprezece ani.

— N-o să mai fii singură, mi-a spus, iar eu m-am rușinat, am fost imediat cuprinsă de neliniște din cauza acestui tânăr care urma să vină, de teama că nu vom reuși să ne spunem nici măcar două vorbe, că n-o să-i plac.

Imediat cum au plecat englezii, care mi-au lăsat câteva romane, ca să exersez cititul, și adresa lor, fiindcă în caz c-aș fi hotărât vreodată să merg în Anglia, ar fi trebuit să mă duc să-i vizitez, am ajutat-o pe Nella la făcut camerele să lucească de curățenie, la schimbat așternuturile, la schimbat paturile. Am făcut-o cu plăcere, și în timp ce spălam podelele, ea mi-a strigat din bucătărie:

— Ce pricepută ești, știi și să citești în engleză. Nu-ți ajung cărțile pe care le-ai adus cu tine?

Și n-a făcut decât să mă laude de la distanță, cu voce tare, pentru cât eram de disciplinată, pentru cât eram de înțeleaptă, pentru faptul că citeam întreaga zi, dar și seara. Când m-am dus în bucătărie, am găsit-o cu o carte în mână. A spus că i-o dăruise domnul care trebuia să vină a doua zi, o scrisese el personal. Nella o ținea pe noptieră, în fiecare seară citea o poezie, mai întâi în gând și apoi cu voce tare. Deja le știa pe toate pe de rost.

— Uite ce mi-a scris, a spus și mi-a întins cartea.

Era *Prove di sereno* de Donato Sarratore. Dedicația spunea: „Nellei, care e o dulceață, și gemurilor ei".

31.

I-am scris imediat Lilei: pagini după pagini de anxietate, bucurie, dorință de a fugi, prefigurare pătimașă a momentului în care l-aș fi văzut pe Nino Sarratore, aș fi parcurs drumul spre plajă împreună cu el, am fi înotat, am fi privit luna și stelele, am fi dormit sub același acoperiș. N-am făcut decât să mă gândesc la momentele intense în care, ținându-l de mână pe fratele lui, cu un secol în urmă — ah, cât timp trecuse — îmi declarase dragostea lui. Eram doi copii atunci: acum mă simțeam mare, aproape bătrână.

A doua zi m-am dus în stația de autobuz să-i ajut pe oaspeți să care bagajele. Eram foarte agitată, nu dormisem toată noaptea. Autobuzul a venit, a oprit, au coborât din el călătorii. L-am recunoscut pe Donato Sarratore, am recunoscut-o pe

Lidia, soția lui, am recunoscut-o pe Marisa, deși se schimbase mult, am recunoscut-o pe Clelia, care stătea mereu deoparte, l-am recunoscut pe micul Pino, care acum era un băiețel serios, și mi-am imaginat că foarte capriciosul copil care-și chinuia mama trebuia să fie cel care, ultima dată când văzusem întreaga familie Sarratore, era încă în cărucior, sub proiectilele aruncate de Melina. Dar nu l-am văzut pe Nino.

Marisa s-a aruncat de gâtul meu cu un entuziasm la care nu m-aș fi așteptat niciodată: în toți anii aceia nu-mi revenise niciodată, absolut niciodată, în minte, în timp ce ea a spus că se gândise adesea la mine cu multă nostalgie. Când s-a referit la vremurile cartierului și le-a spus părinților că eram fiica lui Greco, portarul, Lidia, mama ei, a făcut o grimasă de aversiune și a alergat imediat să-și apuce fiul cel mic ca să-l certe pentru nu știu ce, în timp ce Donato Sarratore s-a ocupat de bagaje fără măcar o propoziție de genul: ce face tata.

M-am întristat. Familia Sarratore s-a instalat în camerele ei, eu m-am dus la mare cu Marisa, care știa plaja Maronti și toată Ischia foarte bine și deja dădea semne de nerăbdare, voia să meargă în Port, unde era mai animat, și la Forio, și la Casamicciola, oriunde, dar nu la Barano care, după ea, era de-o plictiseală mormântală. Mi-a povestit că studia să devină secretară de firmă și că avea un prieten pe care urma să-l cunosc curând pentru că venea s-o vadă, dar pe ascuns. În fine, mi-a spus ceva care mi-a creat o emoție intensă. Știa totul despre mine, știa că eram la gimnaziu, că la școală eram foarte bună și că eram logodită cu Gino, fiul farmacistului.

— Cine ți-s spus?

— Fratele meu.

Așadar, Nino mă recunoscuse, așadar, știa cine eram, așadar, nu era neatenție din partea lui, ci poate timiditate, poate stânjeneală, poate rușine din cauza declarației pe care mi-o făcuse când era mic.

— Am terminat de mult timp cu Gino, am spus, fratele tău nu e bine informat.

— E cu mintea numai la învățat ăla, e deja mult că mi-a zis de tine, de obicei e cu capul în nori.

— Nu vine?

— Vine când pleacă tata.

Mi-a povestit la modul foarte critic de Nino. Era unul fără sentimente. Nu-l entuziasma niciodată nimic, nu se enerva, dar nici amabil nu era. Stătea închis în sinea lui, singurul lucru care-l interesa era studiul. Nu-i plăcea nimic, avea sângele rece. Singura persoană care reușea să-l tulbure puțin era tatăl lor. Nu că se certau, era un fiu respectuos și ascultător. Dar Marisa știa bine că Nino nu-l putea suporta. Ea, în schimb, îl adora. Era cel mai bun și mai inteligent om din lume.

— Și stă mult tatăl tău? Când pleacă? am întrebat-o cu un interes poate excesiv.

— Doar trei zile. Trebuie să muncească.

— Și Nino vine peste trei zile?

— Da. A inventat că trebuia să ajute familia unui prieten de-al lui să se mute.

— Și nu e adevărat?

— Nu are prieteni. Și, oricum, n-ar muta piatra aia de ici colo nici măcar pentru mama, singura la care ține puțin, nici vorbă să ne închipuim că se duce să-și ajute un prieten.

Am făcut o baie, ne-am uscat plimbându-ne pe mal. Mi-a arătat râzând un lucru căruia nu-i acordasem atenție. În capătul plajei negricioase erau niște forme albe, nemișcate. M-a târât după ea râzând prin nisipul încins și, la un moment dat, a devenit evident că erau oameni. Oameni vii și acoperiți de nămol. Se tratau în felul acela, nu se știa de ce. Ne-am întins pe nisip tăvălindu-ne, împingându-ne, făcând pe mumiile ca oamenii aceia. Ne-am distrat mult, apoi ne-am dus să facem o altă baie.

Seara, familia Sarratore a luat cina în bucătărie și ne-a invitat pe Nella și pe mine să mâncăm împreună. A fost o seară frumoasă. Lidia n-a pomenit deloc de cartier, dar, odată trecut primul sentiment de ostilitate, s-a informat în legătură cu mine. Când Marisa i-a spus că eram foarte silitoare și mergeam la aceeași școală ca Nino, a devenit foarte amabilă. Cel mai cordial dintre toți a fost, oricum, Donato Sarratore. A complimentat-o foarte mult pe Nella, m-a lăudat pe mine pentru rezultatele școlare pe care le obținusem, a fost foarte atent cu Lidia, s-a jucat cu Ciro, copilul, a vrut să strângă el, nu m-a lăsat să spăl farfuriile.

L-am studiat foarte bine și mi s-a părut o persoană diferită față de cum mi-l aminteam. Era mai slab, desigur, își lăsase mustață, dar dincolo de înfățișare, era ceva în plus ce n-am putut înțelege și care ținea de comportament. Poate că mi s-a părut mai patern decât tatăl meu și de o amabilitate ieșită din comun.

Această senzație s-a accentuat în zilele următoare. Când mergeam la mare, Sarratore nu-i îngăduia Lidiei și nouă, cele două fete, să ducem nimic. Căra el umbrela, gențile cu prosoape și cu mâncarea pentru prânz, atât la dus, cât și la întors, când drumul era numai în urcare. Ne ceda nouă bagajul doar când Ciro scâncea și pretindea să fie dus în brațe. Avea un corp uscățiv și păr puțin. Purta un costum de culoare incertă, nu din stofă, părea de lână subțire. Înota mult, dar fără să se îndepărteze, voia să ne arate mie și Marisei cum era stilul liber. Fiica lui înota ca el, cu aceleași mișcări din brațe foarte studiate, lente, iar eu am început imediat să-i imit. Vorbea mai mult în italiană decât în dialect și avea tendința, cu o anume îndârjire, mai ales față de mine, să construiască fraze ambigue și perifraze neobișnuite. Ne invita, vesel, pe mine, Lidia și Marisa să alergăm înainte și înapoi pe plaja udată de valuri împreună cu el ca să ne tonificăm mușchii și, între timp, ne făcea să râdem cu strâmbături, voci pițigăiate și mers caraghios. Când înota împreună cu soția lui, stăteau lipiți unul de celălalt ca să plutească, vorbeau între ei cu voce joasă și râdeau adesea. În ziua în care a plecat mi-a părut la fel de rău ca Marisei, Lidiei, Nellei. Casa, deși răsunând de vocile noastre, a părut tăcută, un fel de morgă. Singura consolare a fost că, în sfârșit, urma să vină Nino.

32.

Am încercat să-i sugerez Marisei să mergem să-l așteptăm în Port, dar ea a refuzat, a spus că fratele ei nu merita atenția aceea. Nino a ajuns pe seară. Înalt, foarte slab, cămașă albastră, pantaloni negri, sandale, un sac pe umăr, n-a arătat nici cea mai mică emoție fiindcă mă găsea la Ischia, în casa aceea, așa încât m-am gândit că la Napoli aveau telefon, că Marisa găsise modalitatea de a-l înștiința. La masă a vorbit monosilabic, la micul dejun n-a apărut. S-a trezit târziu, am mers la mare târziu, a cărat mai nimic. S-a aruncat imediat în mare, cu hotărâre, și a înotat spre larg fără virtuozitatea afișată a tatălui, cu naturalețe. A dispărut, m-am temut că s-a înecat, dar nici Marisa, nici Lidia nu s-au îngrijorat. A reapărut după aproape două ore și a început să citească fumând țigară după țigară. A citit toată ziua, fără să ne adreseze niciun cuvânt și așezând mucurile stinse în nisip în șiruri de câte două. Am început să citesc și eu, refuzând invitația Marisei de a ne plimba pe plaja udată de valuri. La cină a mâncat în grabă și a ieșit. Am strâns masa și am spălat vasele cu gândul la el. Mi-am făcut patul în bucătărie și am început din nou să citesc așteptând să se întoarcă. Am citit până spre unu, apoi am adormit cu lumina aprinsă și cartea deschisă pe piept. Dimineața m-am trezit cu lumina stinsă și cartea închisă. M-am gândit că fusese el și am simțit prin vene un val cald de iubire pe care nu-l mai simțisem niciodată înainte.

În decursul a câteva zile lucrurile s-au îmbunătățit. Mi-am dat seama că uneori mă privea și că apoi întorcea privirea în altă parte. L-am întrebat ce citea, i-am spus ce citeam. Am vorbit despre lecturile noastre, plictisind-o pe Marisa. La început a părut că mă ascultă cu atenție, apoi, exact ca Lila, a început să vorbească el și a continuat tot mai absorbit de raționamentele sale. Pentru că îmi doream să-și dea seama de inteligența mea, aveam tendința să-l întrerup, să-mi spun părerea, dar era dificil, părea mulțumit de prezența mea doar dacă tăceam și ascultam, lucru pe care în curând l-am făcut resemnată. De altfel, spunea lucruri pe care eu mă simțeam incapabilă să le gândesc sau, oricum, să le rostesc cu aceeași încredere, și le spunea într-o italiană puternică, captivantă.

Marisa, uneori, arunca în noi cu bulgări de nisip, alteori întrerupea urlând:

— Încetați, cui îi pasă de Dostoievski ăsta, cui îi pasă de frații Karamazov.

Atunci Nino se întrerupea brusc și se îndepărta de-a lungul malului mării cu capul în jos, până când devenea un punctuleț. Eu petreceam puțin timp cu Marisa vorbind despre logodnicul ei, care nu mai putea veni s-o vadă în secret, și asta o făcea să plângă. Deocamdată mă simțeam tot mai bine, nu-mi venea să cred că viața poate fi așa. Poate că, mă gândeam, fetele de pe strada dei Mille — aia îmbrăcată toată în verde, de exemplu — au o astfel de viață.

La fiecare trei sau patru zile se întorcea Donato Sarratore, dar stătea cel mult douăzeci și patru de ore, apoi pleca din nou. Spunea că nu se gândește decât la ziua de 13 august, când urma să se stabilească la Barano pentru două săptămâni pline. Imediat cum apărea tatăl, Nino devenea o umbră. Mânca, dispărea, reapărea noaptea târziu și nu rostea niciun cuvânt. Îl asculta surâzând docil și orice ar fi zis tatăl lui, nu era de acord, dar nici nu-l contrazicea. Singura dată când zicea ceva hotărât și explicit era când Donato menționa mult-doritul 13 august. Atunci, după două minute, îi amintea mamei lui, mamei, nu lui Donato, că imediat după Sfânta Maria trebuia să se întoarcă la Napoli pentru că se înțelesese cu câțiva colegi de școală să se întâlnească — își propuneau să se reunească într-o casă de la țară în Avellinese — și să înceapă să-și facă temele pentru vacanță. „E o minciună", îmi șoptea Marisa, „n-are nicio temă". Dar mama îl lăuda, la fel și tatăl. Mai mult, Donato începea imediat cu unul dintre subiectele lui preferate: Nino era norocos să studieze; el putuse să frecventeze liceul industrial până în clasa a doua, apoi fusese nevoit să meargă să muncească; dar dacă ar fi putut face studiile pe care le făcea fiul lui, cine știe unde ar fi ajuns. Și încheia:

— Învață, Ninù, hai, băiatu' tatii, și fă ce n-am putut face eu.

Tonul acela îl deranja pe Nino mai mult decât orice. Numai ca să scape, ajungea uneori să ne invite pe mine și pe Marisa să ieșim cu el. Le spunea încruntat părinților, ca și cum nu făceam decât să-i stăm pe cap:

— Vor înghețată, vor să facă doi pași, le însoțesc.

Cu acele ocazii, Marisa alerga să se pregătească foarte fericită și eu mă întristam pentru că aveam mereu aceleași patru zdrențe. Dar mi se părea că nu-l interesa prea mult dacă sunt frumoasă sau urâtă. Imediat cum ieșeam din casă, începea să pălăvrăgească, chestie care pe Marisa o deranja, spunea că ar fi fost mai bine pentru ea să rămână acasă. Eu, în schimb, îl ascultam pe Nino cu multă atenție. Mă uimea mult faptul că, în înghesuiala din port, printre tinerii și mai puțin tinerii care ne priveau pe mine și pe Marisa cu subînțeles și râdeau și încercau să intre în vorbă, el nu arăta nicio urmă din înclinația la violență a lui Pasquale, Rino, Antonio, Enzo când ieșeau cu noi și cineva ne arunca o privire mai lungă. Ca gardă de corp amenințătoare conta foarte puțin pentru noi. Poate fiindcă era absorbit de lucrurile care-i treceau prin minte, de mania de a-mi vorbi despre ele, permitea ca în jurul nostru să se întâmple orice.

Așa s-a întâmplat că Marisa s-a împrietenit cu niște băieți din Forio și aceia au venit s-o viziteze la Barano și ea i-a luat cu noi la plaja Maronti și, în fine, a început să iasă în fiecare seară. Mergeam toți trei în Port, dar, odată ajunși acolo, ea se ducea cu noii ei prieteni (când oare Pasquale ar fi fost atât de generos cu Carmela, Antonio cu Ada?) și noi ne plimbam de-a lungul mării. Ne întâlneam, apoi, în jur de zece și ne întorceam acasă.

Într-o seară, cum am rămas singuri, Nino mi-a zis dintr-odată că de mic invidiase mult relația dintre mine și Lila. Ne vedea de la distanță, mereu împreună, mereu vorbind și ar fi vrut să se împrietenească cu noi, dar îi lipsise întotdeauna curajul. Apoi a zâmbit și a spus:

— Îți amintești declarația pe care ți-am făcut-o?

— Da.

— Îmi plăceai foarte mult.

M-am înroșit toată, am spus în șoaptă, stupid:

— Mulțumesc.

— Mă gândeam că ne vom logodi și că vom fi mereu toți trei împreună, eu, tu și prietena ta.

— Împreună?

A râs de el însuși copil.

— Nu înțelegeam nimic despre logodne.

Apoi m-a întrebat de Lila.

— A continuat să studieze?

— Nu.

— Și ce face?

— Își ajută părinții.

— Era foarte bună, nu puteai ține pasul cu ea, îmi încețoșa mintea.

A spus chiar așa — *îmi încețoșa mintea* —, iar eu, dacă inițial mă simțisem puțin rănită pentru că, de fapt, îmi spusese că declarația lui de dragoste fusese doar o tentativă de a se băga în relația dintre mine și Lila, de data asta am suferit în mod evident, am simțit chiar o durere în piept.

— Nu mai e așa, am spus, s-a schimbat.

Și am simțit imboldul să adaug: „Ai auzit cum vorbesc profesorii despre mine la școală?“ Bine că m-am putut abține. Dar, pornind de la conversația aceea, nu i-am mai scris Lilei: făceam eforturi să-i povestesc ce mi se întâmpla și, oricum, nu-mi răspundea. M-am dedicat, în schimb, grijii față de Nino. Știam că se trezea târziu și inventam orice tip de pretext ca să nu iau micul dejun cu ceilalți. Îl așteptam pe el, coboram cu el la mare, îi pregăteam eu lucrurile, i le duceam eu, făceam baie împreună. Dar când se ducea în larg, nu mă simțeam în stare să mă țin după el, mă întorceam pe prosop să observ anxioasă dâra pe care o lăsa, capul său ca un punctișor negru. Intram în panică dacă îl pierdeam, eram fericită când îl vedeam întorcându-se. În fine, îl iubeam și știam asta și eram bucuroasă că-l iubesc.

Dar Sfânta Maria era tot mai aproape. Într-o seară i-am spus că nu vreau să merg în Port, preferam să fac o plimbare pe plajă, era lună plină. Speram să vină cu mine renunțând să-și însoțească sora, care insista pentru Port, unde avea deja un fel de logodnic cu care, îmi povestea, se săruta și se îmbrățișa, trădându-l pe celălalt logodnic din Napoli. În schimb, el s-a dus cu Marisa. Eu, dintr-o chestiune de principiu, am pornit pe drumul pietros care ducea la plajă. Nisipul era rece, negricios în lumina lunii, marea abia respira. Nu era niciun suflet și am început să plâng de singurătate. Ce eram, cine eram? Mă simțeam din nou frumoasă, nu mai aveam coșuri, soarele și marea mă făcuseră suplă, și totuși persoana care-mi plăcea și căreia voiam să-i plac nu arăta niciun interes pentru mine. Sub ce semne stăteam, ce destin? M-am gândit la cartier ca la un vârtej din care era iluzoriu să încerci să ieși. Apoi am auzit foșnetul nisipului, m-am răsucit și am văzut umbra lui Nino. S-a așezat lângă mine. Trebuia să se întoarcă să-și ia sora peste o oră. L-am simțit agitat, lovea nisipul cu călcâiul piciorului stâng. N-a vorbit despre cărți, brusc a început să vorbească despre tatăl lui.

— Îmi voi dedica viața, a spus ca și cum ar fi fost vorba de o misiune, încercării de a nu-i semăna.

— E un om simpatic.

— Așa spun toți.

— Și atunci?

A făcut o grimasă sarcastică și aceasta, pentru câteva secunde, l-a urâțit.

— Ce face Melina?

L-am privit uimită. Eu fusesem foarte atentă să n-o pomenesc niciodată pe Melina în acele zile de discuții dense, iar el iată că vorbea despre ea.

— Așa și așa.

— A fost amantul ei. Știa foarte bine că era o femeie fragilă, dar a avut-o oricum, din pură vanitate. Din vanitate ar face rău oricui și fără să se simtă responsabil pentru asta. Fiindcă e convins că-i face fericiți pe toți, crede că totul îi trebuie iertat. Merge la liturghie în fiecare duminică. Ne tratează pe noi, copiii, cu grijă. E plin de atenții față de mama. Dar o înșală permanent. E un ipocrit, mi-e scârbă de el.

N-am știut ce să-i spun. În cartier se puteau întâmpla lucruri îngrozitoare, tați și fii ajungeau adesea la dezastre, ca Rino și Fernando, de exemplu. Dar violența acelor câteva fraze construite cu grijă mi-a făcut rău. Nino își ura tatăl cu toată puterea, iată de ce vorbea mult despre frații Karamazov. Dar nu aia era problema. Ceea ce m-a tulburat profund a fost faptul că Donato Sarratore, din ce văzusem cu ochii mei, auzisem cu urechile mele, nu avea nimic atât de respingător, era tatăl pe care orice fată, orice băiat l-ar fi vrut, și Marisa, de fapt, îl adora. În plus, dacă păcatul lui era capacitatea de a iubi, nu vedeam nimic foarte rău în asta, chiar și mama spunea, furioasă, despre tata că cine știe câte făcuse. În consecință, acele fraze biciuitoare, tonul acela tăios mi s-au părut îngrozitoare. Am spus șoptit:

— El și Melina au fost cuprinși de pasiune, ca Didona și Enea. Sunt lucruri care fac rău, dar sunt și foarte emoționante.

— I-a jurat fidelitate mamei mele în fața lui Dumnezeu, a exclamat brusc cu vocea ridicată. N-o respectă nici pe ea, nu-l respectă nici pe Dumnezeu.

Și a sărit în sus foarte agitat, avea niște ochi foarte frumoși și strălucitori.

— Nici tu nu mă înțelegi, a spus îndepărtându-se cu pași mari.

L-am ajuns din urmă, îmi bătea inima cu putere.

— Te înțeleg, am șoptit și l-am luat prudent de braț.

Nu ne atinseserăm niciodată nici măcar în treacăt, contactul mi-a ars degetele, i-am dat drumul imediat. El s-a aplecat și m-a sărutat foarte ușor pe buze.

— Mâine plec, a spus.

— Dar 13 e poimâine.

N-a răspuns. Am urcat la Barano vorbind despre cărți, apoi ne-am dus s-o luăm pe Marisa din Port. Îi simțeam gura peste a mea.

33.

Am plâns toată noaptea, în bucătăria tăcută. Am adormit în zori. A venit Nella să mă trezească și m-a certat, a spus că Nino voise să ia micul dejun pe terasă ca să nu mă deranjeze. Plecase.

M-am îmbrăcat în grabă, ea și-a dat seama că sufăr.

— Du-te, mi-a îngăduit până la urmă, poate ajungi la timp.

Am alergat în Port sperând să ajung înainte ca vaporetul să plece, dar era deja în larg.

Am petrecut niște zile urâte. Făcând curat în camere, am găsit un semn de carte dintr-un cartonaș albastru care-i aparținea lui Nino și l-am ascuns printre lucrurile mele. Seara, în bucătărie, în pat, îl miroseam, îl sărutam, îl lingeam cu vârful limbii și plângeam. Însăși pasiunea mea disperată mă emoționa și plânsul se autoalimenta.

Apoi a sosit Donato Sarratore și au început cele cincisprezece zile de vacanță ale lui. S-a întristat că fiul lui plecase deja, dar a fost bucuros că se va duce la colegii lui în Avellinese ca să învețe.

— Eu un băiat cu adevărat serios, mi-a spus, ca tine. Sunt mândru de el, cum îmi imaginez că trebuie să fie mândru de tine tatăl tău.

Prezența acelui om de încredere m-a calmat. A vrut să-i cunoască pe noii prieteni ai Marisei și i-a invitat într-o seară să facă un foc mare pe plajă. S-a ocupat el însuși să facă o grămadă din toate lemnele pe care a putut să le găsească și a stat cu noi, tinerii, până târziu. Băiatul cu care Marisa continua să fie pe jumătate logodită zdrăngănea la chitară și Donato a cântat, avea o voce foarte frumoasă. În noaptea deja înaintată a început să cânte el la chitară și cânta bine, însăila melodii de dans. Cineva a început să danseze, Marisa în primul rând.

Mă uitam la bărbatul acela și mă gândeam: el și fiul lui nu au nici măcar o trăsătură în comun. Nino e înalt, are un chip delicat, fruntea îngropată sub un păr foarte negru, gura mereu întredeschisă cu buze seducătoare; Donato, în schimb, e de statură medie, trăsăturile feței sunt pronunțate, cu părul foarte rărit pe tâmple, are gura încordată, aproape fără buze. Nino are mereu o privire încruntată care vede dincolo de lucruri și de persoane și pare speriată; Donato are o privire mereu disponibilă care adoră prezența oricărui lucru sau persoană și nu face decât să le zâmbească. Nino are ceva ce-l roade pe interior, ca Lila, și e un dar și o suferință, nu sunt veseli, nu se abandonează, se tem de ce li se întâmplă în jur; omul acesta nu, pare să iubească orice manifestare a vieții, aproape că orice secundă trăită are o claritate absolută.

Din seara aceea, tatăl lui Nino mi s-a părut un remediu serios nu doar împotriva întunericului în care mă împinsese fiul lui plecând după un sărut aproape imperceptibil, dar și — mi-am dat seama uimită — împotriva celui în care mă împinsese Lila nerăspunzând la scrisorile mele. Ea și Nino abia se cunosc, m-am gândit, nu s-au întâlnit niciodată și totuși acum mi se par foarte asemănători: nu au nevoie de nimic și de nimeni și știu întotdeauna ce merge și ce nu merge. Dar dacă se înșală? Ce are atât de teribil Marcello Solara, ce are atât de teribil Donato Sarratore? Nu înțelegeam. Îi iubeam atât pe Lila, cât și pe Nino, iar acum, în mod diferit, îmi lipseau, dar îi eram recunoscătoare acelui tată detestat care mie, nouă tuturor, tinerilor, ne dădea importanță, ne dăruia bucurie și liniște în noaptea de pe plaja Maronti. Dintr-odată am fost bucuroasă că niciunul din cei doi nu se află pe insulă.

Am reînceput să citesc, i-am scris o ultimă scrisoare Lilei în care-i spuneam că, dat fiind că nu-mi răspunsese, nu-i voi mai scrie. În schimb, am strâns legătura cu familia Sarratore, m-am simțit sora Marisei, a lui Pinuccio și a micului Ciro, care acum mă iubea foarte mult și cu mine, doar cu mine, nu era capricios, ci se juca liniștit, căutam împreună scoici. Lidia, care preschimbase definitiv ostilitatea față de mine în simpatie și afecțiune, mă lăuda adesea pentru precizia folosită în orice: pusul mesei, curățenia în camere, spălatul vaselor, timpul petrecut cu copilul, cititul și învățatul. Într-o dimineață, m-a pus să probez o rochie de plajă care-i rămăsese mică și, fiindcă Nella și, de asemenea, Sarratore, chemat de urgență să-și dea cu părerea, au fost entuziasmați de cât îmi venea de bine, mi-a dăruit-o. În anumite momente părea chiar că mă preferă Marisei. Spunea: „E leneşă, vanitoasă, am educat-o prost, nu învaţă; tu, în schimb, faci totul cu multă chibzuială". „Exact ca Nino", a adăugat o dată, „doar că tu eşti solară şi el e mereu nervos". Dar auzind acele critici, Donato a izbucnit şi a început să-şi laude fiul cel mare. „E un băiat de aur", a spus şi mi-a cerut din priviri să confirm, iar eu am făcut semn că da foarte convinsă.

După ce făcea băi foarte lungi, Donato se întindea lângă mine să se usuce la soare şi-şi citea ziarul, *Roma*, singura chestie pe care-o citea. Mă contraria că unul care scria poezii, care chiar le strânsese într-un volum, nu deschide niciodată o carte. Nu-şi adusese şi nu era niciodată curios în legătură cu ale mele. Uneori îmi citea nişte fragmente dintr-un articol, cuvinte şi fraze care l-ar fi înfuriat foarte rău pe Pasquale şi cu siguranţă şi pe profesoara Galiani. Dar eu tăceam, n-aveam chef să încep să mă cert cu o persoană atât de politicoasă, distrugând marea lui stimă pentru mine. Odată mi-a citit unul întreg, de la început până la sfârşit, şi la fiecare două rânduri se întorcea spre Lidia zâmbind, iar Lidia îi răspundea cu un zâmbet complice. La final m-a întrebat:

— Ţi-a plăcut?

Era un articol despre viteza călătoriei cu trenul în opoziţie cu viteza călătoriei de altădată cu trăsura sau pe jos, pe drumurile de ţară. Era scris cu fraze răsunătoare pe care le citea emoţionat.

— Da, foarte mult, am răspuns.

— Ia priveşte cine l-a scris: ce citeşti aici?

S-a întins spre mine, mi-a pus ziarul sub ochi. Am citit emoţionată:

— Donato Sarratore.

Lidia a izbucnit în râs, la fel şi el. M-au lăsat pe plajă să-l supraveghez pe Ciro, în timp ce ei făceau o baie în modul obişnuit, lipiţi unul de celălalt şi vorbindu-şi la ureche. I-am privit şi m-am gândit: biata Melina, dar fără ciudă în privinţa lui Sarratore. Admiţând că Nino avea dreptate şi că într-adevăr între cei doi fusese ceva; admiţând, în fine, că Sarratore o trădase într-adevăr pe Lidia încă şi mai mult decât înainte, acum că-l cunoşteam suficient, nu puteam să-l cred vinovat, cu atât mai mult cu cât mi se părea că nu-l credea vinovat nici soţia lui, chiar dacă la vremea respectivă îl obligase să plece din cartier. În ce-o privea pe Melina, o înţelegeam şi pe ea. Simţise bucuria iubirii pentru acel bărbat atât de ieşit din comun — un controlor de tren, dar şi un poet, un jurnalist — şi mintea ei fragilă nu putuse să se readapteze normalităţii brute a vieţii fără el. Mă complăceam în aceste gânduri. Mă bucura totul în acele zile, iubirea mea pentru Nino, tristeţea mea, afecţiunea cu care mă simţeam înconjurată, capacitatea mea de a citi, gândi, medita în solitudine.

34.

Apoi, la sfârşitul lui august, când era pe cale să se încheie acea perioadă extraordinară, s-au întâmplat două lucruri importante, brusc, în aceeaşi zi. Era pe 25, îmi amintesc cu precizie fiindcă atunci era ziua mea de naştere. M-am sculat, am pregătit micul dejun pentru toţi, la masă am spus:

— Astăzi împlinesc cincisprezece ani, şi chiar în timp ce o spuneam mi-am amintit că Lila îi împlinise pe 11, dar, copleşită de atâtea emoţii, nu-mi amintisem.

Deşi obiceiul era să se sărbătorească mai ales onomastica — zilele de naştere pe atunci erau considerate irelevante —, familia Sarratore şi Nella au insistat să facă o mică petrecere seara. M-am bucurat. Ei s-au dus să se pregătească pentru mare, eu am început să strâng masa, când iată că a sosit poştaşul.

Am apărut la fereastră, poștașul a spus că era o scrisoare pentru Greco. Am alergat jos cu sufletul la gură. Excludeam să-mi fi scris părinții mei. Era o scrisoare de la Lila, de la Nino? Era de la Lila. Am rupt plicul. Au ieșit la iveală cinci foi foarte pline, le-am devorat, dar n-am înțeles aproape nimic din ce-am citit. Astăzi poate părea anormal, și totuși s-a întâmplat chiar așa: înainte de a fi copleșită de conținut, m-a izbit faptul că scriitura conținea vocea Lilei. Mai mult. Încă de la primele rânduri mi-a venit în minte *La fata blu*, singurul ei text pe care-l citisem înainte de acela, în afară de temele de la școala primară, și am înțeles ce-mi plăcuse atât de mult pe-atunci. Era, în *La fata blu*, aceeași calitate care mă impresiona acum: Lila știa să vorbească prin intermediul scrierii; spre deosebire de mine când scriam, spre deosebire de Sarratore în articolele sale și în poezii, spre deosebire chiar și de mulți scriitori pe care-i citisem și îi citeam, ea se exprima cu fraze atât de îngrijite, atât de lipsite de greșeli chiar dacă nu-și continuase studiile, dar — în plus — nu lăsa nicio urmă de nefiresc, nu se simțea artificiul cuvântului scris. Citeam și în timpul acesta o vedeam, o auzeam pe ea. Vocea armonizată cu scrisul m-a copleșit, m-a vrăjit și mai mult decât atunci când discutam față-n față: era cu totul purificată de zgura vorbitului, de confuzia oralității; avea o rigoare vitală care, îmi imaginam, pesemne că-i revenea discursului în cazul în care fuseseși atât de norocos încât să te naști din capul lui Zeus și nu din familia Greco sau din familia Cerullo. Mi-a fost rușine de paginile infantile pe care i le scrisesem, de tonurile excesive, de frivolități, de bucuria falsă, de durerea falsă. Cine știe ce crezuse Lila despre mine. Am simțit dispreț și ranchiună față de profesorul Gerace, care mă amăgise punându-mi nouă la italiană. Scrisoarea aceea a avut ca prim efect să mă facă să mă simt la cincisprezece ani, de ziua mea, o escroacă. Școala comisese o greșeală în legătură cu mine și dovada era acolo, în scrisoarea Lilei.

Apoi, încet, încet, au venit și informațiile. Lila îmi făcea urări de ziua mea. Nu-mi scrisese niciodată pentru că era bucuroasă că mă recream la soare, că mă simțeam bine cu familia Sarratore, că-l iubeam pe Nino, că-mi plăcea mult Ischia, plaja Maronti și nu voia să-mi strice vacanța cu poveștile ei urâte. Însă acum simțise nevoia să rupă tăcerea. Imediat după plecarea mea, Marcello Solara, cu acordul lui Fernando, începuse să apară la cină în fiecare seară. Venea la opt și jumătate și pleca la zece și jumătate fix. Aducea mereu câte ceva: prăjituri, bomboane de ciocolată, zahăr, cafea. Ea nu se atingea de nimic, nu-l trata cu familiaritate, el o privea în tăcere. După prima săptămână de chin, dat fiind că Lila se comporta ca și cum el nu era acolo, hotărâse s-o uimească. Se prezentase dimineața, în compania unui tip voinic, asudat tot, care lăsase o cutie imensă din carton în sufragerie. Din cutie ieșise un obiect pe care toți îl cunoșteau, dar foarte puțini din cartier îl aveau în casă: un televizor, un aparat, adică, cu un ecran pe care se vedeau imagini, exact ca la cinematograf, dar care nu proveneau dintr-un proiector, ci din aer, și care avea în interior un tub misterios care se numea catodic. Prin intermediul acestui tub, menționat încontinuu de bărbatul voinic și asudat, aparatul nu funcționase zile în șir. Apoi, după încercări repetate, pornise, iar acum jumătate de cartier, inclusiv mama mea, tatăl meu și frații mei, se ducea acasă la familia Cerullo să vadă miracolul acela. Rino nu. Se simțea mai bine, febra îi trecuse complet, dar nu mai vorbea cu Marcello. Când apărea el, începea să vorbească urât de televizor, și după puțin timp, ori se ducea să se culce fără să se atingă de mâncare, ori ieșea să hoinărească până noaptea târziu cu Pasquale și Antonio. Lila, în schimb, spunea că-i place televizorul. Îi plăcea mai ales să se uite la el împreună cu Melina, care apărea în fiecare seară și stătea îndelung în tăcere, foarte concentrată. Era singurul moment de pace. În rest, toate furiile se descărcau asupra ei: furiile fratelui pentru că-l abandonase destinului său de servitor al tatălui în timp ce ea se îndrepta spre o căsătorie care ar fi transformat-o într-o doamnă; furiile lui Fernando și ale Nunziei pentru că nu era drăguță cu Solara, dimpotrivă, îl trata oribil; în fine, furiile lui Marcello care, fără ca ea să-l fi acceptat vreodată, se simțea tot mai logodit, adică stăpân, și avea tendința să treacă de la devoțiunea mută la tentative de săruturi, la întrebări suspicioase în legătură cu locurile în care mergea în timpul zilei, pe cine vedea, dacă avusese alți logodnici, dacă numai o atinsese în treacăt cineva. Fiindcă ea nu-i răspundea, sau și mai rău, își bătea joc de el povestindu-i despre săruturi și îmbrățișări cu logodnici inexistenți, într-o seară el îi spusese serios la ureche: „Tu faci mișto de mine, dar îți amintești când m-ai amenințat cu cuțitul de cizmărie? Bine, eu, dacă aflu că îți place altul, ține minte, nu mă limitez la amenințări, te omor și gata". Astfel, ea nu știa cum să iasă din situația aceea și continua să poarte arma la ea pentru orice eventualitate. Dar era terorizată. Scria, în ultimele pagini, că simte în jurul ei tot răul din cartier. Ba, menționa în treacăt ceva obscur: binele și răul sunt amestecate și se intensifică reciproc. Marcello, dacă se gândea, era într-adevăr un aranjament bun, dar binele mirosea a rău și răul mirosea a bine, un amalgam care-i tăia răsuflarea. Cu câteva seri în urmă i se întâmplase ceva care o înspăimântase cu adevărat. Marcello plecase, televizorul era stins, casa era goală, Rino era plecat, părinții se pregăteau de culcare. Ea, în fine, era singură în bucătărie ca să spele vasele și era obosită, chiar epuizată, când la un moment dat avusese loc o explozie. Se întorsese brusc și își dăduse seama că explodase oala mare din cupru. Așa, de la sine. Era agățată de cuiul unde stătea de obicei, dar la mijloc avea o mare despicătură și marginile erau răsucite și oala însăși se deformase toată, ca și cum nu-și mai putea păstra aparența de oală. Mama ei alergase în cămașă de noapte și o învinovățise că o scăpase pe jos și o distrusese. Dar o oală din cupru, chiar dacă e scăpată pe jos, nu se sparge și nu se deformează în felul acela. „Genul ăsta de lucruri", încheia Lila, „mă sperie. Mai mult decât Marcello, mai mult decât oricine. Și simt că trebuie să găsesc o soluție, altfel, un lucru după altul, se distruge totul, totul, totul". Mă saluta, îmi făcea din nou multe urări și, deși își dorea contrariul, chiar dacă abia aștepta să mă revadă, chiar dacă avea urgentă nevoie de ajutorul meu, îmi ura să rămân la Ischia cu amabila doamnă Nella și să nu mă mai întorc niciodată în cartier.

35.

Scrisoarea m-a tulburat foarte mult. Lumea Lilei, ca de obicei, s-a suprapus rapid cu a mea. Tot ce-i scrisesem între iulie și august mi s-a părut banal, m-a cuprins mania reabilitării. Nu m-am dus la mare, am încercat imediat să-i răspund cu o scrisoare serioasă, care să aibă curgerea esențială, clară și totodată colocvială a scrisorii ei. Dar dacă celelalte scrisori îmi veniseră ușor — puneam pe hârtie pagini după pagini în câteva minute fără să corectez niciodată — pe aceea am scris-o, am rescris-o o dată, și-ncă o dată, și totuși ura lui Nino față de tatăl lui, rolul pe care-l avusese întâmplarea cu Melina în apariția acelui sentiment urât, toată relația cu familia Sarratore, până și neliniștea mea față de ce i se întâmpla ei mi-au ieșit prost. Donato, care în realitate era un om important, pe pagină a reieșit un tată de familie banal; și eu însămi, în ce-l privea pe Marcello, am fost capabilă doar de sfaturi superficiale. La final mi s-a părut reală doar dezamăgirea că ea avea televizor și eu nu.

În fine, n-am putut să-i răspund, deși lipsindu-mă de mare, de soare, de plăcerea de a sta cu Ciro, cu Pino, cu Clelia, cu Lidia, cu Marisa, cu Sarratore. Bine că Nella, de la un moment dat încolo, a venit să-mi țină companie pe terasă, aducându-mi un sirop de migdale. Bine că atunci când s-a întors de la mare, familia Sarratore s-a supărat că stătusem acasă și a reînceput să mă sărbătorească. Lidia a vrut să facă ea un tort cu cremă, Nella a deschis o sticlă de vermut, Donato a început să cânte cântece napoletane, Marisa mi-a dăruit un căluț de mare din paie pe care și-l cumpărase din Port cu o seară înainte.

M-am înseninat, dar între timp nu reușeam să mi-o alung din minte pe Lila, în mijlocul necazurilor, în timp ce eu mă simțeam atât de bine, eram atât de sărbătorită. Am spus într-un mod cam dramatic că primisem o scrisoare de la o prietenă de-a mea, că acea prietenă avea nevoie de mine și că deci mă gândeam să plec mai devreme față de cum prevăzusem.

— Poimâine cel târziu, am anunțat, dar fără să fiu prea convinsă.

În realitate, vorbeam doar ca să aud cum îi părea rău Nellei, cum spunea Lidia că Ciro ar fi suferit foarte mult din cauza asta, cum o cuprindea pe Marisa disperarea, cum exclama Sarratore dezolat:

— Și noi cum ne descurcăm fără tine?

Lucruri care m-au emoționat toate, au făcut și mai plăcută petrecerea mea.

Apoi Pino și Ciro au început să ațipească și Lidia și Donato i-au dus la culcare. Marisa m-a ajutat să spăl vasele, Nella mi-a spus că dacă voiam să dorm puțin mai mult, s-ar fi trezit ea să pregătească micul dejun. Am protestat, aceea era sarcina mea. Toți, unul câte unul, s-au retras și am rămas singură. Mi-am făcut patul în colțul obișnuit, am studiat situația ca să văd dacă sunt gândaci și țânțari. Privirea mi-a căzut pe oalele din cupru.

Cât era de sugestivă scriitura Lilei, am privit oalele cu o neliniște crescândă. Mi-am amintit că-i plăcuse întotdeauna strălucirea lor, când le spăla, se dedica lustruirii lor cu mare grijă. Pe ele, nu întâmplător, cu patru ani în urmă, aruncase jetul de sânge țâșnit din gâtul lui don Achille când fusese înjunghiat. Pe ele lăsase acum senzația ei de amenințare, angoasa din cauza alegerii dificile pe care o avea în față, făcând să explodeze una în chip de semnal, ca și cum forma ei decisese brusc să cedeze. Știam să-mi imaginez acele lucruri fără ea? Știam să dau viață fiecărui obiect, să-l las să se strâmbe la unison cu viața mea? Am stins lumina. M-am dezbrăcat și m-am băgat în pat cu scrisoarea Lilei și semnul de carte albastru al lui Nino, lucrurile cele mai prețioase pe care, în momentul acela, mi se părea că le am.

Pe fereastră pătrundea lumina albă a lunii. Am sărutat semnul de carte cum făceam în fiecare seară, am încercat să recitesc în lumina slabă scrisoarea prietenei mele. Oalele străluceau, masa scârțâia, tavanul atârna greu, aerul nocturn și marea apăsau pe margini. M-am simțit din nou umilită de abilitatea Lilei de a scrie, de ce putea ea să plăsmuiască și eu nu, mi s-au încețoșat ochii. Eram fericită, desigur, că era atât de bună și fără școală, fără cărțile de la bibliotecă, dar fericirea aceea mă făcea în mod vinovat nefericită.

Apoi am auzit niște pași. Am văzut intrând în bucătărie umbra lui Sarratore, desculț, în pijamaua lui albastră. Mi-am tras peste mine așternutul. S-a dus la robinet, a umplut un pahar cu apă și a băut. A rămas câteva secunde în picioare în fața chiuvetei, a lăsat jos paharul și s-a mișcat spre patul meu. S-a ghemuit pe o latură, cu coatele sprijinite pe marginea așternutului.

— Știu că ești trează, a spus.

— Da.

— Nu te gândi la prietena ta, odihnește-te.

— Nu-i e bine, are nevoie de mine.

— Eu am nevoie de tine, a spus și s-a întins, m-a sărutat pe gură fără ușurința fiului său, deschizându-mi buzele cu limba.

Am rămas nemișcată.

El a dat așternutul puțin la o parte, continuând să mă sărute cu grijă, cu pasiune, și mi-a căutat sânii cu mâna, mi i-a mângâiat pe sub cămașă. Apoi m-a lăsat, a coborât între picioarele mele, mi-a apăsat cu putere două degete peste chiloți. N-am spus, n-am făcut nimic, eram îngrozită de comportamentul acela, de repulsia pe care mi-o provoca, de plăcerea pe care, totuși, o simțeam. Mustața lui îmi înțepa buza de sus, limba îi era aspră. Și-a desprins încet gura de a mea, a îndepărtat mâna.

— Mâine-seară facem o plimbare, eu și cu tine, pe plajă, a spus puțin răgușit, țin mult la tine și știu că și tu ții foarte mult la mine. Nu-i așa?

N-am spus nimic. El mi-a atins din nou ușor buzele cu buzele, a spus în șoaptă noapte bună, s-a ridicat și a ieșit din bucătărie. Eu am continuat să nu mă mișc, nu știu pentru cât timp. Oricât am încercat să scap de senzația limbii lui, de mângâierile lui, de apăsarea mâinii lui, nu puteam. Nino voise să mă avertizeze, știa că se va întâmpla? Am simțit o ură de nestăpânit pentru Donato Sarratore și dezgust pentru mine, pentru plăcerea care-mi rămăsese în corp. Oricât de neverosimil poate părea astăzi, de când puteam să-mi amintesc până în seara aceea, nu-mi oferisem niciodată plăcere, n-o cunoșteam, m-a surprins s-o simt. Am rămas în aceeași poziție nu știu câte ore. Apoi, la primele raze de lumină, m-am scuturat, mi-am strâns toate lucrurile, am desfăcut patul, am scris două rânduri de mulțumire pentru Nella și am plecat.

Insula era aproape lipsită de sunete, marea nemișcată, doar mirosurile erau foarte intense. Cu banii numărați pe care mi-i lăsase mama cu mai mult de o lună în urmă am luat primul vaporet care pleca. Imediat cum s-a pus în mișcare, și insula, cu culorile ei fragede dimineața devreme, a fost suficient de departe, m-am gândit că, în sfârșit, aveam ceva de povestit căruia Lilei n-ar fi putut să-i opună nimic la fel de memorabil. Dar am știut imediat că dezgustul față de Sarratore și repulsia față de mine însămi m-ar fi împiedicat să deschid gura. De fapt, asta e prima dată când îmi caut cuvintele pentru acel neașteptat sfârșit de vacanță.

36.

Am regăsit Napoli cufundat într-o zăpușeală duhnitoare și putrefactă. Mama, fără să spună un cuvânt referitor la schimbarea mea — zero acnee, neagră de soare —, mi-a reproșat că mă întorsesem mai devreme față de cum era prevăzut.

— Ce-ai făcut, a spus, te-ai purtat urât, te-a gonit prietena învățătoarei?

Cu tata a decurs altfel, i s-au umezit ochii și mi-a făcut multe complimente dintre care, repetat de vreo sută de ori, se desprindea:

— Sfântă Fecioară, ce fată frumoasă am.

În ce-i privește pe frații mei, au spus cu dispreț:

— Parcă ești o negresă.

M-am privit în oglindă și m-am minunat și eu: soarele îmi făcuse părul de un blond strălucitor, dar chipul, brațele, picioarele parcă erau vopsite cu aur negru. Cât fusesem cufundată în culorile insulei, mereu printre fețe arse de soare, transformarea îmi păruse potrivită cu mediul; acum, odată revenită în contextul cartierului, unde fiecare chip, fiecare stradă rămăseseră de o paloare bolnavă, mi s-a părut excesivă, aproape o anomalie. Oamenii, clădirile, șoseaua foarte aglomerată și prăfoasă mi-au dat impresia unei fotografii prost imprimate, precum cele din ziare.

Imediat cum am putut, am alergat la Lila. Am strigat-o din curte, a apărut la fereastră și a țâșnit pe ușa de la intrare. M-a îmbrățișat, m-a sărutat, mi-a făcut multe complimente cum nu făcuse niciodată, astfel încât m-am simțit copleșită de toată afecțiunea aceea atât de explicită. Era aceeași și totuși, în ceva mai mult de o lună, se schimbase. Nu mai părea o fată, ci o femeie, o femeie de cel puțin optsprezece ani, vârstă care atunci mi se părea înaintată. Vechile rochii îi erau scurte și strâmte, ca și cum crescuse în ele în decursul a câteva minute și îi strângeau corpul mai mult decât se cuvenea. Era și mai înaltă, avea umerii drepți, era sinuoasă. Iar chipul foarte palid pe gâtul subțire mi s-a părut de o delicată și neobișnuită frumusețe.

Am simțit că era nervoasă, pe stradă a privit în jurul ei și peste umăr de mai multe ori, dar nu mi-a dat explicații. A spus doar atât:

— Vino cu mine.

Și a dorit s-o însoțesc la mezelăria lui Stefano. A adăugat, luându-mă de braț:

— E un lucru pe care-l pot face doar cu tine, bine că te-ai întors: credeam că trebuie să aștept până în septembrie.

Nu parcurseserăm niciodată drumul acela spre părculeț atât de lipite una de cealaltă, atât de apropiate, atât de fericite că ne-am regăsit. Mi-a povestit că lucrurile se înrăutățeau în fiecare zi mai mult. Chiar cu o seară înainte, Marcello venise cu dulciuri și șampanie și îi dăruise un inel presărat cu briliante. Ea îl acceptase, și-l pusese pe deget ca să evite probleme în fața părinților, dar cu puțin înainte ca el să plece, la ușă, i-l dăduse înapoi în mod urât. Marcello protestase, o amenințase cum deja o făcea tot mai des, apoi izbucnise în plâns. Fernando și Nunzia își dăduseră seama imediat că nu mergea ceva. Mamei ei îi devenise drag Marcello, îi plăceau bunătățile pe care le aducea în fiecare seară în casă, era mândră să fie proprietara unui televizor; și Fernando se simțea de parcă terminase cu suferința, pentru că, grație înrudirii apropiate cu familia Solara, putea să privească liniștit spre viitor. Astfel, cum plecase Marcello, amândoi o chinuiseră mai mult ca de obicei ca să afle ce se întâmpla. Consecința: pentru prima dată după mult mult timp, Rino o apărase, urlase că dacă sora lui nu voia un cretin ca Marcello, era dreptul ei sacru să-l refuze și că, dacă ei insistau să i-l dea, el, el în persoană, ar fi dat foc la tot, la casă și la cizmărie, lui însuși și întregii familii. Tatăl și fiul se bătuseră, Nunzia intervenise între ei, se treziseră toți vecinii. Mai mult: Rino se aruncase pe pat foarte agitat, adormise brusc și o oră mai târziu avusese un alt episod de somnambulism. Îl găsiseră în bucătărie în timp ce aprindea bețe de chibrit unul după altul și le trecea pe lângă cheia de gaz ca să vadă dacă erau scăpări. Nunzia o trezise pe Lila îngrozită, îi spusese: „Rino vrea într-adevăr să ne ardă pe toți de vii" și ea alergase să vadă și o liniștise: Rino dormea și, în somn, spre deosebire de atunci când era treaz, îl preocupa într-adevăr să nu fie scurgeri de gaz. Îl condusese înapoi în pat și-l lăsase să doarmă.

— Nu mai pot, a încheiat, tu nu știi prin ce trec, trebuie să ies din situația asta.

S-a lipit de mine ca și cum aș fi putut s-o încarc cu energie.

— Tu ești bine, a spus, ție-ți merg toate bine: trebuie să mă ajuți.

I-am răspuns că putea conta pe mine pentru orice și mi s-a părut că se simte ușurată, m-a strâns de braț și a șoptit:

— Uite.

Am văzut de departe un fel de pată roșie care iradia lumină.

— Ce e?

— Nu vezi?

Nu vedeam bine.

— E mașina nouă pe care și-a cumpărat-o Stefano.

Automobilul era parcat în fața mezelăriei, care fusese extinsă, acum avea două intrări, era foarte aglomerată. Clientele, așteptând să fie servite, aruncau priviri admirative spre acel simbol de bunăstare și prestigiu: în cartier nu fusese niciodată văzută o astfel de mașină, numai geamuri și metal, cu acoperișul care se deschidea. O mașină de mari domni, nu avea nimic de-a face cu Fiatul 1100 al fraților Solara.

Am dat ture în jurul ei în timp ce Lila stătea la umbră și supraveghea strada ca și cum se aștepta, dintr-un moment în altul, să aibă loc ceva violent. În pragul mezelăriei a apărut Stefano, cu halatul soios tot, capul mare și fruntea înaltă care-i dădeau un aer de disproporție, dar nu neplăcută. A traversat strada, m-a salutat cordial și a spus:

— Ce bine arăți, semeni cu o actriță.

Și el arăta bine: se bronzase la fel ca mine, poate că eram singurii din tot cartierul care aveam un aer atât de sănătos. I-am spus:

— Ce negru ești.

— Mi-am luat o săptămână de vacanță.

— Unde?

— La Ischia.

— Și eu am fost la Ischia.

— Știu, mi-a spus Lina: te-am căutat, dar nu te-am văzut niciodată.

Am arătat mașina.

— E frumoasă.

Lui Stefano i-a apărut pe chip o expresie de consens moderat. A spus, făcând semn spre Lila, cu o privire amuzată:

— Am cumpărat-o pentru prietena ta, dar ea nu vrea să creadă.

M-am uitat la Lila care stătea serioasă, la umbră, cu o expresie încordată. Stefano i s-a adresat vag ironic:

— Acum Lenuccia s-a întors, ce faci?

Lila a spus ca și cum chestia i-ar fi displăcut:

— Să mergem. Dar ține minte că ai invitat-o pe ea, nu pe mine: eu doar v-am însoțit.

El a zâmbit și s-a întors în magazin.

— Ce se întâmplă? am întrebat-o dezorientată.

— Nu știu, a răspuns și voia să spună că nu știa precis în ce se băga.

Avea expresia din timpul momentelor când trebuia să facă în minte un calcul dificil, dar fără trăsătura obraznică dintotdeauna, era vizibil preocupată, ca și cum încerca un experiment nesigur de rezolvare a situației.

— A început totul, mi-a spus, odată cu sosirea acestui automobil.

Stefano, la început parcă glumind, apoi tot mai serios, îi jurase că pentru ea cumpărase mașina aceea, pentru plăcerea de a-i deschide măcar o dată portiera și a o ajuta să urce. „Aici înăuntru numai tu arăți bine“, îi spusese. Și de când o primise, la sfârșitul lui iulie, o rugase încontinuu, dar nu obsedant, cu amabilitate, mai întâi să facă o plimbare cu el și Alfonso, apoi cu el și Pinuccia, apoi chiar cu el și mama lui. Dar ea răspunsese mereu nu. În sfârșit îi promisese: „Vin când se întoarce Lenuccia de la Ischia“. Și acum eram acolo și ce trebuia să se întâmple s-ar fi întâmplat.

— Dar știe de Marcello?

— Sigur că știe.

— Și?

— Și insistă.

— Mi-e teamă, Lila.

— Îți amintești câte lucruri de care ne temeam am făcut? Te-am așteptat înadins.

Stefano s-a întors fără halat, cu părul negru, cu fața neagră, ochii negri strălucitori, cămașă albă și pantaloni închiși la culoare. A deschis automobilul, s-a așezat la volan, a ridicat capota. Eu am dat să mă strecor în spațiul mic din spate, dar Lila m-a oprit, s-a instalat ea în spate. M-am așezat stânjenită lângă Stefano, el a pornit imediat îndreptându-se spre blocurile noi.

Vântul a dispersat zăpușeala. M-am simțit bine, îmbătată de viteză și, totodată, de calma încredere descătușată din trupul lui Carracci. Mi s-a părut că Lila îmi explicase totul fără să-mi explice nimic. Era, da, automobilul acela sport, foarte nou care fusese cumpărat doar pentru a o scoate la o plimbare care tocmai începuse. Era, da, tânărul acela care, deși știind de Marcello Solara, încălca reguli masculine fără nicio anxietate vizibilă. Eram, da, eu, târâtă în grabă în acea întâmplare ca să ascund, cu prezența mea, cuvinte secrete între ei, poate chiar o prietenie. Dar ce fel de prietenie? În mod sigur avea loc, cu acea plimbare cu mașina, ceva important, și totuși, Lila nu știuse sau nu dorise să-mi furnizeze datele necesare ca să înțeleg. Ce avea în minte? Era imposibil să nu știe că era pe punctul de a declanșa un cutremur mai rău decât aruncatul cu bucățele de hârtie îmbibate în cerneală. Și totuși era probabil să nu aibă nicio țintă precisă. Ea așa era, strica echilibre doar pentru a vedea în ce alt mod putea să le refacă. Astfel că, iată-ne la drum, cu părul în vânt, Stefano care conducea cu satisfăcută îndemânare, eu care stăteam lângă el ca și cum aș fi fost logodnica lui. M-am gândit la felul în care mă privise când îmi spusese că păream o actriță. M-am gândit la posibilitatea de a-i putea plăcea mai mult decât îi plăcea acum prietena mea. M-am gândit cu groază la eventualitatea ca Marcello Solara să tragă cu arma în el. Persoana lui frumoasă cu gesturi sigure și-ar fi pierdut consistența precum cuprul oalei despre care îmi scrisese Lila.

Plimbarea pe lângă blocurile noi ne-a ajutat să evităm să trecem prin fața cafenelei Solara.

— Mie nu-mi pasă dacă Marcello ne vede, a spus Stefano fără emfază, dar dacă-ți pasă ție, e bine așa.

Am luat-o prin tunel, am mers cu viteză spre strada Marina. Era drumul făcut de mine și de Lila cu mulți ani în urmă, când ne prinsese ploaia. Eu am făcut aluzie la episodul acela, ea a zâmbit, Stefano a vrut să povestim. Am povestit totul, ne-am distrat și, între timp, am ajuns la clădirea Granili.

— Cum vi se pare, aleargă, nu?

— Foarte rapidă, am zis entuziastă.

Lila n-a făcut niciun comentariu. Privea în jur, uneori îmi atingea umărul ca să-mi arate casele, sărăcia mizeră de pe stradă, de parcă vedea confirmarea unor lucruri și eu trebuia să înțeleg din zbor. Apoi l-a întrebat serioasă pe Stefano, fără preambul:

— Tu chiar ești diferit?
El a căutat-o în oglinda retrovizoare.
— De cine?
— Știi.
N-a răspuns imediat. Apoi a spus în dialect:
— Vrei să-ți spun adevărul?
— Da.
— Intenția aia e, dar nu știu cum se va termina.
Am avut atunci confirmarea faptului că Lila probabil că nu-mi spusese multe etape. Tonul acela aluziv dovedea că erau în raporturi strânse, că vorbiseră alte dăți între ei și nu în joacă, ci serios. Ce pierdusem în perioada cu Ischia? Am întors capul să mă uit la ea, își amâna replica, m-am gândit că răspunsul lui Stefano o enervase prin imprecizia lui. Am văzut-o inundată de soare, cu ochii mijiți, bluza umflată de sâni și de vânt.
— Aici sărăcia e mai rea decât la noi, a spus.
Și apoi, fără legătură, râzând:
— Să nu crezi că am uitat de momentul când voiai să-mi înțepi limba.
Stefano a făcut semn că da.
— Era altă epocă, a spus.
— Lașul rămâne laș, erai de două ori cât mine.
El a zâmbit ușor stânjenit și a accelerat, fără să răspundă, în direcția portului. Plimbarea a durat ceva mai puțin de jumătate de oră, ne-am întors pe Rettifilo, prin piața Garibaldi.
— Fratele tău nu se simte bine, a spus Stefano când eram din nou la marginea cartierului.
A căutat-o din nou în oglinda retrovizoare și a întrebat:
— Pantofii pe care i-ați făcut sunt cei expuși în vitrină?
— Ce știi tu de pantofi?
— Rino vorbește numai despre ei.
— Și?
— Sunt foarte frumoși.

Ea a mijit ochii până când aproape i-a închis de tot.

— Cumpără-ți-i, a spus cu tonul ei provocator.

— Cu cât îi vindeți?

— Vorbește cu tata.

Stefano a făcut o întoarcere în formă de U care m-a înfipt în portieră, am luat-o pe strada cu cizmăria.

— Ce faci? a întrebat Lila alarmată.

— Ai zis cumpără-ți-i și mă duc să mi-i cumpăr.

37.

A oprit mașina în fața cizmăriei, a venit să-mi deschidă portiera și mi-a întins o mână ca să mă ajute să cobor. Nu s-a ocupat de Lila, care s-a descurcat singură și a rămas în urmă. El și eu ne-am oprit în fața vitrinei, sub ochii lui Rino și ai lui Fernando care, din magazin, ne priveau cu o curiozitate încruntată.

Când Lila ne-a ajuns din urmă, Stefano a deschis ușa magazinului, mi-a dat voie să trec, apoi a intrat fără să-i dea voie și ei. A fost foarte amabil cu tatăl și cu fiul, a cerut să poată vedea pantofii. Rino s-a precipitat să-i ia, el i-a studiat și i-a lăudat:

— Sunt ușori și totuși rezistenți, chiar au o linie frumoasă.

M-a întrebat:

— Ce crezi, Lenù?

Eu am spus foarte stânjenită:

— Sunt foarte frumoși.

I s-a adresat lui Fernando:

— Fiica dumneavoastră a spus că ați muncit mult toți trei și că aveți în plan să faceți și alții, și de damă.

— Da, a spus Rino, privindu-și uimit sora.

— Da, a zis Fernando perplex, dar nu imediat.

— Și nu există, ce știu eu, un desen, ceva ca să înțeleg mai bine?

Rino i-a spus surorii lui, ușor indispus pentru că se temea de un refuz:

— Adu-i desenele.

Lila, continuând să-l uimească, n-a opus rezistență. S-a dus în spate și s-a întors întinzându-i foile fratelui ei care i le-a dat lui Stefano. Erau toate modelele care îi veniseră în minte cu aproape doi ani în urmă.

Stefano mi-a arătat o pereche de pantofi de damă cu tocul foarte înalt.

— Tu i-ai cumpăra?

— Da.

A reluat studierea desenelor. Apoi s-a așezat pe un taburet și și-a scos pantoful drept.

— Ce număr sunt?

— 43, dar care ar putea merge și la 44, a mințit Rino.

Lila, continuând să ne uimească, s-a așezat în genunchi în fața lui Stefano și, folosindu-se de încălțător, i-a ajutat piciorul să-i alunece în încălțămintea nouă. Apoi i-a scos celălalt pantof și a făcut aceeași operațiune.

Stefano, care până în momentul acela jucase rolul unui om practic, expeditiv, a fost în mod vizibil tulburat. A așteptat ca Lila să se ridice și pe urmă a mai rămas așezat câteva secunde, parcă trăgându-și răsuflarea. Apoi s-a ridicat în picioare și a făcut câțiva pași.

— Sunt strâmți, a spus.

Rino s-a albit, dezamăgit.

— Putem să ți-i punem în aparat și să-i lărgim, a intervenit Fernando, dar pe un ton nesigur.

Stefano m-a privit și a întrebat:

— Cum îmi vin?

— Bine, am spus.

— Atunci îi iau.

Fernando a rămas impasibil, Rino s-a înseninat.

— Să știi, Ste', că e un model exclusiv Cerullo, costă.

Stefano a zâmbit, a căpătat un ton afectuos:

— Și dacă nu era un model exclusiv Cerullo, după tine, i-aș fi cumpărat? Când sunt gata?

Rino s-a uitat radios la tatăl lui.

— Să-i ținem în aparat măcar trei zile, a spus Fernando, dar era limpede că ar fi putut spune zece, douăzeci, o lună, atât de mult voia să nu se grăbească în fața acelei noutăți neașteptate.

— Foarte bine: voi gândiți-vă la un preț prietenos și eu mă întorc aici peste trei zile și-i iau.

A împăturit foile cu desenele și le-a pus în buzunar sub ochii noștri perplecși. Apoi le-a strâns mâinile lui Fernando, lui Rino și s-a îndreptat spre ușă.

— Desenele, a spus Lila rece.

— Pot să ți le aduc peste trei zile? a întrebat Stefano pe un ton cordial și, fără să aștepte răspuns, a deschis ușa. M-a lăsat să trec și a ieșit după mine.

Mă instalasem deja în mașină lângă el când a apărut Lila. Era furioasă:

— Crezi că tata e prost, că fratele meu e prost?

— Ce vrei să spui?

— Dacă crezi că faci pe măscăriciul cu familia mea și cu mine, te înșeli.

— Mă jignești: eu nu sunt Marcello Solara.

— Atunci cine ești?

— Un negustor: nu s-au mai văzut pantofi ca aceia desenați de tine. Și nu mă refer doar la cei pe care i-am cumpărat: mă refer la toți.

— Deci?

— Deci, lasă-mă să mă gândesc și ne vedem peste trei zile.

Lila l-a țintuit cu privirea ca și cum ar fi vrut să-i citească gândurile, nu se îndepărta de mașină. În cele din urmă, a rostit o frază pe care eu n-aș fi avut niciodată curajul s-o rostesc:

— Vezi că Marcello a încercat deja în toate felurile să mă cumpere, dar pe mine nu mă cumpără nimeni.

Stefano a privit-o drept în ochi o lungă secundă.

— Eu nu cheltui o liră dacă nu cred că pot să scot o sută.

A pornit motorul și am plecat. Acum eram sigură: plimbarea cu mașina fusese un fel de consimțire venită la capătul mai multor întâlniri, al mai multor discuții. Am spus cu glas stins, în italiană:

— Te rog, Stefano, mă lași la colț? Dacă mă vede mama în mașină cu tine, îmi sparge fața.

38.

Viața Lilei s-a schimbat decisiv în acea lună septembrie. N-a fost ușor, dar s-a schimbat. În ce mă privește, mă întorsesem de la Ischia îndrăgostită de Nino, însemnată de buzele și mâinile tatălui său, sigură că aș fi plâns zi și noapte din cauza amestecului de fericire și oroare pe care le simțeam în mine. În schimb, n-am făcut nici cea mai mică încercare de a căuta o formă pentru emoțiile mele, totul s-a redimensionat în câteva ore. Am dat uitării vocea lui Nino, neplăcerea mustății tatălui său. Insula a pălit, s-a pierdut într-un fundal secret din mintea mea. Am făcut loc celor ce i se întâmplau Lilei.

În cele trei zile care au urmat plimbării stupefiante în mașina decapotabilă, ea, cu pretextul cumpărăturilor, s-a dus des la mezelăria lui Stefano, dar rugându-mă mereu s-o însoțesc. Am făcut-o cu sufletul la gură, speriată că ar fi putut da năvală Marcello, dar și bucuroasă de rolul meu de confidentă generoasă în sfaturi, de complice în conceperea de intrigi, de obiect aparent al atențiilor lui Stefano. Eram copile, chiar dacă ne închipuiam perfid lipsite de prejudecăți. Brodam pe marginea faptelor — Marcello, Stefano, pantofii — cu obișnuita noastră pasiune și ni se părea că știm să potrivim mereu totul. „Îi zic așa", făcea ea ipoteze, iar eu îi sugeram o mică variație: „Nu, spune-i așa". Apoi ea și Stefano se adânceau într-o conversație într-un colț din spatele tejghelei, în timp ce Alfonso schimba două vorbe cu mine, Pinuccia, enervată, servea clienții și Maria, la casă, își spiona neliniștită fiul cel mare care în ultima vreme nu era mai deloc atent la treabă și întreținea cleveteala bârfitoarelor.

Evident, improvizam. În timpul acelui du-te-vino am încercat să înțeleg ce-i trece cu adevărat Lilei prin minte, astfel încât să fiu în armonie cu obiectivele ei. La început am avut impresia că vrea pur și simplu să-i ajute să câștige niște bani pe tatăl și fratele ei vânzându-i scump lui Stefano singura pereche de pantofi produsă de familia Cerullo, dar curând mi s-a părut că scopul ei era mai ales să se debaraseze de Marcello folosindu-se de tânărul mezelar. Decisiv, în acest sens, a fost momentul în care am întrebat-o:

— Dintre cei doi care-ți place mai mult?

A ridicat din umeri.

— Marcello nu mi-a plăcut niciodată, mi-e scârbă de el.

— Te-ai logodi cu Stefano doar ca să-l gonești pe Marcello din casa ta?

S-a gândit o clipă și a răspuns da.

Din acel moment, scopul ultim al întregii noastre complotări ni s-a părut acela: să luptăm prin orice mijloace împotriva intrării lui Marcello în viața ei. Restul a venit grămadă aproape întâmplător și noi ne-am limitat la a-i da un curs, uneori la a face o adevărată orchestrație. Sau cel puțin așa am crezut. Cel care a acționat, în realitate, a fost tot timpul Stefano și numai el.

Punctual, trei zile mai târziu, s-a dus la magazin și a cumpărat pantofii, deși îl strângeau. Cei doi Cerullo, foarte nesiguri, i-au cerut douăzeci și cinci de mii de lire, însă gata să scadă la zece mii. El n-a clipit și a pus alte douăzeci de mii în schimbul desenelor Lilei care — a spus — îi plăceau, voia să le înrămeze.

— Să le înrămezi? a întrebat Rino.

— Da.

— Ca pe tabloul unui pictor?

— Da.

— Și surorii mele i-ai spus că-ți cumperi și desenele ei?

— Da.

Stefano nu s-a oprit acolo. În zilele următoare a apărut din nou la cizmărie și i-a anunțat pe tată și pe fiu că închiriase spațiul lipit de magazin.

— Pentru moment e acolo, a spus, dar dacă într-o bună zi veți decide să vă extindeți, amintiți-vă că sunt la dispoziția voastră.

În casa Cerullo s-a discutat îndelung, cu voce scăzută, în legătură cu ce însemna fraza aceea.

— Să ne extindem?

Lila, în cele din urmă, dat fiind că nu înțelegeau singuri, a spus:

— Vă propune să transformați cizmăria într-un atelier pentru fabricarea pantofilor Cerullo.

— Și banii? a întrebat Rino prudent.

— Îi pune el.

— Ți-a spus ție? s-a alarmat Fernando uimit, urmat imediat de Nunzia.

— V-a spus-o vouă, a spus Lila arătând spre tatăl și fratele ei.

— Dar știe că pantofii făcuți manual costă?

— I-ați demonstrat-o.

— Și dacă nu se vând?

— Voi pierdeți efortul și el banii.

— Și atât?

— Atât.

Întreaga familie a trăit zile agitate. Marcello a trecut pe planul al doilea. Venea seara la opt și jumătate și cina nu era încă gata. S-a trezit adesea în fața televizorului singur cu Melina și Ada, în timp ce membrii familiei Cerullo șușoteau în altă cameră.

Bineînțeles, cel mai încântat era Rino care și-a recăpătat energia, culoarea, veselia și, așa cum fusese prieten intim al fraților Solara, la fel a început să devină prietenul intim al lui Stefano, Alfonso, Pinuccia, chiar și al doamnei Maria. Când, în sfârșit, toate rezervele lui Fernando s-au risipit, Stefano s-a dus la magazin și, după o mică discuție, s-a ajuns la o înțelegere verbală pe baza căreia el urma să suporte toate cheltuielile și cei doi Cerullo urmau să dea drumul producției, atât a modelului pe care Lila și Rino îl realizaseră deja, cât și a tuturor celorlalte modele, rămânând stabilit că vor face jumătate-jumătate eventualele profituri. A scos foile dintr-un buzunar și li le-a arătat una după alta.

— Veți face asta, asta, asta, a spus, dar să sperăm că nu vă va lua doi ani cum știu că s-a întâmplat cu cealaltă pereche.

— Fiica mea e femeie, s-a justificat Fernando stânjenit, iar Rino n-a învățat încă bine meseria.

Stefano a clătinat cordial din cap.

— Pe Lina lăsați-o în pace. Voi va trebui să angajați lucrători.

— Și cine-i plătește? a întrebat Fernando.

— Tot eu. Alegeți doi sau trei, în mod liber, după judecata voastră.

La ideea de a avea chiar niște angajați, Fernando s-a inflamat și i s-a dezlegat limba cu o dezaprobare vizibilă a fiului. A povestit despre când învățase meseria de la răposatul lui tată. A povestit cât de urâtă fusese munca la mașini, la Casoria. A povestit despre greșeala lui de a se fi căsătorit cu Nunzia, care avea mâini moi și nicio dorință de a face efort, dar dacă s-ar fi căsătorit cu Ined, o iubire din tinerețe, care era foarte muncitoare, ar fi avut de mult o activitate proprie, mai bună decât Campanile, cu mostre de expus, eventual, la Mostra d'Oltremare. A povestit, în fine, că avea în minte pantofi foarte frumoși, marfă perfectă, că dacă Stefano nu s-ar fi fixat pe acele prostii ale Linei, acum ar fi putut fi lucrați și știi câți ar fi vândut. Stefano a ascultat cu răbdare, dar apoi a răspuns că pe el, pentru moment, îl interesa doar să vadă realizate la perfecție desenele Lilei. Atunci Rino i-a luat foile surorii, le-a analizat bine, bine și l-a întrebat pe un ton ușor ironic:

— După ce le înrămezi, unde le agăți?

— Aici.

Rino s-a uitat la tatăl lui, care, însă, se posomorâse din nou și n-a spus nimic.

— Sora mea e de acord cu toate astea? a întrebat.

Stefano a zâmbit:

— Și cine crezi că are chef să facă vreun lucru dacă sora ta nu e de acord?

S-a ridicat, a strâns cu putere mâna lui Fernando și s-a îndreptat spre ușă. Rino l-a însoțit și, cuprins dintr-odată de o grijă, i-a strigat din prag, în timp ce mezelarul mergea spre decapotabila roșie:

— Marca pantofilor rămâne Cerullo.

Stefano i-a făcut un semn din mână fără să se întoarcă:

— O membră a familiei Cerullo i-a inventat și Cerullo se vor numi.

39.

În aceeași seară, Rino, înainte să iasă la plimbare cu Pasquale și Antonio, a spus:

— Marcè, ai văzut ce mașină și-a tras Stefano?

Marcello, cretinizat de televizorul aprins și de tristețe, nici n-a răspuns.

Atunci, Rino a scos pieptănul din buzunar, s-a pieptănat și a menționat în treacăt, vesel:

— Știi că și-a cumpărat pantofii noștri cu patruzeci și cinci de mii de lire?

— Se vede că are bani de aruncat, a răspuns Marcello și Melina a izbucnit în râs, nu se știe dacă din cauza acelei replici sau a celor transmise la televizor.

Din momentul acela, Rino a găsit, seară de seară, cum să-l enerveze pe Marcello și atmosfera a devenit tot mai încordată. În plus, imediat cum venea Solara, întotdeauna bine primit de Nunzia, Lila dispărea, zicea că era obosită și se ducea să se culce. Într-o seară, Marcello, cu moralul la pământ, a vorbit cu Nunzia.

— Dacă fiica dumneavoastră merge la culcare imediat cum sosesc, eu la ce mai vin?

Spera, evident, că ea îl va consola, spunându-i ceva ca să-l încurajeze să persevereze în încercarea de a câștiga iubirea fetei. Dar Nunzia n-a știut ce să-i răspundă, și el atunci a mormăit:

— Îi place altul?

— Nici vorbă.

— Știu că merge la cumpărături la Stefano.

— Și unde ar trebui să se ducă, fiule, la cumpărături?

Marcello a tăcut, cu privirea în jos.

— A fost văzută în mașină cu mezelarul.

— Era și Lenuccia: Stefano se ține după fiica portarului.

— Lenuccia nu mi se pare o companie bună pentru fiica dumneavoastră. Spuneți-i să nu se mai vadă cu ea.

Eu nu eram o companie bună? Lila nu trebuia să se mai vadă cu mine? Când prietena mea mi-a vorbit despre rugămintea lui Marcello, am trecut definitiv de partea lui Stefano și am început să-i laud comportamentul discret, determinarea calmă.

— E bogat, i-am spus la sfârșit.

Dar în timp ce rosteam propoziția aceea, mi-am dat seama de felul în care continua să se modifice bogăția visată când eram mici. Cuferele pline cu monede de aur pe care o procesiune de servitori în livrea le-ar fi depozitat în castelul nostru când am fi publicat o carte ca *Micuțele doamne* — bogăție și faimă — păliseră definitiv. Persista, poate, ideea de bani ca element de a ne consolida existența și a-i împiedica tăierea marginilor odată cu persoanele care ne erau dragi. Dar trăsătura fundamentală care domina acum era concretețea, gestul cotidian, negocierea. Această bogăție a adolescenței încolțea, da, dintr-o iluminare fantastică încă infantilă — desenele de pantofi originali —, dar se materializase în nemulțumirea agresivă a lui Rino, care voia să cheltuiască precum un mare domn, în televizorul, în prăjiturile și în inelul lui Marcello al cărui scop era să cumpere un sentiment, și, în fine, încetul cu încetul, în acel tânăr amabil Stefano, care vindea mezeluri, avea o mașină roșie decapotabilă, cheltuia patruzeci și cinci de mii de lire ca popa, înrăma desene, voia să facă negoț și cu pantofi, nu doar cu brânzeturi, investea în pielărie și forță de muncă, părea convins că știe că inaugurează o nouă epocă de pace și bunăstare în cartier: era, în fine, o bogăție care stătea în faptele cotidiene și, de aceea, fără splendoare și fără glorie.

— E bogat, am auzit-o pe Lila repetând, și am început să râdem.

Dar apoi a adăugat:

— Și simpatic, și bun, iar eu m-am declarat imediat de acord, ultimele erau calități pe care Marcello nu le avea, un motiv în plus ca să fii de partea lui Stefano. Totuși, acele două adjective m-au tulburat, am simțit că dau lovitura finală strălucirii fanteziilor copilărești. Niciun castel, niciun cufăr — mi s-a părut că înțeleg — n-ar mai fi avut legătură doar cu Lila și cu mine, stând aplecate să scriem o poveste ca *Micuțele doamne*. Bogăția întruchipată de Stefano începea să ia înfățișarea unui tânăr bărbat cu halatul unsuros, aplica trăsături, miros, voce, exprima simpatie și bunătate, era un bărbat pe care-l cunoșteam dintotdeauna, fiul cel mare al lui don Achille.

M-am neliniștit.

— Oricum, voia să-ți înțepe limba, am spus.

— Era un băiețel, a replicat ea emoționată, sentimentală cum n-o auzisem niciodată, astfel încât abia atunci am realizat că mersese mult mai departe decât îmi spusese în cuvinte.

În zilele următoare a devenit tot mai clar. Am văzut cum vorbea cu Stefano și cum vocea ei parcă-l șlefuia pe el. M-am adaptat pactului pe care tocmai îl făceau, nu voiam să fiu lăsată pe dinafară. Și am complotat ore în șir — noi două, noi trei — ca să facem astfel încât să se transforme degrabă persoanele, sentimentele, ordinea lucrurilor. În spațiul de lângă cizmărie a venit un muncitor care a dărâmat peretele despărțitor. Cizmăria a fost reorganizată. Au apărut trei ucenici, băieți din provincie, veneau de la Melito, aproape muți. Într-un colț au continuat să pingelească, în restul spațiului Fernando a aranjat bănci de lucru, dulapuri, uneltele sale, formele sale din lemn în funcție de numerele diferite și a început, cu neașteptată energie, nebănuită la un bărbat foarte slab și devorat dintotdeauna de o nemulțumire ranchiunoasă, să discute în legătură cu ce să facă.

Chiar în ziua în care munca nouă era pe punctul de a începe, și-a făcut apariția Stefano. Căra un pachet din hârtie de ambalat. Au sărit toți în picioare, și Fernando, ca și cum ar fi venit în inspecție. A desfăcut pachetul și înăuntru erau multe tablouașe de aceleași dimensiuni, cu vergele de lemn maro pe margini. Erau foile de caiet ale Lilei, sub sticlă, de parcă ar fi fost niște relicve prețioase. I-a cerut voie lui Fernando să le atârne pe pereți, Fernando a mârâit ceva, iar pe Stefano l-a ajutat Rino și ucenicii să bată cuiele. Stefano, numai după ce tablouașele au fost atârnate, le-a cerut celor trei asistenți să meargă să-și ia cafea și le-a dat câteva lire. Cum a rămas singur cu cârpaciul și fiul său, a anunțat cu voce scăzută că voia să se căsătorească cu Lila.

S-a lăsat o liniște insuportabilă. Rino s-a limitat la un zâmbet prezumțios, Fernando a spus, în sfârșit, cu o voce firavă:

— Stefano, Lila e logodită cu Marcello Solara.

— Fiica dumneavoastră nu știe.

— Ce spui?

A intervenit Rino, foarte vesel:

— Spune adevărul: tu și mama îl lăsați să vină acasă pe tâmpitul ăla, dar Lina nu l-a vrut niciodată și nu-l vrea.

Fernando s-a uitat urât la fiul lui. Mezelarul a spus cu amabilitate, privind în jur:

— Avem o treabă deja începută, să nu ne frământăm. Eu vă cer un singur lucru, don Fernà: lăsați-o pe fiica dumneavoastră să decidă. Dacă-l vrea pe Marcello Solara, mă resemnez. Țin foarte mult la ea, așa încât, dacă e fericită cu altul, eu mă retrag și între mine și dumneavoastră rămâne totul ca acum. Dacă, în schimb, mă vrea pe mine — dacă mă vrea pe mine —, nu stăm la discuții, trebuie să mi-o dați.

— Mă ameninți, a spus Fernando, dar fără zel, pe un ton de resemnată constatare.

— Nu, vă rog să faceți ce e bine pentru fiica dumneavoastră.

— Eu știu ce-i bine pentru ea.

— Da, dar ea știe mai bine ca dumneavoastră.

Și aici Stefano s-a ridicat, a deschis ușa, m-a strigat pe mine care stăteam afară așteptând împreună cu Lila.

— Lenù.

Am intrat amândouă. Ce mult ne plăcea să ne simțim în mijlocul acelor întâmplări, noi două împreună, și să le privim cum se rezolvă. Îmi amintesc tensiunea electrizată din acel moment. Stefano i-a spus Lilei:

— Îți spun asta în fața tatălui tău: te iubesc foarte mult, mai mult decât viața mea. Vrei să te căsătorești cu mine?

Lila a răspuns serioasă:

— Da.

Fernando s-a poticnit puțin, apoi a murmurat cu aceeași supunere pe care, în vremuri apuse, o manifestase în raport cu don Achille:

— Îi aducem o mare jignire nu numai lui Marcello, dar întregii familii Solara. Cine-i spune, acum, bietului băiat?

Lila a spus:

— Eu.

40.

Într-adevăr, două seri mai târziu, în fața întregii familii, cu excepția lui Rino care era la plimbare, înainte să se așeze la masă, înainte să se aprindă televizorul, Lila l-a întrebat pe Marcello:

— Mergem să luăm o înghețată?

Lui Marcello nu i-a venit să-și creadă urechilor.

— Înghețată? Fără să mâncăm înainte? Eu și cu tine?

Și a întrebat-o imediat pe Nunzia:

— Doamnă, vreți să veniți și dumneavoastră?

Nunzia a aprins televizorul și a spus:

— Nu, mulțumesc, Marcè. Dar să nu stați mult. Doar zece minute, vă duceți și vă întoarceți.

— Da, mulțumesc, a promis el fericit.

A repetat de cel puțin patru ori cuvântul mulțumesc. I se părea că momentul mult-așteptat venise, Lila era pe punctul de a-i spune da.

Dar imediat cum au ieșit din bloc, ea l-a înfruntat și a silabisit, cu răutatea rece ca gheața care-i stătea bine încă din primii ani de viață:

— Nu ți-am spus niciodată că te vreau.

— Știu. Dar acum mă vrei?

— Nu.

Marcello, care era mare și voinic, un tip zdravăn, un ditamai tânărul coleric de douăzeci și trei de ani, s-a sprijinit de stâlpul unui felinar cu inima distrusă.

— Chiar nu?

— Nu. Iubesc pe altul.

— Cine e?

— Stefano.

— Știam deja, dar nu puteam crede.

— Trebuie să crezi, așa e.

— O să vă omor pe amândoi.

— Cu mine poți încerca imediat.

Marcello s-a desprins de felinar, grăbit, dar cu un fel de horcăit și-a mușcat până la sânge mâna dreaptă făcută pumn.

— Te iubesc prea mult și nu pot s-o fac.

— Atunci lasă-l pe fratele tău s-o facă, pe tatăl tău, pe vreun prieten de-al vostru, e posibil ca ei să fie capabili. Dar să le spui clar tuturor că trebuie să mă omoare mai întâi pe mine. Fiindcă dacă vă atingeți de oricine altcineva cât trăiesc, eu sunt cea care vă omor și știi c-o fac, încep cu tine.

Marcello a continuat să-și muște degetul cu îndârjire. Apoi a scos un fel de suspin reprimat care i-a zguduit pieptul, a întors spatele și a plecat.

Ea i-a strigat din urmă:

— Trimite pe cineva să ia televizorul, n-avem nevoie de el.

41.

Totul a avut loc în ceva mai mult de o lună și Lila, la final, mi s-a părut fericită. Găsise o rezolvare pentru proiectul cu pantofii, îi dăduse o oportunitate fratelui ei și întregii familii, se debarasase de Marcello Solara și devenise logodnica celui mai respectabil tânăr înstărit din cartier. Ce-și putea dori mai mult? Nimic. Avea totul. Când a reînceput școala, m-am simțit mai tristă ca de obicei. Am fost reabsorbită de studiu și, pentru a evita ca profesorii să mă poată prinde nepregătită, am reînceput să trudesc până la unsprezece seara și să mă trezesc la cinci și jumătate. Am văzut-o pe Lila tot mai puțin.

În compensație, s-a consolidat relația cu fratele lui Stefano, Alfonso. Deși muncise în mezelărie toată vara, trecuse examenele în mod strălucitor, cu șapte la fiecare materie la care fusese lăsat corijent: latină, greacă și engleză. Gino, care își dorise să fie trântit ca să poată repeta împreună clasa a patra de gimnaziu, a fost foarte afectat. Când și-a dat seama că noi doi, de-acum în clasa a cincea de gimnaziu, mergeam la școală și ne întorceam împreună în fiecare zi, s-a înfuriat și mai mult și a devenit meschin. Nu ne-a mai adresat un cuvânt nici mie, fosta lui logodnică, nici lui Alfonso, fostul lui coleg de bancă, deși clasa lui era lângă a noastră și ne întâlneam adesea pe coridoare, ca și pe străzile din cartier. Dar a făcut și mai mult, au ajuns până la mine zvonuri, curând, că povestea lucruri urâte despre noi. Spunea că eu mă îndrăgostisem de Alfonso și-l atingeam în timpul lecțiilor, chiar dacă Alfonso nu-mi împărtășea sentimentele pentru că, așa cum știa bine el, care-i stătuse alături timp de un an, nu-i plăceau fetele, prefera băieții. I-am spus acest lucru micului Carracci așteptându-mă să se ducă să-i spargă fața lui Gino, cum era obligatoriu în acele cazuri, dar el s-a limitat să spună, pe un ton disprețuitor, în dialect: „Știu toți că bulangiul e el".

Alfonso a fost o plăcută și providențială descoperire. Emana o impresie de curat și bună creștere. Deși, ca trăsături, semăna foarte mult cu Stefano, aceiași ochi, același nas, aceeași gură; deși, crescând, corpul lui se configura în același identic mod, cap mare, picioare puțin scurte în raport cu bustul; deși în privire și în gesturi manifesta aceeași blândețe, în el simțeam cea mai totală absență a determinării care, în schimb, se ascundea în fiecare celulă a lui Stefano și care, în cele din urmă, după mine, îi reducea politețea la un fel de ascunziș de unde să țâșnească pe neașteptate. Alfonso era un băiat liniștitor, specia aceea de ființă umană, rară în cartier, de la care știi că nu trebuie să aștepți nimic rău. Parcurgeam traseul schimbând puține cuvinte, dar nu ne simțeam stânjeniți. Avea întotdeauna ce-mi trebuia și, dacă nu avea, alerga să facă rost. Mă iubea fără nicio încordare și eu însămi l-am îndrăgit liniștit. În prima zi de școală am ajuns să stăm în aceeași bancă, lucru îndrăzneț în acea perioadă, și chiar dacă ceilalți băieți râdeau de el pentru modul în care stătea mereu pe lângă mine și fetele mă întrebau încontinuu dacă ne logodiserăm, niciunul dintre noi doi n-a decis să-și schimbe locul. Era o persoană de încredere. Dacă vedea că aveam nevoie de timp pentru mine, fie mă aștepta deoparte, fie mă saluta și pleca. Dacă își dădea seama că voiam să rămână lângă mine, rămânea chiar dacă avea altceva de făcut.

M-am folosit de el ca să-l evit pe Nino Sarratore. Când, pentru prima dată după Ischia, ne-am văzut de departe, Nino a venit imediat în întâmpinarea mea foarte prietenos, dar l-am lichidat cu două replici reci. Deși îmi plăcea foarte mult, dacă doar i se ivea silueta înaltă și subțire, mă înroșeam și inima îmi bătea nebunește. Și totuși, acum că Lila era cu adevărat logodită, logodită oficial — și cu ce logodnic, un bărbat de douăzeci și doi de ani, nu un băiețel: amabil, hotărât, curajos —, era mai mult ca niciodată urgent să am și eu un logodnic de invidiat și să reechilibrez astfel raportul nostru. Ar fi fost foarte frumos să ieşim în patru, Lila cu logodnicul ei, eu cu al meu. Bineînţeles, Nino nu avea maşina roşie decapotabilă. Bineînţeles, era un elev din clasa a doua de liceu, nu avea o liră. Dar era cu douăzeci de centimetri mai înalt decât mine, în vreme ce Stefano era cu câţiva centimetri mai scund decât Lila. Şi dacă voia, vorbea într-o italiană din cărţi. Şi citea şi discuta despre orice şi era sensibil la marile probleme ale condiţiei umane, în timp ce Stefano trăia închis în mezelăria lui, vorbea aproape exclusiv în dialect, se oprise la şcoala profesională, de casieria magazinului se ocupa mama lui care făcea socotelile mai bine decât el şi, chiar dacă avea un caracter bun, era sensibil mai ales la circulaţia fructuoasă a banilor. Totuşi, oricât de devorată de pasiune eram, oricât vedeam de clar tot prestigiul pe care l-aş fi câştigat în ochii Lilei având o legătură cu el, pentru a doua oară de când îl văzusem şi mă îndrăgostisem de el n-am avut chef să stabilesc o relaţie. Motivaţia mi s-a părut mult mai solidă decât cea din vremurile copilăriei. Când îl vedeam, îmi revenea imediat în minte Donato Sarratore, chiar dacă nu semănau deloc. Şi dezgustul, furia pe care mi le provoca amintirea a ceea ce-mi făcuse tatăl lui, fără ca eu să fi fost capabilă să-l resping, se întindeau până la el. Bineînţeles, îl iubeam. Îmi doream să-i vorbesc, să mă plimb cu el şi uneori mă gândeam, chinuindu-mă: de ce te comporţi aşa, tatăl nu e fiul, fiul nu e tatăl, fă cum a făcut Stefano cu familia Peluso. Dar nu puteam. Imediat ce îmi imaginam că-l sărut, simţeam gura lui Donato şi un val de plăcere şi dezgust îi amesteca pe tată şi pe fiu într-o singură persoană.

La complicarea situaţiei a contribuit apoi un episod care m-a alarmat. De-acum Alfonso şi eu ne obişnuiserăm să ne întoarcem acasă pe jos. Mergeam până la Piaţa Nazionale şi apoi ajungeam pe bulevardul Meridionale. Era o plimbare lungă, dar vorbeam despre teme, profesori, colegii noştri şi era plăcut. Când iată că odată, imediat după lacuri, la intrarea pe şosea, m-am răsucit şi mi s-a părut că-l văd pe terasamentul căii ferate, în uniformă de controlor, pe Donato Sarratore. Am tresărit de furie și de oroare, am întors imediat privirea. Când m-am întors să mă uit din nou, nu mai era.

Adevărată sau falsă cum o fi fost apariția aceea, mi-a rămas imprimat zgomotul pe care-l făcuse inima în piept, ca o împușcătură, și nu știu de ce mi-a revenit în minte fragmentul din scrisoarea Lilei despre zgomotul pe care-l făcuse oala de cupru spărgându-se. Zgomotul acela a revenit identic, chiar a doua zi, doar zărindu-l pe Nino. Atunci, speriată, m-am furișat în afecțiunea pentru Alfonso și, atât la intrare, cât și la ieșire, am stat mereu aproape de el. Cum apărea silueta jigărită a băiatului pe care-l iubeam, mă adresam fiului cel mic al lui don Achille ca și cum aș fi avut lucruri foarte urgente să-i spun și ne îndepărtam pălăvrăgind.

În fine, a fost o perioadă tulbure, aș fi vrut să mă simt aproape de Nino, în schimb aveam grijă să stau lipită de Alfonso. Dimpotrivă, de teamă că se va plictisi și mă va lăsa pentru alte colege, m-am comportat mereu politicos cu el, uneori chiar foloseam un ton dulce. Dar imediat ce îmi dădeam seama că riscam să încurajez o înclinație a lui pentru mine, schimbam tonul. „Dacă mă înțelege greșit și îmi declară iubirea lui?“ mă îngrijoram. Ar fi fost stânjenitor, ar fi trebuit să-l resping: Lila, de vârsta mea, se logodise cu un bărbat în toată firea care era Stefano și ar fi fost umilitor să mă împrietenesc cu un băiețel, fratele mai mic al logodnicului ei. Oricum, mintea-mi desena arabescuri necontrolate, născoceam. Odată, când mă întorceam cu Alfonso pe bulevardul Meridionale și îl simțeam lângă mine ca un scutier care mă escorta printre miile de pericole ale orașului, mi s-a părut frumos că doi bărbați din familia Carracci, Stefano și el, își asumaseră rolul de a ne apăra, chiar dacă în forme diferite, pe Lila și pe mine, de răul cumplit al lumii, de același rău pe care-l experimentaserăm pentru prima dată chiar urcând scara care ducea acasă la ei, când merseserăm să ne luăm înapoi păpușile pe care ni le furase tatăl lor.

42.

Îmi plăcea să descopăr conexiuni de tipul acela, mai ales dacă o priveau pe Lila. Trasam linii între momente și întâmplări îndepărtate între ele, stabileam convergențe și divergențe. În perioada aceea a devenit un exercițiu cotidian: pe cât mă simțisem de bine la Ischia, pe atât se simțise Lila de rău în dezolarea cartierului; pe cât suferisem eu părăsind insula, pe atât se simțise ea tot mai fericită. Era ca și cum, printr-o magie neagră, bucuria sau suferința uneia presupunea suferința sau bucuria celeilalte. Și aspectul fizic, mi s-a părut, participa la acea alternanță. La Ischia mă simțisem frumoasă și impresia nu se atenuase la întoarcerea la Napoli, ba, în timpul complotării asidue alături de Lila ca s-o ajut să se debaraseze de Marcello, fuseseră chiar momente în care mă crezusem din nou mai frumoasă decât ea și în unele priviri ale lui Stefano surprinsesem posibilitatea de a-i plăcea. Dar Lila acum o luase din nou înainte, mulțumirea îi sporise frumusețea, în timp ce eu, copleșită de eforturile școlare, istovită de pasiunea frustrată pentru Nino, iată că redeveneam urâtă. Pălea culoarea sănătoasă, revenea acneea. Și, într-o dimineață, a apărut brusc și amenințarea ochelarilor.

Profesorul Gerace m-a întrebat în legătură cu ceva ce scrisese pe tablă și și-a dat seama că nu vedeam aproape nimic. Mi-a spus că trebuia să merg imediat la un oftalmolog, a vrut să-mi scrie asta în caiet și a pretins, pentru a doua zi, semnătura unuia dintre părinții mei. M-am întors acasă, am arătat caietul, eram plină de sentimente de vinovăție pentru cheltuiala presupusă de ochelari. Tata s-a posomorât, mama a urlat la mine:

— Ești tot timpul cu nasul în cărți și ți-ai stricat vederea.

Am fost foarte dezamăgită. Fusesem pedepsită, așadar, pentru mândria de a dori să studiez? Dar Lila? Nu citise mult mai mult decât mine? Păi, atunci din ce motiv ea avea o vedere perfectă și eu vedeam tot mai slab? De ce eu ar fi trebuit să port ochelari pentru tot restul vieții și ea nu?

Necesitatea ochelarilor mi-a accentuat obsesia de a găsi un plan care, la bine și la rău, să țină laolaltă destinul meu și pe cel al prietenei mele: eu oarbă, ea un șoim; eu cu pupila opacă, ea care dintotdeauna mijea ochii fulgerând priviri mai ascuțite; eu agățată de brațul ei, în umbră, ea care mă ghida cu o privire precisă. În cele din urmă, tata, grație afacerilor lui la primărie, a găsit banii. Închipuirile s-au atenuat. Am mers la oftalmolog, am fost diagnosticată cu o miopie puternică, ochelarii s-au concretizat. Când m-am privit în oglindă, imaginea mea prea clară a fost o lovitură dură: impuritate a pielii, față lată, gură mare, nas mare și ochii prizonieri în rama monturii care părea trasată cu îndârjire de un desenator furios sub sprâncenele deja ele însele prea stufoase. M-am simțit definitiv desfigurată și am decis să-mi pun ochelari doar în casă sau, cel mult, dacă trebuia să copiez ceva de la tablă. Dar, într-o dimineață, la ieșirea de la școală, i-am uitat pe bancă. M-am întors în clasă în fugă, ce era mai rău se întâmplase. În graba care ne cuprindea pe toți după ce suna ultima oară clopoțelul, ajunseseră pe jos: acum aveau un braț rupt și o lentilă spartă. Am început să plâng.

N-am avut curaj să mă întorc acasă, m-am refugiat la Lila căutând ajutor. I-am povestit ce mi se întâmplase, mi-a cerut ochelarii și i-a studiat. A spus să i-i las. S-a exprimat cu o determinare diferită de cea pe care o avea de obicei, a fost mai calmă, de parcă nu mai era nevoie să se lupte până la extrem pentru orice lucru mic. Mi-am imaginat niște intervenții miraculoase ale lui Rino cu uneltele lui de cizmar și m-am întors acasă, sperând ca părinții mei să nu observe că eram fără ochelari.

După câteva zile, după-amiaza târziu, m-am auzit strigată din curte. Jos era Lila, avea ochelarii mei pe nas și, pe moment, nu m-a izbit atât că erau ca noi, cât faptul că-i stătea bine. Am alergat jos gândindu-mă: de ce ei, care n-are nevoie de ochelari, îi stă bine și mie, care nu mă pot lipsi de ei, îmi strică fața? Cum am apărut la intrarea în bloc și-a scos ochelarii amuzată, bătând din pleoape. A spus:

— Mă dor ochii.

Și mi i-a pus ea însăși pe nas exclamând:

— Ce frumos arăți, trebuie să-i porți tot timpul.

Îi dăduse ochelarii lui Stefano care îi dăduse unui optician din centru să-i repare. Am murmurat stânjenită că n-aș fi putut niciodată s-o răsplătesc, a răspuns ironică, poate cu o împunsătură perfidă:

— Să mă răsplătești în ce sens?

— Să-ți dau banii.

A zâmbit, apoi a spus mândră:

— Nu-i nevoie, acum fac ce vreau cu banii.

43.

Banul a dat și mai multă forță impresiei că ea avea ceea ce îmi lipsea mie și invers, într-un joc continuu de schimburi și răsturnări care, când cu veselie, când cu suferință, făceau să ne fim necesare una alteia.

„Ea îl are pe Stefano, pocnește din degete și ochelarii îmi sunt reparați: eu ce am?" m-am întrebat după episodul acela.

Mi-am răspuns că aveam școala, privilegiu pe care ea îl pierduse pentru totdeauna. Aceea e bogăția mea, am încercat să mă conving. Și, în realitate, anul acela profesorii, toți, au reînceput să mă laude. Carnetul de note a fost tot mai strălucitor și chiar și cursul de teologie prin corespondență a decurs foarte bine, am primit ca premiu o Biblie cu coperte negre.

Mi-am etalat succesele ca și cum ar fi fost brățara de argint a mamei mele și, totuși, nu știam ce să fac cu acea pricepere. În clasă nu era nimeni cu care să pot vorbi despre lucrurile pe care le citeam, despre ideile care-mi veneau în minte. Alfonso era un băiat silitor, după eșecul din anul precedent, reintrase pe făgaș și avea note bune la toate materiile. Dar când încercam să reflectez împreună cu el în legătură cu *Logodnicii*, sau cu romanele minunate pe care continuam să le iau de la biblioteca învățătorului Ferraro, sau chiar și cu Sfântul Duh, se limita să asculte și, din timiditate sau din ignoranță, nu spunea nimic care să-mi stimuleze alte gânduri. În plus, când era ascultat folosea o italiană bună, dar față-n față nu părăsea niciodată dialectul și în dialect era dificil să meditezi în legătură cu corupția justiției pământești, cum bine se observa în timpul prânzului în casa lui don Rodrigo, sau cu relația dintre Dumnezeu, Sfântul Duh și Iisus, care, deși fiind o singură persoană, după mine, atunci când se împărțea în trei, trebuia în mod obligatoriu să se ordoneze în funcție de o ierarhie și atunci cine venea primul și cine ultimul?

Curând mi-am amintit de ceva ce-mi spusese odată Pasquale: liceul meu, chiar dacă era unul clasic, probabil nu era dintre cele mai bune. Am ajuns la concluzia că avea dreptate. Rar le vedeam pe colegele mele de școală bine îmbrăcate ca fetele de pe strada dei Mille. Și nu se întâmpla niciodată să vină să le ia, la ieșire, tineri elegant îmbrăcați, cu mașini mai luxoase decât cele ale lui Marcello și Stefano. Chiar și meritele intelectuale lipseau. Singurul băiat care se înconjurase de o faimă similară cu a mea era Nino, dar de-acum, dată fiind răceala cu care îl tratasem, o ștergea cu capul în jos, nici măcar nu mă privea. Ce era de făcut, atunci?

Aveam nevoie să mă exprim, mintea îmi era ticsită. Mă întorceam la Lila, mai ales când era vacanță. Ne întâlneam, vorbeam între noi. Îi povesteam detaliat despre lecții, despre profesori. Ea mă asculta cu atenție, iar eu speram să devină din nou curioasă și să revină la faza în care, în secret sau în mod deschis, alerga imediat să-și procure cărțile care i-ar fi permis să țină pasul cu mine. Dar nu s-a întâmplat niciodată, era ca și cum o parte din ea ținea zdravăn în lesă cealaltă parte. În schimb, și-a făcut apariția curând o tendință de a interveni brusc, în general ironic. Odată, doar ca să dau un exemplu, i-am spus despre cursul meu teologic și am menționat în treacăt, ca s-o impresionez cu problemele cu care-mi băteam capul, că nu știam ce să cred despre Sfântul Duh, nu-mi era clar rolul lui.

— Ce e, am gândit cu voce tare, o entitate subordonată, în serviciul atât al lui Dumnezeu, cât și al lui Iisus, un fel de mesager? Sau o emanație a primelor două persoane, un fluid miraculos al lor? Dar, în primul caz, cum e posibil ca o entitate care e mesager apoi e totuna cu Dumnezeu și cu fiul Său? N-ar fi ca și cum aș spune că tata, care e portar la primărie, e totuna cu primarul, cu comandantul Lauro? Și dacă, în schimb, te uiți la al doilea caz, ei bine, un fluid, transpirația, vocea sunt parte din persoana din care izvorăsc: ce sens are deci să-l consideri pe Sfântul Duh separat de Dumnezeu și de Iisus? Fie Sfântul Duh e persoana cea mai importantă și celelalte două sunt un mod de a fi al său, fie nu înțeleg care e rolul lui.

Lila, îmi amintesc, tocmai se pregătea să iasă cu Stefano: se duceau la un cinematograf din centru împreună cu Pinuccia, Rino și Alfonso. O priveam în timp ce-și punea o fustă nouă, un sacou nou și era chiar o altă persoană de-acum, nici gleznele nu mai semănau cu două vreascuri. Totuși, am văzut că ochii i se micșorau ca atunci când încerca să înțeleagă ceva ambiguu. A spus în dialect:

— Tu pierzi încă vremea cu lucrurile astea, Lenù? Noi zburăm peste o minge de foc. Partea care s-a răcit plutește pe lavă. Pe această parte construim blocurile, podurile și străzile. Din când în când, lava iese din Vezuviu sau provoacă un cutremur care distruge totul. Există microbi peste tot care te fac să te îmbolnăvești și să mori. Există războaiele. În jurul nostru e o sărăcie care ne face pe toți răi. În fiecare secundă se poate întâmpla ceva care să te facă să suferi în așa fel încât nu-ți ajung niciodată lacrimile. Și tu ce faci? Un curs teologic în care te chinui să înțelegi ce e Sfântul Duh? Las-o baltă, Diavolul a fost cel care a inventat lumea, nu Tatăl, Fiul și Sfântul Duh. Vrei să vezi șiragul de perle pe care mi l-a dăruit Stefano?

A vorbit așa, în mare, tulburându-mă. Și nu doar cu acea ocazie, ci tot mai des, până când tonul acela s-a stabilizat, a devenit modul ei de a-mi ține piept. Dacă eu menționam în treacăt ceva despre Sfânta Treime, ea, cu câteva replici impetuoase, dar aproape întotdeauna blânde, anula orice discuție posibilă și îmi arăta cadourile de la Stefano, inelul de logodnă, colierul, o rochie nouă, o pălărioară, în vreme ce lucrurile care mă pasionau, cu care făceam impresie frumoasă asupra profesorilor astfel încât ei mă considerau o elevă bună, se vlăguiau într-un ungher lipsite de sens. Lăsam baltă idei, cărți. Admiram toate darurile acelea în contrast cu obișnuita casă săracă a lui Fernando cârpaciul; probam hainele și obiectele de valoare; luam imediat act de faptul că pe mine n-ar fi stat niciodată bine ca pe ea; și o ștergeam pe furiș.

44.

În rol de logodnică, Lila a fost foarte invidiată și a provocat destulă nemulțumire. De altfel, modul ei de a fi enervase și atunci când era o fetiță uscată, ce să mai vorbim acum, când era o fată foarte norocoasă. Ea însăși mi-a povestit despre ostilitatea tot mai mare a mamei lui Stefano și mai ales a Pinucciei. Cele două femei aveau gânduri rele clar imprimate pe chip. Cine se credea fata cârpaciului? Ce poțiune malefică îl pusese pe Stefano să bea? Cum de imediat ce ea deschidea gura, el deschidea portofelul? Vrea să vină să facă pe stăpâna în casa noastră?

Dacă Maria se limita la o încruntătură tăcută, Pinuccia nu se abținea, exploda adresându-i-se astfel fratelui ei:

— De ce ei îi cumperi totul și mie nu numai că nu mi-ai cumpărat niciodată nimic, ci dimpotrivă, imediat cum îmi cumpăram ceva frumos, m-ai criticat întotdeauna spunându-mi că făceam cheltuieli inutile?

Stefano afișa zâmbetul lui vag și liniștit și nu răspundea. Dar curând, în armonie cu modul lui de a se comporta împăciuitor, i-a făcut daruri și surorii sale. Așa a început o competiție între cele două fete, mergeau la coafor împreună, își cumpărau haine identice. Însă asta n-a făcut decât s-o irite și mai mult pe Pinuccia. Nu era urâtă, era mai mare cu câțiva ani decât noi, poate că era mai bine făcută, dar efectul pe care orice haină sau obiect îl aveau asupra Lilei nu era nici măcar comparabil cu efectul avut asupra ei. Prima care a băgat de seamă a fost mama ei. Maria, când le vedea pe Lila și pe Pinuccia pregătite să iasă, cu coafuri similare, cu rochii similare, găsea mereu modul de a divaga și a ajunge pe căi ocolite, pe un ton fals binevoitor, să-și critice viitoarea noră pentru ceva ce făcuse cu câteva zile în urmă, lăsase lumina aprinsă în bucătărie sau robinetul deschis după ce-și pusese apă într-un pahar. Apoi se întorcea în cealaltă parte ca și cum ar fi fost foarte ocupată și mormăia iritată:

— Să vă întoarceți repede.

Noi, fetele din cartier, am avut curând probleme asemănătoare. În zilele de sărbătoare, Carmela, care insista să i se spună Carmen, Ada și Gigliola au început să se gătească fără s-o spună, fără să și-o spună, în competiție cu Lila. Mai ales Gigliola, care lucra la cofetărie și care, deși neoficial, se împrietenise cu Marcello Solara, își cumpăra și voia să i se cumpere înadins lucruri frumoase pe care să le etaleze la plimbare sau în mașină. Dar nu exista competiție, Lila părea imposibil de întrecut, o tipă la modă care seduce în contre-jour.

La început, noi am încercat s-o constrângem, să-i impunem vechile obiceiuri. L-am atras pe Stefano în grupul nostru, l-am răsfățat, l-am învăluit și el a părut bucuros, așa încât într-o sâmbătă, poate îmboldit de o simpatie pentru Antonio și Ada, i-a spus Lilei:

— Vezi dacă Lenuccia și copiii Melinei vin mâine-seară să mănânce ceva împreună cu noi.

Prin „noi" înțelegea ei doi, plus Pinuccia și Rino, care de-acum ținea mult să-și petreacă timpul liber cu viitorul cumnat. Am acceptat, dar a fost o seară complicată. Ada, temându-se să nu facă o figură proastă, a împrumutat o rochie de la Gigliola. Stefano și Rino n-au ales o pizzerie, ci un restaurant pe Santa Lucia. Pentru că nici eu, nici Antonio, nici Ada nu mai fuseserăm la restaurant, chestie de domni, am fost copleșiți de neliniște: cum să ne îmbrăcăm, cât ar fi costat? În vreme ce ei patru au ieșit cu furgoneta, noi am ajuns cu autobuzul până la piața Plebiscito și restul drumului l-am parcurs pe jos. Odată ajunși la destinație, ei au comandat cu dezinvoltură foarte multe feluri de mâncare, noi aproape nimic de teamă că nota ar fi devenit foarte mare pentru posibilitățile noastre. Am stat aproape tot timpul tăcuți, pentru că Rino și Stefano au vorbit mai ales despre bani și nu s-au gândit deloc să-l implice în diverse discuții nici măcar pe Antonio. Ada, neresemnată cu ideea marginalizării, a încercat toată seara să-i atragă atenția lui Stefano comportându-se excesiv de afectat, fapt care l-a deranjat pe fratele ei. În cele din urmă, când trebuia făcută plata, am descoperit că se gândise deja mezelarul la asta și, în timp ce lucrul acesta nu l-a tulburat deloc pe Rino, Antonio s-a întors nervos acasă, pentru că, deși de aceeași vârstă cu Stefano și cu fratele Lilei, deși muncind la fel ca ei, se simțise tratat ca un cerșetor. Dar lucrul cel mai semnificativ a fost că eu și Ada, cu sentimente diferite, ne-am dat seama că într-un loc public, în afara relației prietenești apropiate, nu știam ce să-i spunem Lilei, cum s-o tratăm. Era atât de bine machiată, atât de bine îmbrăcată, că părea potrivită pentru furgonetă, pentru decapotabilă, pentru restaurantul din Santa Lucia, dar deja nepotrivită, fizic, să urce în metrou împreună cu noi, să călătorească cu autobuzul, să se plimbe pe jos, să mănânce o pizza pe bulevardul Garibaldi, să meargă la cinematograful din cartier, să danseze acasă la Gigliola.

În seara aceea s-a văzut clar că Lila își schimba statutul. În câteva zile, luni a devenit o domnișoară care imita fotomodelele din revistele de modă, pe fetele de la televizor, pe fetișcanele văzute la plimbare pe strada Chiaia. Când o vedeai, emana o strălucire care părea o palmă foarte violentă peste fața sărăciei din cartier. Corpul fetiței ale cărui urme mai existau încă atunci când am țesut intriga care o dusese la logodna cu Stefano, a fost alungat repede în ținuturi întunecate. La lumina zilei a apărut, în schimb, o tânără femeie care, ieșind duminica la brațul logodnicului ei, părea să aplice clauzele unei înțelegeri de cuplu, iar Stefano, cu darurile lui, părea că vrea să demonstreze cartierului că Lila putea să fie și mai frumoasă decât era; și ea părea să fi descoperit bucuria de a ajunge la izvorul inepuizabil al frumuseții ei și de a simți și etala faptul că niciun profil bine conturat n-o putea subjuga în mod definitiv, așa încât o nouă coafură, o nouă rochie, un nou machiaj al ochilor și al gurii erau doar limite tot mai înaintate care le anulau pe precedentele. Stefano părea să caute în ea simbolul cel mai evident al viitorului plin de bogăție și putere spre care tindea; iar ea părea să folosească sigiliul pe care el i-l impunea pentru a se proteja pe ea însăși, pe fratele ei, părinții ei, celelalte rude de tot ce, în mod confuz, înfruntase și sfidase încă de mică.

Nu știam încă nimic despre ce, în secret, în sinea ei, după urâta experiență de Anul Nou, numea tăierea marginilor. Dar cunoșteam povestea oalei explodate, pândea tot timpul dintr-un colț al minții mele, mă tot gândeam la ea. Și-mi amintesc că acasă, într-o seară, am recitit intenționat scrisoarea pe care mi-o trimisese la Ischia. Cât era de seducător modul ei de a vorbi despre sine și cum părea acum foarte departe. A trebuit să accept faptul că Lila care-mi scrisese scrisoarea aceea dispăruse. În scrisoare era încă cea care scrisese *La fata blu*, fetița care învățase latină și greacă singură, cea care devorase jumătate din biblioteca învățătorului Ferraro, chiar și cea care făcuse desenele de pantofi înrămate din cizmărie. Dar în viața de zi cu zi n-o mai vedeam, n-o mai auzeam. Nervoasa, agresiva Cerullo parcă se înmuiase. Deși continuând atât eu, cât și ea să locuim în același cartier, deși avuseserăm aceeași copilărie, deși trăind amândouă cel de-al cincisprezecelea an de viață, sfârșiserăm, pe neașteptate, în două lumi diferite. Pe măsură ce lunile zburau, eu mă transformam într-o fată șleampătă, ciufulită, ochelaristă, aplecată peste cărțile zdrențuite care răspândeau mirosul urât al volumelor luate cu mari sacrificii de la anticariate sau căpătate de la învățătoarea Oliviero. Ea trecea la brațul lui Stefano pieptănată ca o divă, îmbrăcată cu rochii care o făceau să pară o actriță sau o prințesă.

O priveam de la fereastră, simțeam că forma ei de dinainte se distrusese și mă gândeam din nou la fragmentul acela foarte frumos din scrisoare, la cuprul crăpat și răsucit. Era o imagine pe care deja o foloseam tot timpul, de fiecare dată când presimțeam o ruptură în ea sau în mine. Știam — poate că speram — că nicio formă n-ar fi putut-o îngloba vreodată pe Lila și că, mai devreme sau mai târziu, ar fi distrus din nou totul.

45.

După seara urâtă de la restaurantul din Santa Lucia nu s-au mai ivit alte ocazii ca aceea și nu pentru că cei doi logodnici nu ne-au mai invitat, ci pentru că noi ne-am eschivat când cu o scuză, când cu alta. În schimb, când temele nu-mi consumau toată energia, mă lăsam târâtă la câte un dans casnic, la o pizza cu tot grupul de odinioară. Preferam să ies însă numai când eram sigură că ar fi venit și Antonio, care de ceva vreme mi se dedica total, făcându-mi curte discret, plin de atenție. Desigur, pielea de pe față îi lucea și era plină de puncte negre, dinții, din loc în loc, albăstrui, mâinile aspre, degetele robuste cu care odată deșurubase fără efort piulițele roții găurite de la o mașină foarte veche de care făcuse rost Pasquale. Dar avea un păr ondulat foarte negru că îți venea cheful să-l mângâi și, chiar dacă era foarte timid, când deschidea gura, spunea lucruri amuzante. Și, de altfel, era singurul care băga de seamă prezența mea. Enzo apărea rar, avea viața lui despre care noi nu știam mai nimic, dar când era, se dedica fără să exagereze niciodată, în modul lui detașat, lent, Carmelei. În ce-l privește pe Pasquale, părea că-și pierduse interesul pentru fete după refuzul Lilei. Îi acorda foarte puțină atenție până și Adei, care cu el era foarte fandosită, chiar dacă repeta întruna că nu mai suporta să ne vadă tot timpul fețele urâte.

Bineînțeles, în acele seri ajungeam, mai devreme sau mai târziu, să vorbim despre Lila, chiar dacă părea că niciunul nu voia s-o pomenească: toți băieții erau puțin dezamăgiți, fiecare dintre ei ar fi vrut să fie în locul lui Stefano. Dar cel mai nefericit era Pasquale: dacă n-ar fi simțit o ură foarte veche în legătură cu frații Solara, probabil că ar fi trecut public de partea lui Marcello împotriva familiei Cerullo. Suferințele lui din dragoste îl rodeau pe dinăuntru și îi dispărea bucuria de a trăi dacă numai îi zărea împreună pe Lila și pe Stefano. Totuși, prin natura lui, era un băiat cu sentimente bune și gânduri bune, așa încât era foarte atent să-și țină sub control propriile reacții și să se așeze de partea dreptății. Când se aflase că Marcello și Michele se luaseră de Rino într-o seară și, deși nu-l atinseseră nici cu un deget, îl acoperiseră cu insulte, Pasquale aderase explicit la motivele lui Rino. Când se aflase că Silvio Solara, tatăl lui Michele și al lui Marcello, se dusese personal la cizmăria restructurată a lui Fernando și îi reproșase liniștit că nu știuse să-și educe bine fiica și apoi, privind în jurul lui, observase că ar fi putut fabrica toți pantofii pe care-i voia, dar pe urmă unde s-ar fi dus să-i vândă, n-ar fi găsit niciodată un magazin care să-i ia, fără să mai pui la socoteală faptul că, cu tot cleiul ăla din jur, cu toată ața și smoala și formele din lemn și tălpi, și tălpițe nu trebuia mult ca să ia foc totul, Pasquale își promisese, în caz de incendiu la cizmăria Cerullo, să se ducă împreună cu câțiva colegi de-ai lui de încredere să dea foc cafenelei Solara. Dar în legătură cu Lila era critic. Spunea că ar fi trebuit mai degrabă să fugă de acasă decât să accepte ca Marcello să se ducă acolo s-o curteze în fiecare seară. Spunea că ar fi trebuit să spargă televizorul cu ciocanul și nu să se uite la el împreună cu cine se știa că îl cumpărase numai ca s-o aibă pe ea. Spunea, în fine, că era o fată prea inteligentă ca să se fi îndrăgostit cu adevărat de un prost ipocrit ca Stefano Carracci.

Eu, în acele ocazii, eram singura care nu tăcea, ci dezaprobam explicit criticile lui Pasquale. Replicam cu lucruri de genul: doar nu e ușor să fugi de acasă; doar nu e ușor să te opui voinței persoanelor la care ții; doar nu e ușor nimic, astfel încât o critici pe ea în loc să te superi pe prietenul tău, Rino: el a fost cel care a băgat-o în necazul acela cu Marcello și, dacă Lila n-ar fi găsit modalitatea de a ieși din el, ar fi trebuit să se mărite cu Marcello. Încheiam cu panegiricul lui Stefano, care, dintre toți băieții care o cunoșteau pe Lila de când era mică și o iubeau, fusese singurul care avusese curajul s-o susțină și s-o ajute. Se lăsa atunci o tăcere neplăcută și eu mă simțeam foarte mândră că retezasem orice critică adusă prietenei mele pe un ton și cu o limbă care, de altfel, îi înspăimântaseră.

Dar, într-o seară, s-a ajuns la o ceartă urâtă. Eram toți, și Enzo, să mâncăm o pizza pe Rettifilo, într-un loc unde margherita și o bere costau cincizeci de lire. De data aceea au început fetele: Ada, mi se pare, a spus că, după ea, Lila era ridicolă plimbându-se mereu proaspăt coafată și cu rochiile marca Soraya chiar dacă punea otravă pentru gândaci în fața ușii casei și, unii mai mult, alții mai puțin, am râs cu toții. Apoi, dintr-una în alta, Carmela a ajuns să spună clar că, după ea, Lila se împrietenise cu Stefano pentru bani, ca să-și aranjeze fratele și restul familiei. Eu mă pregăteam să încep obișnuita apărare din oficiu când Pasquale m-a întrerupt și a spus:

— Problema nu e asta. Problema e că Lina știe de unde vin banii ăia.

— Acu' iar vrei să-l evoci pe don Achille, și bursa neagră, și comerțul ilegal, și camăta, și toate porcăriile de dinainte și de după război? am spus eu.

— Da, și dacă prietena ta era acum aici, îmi dădea dreptate.

— Stefano e doar un negustor care știe să vândă.

— Și banii pe care i-a băgat în cizmăria familiei Cerullo îi vin de la mezelărie?

— De ce, după tine de unde vin?

— Ăia provin de la obiectele din aur ale mamelor de familie ascunse de don Achille în saltea. Lina face pe doamna cu sângele tuturor amărâților din cartieru' ăsta. Și se lasă întreținută, ea și toată familia ei, înainte chiar să se mărite.

Eu eram pe punctul de a-i răspunde când s-a băgat Enzo cu detașarea lui obișnuită:

— Scuză-mă, Pascà, ce înseamnă „se lasă întreținută"?

Mi-a fost de ajuns să aud întrebarea aceea ca să înțeleg că va ieși rău. Pasquale s-a făcut roșu, s-a rușinat:

— Să întreții înseamnă să întreții. Cine plătește, scuze, când Lina se duce la coafor, când își cumpără rochiile și gențile? Cine a băgat bani în cizmărie ca să se joace cârpaciul de-a fabricantul de încălțăminte?

— Adică tu zici că Lina nu s-a îndrăgostit, nu s-a logodit, nu se va căsători curând cu Stefano, dar s-a vândut?

Am rămas toți muți. Antonio a bombănit:

— Dar nu, Enzo: Pasquale nu vrea să spună asta; știi că o iubește pe Lina așa cum o iubim noi toți.

Enzo i-a făcut semn să tacă.

— Taci, măi, Antò, lasă-l pe Pasquale să răspundă.

Pasquale a zis posac:

— Da, s-a vândut. Și i se rupe de duhoarea banilor pe care îi cheltuie zilnic.

Am încercat din nou să-mi spun părerea, în acel punct, dar Enzo m-a atins pe braț.

— Scuze, Lenù, vreau să știu cum numește Pasquale o femeie care se vinde.

Aici Pasquale a avut o manifestare de violență pe care i-am citit-o toți în ochi și a spus ceea ce de luni de zile avea în minte să spună, să o strige întregului cartier:

— Curvă, o numesc curvă. Lina s-a comportat și se comportă ca o curvă!

Enzo s-a ridicat și a zis aproape cu voce scăzută:

— Vino afară.

Antonio a sărit în sus, l-a ținut de un braț pe Pasquale, care voia să se ridice, și a spus:

— Acu' să nu exagerăm, Enzo. Ce spune Pasquale nu e o acuzație, e o critică pe care toți simțim s-o facem.

Enzo a răspuns, de data asta cu voce ridicată:

— Eu nu.

Și s-a dus spre ieșire scandând:

— Vă aștept afară pe amândoi.

Le-am interzis lui Pasquale și Antonio să-l urmeze, nu s-a întâmplat nimic. S-au limitat la a fi supărați câteva zile, apoi totul a revenit la normal.

46.

Am povestit această mare ceartă ca să spun cum a trecut anul acela și ce atmosferă a fost în jurul alegerilor făcute de Lila, mai ales printre tinerii care, în secret sau pe față, o iubiseră, o doriseră și, foarte probabil, încă o iubeau și o doreau. În ceea ce mă privește, e dificil să spun în ce învălmășeală de sentimente mă găseam. Cu fiecare ocazie, o apăram pe Lila și-mi plăcea s-o fac, îmi plăcea să simt că vorbesc cu autoritatea cuiva care face studii dificile. Dar știam și că aș fi povestit la fel de bucuroasă, poate exagerând puțin, cum Lila se aflase într-adevăr în spatele fiecărei mișcări a lui Stefano, și eu împreună cu ea, făcând legături între toți pașii ca și cum ar fi fost o problemă de matematică, până la acel rezultat: să se aranjeze, să-și aranjeze fratele, să încerce să realizeze proiectul cu fabrica de încălțăminte și chiar să facă rost de bani ca să-mi repare ochelarii dacă se spărgeau.

Treceam prin fața vechiului atelier al lui Fernando și aveam un sentiment de victorie moderat. Lila, era evident, reușise. Cizmăria, care nu avusese niciodată firmă, acum expunea în vârful vechii uși un fel de placă cu inscripția: Cerullo. Fernando, Rino și cei trei ucenici munceau la unit, lipit, ciocănit, șlefuit de dimineața până noaptea târziu aplecați peste mese. Se știa că tatăl și fiul se certau mult. Se știa că Fernando susținea că pantofii, mai ales cei de damă, nu se puteau realiza cum îi inventase Lila, erau doar o fantezie de copil. Se știa că Rino susținea contrariul și că se ducea la Lila să-i ceară să intervină. Se știa că Lila zicea că nu mai voia să audă și că, deci, Rino se ducea la Stefano și-l târa în atelier să-i dea el ordine precise tatălui său. Se știa că Stefano se ducea și că privea îndelung desenele Lilei înrămate de pe pereți, zâmbea în sinea lui și spunea calm că voia exact pantofii cum se vedeau în acele tablouașe, că doar le agățase înadins acolo. Se știa, în fine, că totul mergea cu încetinitorul și că muncitorii mai întâi primeau instrucțiuni de la Fernando și apoi Rino le schimba și totul se bloca și se relua și Fernando își dădea seama de modificări și schimba din nou și venea Stefano și punct și de la capăt, se ajungea la urlete, la obiecte sparte.

Aruncam o privire și o ștergeam de acolo. Dar îmi rămâneau în minte tablouașele agățate pe pereți. Mă gândeam: „Desenele acelea, pentru Lila, au fost o născocire, banii nu au legătură cu asta, vânzarea nu are legătură cu asta. Toată roboteala asta este rezultatul final al unei toane de-a ei, celebrată de Stefano numai din dragoste. Ferice de ea că este atât de iubită, că iubește. Ferice de ea că e adorată pentru ceea ce este și pentru ce știe să inventeze. Acum când va fi sigură că i-a dat fratelui ei ceea ce fratele își dorea, acum când îl va fi luat de lângă pericole, va inventa cu siguranță altceva. De aceea nu vreau s-o pierd din vedere. Ceva se va întâmpla".

Dar nu s-a întâmplat nimic. Lila s-a statornicit în rolul de logodnică a lui Stefano. Și, de asemenea, în discuțiile pe care le aveam, când găseam eu puțin timp, mi s-a părut mereu mulțumită de ce devenise, ca și cum dincolo de asta nu mai vedea nimic, nu *voia* să mai vadă nimic, în afară de căsătorie, o casă, copii.

M-am întristat. Părea îmblânzită, fără asprimile dintotdeauna. Mi-am dat seama de asta după o vreme, când, prin intermediul Gigliolei Spagnuolo, au ajuns la mine zvonuri dezonorante pe seama ei.

Gigliola mi-a spus cu invidie, în dialect:

— Acum prietena ta face pe prințesa. Dar știe Stefano că atunci când Marcello se ducea acasă la ea, i-o lua la muie în fiecare seară?

Nu știam ce înseamnă muie. Cuvântul îmi era cunoscut de când eram mică, dar știam doar că făcea referire la un fel de afront, la ceva foarte umilitor.

— Nu e adevărat.
— Marcello așa spune.
— E un mincinos.
— Da? Și-i spune minciuni și fratelui lui?
— Ție ți-a spus Michele?
— Da.

Am sperat ca acele palavre să nu ajungă la Stefano. De fiecare dată când mă întorceam de la școală îmi spuneam că poate trebuie s-o înștiințez pe Lila înainte să se întâmple ceva urât. Dar mă temeam că s-ar fi înfuriat și că, după cum era crescută, după cum era făcută, s-ar fi dus direct la Marcello Solara cu cuțitul de cizmărie. Oricum, în cele din urmă m-am hotărât: era mai bine să-i comunic ce aflasem, astfel s-ar fi pregătit să înfrunte situația. Dar am descoperit că știa deja totul. Mai mult: era mai informată decât mine în legătură cu ce era o muie. Mi-am dat seama din faptul că a folosit o formulă mai clară ca să-mi spună că ea chestia aia nu i-ar fi făcut-o niciunui bărbat, atât de tare o dezgusta, nici vorbă să ne imaginăm că tocmai lui Marcello Solara. Apoi mi-a povestit că zvonul ajunsese deja la Stefano și că el întrebase ce tip de relație fusese între ea și Marcello în perioada în care frecventase casa familiei Cerullo. Ea îi răspunsese mânioasă: „Niciuna, ești nebun?" Și Stefano se grăbise să răspundă că o credea, că nu avusese niciodată îndoieli, că-i pusese întrebarea aceea doar ca ea să afle că Marcello povestea porcării pe seama ei. Dar între timp își luase expresia distrată a cuiva care, chiar și fără s-o vrea, urmărește scenele unui masacru care i se formează în minte. Lila băgase de seamă și discutaseră îndelung, îi mărturisise că și ea simțea în mâini nevoia de sânge. Dar la ce folosea? Tot vorbind, până la urmă hotărâseră să se așeze, de comun acord, cu o treaptă mai sus față de frații Solara, de logica cartierului.

— O treaptă mai sus? am întrebat-o uimită.

— Da, să-i ignorăm: pe Marcello, pe fratele lui, pe tată, pe bunic, pe toți. Să ne purtăm ca și cum n-ar exista.

Astfel, Stefano continuase cu munca lui fără să apere onoarea logodnicei sale, Lila continuase cu viața ei de logodnică fără să recurgă la cuțitul de cizmărie sau la altceva, frații Solara continuaseră să răspândească obscenități. Am lăsat-o, eram stupefiată. Ce se întâmpla? Nu înțelegeam. Mi se părea mai clar comportamentul fraților Solara, mi se părea coerent cu lumea pe care o cunoșteam de copii. Ea și Stefano, în schimb, ce aveau în minte, unde credeau că trăiesc? Se comportau într-un mod care nu se găsea nici măcar în poemele pe care le studiam la școală, în romanele pe care le citeam. Eram uluită. Nu reacționau la jigniri, nici la cea cu adevărat insuportabilă pe care i-o aduceau frații Solara. Etalau amabilitate și politețe față de toți, de parcă ar fi fost John și Jacqueline Kennedy în vizită într-un cartier de cerșetori. Când ieșeau împreună la plimbare, el ținându-i un braț după umeri, părea că niciuna dintre vechile reguli n-avea nicio valoare pentru ei: râdeau, glumeau, se îmbrățișau, se sărutau pe gură. Îi vedeam trecând în viteză în decapotabilă, singuri chiar și seara, mereu îmbrăcați ca niște actori de cinema și mă gândeam: se duc cine știe unde nesupravegheați și nu pe ascuns, ci cu consimțământul părinților, cu consimțământul lui Rino, să-și vadă de-ale lor fără să le pese de ce spun oamenii. Lila era cea care-l îndupleca pe Stefano la acel comportament care făcea din ei cuplul cel mai admirat și mai bârfit din cartier? Era aceea ultima noutate pe care o inventase? Voia să iasă din cartier rămânând în cartier? Voia să ne târască afară din noi înșine, să ne smulgă vechea piele și să ne impună una nouă, potrivită celei pe care și-o inventa ea?

47.

Totul a revenit brusc pe făgașul obișnuit când zvonurile despre Lila au ajuns până la Pasquale. S-a întâmplat într-o duminică, în timp ce eu, Carmela, Enzo, Pasquale și Antonio eram la plimbare de-a lungul șoselei. Antonio a spus:

— Mi s-a spus că Marcello Solara le povestește tuturor că Lila a fost cu el.

Enzo n-a clipit, Pasquale s-a aprins imediat:

— A fost cum?

Antonio s-a rușinat din cauza prezenței mele și a Carmelei și a spus:

— Ai înțeles.

S-au îndepărtat de noi, au vorbit între ei. Am văzut și am auzit că Pasquale se enerva tot mai mult, că Enzo devenea fizic tot mai compact, ca și cum nu mai avea brațe, picioare, gât și era un bloc de materie dură. De ce, mă întrebam, cum de se enervează atât de mult? Lila nu le e soră și nici măcar verișoară. Și totuși se simt datori să se indigneze, toți trei, mai mult decât Stefano, mult mai mult decât Stefano, ca și cum ar fi fost ei adevărații logodnici. În special Pasquale mi s-a părut ridicol. El, care cu doar puțin timp înainte spusese ceea ce spusese, a zbierat la un moment dat și l-am auzit bine, cu urechile astea:

— Io-i sparg fața prostului ăluia, o lasă să treacă drept o curvă. Dar dacă Stefano i-o permite, cu siguranță nu i-o permite subsemnatul.

Apoi tăcere, ni s-a alăturat din nou și am ars gazul fără chef, eu care pălăvrăgeam cu Antonio, Carmela care stătea între fratele ei și Enzo. După o vreme ne-au condus acasă. I-am văzut îndepărtându-se, Enzo, care era cel mai scund, în mijloc, iar Antonio și Pasquale de-o parte și de alta.

A doua zi și în zilele următoare s-a vorbit mult despre Fiatul 1100 al fraților Solara. Fusese făcut bucăți. Mai mult: cei doi frați fuseseră bătuți cu sălbăticie, dar nu știau să spună de cine. Jurau că fuseseră atacați de cel puțin zece persoane pe o străduță întunecată, oameni veniți din afara cartierului. Dar eu și Carmela știam foarte bine că agresorii erau doar trei și ne-am simțit foarte îngrijorate. Am așteptat inevitabilele răsturnări de situație o zi, două, trei. Dar, evident, lucrurile fuseseră făcute cum trebuie. Pasquale a continuat să fie zidar, Antonio mecanic, Enzo să umble cu căruța. Frații Solara, în schimb, o vreme s-au deplasat numai pe jos, bătuți, puțin confuzi, mereu împreună cu patru sau cinci prieteni de-ai lor. Recunosc că m-am bucurat să-i văd în condițiile alea. Am fost mândră de prietenii mei. Împreună cu Carmen și Ada l-am criticat pe Stefano, și chiar și pe Rino, fiindcă se prefăcuseră că nu se întâmplase nimic. Apoi a trecut timpul, Marcello și Michele și-au cumpărat o furgonetă verde și au reînceput să se comporte ca niște stăpâni ai cartierului. Bine sănătoși, mai dominanți ca înainte. Semn că poate Lila avea dreptate: oamenii de teapa aia trebuiau să fie combătuți dobândind o viață superioară, din cele pe care ei nici măcar nu și le puteau imagina. Când dădeam examenele de clasa a cincea de gimnaziu, m-a anunțat că în primăvară, la șaisprezece ani și un pic, urma să se căsătorească.

48.

Vestea aceea m-a tulburat. Când mi-a spus Lila de nunta ei era iunie, la câteva ore de la examenele orale. Lucru previzibil, desigur, dar acum când fusese fixată o dată, 12 martie, mi s-a părut că mă lovesc, din neatenție, de o ușă. Am avut gânduri meschine. Am numărat lunile: nouă. Poate că nouă luni erau suficient de lungi pentru ca invidia perfidă a Pinucciei, ostilitatea

Mariei, palavrele lui Marcello Solara, care continuau să zboare din gură în gură prin tot cartierul ca Fama din *Eneida*, să-l consume pe Stefano ducându-l la ruptura logodnei. M-am rușinat de mine, dar n-am mai putut să urmăresc un desen coerent și în distanțarea destinelor noastre. Concretețea acelei date a făcut concretă bifurcarea care ar fi îndepărtat una de alta viețile noastre. Și, ce e mai rău, am fost sigură că soarta ei ar fi fost mai bună decât a mea. Am simțit mai puternic ca niciodată insignifianța unui drum de studii, mi-a fost clar că apucasem pe el cu ani în urmă numai ca să-i par Lilei de invidiat. Și, în schimb, ea, acum, nu mai acorda cărților nicio importanță. Nu m-am mai pregătit pentru examen, n-am dormit noaptea. M-am gândit la foarte săraca mea experiență amoroasă: îl sărutasem o dată pe Gino, abia atinsesem buzele lui Nino, suportasem atingerile efemere și obscene ale tatălui său: atâta tot. Lila, în schimb, din martie, la șaisprezece ani, ar fi avut un soț și, în decursul unui an, la șaptesprezece ani, un copil, și apoi un altul și încă unul, și încă unul. M-am simțit o umbră, am plâns disperată.

A doua zi m-am dus fără niciun chef să dau examenele. Dar s-a întâmplat un lucru care m-a făcut să mă simt mai bine. Profesorul Gerace și profesoara Galiani, care făceau parte din comisie, au lăudat foarte mult lucrarea mea la italiană. Gerace, în special, a spus că interpretarea mea se îmbunătățise. A vrut să citească un pasaj restului comisiei. Și, doar ascultându-l, mi-am dat seama de ceea ce încercasem să fac în acele luni de fiecare dată când mi se întâmpla să scriu: să mă eliberez de nuanțele mele artificiale, de frazele prea rigide; să încerc o scriere fluidă și curgătoare ca a Lilei în scrisoarea de la Ischia. Când am auzit cuvintele mele în vocea profesorului, în timp ce profesoara Galiani asculta și aproba în tăcere, mi-am dat seama că reușisem. Bineînțeles că nu era modul de a scrie al Lilei, era al meu. Și le părea profesorilor mei ceva cu adevărat ieșit din comun.

Am fost promovată în prima clasă de liceu cu note de zece, dar acasă la mine nimeni nu s-a minunat de asta, nici nu m-a sărbătorit. Am văzut că erau mulțumiți, asta da, lucru care m-a bucurat, dar n-au dat nicio importanță evenimentului. Mama, dimpotrivă, a considerat succesul meu școlar absolut firesc, tata mi-a spus să mă duc imediat la învățătoarea Oliviero ca s-o îmboldesc să facă rost din timp de cărțile pentru anul următor. Când ieșeam, mama a strigat la mine:

— Și dacă vrea să te trimită din nou la Ischia, spune-i că eu nu mă simt bine și că trebuie să mă ajuți în casă.

Învățătoarea m-a lăudat, dar fără chef, pe de o parte fiindcă și ea dădea ca sigură priceperea mea, pe de alta fiindcă avea probleme de sănătate, boala din gură o necăjea mult. Nu s-a referit deloc la nevoia mea de odihnă, la verișoara ei Nella, la Ischia. În schimb, pe neașteptate, a început să vorbească despre Lila. O văzuse pe stradă, de departe. Era cu logodnicul ei, a spus, mezelarul. Apoi a adăugat o frază pe care am s-o țin minte mereu:

— Frumusețea pe care Cerullo o avea în minte încă de mică nu s-a manifestat, Greco, și i-a ajuns toată pe față, în piept, pe coaste și pe cur, locuri de unde trece repede și e ca și cum n-ai avut-o niciodată.

N-o auzisem niciodată vorbind urât, de când o cunoșteam. Cu acea ocazie a spus „cur“ și apoi a mormăit:

— Scuze.

Dar nu asta m-a impresionat. Ci regretul, ca și cum învățătoarea își dădea seama că din Lila ceva se irosise tocmai pentru că ea, ca învățătoare, nu-l protejase și dezvoltase bine. M-am simțit eleva ei cea mai reușită și am plecat alinată.

Singurul care m-a sărbătorit în mod clar a fost Alfonso, promovat și el cu note de șapte. Am simțit că admirația lui era autentică și asta mi-a făcut plăcere. În fața tabelelor, cuprins de entuziasm, în prezența colegilor și a părinților noștri, a făcut ceva nepotrivit, de parcă ar fi uitat că eram fată și că nu trebuia să mă atingă nici în treacăt: m-a îmbrățișat cu putere, m-a sărutat pe un obraz, un sărut zgomotos. Apoi s-a dezorientat, mi-a dat drumul imediat, a spus scuze și totuși nu s-a abținut, a strigat:

— Numai zece, imposibil, numai zece.

Întorcându-ne acasă, am vorbit mult despre nunta fratelui său, despre Lila. Pentru că mă simțeam foarte în largul meu, l-am întrebat pentru prima dată ce crede despre viitoarea lui cumnată. A stat puțin să se gândească înainte să răspundă:

— Îți amintești de concursul organizat la școală?

— Păi, cine-l poate uita?

— Eu eram sigur că voi câștiga, vă era tuturor frică de tata.

— Și Linei: de fapt, o vreme a încercat să nu te înfrângă.

— Da, dar pe urmă a decis să câștige și m-a umilit. M-am întors acasă plângând.

— E nasol să pierzi.

— Nu de asta: mi s-a părut insuportabil că pe toți îi îngrozea tata, pe mine în primul rând, și pe fetița aceea nu.

— Te-ai îndrăgostit de ea?

— Glumești? M-a înspăimântat mereu.

— În ce sens?

— În sensul că fratele meu e chiar curajos să se însoare cu ea.

— Ce spui?

— Spun că tu ești mai bună și că dacă aș fi fost eu cel care să aleagă, m-aș fi căsătorit cu tine.

Și asta mi-a făcut plăcere. Am izbucnit în râs, când ne-am salutat, râdeam încă. El era condamnat să petreacă vara în mezelărie, eu, mai mult din decizia mamei decât a tatei, trebuia să-mi găsesc un loc de muncă pe vară. Ne-am promis să ne vedem, să mergem măcar o dată împreună la mare. Nu s-a întâmplat.

În zilele următoare am dat ture apatice prin cartier. L-am întrebat pe don Paolo, droghistul de la șosea, dacă avea nevoie de o vânzătoare. Nimic. L-am întrebat pe vânzătorul de ziare: nu-i eram de folos nici lui. Am trecut pe la papetăreasă, a început să râdă: avea nevoie, da, dar nu acum; trebuia să revin la toamnă, când reîncepea școala. Am dat să plec și ea m-a strigat din nou. A spus:

— Tu ești o fată foarte serioasă, Lenù, în tine am încredere: ai fi în stare să-mi duci fetițele la mare?

Am ieșit din magazin cu adevărat fericită. Papetăreasa m-ar fi plătit — și plătit bine — dacă le duceam la mare pe cele trei fetițe ale sale toată luna iulie și primele zece zile din august. Mare, soare și bani. Trebuia să mă duc în fiecare zi într-un loc aflat între Mergellina și Posillipo despre care nu știam nimic, avea un nume străin, se numea Sea Garden. Am pornit spre casă încântată ca și cum viața mea ar fi luat o întorsătură decisivă. Aș fi câștigat bani pentru părinții mei, aș fi făcut baie, aș fi devenit mătăsoasă și aurie la soare ca în vara la Ischia. Cât de dulce e totul, m-am gândit, când ziua e frumoasă și fiecare lucru bun pare să te aștepte numai pe tine.

Am făcut câțiva pași și impresia aceea de ore faste s-a întărit. M-a ajuns din urmă Antonio, în salopetă, murdar de ulei. Am fost bucuroasă, cu oricine m-aș fi întâlnit în momentul acela de veselie ar fi fost bine primit. Mă văzuse trecând și alergase după mine. I-am povestit imediat de papetăreasă, probabil că mi-a citit pe față că acela era un moment fericit. Luni de zile trudisem, simțindu-mă singură, urâtă. Deși eram sigură că-l iubesc pe Nino Sarratore, îl evitasem mereu și nu mă dusesem să văd nici dacă fusese promovat și cu ce note. Lila se pregătea să facă un salt definitiv în afara vieții mele, n-aș mai fi reușit să țin pasul cu ea. Dar acum mă simțeam bine și voiam să mă simt și mai bine. Când Antonio, intuind că eram în dispoziția potrivită, m-a întrebat dacă voiam să mă logodesc cu el, i-am spus da imediat, chiar dacă iubeam pe altul, chiar dacă nu simțeam pentru el nimic altceva decât puțină simpatie. Să-l am ca logodnic pe el, mare, de vârsta lui Stefano, muncitor, mi s-a părut un lucru diferit de promovarea cu note de zece, de datoria de a le duce, plătită, pe fiicele papetăresei la Sea Garden.

49.

Au început munca mea, logodna mea. Papetăreasa mi-a făcut un fel de abonament și în fiecare dimineață traversam orașul cu cele trei fete, în autobuze aglomerate, și le duceam în locul acela foarte colorat, cu umbrele de plajă, mare albastră, platforme de ciment, studenți, femei înstărite cu mult timp liber, femei arătoase cu fețe lacome. Îi tratam cu amabilitate pe băiașii care încercau să intre în vorbă cu mine. Aveam grijă de fete, făceam băi lungi cu ele etalându-mi costumul pe care, cu un an înainte, mi-l cususe Nella. Le hrăneam, mă jucam cu ele, le lăsam să bea în voie de la țâșnitoarea unei fântâni de piatră, fiind atentă să nu alunece și să-și spargă dinții de bazin.

Ne întorceam în cartier după-amiaza târziu. Îi înapoiam fetele papetăresei, alergam la întâlnirea secretă cu Antonio, arsă de soare, sărată de apa mării. Mergeam la lacuri pe căi secundare, mi-era frică să nu fiu văzută de mama și, poate și mai rău, de învățătoarea Oliviero. Primele săruturi adevărate le-am schimbat cu el. I-am permis repede să mă atingă pe sâni și între picioare. Eu însămi, într-o seară, i-am strâns penisul ascuns în pantaloni, încordat, gros, și când l-a scos, i l-am ținut cu plăcere într-o mână în timp ce ne sărutam. Am acceptat acele practici cu două întrebări foarte clare în minte. Prima era: Lila face aceleași lucruri cu Stefano? A doua era: plăcerea pe care o simt cu băiatul acesta e aceeași pe care am simțit-o în seara în care Donato Sarratore m-a atins? În ambele cazuri Antonio sfârșea prin a fi doar o fantezie utilă pentru a evoca, pe de o parte, amorurile dintre Lila și Stefano, iar de cealaltă, emoția puternică, dificil de ordonat, pe care mi-o provocase tatăl lui Nino. Dar nu m-am simțit niciodată vinovată. Îmi era atât de recunoscător, manifesta față de mine o asemenea totală dependență pentru acele puține contacte de la lacuri, încât curând m-am convins că el îmi era dator mie, că plăcerea pe care i-o oferean era de departe superioară celei pe care mi-o oferea el mie.

Uneori, duminica, ne însoțea pe mine și pe fete la Sea Garden. Cheltuia mulți bani cu o dezinvoltură prefăcută, deși câștigând foarte puțini, și, în plus, detesta să se prăjească la soare. Dar o făcea pentru mine, doar ca să-mi fie alături, fără nicio compensație imediată, dat fiind că toată ziua nu aveam cum să ne sărutăm și să ne atingem. Și, în plus, le distra pe fete cu caraghioslâcuri de clovn și sărituri de atlet. În timp ce el se juca împreună cu ele, eu mă întindeam la soare să citesc și mă dizolvam în pagini ca o meduză.

Într-una din acele ocazii am ridicat pentru o clipă privirea și am văzut o fată înaltă, subțire, elegantă, cu un costum foarte frumos din două piese, roșu. Era Lila. Obișnuită deja să fie privită de bărbați, se mișca de parcă în acel loc aglomerat n-ar fi fost nimeni, nici măcar tânărul băiaș care mergea înaintea ei, însoțind-o până la umbrelă. Nu m-a văzut și eu n-am știut dacă s-o strig. Purta ochelari de soare, etala o geantă din stofă foarte colorată. Nu-i spusesem încă de munca mea și nici de Antonio: probabil că mă temeam de părerea ei atât despre una, cât și despre celălalt. Să așteptăm să mă strige ea, m-am gândit și mi-am întors privirea la carte, dar fără să reușesc să mai citesc. Oricum, curând am privit din nou în direcția ei. Băiașul îi desfăcuse șezlongul, ea se așezase la soare. Între timp venea Stefano, foarte alb, într-un costum albastru, cu portofelul în mână, bricheta, țigările. A sărutat-o pe Lila pe buze, cum fac prinții cu frumoasele adormite, s-a așezat la rândul lui pe un șezlong.

Am încercat din nou să citesc. Eram obișnuită de mult să mă autodisciplinez și, de data asta, câteva minute, am reușit, într-adevăr, să prind din nou sensul cuvintelor, îmi amintesc că romanul era *Oblomov*. Când am ridicat din nou privirea, Stefano era încă așezat privind marea, Lila nu mai era. Am căutat-o din ochi și am văzut că stătea de vorbă cu Antonio, iar Antonio arăta spre mine. I-am făcut un semn de salut bucuros la care ea a răspuns la fel de bucuros și întorcându-se imediat să-l strige pe Stefano.

Am făcut baie noi trei împreună, în timp ce Antonio avea grijă de fetele papetăresei. A fost o zi aparent veselă. La un moment dat, Stefano ne-a târât pe toți la bar, a comandat toate bunătățile: sandviciuri, băuturi, înghețate și fetele l-au abandonat imediat pe Antonio și i-au acordat lui toată atenția. Când cei doi tineri au început să vorbească despre nu știu ce probleme la decapotabilă, o conversație în care Antonio a făcut o impresie foarte bună, le-am luat pe fete ca să nu-i deranjeze. Lila a venit după mine.

— Cât te plătește papetăreasa? m-a întrebat.

I-am spus.

— Puțin.

— După mama, mă plătește chiar prea mult.

— Trebuie să te valorizezi, Lenù.

— Mă voi valoriza când va trebui să-i duc la mare pe copiii tăi.

— Îți voi da lăzi cu monede de aur, știu cât valorează petrecerea timpului cu tine.

Am privit-o ca să înțeleg dacă glumea. Nu glumea, a glumit imediat după, când a făcut aluzie la Antonio:

— El îți cunoaște valoarea?

— Suntem logodiți de douăzeci de zile.

— Îl iubești?

— Nu.

— Și atunci?

Am sfidat-o cu privirea.

— Tu-l iubești pe Stefano?

A spus serioasă:

— Foarte mult.

— Mai mult decât pe părinții tăi, mai mult decât pe Rino?

— Mai mult decât pe toți, dar nu mai mult decât pe tine.

— Îți bați joc de mine.

Dar între timp m-am gândit: chiar dacă își bate joc de mine, e frumos să vorbim așa, la soare, așezate pe cimentul cald, cu picioarele în apă; nu-i nimic dacă nu m-a întrebat ce carte citesc; nu-i nimic dacă nu s-a informat în legătură cu modul în care decurseseră examenele de clasa a cincea de gimnaziu; poate că nu e totul încheiat: chiar și după ce se va căsători, ceva între noi va rezista. I-am spus:

— Vin aici în fiecare zi. De ce nu vii și tu?

A entuziasmat-o acea posibilitate, i-a vorbit lui Stefano care a fost de acord. A fost o zi frumoasă, în care toți, în mod miraculos, ne-am simțit în largul nostru. Apoi soarele a început să coboare, era timpul să le duc înapoi pe fete. Stefano s-a dus la casă și acolo a aflat că Antonio plătise deja totul. S-a mâhnit foarte tare, a mulțumit călduros. Pe drum, imediat ce Stefano și Lila au șters-o în decapotabilă, i-am reproșat. Melina și Ada spălau scările din blocuri, el lua patru lire la atelierul mecanic.

— De ce ai plătit tu? aproape că am strigat la el în dialect, enervată.

— Pentru că eu și cu tine suntem mai frumoși și mai nobili, a răspuns el.

50.

M-am atașat de Antonio aproape fără să-mi dau seama. Jocurile noastre sexuale deveniseră puțin mai îndrăznețe, puțin mai plăcute. M-am gândit că dacă Lila ar mai fi venit la Sea Garden, aș fi întrebat-o ce se întâmpla între ea și Stefano când se îndepărtau în mașină singuri. Făceau aceleași lucruri pe care le făceam eu și Antonio sau mai mult, de exemplu, lucrurile pe care i le atribuiau zvonurile răspândite de cei doi Solara? Nu aveam pe nimeni cu care să mă consult în afară de ea. Dar n-a existat nicio ocazie ca să încerc să-i pun acele întrebări, n-a mai venit la Sea Garden.

Aproape de Sfânta Maria, munca mea s-a încheiat și s-a încheiat și bucuria soarelui și a mării. Papetăreasa a fost foarte mulțumită de felul în care avusesem grijă de fete și deși ele, în ciuda sfaturilor mele, îi povestiseră mamei că uneori venea la mare un tânăr prieten de-al meu cu care făceam sărituri frumoase, în loc să-mi reproșeze, m-a îmbrățișat și mi-a spus:

— Ce bine, dă puțin frâu liber, te rog, ești prea echilibrată pentru vârsta ta.

Și a adăugat perfidă:

— Gândește-te la Lina Cerullo câte face.

La lacuri, seara, i-am spus lui Antonio:

— Întotdeauna a fost așa, de când eram mici: toți cred că ea e rea și eu bună.

El m-a sărutat, a murmurat ironic:

— De ce, nu e așa?

Răspunsul acela m-a înduioșat și m-a împiedicat să-i spun că trebuia să ne despărțim. Era o decizie care mi se părea urgentă, afecțiunea nu era iubire, îl iubeam pe Nino, știam că l-aș fi iubit pentru totdeauna. Aveam pregătit pentru Antonio un discurs calm, voiam să-i spun: a fost o perioadă frumoasă, m-ai ajutat mult într-un moment în care eram tristă, dar acum începe din nou școala și anul acesta sunt în prima clasă de liceu, am materii noi, e un an dificil, va trebui să învăț mult; îmi pare rău, dar trebuie să ne oprim aici. Simțeam că era necesar și în fiecare după-amiază mă duceam la întâlnirea noastră la lacuri cu micul meu discurs pregătit. Dar el era atât de afectuos, atât de pasional, încât îmi lipsea curajul și amânam. De Sfânta Maria. După Sfânta Maria. Până la sfârșitul lunii. Îmi spuneam: nu poți săruta, nu poți atinge o persoană, nu poți să te lași atinsă de ea și să fii doar puțin atașată de ea; Lila îl iubește foarte mult pe Stefano, eu pe Antonio nu.

A trecut timpul și n-am găsit niciodată momentul potrivit ca să-i vorbesc. Era îngrijorat. Odată cu căldura, starea Melinei, în general, se înrăutățea, dar în a doua jumătate a lunii august înrăutățirea a devenit evidentă. Îi revenise în minte Sarratore, căruia ea îi spunea Donato. Spunea că-l văzuse, spunea că venise s-o ia, copiii nu știau cum să facă s-o calmeze. Pe mine m-a neliniștit faptul că Sarratore apăruse cu adevărat pe străzile din cartier și că n-o căuta pe Melina, ci pe mine. Noaptea mă trezeam brusc cu impresia că intrase pe fereastră și stătea în cameră. Apoi m-am liniștit, m-am gândit: o fi în vacanță la Barano, la Maronti, sigur nu aici, cu căldura asta, muștele, praful.

Dar într-o dimineață, când mă duceam să fac cumpărături, m-am auzit strigată. M-am întors și pe moment nu l-am recunoscut. Apoi i-am văzut clar mustața neagră, trăsăturile plăcute aurite de soare, gura cu buzele subțiri. Am mers mai departe, el a venit după mine. A spus că-l făcuse să sufere faptul că nu m-a găsit acasă la Nella, la Barano, în vara aceea. A spus că nu se gândea decât la mine, că fără mine nu putea trăi. A spus că, pentru a da o formă iubirii noastre, scrisese multe poezii și că ar fi vrut să mi le citească. A spus că voia să mă vadă, să-mi vorbească nestânjenit, și că dacă l-aș fi refuzat, s-ar fi omorât.

Atunci m-am oprit și i-am spus șuierat că trebuia să mă lase în pace, că eram logodită, că nu voiam să-l mai văd niciodată. S-a lăsat pradă disperării. A spus șoptit că m-ar fi așteptat toată viața, că în fiecare zi, la prânz, ar fi stat la intrarea în tunel, pe șosea. Am clătinat din cap energic: nu m-aș fi dus niciodată. S-a întins să mă sărute, eu am sărit în spate făcând un gest de dezgust, a zâmbit dezamăgit. A șoptit:

— Ești bună, ești sensibilă, îți voi aduce poeziile la care țin cel mai mult.

Și a plecat.

Eram foarte speriată, nu știam ce să fac. Am decis să apelez la Antonio. În aceeași seară, la lacuri, i-am spus că mama lui avea dreptate, Donato Sarratore dădea târcoale prin cartier. Mă oprise pe stradă. Mă rugase să-i spun Melinei că el ar fi așteptat-o toată viața, în fiecare zi, la intrarea în tunel, la prânz. Antonio a devenit posac și a murmurat:

— Ce trebuie să fac?

I-am spus că-l voi însoți eu însămi la întâlnire și că împreună îi vom ține lui Sarratore un discurs clar despre starea de sănătate a mamei lui.

N-am dormit toată noaptea de grijă. A doua zi ne-am dus la tunel. Antonio era taciturn, mergea fără grabă, simțeam că îl apăsa o greutate care-l încetinea. O parte din el era furibundă și alta înspăimântată. M-am gândit cu mânie: a fost capabil să meargă să-i înfrunte pe frații Solara pentru sora lui, Ada, pentru Lila, dar acum era intimidat, Donato Sarratore, în ochii lui, e o persoană importantă, prestigioasă. Să-l simt așa m-a făcut mai hotărâtă, aș fi vrut să-l scutur, să-i strig: tu n-ai scris nicio carte, dar ești mult mai bun decât bărbatul acela. M-am limitat să-l iau de braț.

Când Sarratore ne-a văzut de departe, a încercat să dispară în grabă în întunericul tunelului. Eu l-am strigat:

— Domnule Sarratore.

S-a întors împotriva voinței lui.

I-am spus, vorbindu-i cu dumneavoastră, lucru, pe vremea aia, ieșit din comun în mediul nostru:

— Nu știu dacă vi-l amintiți pe Antonio, e fiul cel mare al doamnei Melina.

Vocea lui Sarratore a fost răsunătoare, foarte afectuoasă:

— Sigur că mi-l amintesc, salut, Antonio.

— Eu și el suntem logodiți.

— A, bine.

— Și am vorbit mult, acum o să vă explice.

Antonio a înțeles că venise momentul lui și a spus foarte palid, încordat, străduindu-se să vorbească în italiană:

— Sunt foarte bucuros să vă văd, domnule Sarratore, eu nu uit. Vă voi fi mereu recunoscător pentru ce ați făcut pentru noi după moartea tatălui meu. Vă mulțumesc mai ales pentru că mi-ați aranjat să lucrez în atelierul mecanic al domnului Gorresio, dumneavoastră vă datorez faptul că am învățat o meserie.

— Spune-i despre mama ta, l-am îndemnat nervoasă.

El s-a supărat, mi-a făcut semn să tac. A continuat:

— Dar dumneavoastră nu mai locuiți în cartier și nu vă e clară situația. Mama, numai dacă aude numele dumneavoastră, își pierde capul. Și dacă vă vede, dacă vă vede și numai o singură dată, ajunge la balamuc.

Sarratore s-a bâlbâit:

— Antonio, fiule, eu n-am avut niciodată nicio intenție de a-i face rău mamei tale. Tu, pe bună dreptate, îți amintești cât m-am sacrificat pentru voi. Și, de fapt, am vrut întotdeauna doar s-o ajut pe ea și pe voi toți.

— Atunci, dacă vreți în continuare s-o ajutați, n-o căutați, nu-i trimiteți cărți, nu vă arătați în cartier.

— Nu-mi poți cere asta, nu-mi poți interzice să revăd locuri care-mi sunt dragi, a spus Sarratore cu o voce caldă, în mod artificial emoționată.

Tonalitatea aceea m-a indignat. O cunoșteam, o folosise adesea la Barano, pe plaja Maronti. Era dulce, mângâietoare, tonalitatea pe care el și-o închipuia că trebuie s-o aibă un bărbat cu greutate care scria versuri și articole în *Roma*. Am fost pe punctul de a interveni, dar Antonio, uimindu-mă, mi-a luat-o înainte. Și-a arcuit spatele, și-a îndesat capul între umeri și în timpul ăsta a întins o mână spre toracele lui Donato Sarratore, izbindu-l cu degetele lui puternice. A spus în dialect:

— Eu nu v-o interzic. Dar vă promit că dacă-i luați mamei bucățica de rațiune care i-a rămas, o să vă treacă pentru totdeauna cheful de a revedea locurile astea de rahat.

Sarratore s-a făcut foarte palid.

— Da, am înțeles, mulțumesc, a spus grăbit.

S-a răsucit pe călcâie și a tulit-o în direcția gării.

L-am luat pe Antonio de braț, mândră de reacția lui plină de orgoliu, dar mi-am dat seama că tremura. M-am gândit, poate pentru prima dată, la ce trebuia să fi însemnat pentru el, copil fiind, moartea tatălui său, apoi munca, responsabilitatea care-i revenise, prăbușirea mamei lui. L-am tras după mine plină de afecțiune și mi-am dat o altă scadență: o să-l părăsesc după nunta Lilei, mi-am spus.

51.

Cartierul și-a amintit multă vreme de nunta aceea. Pregătirile s-au intersectat cu lenta, elaborata, conflictuala apariție a pantofilor Cerullo și au părut două acțiuni care, dintr-un motiv sau din altul, nu s-ar fi încheiat niciodată.

De altfel, influența nunții asupra cizmăriei nu era mică. Fernando și Rino trudeau mult nu numai cu pantofii noi, care pentru moment nu rentau deloc, ci și cu mii de alte mici munci imediat rentabile, de încasările cărora aveau nevoie. Trebuiau să strângă suficienți bani pentru a-i asigura Lilei un mic trusou și să facă față cheltuielii cu băutura pe care au vrut cu orice preț să și-o asume ca să nu lase impresia de cerșetori. În consecință, tensiunea din casa Cerullo a fost, luni de zile, foarte mare: Nunzia broda așternuturi zi și noapte, iar Fernando făcea încontinuu scene regretând epoca fericită în care, în cămăruța lui întunecoasă al cărei rege era, încleia, cosea, ciocănea liniștit cu cuiele între buze.

Singurii senini păreau cei doi logodnici. Au fost doar două mici momente de neînțelegere între ei. Primul a avut legătură cu viitoarea lor casă. Stefano voia să cumpere un mic apartament în noul cartier, Lila, în schimb, ar fi preferat să ia un apartament în blocurile vechi. Au discutat. Casa din cartierul vechi era mai mare, dar întunecată și nu avea vedere, ca, de altfel, toate casele din zona aceea. Apartamentul din noul cartier era mai mic, dar avea o cadă imensă, ca aceea din reclama la Palmolive, bideu și vedere spre Vezuviu. A fost inutil să atragă atenția asupra faptului că, în vreme ce Vezuviul era un contur neclar și îndepărtat care pălea pe cerul nebulos, la mai puțin de două sute de metri se întindeau clare șinele de cale ferată. Stefano era sedus de nou, de apartamentele cu podele strălucitoare, de pereții foarte albi, și Lila, curând, a cedat. Mai mult decât orice altceva conta faptul că, la mai puțin de șaptesprezece ani, ar fi fost stăpâna casei sale, cu apă caldă care curgea de la robinete, și nu închiriată, ci în proprietate.

Al doilea motiv de neînțelegere a fost voiajul de nuntă. Stefano a propus ca destinație Veneția, și Lila, dezvăluind o tendință care pe urmă i-a marcat întreaga viață, a insistat să nu se îndepărteze mult de Napoli. A sugerat o ședere la Ischia, la Capri și, eventual, pe coasta amalfitană, locuri în care nu fusese niciodată. Viitorul soț s-a declarat aproape imediat de acord.

În rest au fost tensiuni minore, mai mult reverberații ale problemelor interne dintre cele două familii. De exemplu, dacă

Stefano mergea la cizmăria Cerullo, ajungea întotdeauna, când se întâlnea apoi cu Lila, să-i scape cuvinte ofensatoare în legătură cu Fernando și Rino și ea se supăra, izbucnea în apărarea lor. El clătina din cap puțin convins, începea să vadă în povestea cu pantofii o investiție excesivă de bani și, la sfârșitul verii, când au fost tensiuni puternice între el și cei doi Cerullo, a impus o limită precisă lucrului după bunul plac al tatălui, a fiului, a ucenicilor. A spus că până în noiembrie voia primele rezultate: cel puțin modelele de iarnă, pentru bărbați și pentru femei, gata să fie expuse în vitrină de Crăciun. Apoi, destul de nervos, i-a lăsat să-i scape, de față cu Lila, că Rino era mai pregătit să ceară bani decât să muncească. Ea și-a apărat fratele, el a replicat, ea s-a înfuriat, el a dat imediat înapoi. S-a dus să ia perechea de pantofi de la care se născuse tot proiectul acela, pantofi cumpărați și niciodată purtați, păstrați ca o dovadă foarte prețioasă a poveștii lor, și i-a pipăit, i-a mirosit, s-a emoționat vorbind despre cum simțea, vedea, văzuse întotdeauna mânuțele ei de copil aproape, care lucraseră împreună cu ditamai mâinile fratelui ei. Erau pe terasa vechii case, unde aprinseseră artificii la întrecere cu frații Solara. I-a luat degetele și i le-a sărutat unul câte unul, spunând că n-ar mai fi îngăduit niciodată să reînceapă să se distrugă.

Lila însăși mi-a povestit gestul acela de iubire, foarte bucuroasă. A făcut-o atunci când m-a dus să văd noua casă. Ce frumusețe: podele cu plăci foarte lucioase, cada pentru făcut baie cu spumă, mobilele sculptate din sufragerie și din dormitor, răcitorul și chiar și telefonul. Mi-am notat numărul emoționată. Ne născuserăm și trăiserăm în case mici, fără să avem camera noastră, fără un loc unde să învățăm. Eu încă trăiam așa, ea, în curând, nu. Am ieșit pe balconul care dădea spre căile ferate și spre Vezuviu, am întrebat-o prudent:

— Tu și Stefano veniți aici și singuri?

— Uneori da.

— Și ce se întâmplă?

M-a privit ca și cum nu înțelegea.

— În ce sens?

M-am rușinat.

— Vă sărutați?

— Uneori.

— Și pe urmă?

— Pe urmă nimic, încă nu suntem căsătoriți.

Am fost confuză. Era posibil? Atâta libertate și nimic? Atâtea bârfe în tot cartierul, obscenitățile fraților Solara și doar câteva sărutări?

— Dar el nu-ți cere?

— De ce, ție îți cere Antonio?

— Da.

— El mie nu. E de acord că trebuie mai întâi să ne căsătorim.

Dar mi s-a părut foarte tulburată de întrebările mele, pe cât am fost eu impresionată de răspunsurile ei. Așadar, ea nu-i făcea nicio favoare lui Stefano, chiar dacă ieșeau cu mașina singuri, chiar dacă urmau să se căsătorească, chiar dacă aveau deja o casă a lor mobilată, patul cu saltelele încă ambalate. Și eu, în schimb, care cu siguranță nu trebuia să mă căsătoresc, mersesem, de mult, dincolo de sărut. Când m-a întrebat, inocent de curioasă, dacă îi ofeream lui Antonio ce-mi cerea, mi-a fost rușine să-i spun adevărul. Am răspuns nu și a părut bucuroasă.

52.

Am rărit întâlnirile de la lacuri și pentru că urma să înceapă școala. Eram convinsă că Lila, exact datorită lecțiilor, temelor, nu m-ar fi implicat în pregătirile pentru nuntă, se obișnuise cu disparițiile mele în timpul anului școlar. Dar n-a fost așa.

Tensiunile dintre ea și Pinuccia crescuseră mult în timpul verii. Nu mai era vorba despre rochii sau pălării, sau eșarfe, sau bijuterii. Pinuccia i-a zis la un moment dat fratelui ei, în prezența Lilei și în mod clar, că fie logodnica lui venea să muncească în mezelărie, dacă nu imediat, cel puțin după voiajul de nuntă — să muncească așa cum făcea dintotdeauna întreaga familie, cum făcea și Alfonso de fiecare dată când școala îi permitea —, fie n-ar mai fi muncit nici ea. Iar mama, de data asta, a susținut-o în mod explicit.

Lila n-a clipit, a spus că ar fi început chiar și atunci, chiar de-a doua zi, în orice rol ar fi vrut-o familia Carracci. Răspunsul acela, ca toate răspunsurile dintotdeauna ale Lilei, deși încercând să fie conciliant, avea ceva integru, arogant, care a făcut-o pe Pinuccia să se înfurie și mai tare. A devenit foarte limpede că fata cârpaciului era percepută deja de cele două femei ca o vrăjitoare venită să facă pe stăpâna, să arunce bani pe fereastră fără să miște un deget ca să-i câștige, să-l domine pe bărbatul casei cu farmecele ei, punându-l să facă lucruri foarte incorecte împotriva propriei familii, adică împotriva surorii de sânge și chiar și împotriva mamei sale.

Stefano, după obiceiul lui, n-a replicat imediat. A așteptat ca sora lui să se descarce, apoi, ca și cum problema Lilei și a poziționării ei în mica afacere de familie n-ar fi fost pusă niciodată, a spus calm că Pinuccia, în loc să muncească în mezelărie, ar fi făcut bine s-o ajute pe logodnică la pregătirea nunții.

— Nu mai ai nevoie de mine? a izbucnit fata.

— Nu: de mâine o pun în locul tău pe Ada, fiica Melinei.

— Ți-a sugerat-o ea? a urlat sora lui arătând spre Lila.

— Nu e treaba ta.

— Ai auzit, mami? L-ai auzit ce-a zis? Se crede stăpânul absolut aici.

A fost un moment insuportabil de tăcere, apoi Maria s-a ridicat de pe scaunul din spatele casei și i-a spus fiului ei:

— Găsește pe cineva și pentru locul ăsta, pentru că eu sunt obosită și nu mai vreau să trudesc.

Stefano, în punctul acela, a cedat puțin. A zis încet:

— Să ne calmăm, nu sunt stăpânul a nimic, problemele mezelăriei nu mă privesc doar pe mine, ci pe noi toți. Trebuie luată o decizie. Pinù, tu ai nevoie să muncești? Nu. Mamă, aveți nevoie să stați toată ziua acolo în spate? Nu. Atunci să dăm de lucru celor care au nevoie. La servit o pun pe Ada și la casă mă mai gândesc. Altfel cine are grijă de trusou?

Nu știu sigur dacă în spatele expulzării Pinucciei și a mamei din prezența zilnică în mezelărie, în spatele angajării Adei era de fapt Lila (Ada cu siguranță a fost convinsă de asta, și a fost convins mai ales Antonio, care a început să vorbească despre prietena noastră ca despre o zână bună). Cu siguranță nu i-a plăcut faptul că soacra și cumnata aveau o grămadă de timp liber ca să dea buzna peste nunta ei. Cele două femei i-au complicat mai mult existența, în legătură cu orice fleac apăreau conflicte: invitațiile, aranjarea bisericii, fotograful, mica orchestră, sala de primire, meniul, tortul, bombonierele, verighetele, chiar și voiajul de nuntă, dat fiind că Pinuccia și Maria considerau că e un fleac să meargă la Sorrento, Positano, Ischia și Capri. Astfel, brusc, am fost implicată, aparent ca să-i dau Lilei un sfat despre una și alta, în realitate ca s-o susțin într-o luptă dificilă.

Eram la începutul primei clase de liceu, aveam multe materii noi, dificile. Obișnuita și încăpățânata mea sârguință deja mă distrugea, învățam cu prea multă îndârjire. Dar o dată, întorcându-mă de la școală, m-am întâlnit cu prietena mea și ea mi-a spus pe neașteptate:

— Te rog, Lenù, vii mâine să-mi dai un sfat?

Nici măcar nu știam despre ce vorbește. Fusesem ascultată la chimie și nu făcusem o impresie bună, chestie care mă făcea să sufăr.

— Un sfat pentru ce?

— Pentru rochia de mireasă. Te rog, nu-mi spune nu, pentru că, dacă nu vii, ajung să le omor pe cumnata mea și pe soacra mea.

M-am dus. M-am alăturat ei, Pinucciei și Mariei cu mare disconfort. Magazinul era pe Rettifilo și îmi amintesc că îmi vârâsem câteva cărți într-o geantă sperând să fac cumva să învăț. A fost imposibil. De la patru după-amiaza la șapte seara am privit modele, am atins materiale, Lila a probat rochii de mireasă expuse pe manechinele din magazin. Orice îmbrăca, frumusețea ei punea în valoare rochia, rochia îi punea în valoare frumusețea. Îi veneau bine organdiul rigid, atlazul moale, tulul diafan. Îi veneau bine fusta largă la fel și cea strâmtă, trena foarte lungă la fel și cea scurtă, voalul vaporos ca și cel prins, coronița cu strasuri la fel și cea cu perluțe sau flori de portocal. În plus, ea, ascultătoare, observa modele sau încerca să îmbrace rochiile care arătau frumos pe manechine. Dar uneori, când nu mai suporta atitudinea năzuroasă a viitoarelor ei rude, se ivea Lila de odinioară care mă fixa drept în ochi și spunea ironică, alarmându-și soacra și cumnata:

— Dacă am merge pe un frumos atlaz verde sau un organdi roșu sau un frumos tul negru sau, și mai bine, galben?

Era nevoie de râsul meu pentru a semnala că mireasa glumea, ca să reluăm examinarea cu seriozitate invidioasă a materialelor și modelelor. Croitoreasa nu făcea altceva decât să repete entuziasmată:

— Vă rog, orice alegeți, să-mi aduceți poze de la nuntă, pentru că vreau să le expun aici în vitrină, așa voi putea spune: pe fata asta am îmbrăcat-o eu.

Însă problema era să aleagă. De fiecare dată când Lila înclina pentru un model, pentru un material, Pinuccia și Maria luau apărarea altui model, a altui material. Eu am tăcut tot timpul, puțin zăpăcită de toate discuțiile acelea și, de asemenea, de mirosurile țesăturilor noi. Apoi Lila m-a întrebat încruntată:

— Tu ce crezi, Lenù?

S-a făcut liniște. Am simțit imediat, cu o anume stupoare, că cele două femei așteptau momentul acela și se temeau de el. Am folosit o tehnică pe care o învățasem la școală și care consta în asta: de fiecare dată când nu știam să răspund la o întrebare, făceam exces de premise cu vocea sigură a cuiva care știe clar unde vrea să ajungă. Am spus — în italiană — că îmi plăceau foarte mult modelele preferate de Pinuccia și mama ei. M-am lansat nu în laude, ci în argumentări care demonstrau cât erau de potrivite formelor Lilei. În momentul în care, ca în clasă cu profesorii, am simțit că am admirația, simpatia mamei și a fiicei, am ales unul dintre modele la întâmplare, fiind atentă să nu-l iau dintre cele pentru care înclina Lila și am început să demonstrez că sintetiza atât calitățile modelelor preferate de cele două femei, cât și calitățile preferate de prietena mea. Croitoreasa, Pinuccia și mama au fost imediat de acord cu mine. Lila s-a limitat să mă privească cu ochii mijiți. Apoi i-a revenit privirea obișnuită și s-a declarat și ea de acord.

La ieșire atât Pinuccia, cât și mama erau foarte bine dispuse. I se adresau Lilei aproape cu afecțiune și, comentând achiziția, mă evocau încontinuu cu fraze de genul: cum a spus Lenuccia sau Lenuccia a spus corect. Lila a făcut așa încât să rămână puțin în spate, în mulțimea serală de pe Rettifilo. M-a întrebat:

— Asta înveți la școală?

— Ce?

— Să folosești cuvintele ca să-ți bați joc de oameni.

M-am simțit jignită, am spus în șoaptă:

— Nu-ți place modelul pe care l-am ales?

— Îmi place foarte mult.

— Și atunci?

— Atunci fă-mi plăcerea să vii cu noi de fiecare dată când ți-o cer.

Eram furioasă, am spus:

— Vrei să mă folosești ca să-mi bat joc de ele?

A înțeles că eram ofensată, mi-a strâns cu putere o mână:

— Nu voiam să-ți spun ceva urât. Voiam să spun doar că te pricepi să te faci îndrăgită. Diferența dintre mine și tine, dintotdeauna, e că oamenii se tem de mine și de tine nu.

— Poate pentru că tu ești rea, i-am spus tot mai furioasă.

— Posibil, a răspuns și am simțit că o rănisem cum și ea mă rănise pe mine. Atunci, regretând, am adăugat imediat ca să remediez:

— Antonio s-ar lăsa omorât pentru tine: a zis să-ți mulțumesc pentru că i-ai dat de lucru surorii lui.

— Stefano i-a dat de lucru Adei, a replicat ea. Eu sunt rea.

53.

Din acel moment am fost chemată încontinuu să particip la alegerile mai disputate și, uneori — am descoperit —, nu la cererea Lilei, ci a Pinucciei și a mamei ei. De fapt, eu am ales bombonierele. De fapt, eu am ales restaurantul din strada Orazio. De fapt, eu am ales fotograful, convingându-le să adauge la serviciul fotografic un filmuleț pe peliculă Super 8. În fiecare împrejurare mi-am dat seama că, în vreme ce eu puneam pasiune în orice, ca și cum fiecare din acele chestiuni ar fi fost un exercițiu pentru când mi-ar fi venit mie rândul să mă căsătoresc, Lila acorda foarte puțină atenție detaliilor nunții ei. Asta m-a mirat, dar lucrurile stăteau cu siguranță așa. Insista într-adevăr în a stabili, o dată pentru totdeauna, faptul că în viața ei viitoare de soție și de mamă, în casa ei, cumnata și soacra n-ar fi trebuit să se bage. Dar nu era obișnuitul conflict dintre soacră, noră, cumnată. Am avut impresia, din felul în care mă folosea, din felul în care-l manipula pe Stefano, că se agită să găsească, din colivia în care se închisese, un mod de a fi numai al ei, care însă îi rămânea deocamdată necunoscut.

Bineînțeles, pierdeam după-amiezi întregi ca să pun capăt problemelor lor, învățam puțin și de câteva ori am ajuns chiar să nu mă duc la școală. Consecința a fost că notele de pe primul trimestru nu au fost foarte strălucite. Noua mea profesoară de latină și greacă, foarte stimata Galiani, mă purta în palmă, dar la filosofie, chimie și matematică abia am reușit să iau suficient. În plus, într-o dimineață am intrat într-un bucluc. Pentru că profesorul de religie făcea continuu discursuri acuzatoare împotriva comuniștilor, împotriva ateismului lor, m-am simțit îmboldită să reacționez, nu știu bine dacă din afecțiunea mea pentru Pasquale, care se declarase mereu comunist, sau pur și simplu pentru că am perceput că tot răul pe care preotul îl spunea despre comuniști mă privea direct, fiindcă eram protejata comunistei prin excelență, profesoara Galiani. Cert este că am ridicat mâna și am spus că eu, care făcusem cu succes un curs teologic prin corespondență, credeam că această condiție umană era atât de evident expusă furiei oarbe a întâmplării, încât a te încredința unui Dumnezeu, lui Iisus, Sfântului Duh — o entitate, aceasta din urmă, complet superfluă, era acolo doar ca să compună o trinitate, în mod știut mai nobilă decât obișnuitul binom tată-fiu — era același lucru cu a face colecție de statuete în timp ce orașul arde în flăcările infernului. Alfonso și-a dat seama imediat că exageram și m-a tras timid de șorț, dar eu nu l-am băgat în seamă și am mers până la capăt, până la acea comparație concluzivă. Pentru prima dată am fost dată afară din sală și am primit o notă de blam în catalog.

Cum am ieșit pe coridor, mai întâi m-am simțit dezorientată — ce se întâmplase, de ce mă comportasem atât de nesăbuit, de unde îmi venise convingerea absolută că lucrurile pe care le spuneam erau corecte și trebuiau spuse? —, apoi mi-am amintit că avusesem acele discuții cu Lila și mi-am dat seama că mă vârâsem în acea încurcătură numai pentru că, în ciuda a tot, continuam să-i acord o autoritate suficientă ca să-mi dea puterea să-l sfidez pe profesorul meu de religie. Lila nu mai deschidea nicio carte, nu mai studia, urma să devină soția unui mezelar, ar fi ajuns probabil la casa de marcat în locul mamei lui Stefano, și eu? Eu îmi trăsesem de la ea energia pentru a inventa o imagine care definea religia drept o colecție de statuete în timp ce orașul arde în flăcările infernului? Nu era adevărat, așadar, că școala era averea mea personală, departe de-acum de influența ei? Am plâns cu lacrimi tăcute în fața ușii clasei.

Dar lucrurile s-au schimbat pe neașteptate. A apărut în capătul coridorului Nino Sarratore. După noua întâlnire cu tatăl lui, cu atât mai mult mă purtam ca și cum n-ar exista, dar în acea situație grea m-am simțit însuflețită să-l văd, mi-am șters în grabă lacrimile. El probabil că și-a dat seama oricum că ceva era în neregulă și a venit spre mine. Crescuse, avea mărul lui Adam foarte proeminent, trăsături scobite de barba albăstrie, o privire mai hotărâtă. Imposibil să fug de el. Nu puteam intra din nou în clasă, nu mă puteam îndepărta spre toaletă, ambele lucruri mi-ar fi complicat apoi situația dacă ar fi ieșit profesorul de religie. Am rămas acolo și, când a apărut în fața mea și m-a întrebat de ce eram afară, ce se întâmplase, i-am povestit totul. S-a încruntat și a spus:

— Mă întorc imediat.

A dispărut și a reapărut câteva minute mai târziu cu profesoara Galiani.

Galiani m-a copleșit cu laude.

— Însă acum, a spus ca și cum ne-ar fi ținut mie și lui Nino o lecție, după critica profundă, e timpul pentru mediere.

A bătut la ușa clasei mele, a închis-o în spatele ei și, după cinci minute, a ieșit din nou veselă. Puteam să intru cu condiția să-mi cer scuze față de profesor pentru tonul prea agresiv pe care-l avusesem. I-am cerut scuze, ezitând între neliniștea pentru represiunile probabile și mândria pentru susținerea care-mi venise de la Nino și de la Galiani.

Am avut mare grijă să nu povestesc întâmplarea părinților mei, dar i-am spus totul lui Antonio, care, cu mândrie, i-a relatat totul lui Pasquale, care, la rândul lui, s-a întâlnit într-o dimineaţă cu Lila și, doborât de emoția iubirii pe care încă o simţea pentru ea, neștiind ce să-i spună, s-a agățat de întâmplarea mea ca de un colac de salvare și i-a povestit-o. Am devenit astfel, într-o clipită, eroina atât a prietenilor mei dintotdeauna, cât și a sfrijitului, dar foarte viteazului grup de profesori și elevi care luptau împotriva dăscălelilor profesorului de religie. Între timp, pentru că îmi dădusem seama că scuzele față de preot nu fuseseră suficiente, m-am străduit să recâștig încrederea lui și a celorlalți profesori care gândeau ca el. Am separat, fără efort, cuvintele mele de mine: cu toți profesorii care-mi deveniseră ostili am devenit foarte respectuoasă, serviabilă, silitoare, de ajutor, astfel încât au reînceput curând să mă considere un omuleț bine crescut căruia i se puteau ierta anumite afirmații bizare. Am descoperit astfel că știam să fac la fel ca Galiani: să-mi expun cu fermitate opiniile și între timp să mediez, câștigând stima tuturor cu un comportament ireproșabil. În decursul câtorva zile mi s-a părut că revenisem, împreună cu Nino Sarratore, care era în clasa a treia de liceu și anul acela ar fi dat bacalaureatul, în vârful listei celor mai promițători elevi ai mizerului nostru liceu.

Nu s-a încheiat acolo. După câteva săptămâni, Nino mi-a cerut, direct, cu aerul lui rezervat, să scriu în mare grabă o jumătate de pagină de caiet în care să povestesc confruntarea cu preotul.

— Ce să faci cu ea?

Mi-a spus de colaborarea lui la o revistă care se numea *Napoli Albergo dei poveri*. Povestise episodul în redacție și îi spuseseră că, dacă aş fi făcut un rezumat în timp util, ar fi încercat să-l introducă în numărul următor. Mi-a arătat revista. Era o fasciculă de vreo cincizeci de pagini de un gri murdar. La cuprins apărea el, prenume şi nume, cu un articol intitulat *Le cifre della miseria*. Mi-a venit în minte tatăl lui, mulţumirea, vanitatea cu care-mi citise pe plaja Maronti articolul publicat în *Roma*.

— Scrii şi poezii? l-am întrebat.

A negat cu o energie atât de dezgustată, că i-am promis imediat:

— Bine, încerc.

M-am întors acasă foarte agitată. Îmi simţeam deja capul plin de fraze pe care le-aş fi scris, şi pe drum i-am vorbit detaliat lui Alfonso despre asta. S-a îngrijorat pentru mine, m-a implorat să nu scriu nimic.

— Îl vor semna cu numele tău?

— Da.

— Lenù, preotul se va înfuria din nou şi te va pica: o va atrage de partea lui pe profesoara de chimie şi pe cea de matematică.

Mi-a transmis neliniştea lui şi mi-am pierdut încrederea. Dar imediat cum ne-am despărţit, ideea de a le putea arăta în curând revista, articolul meu, numele meu tipărit Lilei, părinţilor mei, învăţătoarei Oliviero, învăţătorului Ferraro a triumfat. Apoi aş fi reparat-o eu cumva. Fusese foarte exaltant să primesc aprobarea celor care mi se păreau cei mai buni (Galiani, Nino), luând poziţie împotriva celor care mi se păreau cei mai răi (preotul, profesoara de chimie, profesorul de matematică), dar comportându-mă în timpul ăsta cu adversarii astfel încât să nu pierd simpatia şi stima lor. M-aş fi străduit ca asta să se repete la apariţia articolului.

Am petrecut după-amiaza scriind şi rescriind. Am găsit fraze sintetice şi compacte. Am încercat să acord poziţiei mele cantitatea maximă de demnitate teoretică, recurgând la cuvinte dificile. Am scris: „Dacă Dumnezeu e peste tot, ce nevoie are să se răspândească prin Sfântul Duh?“. Dar jumătatea de pagină se consuma repede, doar cu preambulul. Și restul? O luam de la capăt. Și pentru că eram antrenată de la școala elementară să încerc și să reîncerc cu încăpățânare, la final am ajuns la un rezultat apreciabil și am început să învăț pentru a doua zi.

Dar în decursul unei jumătăți de oră au revenit îndoielile, am simțit nevoia de confirmări. Cui puteam să-i dau să citească textul meu ca să obțin o părere? Mamei mele? Fraților mei? Lui Antonio? Bineînțeles că nu, singura era Lila. Dar să mă adresez ei însemna să continui să-i recunosc o autoritate, când de fapt eu eram cea care, deja, știam mai mult decât ea. Astfel, inițial am rezistat. Mă temeam că ar fi lichidat jumătatea mea de pagină cu o replică minimizantă. Mă temeam și mai mult că acea replică mi-ar fi lucrat oricum în minte, împingându-mă spre gânduri excesive pe care aș fi ajuns să le transcriu în jumătatea mea de pagină, stricându-i echilibrul. Și totuși, în cele din urmă am cedat și am alergat la ea sperând s-o găsesc. Era acasă la părinții ei. I-am spus despre propunerea lui Nino și i-am dat caietul.

S-a uitat la pagină apatică, de parcă scrierea i-ar fi rănit ochii. Exact ca Alfonso, m-a întrebat:

— Vor pune numele tău?

Am făcut semn că da.

— Chiar Elena Greco?

— Da.

Mi-a întins caietul:

— Nu sunt în stare să-ți spun dacă e bun sau nu.

— Te rog.

— Nu, nu sunt în stare.

A trebuit să insist. I-am spus, deși știind că nu era adevărat, că dacă nu-i plăcea, dacă chiar va refuza să-l citească, nu i-l voi da lui Nino să-l publice.

Până la urmă a citit. Mi s-a părut că se încordează toată, ca și cum aș fi aruncat asupra ei o greutate. Și am avut impresia că face un efort dureros ca s-o elibereze din adâncul ei pe vechea Lila, cea care citea, scria, desena, plănuia cu caracterul imediat, natural al unei reacții instinctive. Când a reușit, totul a părut în mod plăcut ușor.

— Pot să șterg?

— Da.

A șters multe cuvinte și o frază întreagă.

— Pot să mut ceva?

— Da.

Mi-a încercuit o frază și a mutat-o cu o linie ondulată în susul foii.

— Pot să recopiez totul pe o altă foaie?

— Fac eu asta.

— Nu, lasă-mă pe mine.

I-a luat ceva timp să recopieze. Când mi-a dat caietul înapoi, a spus:

— Ești foarte bună, bineînțeles că-ți dau mereu zece!

Am simțit că nu era ironie, că era un compliment real. Apoi a adăugat cu o neașteptată duritate:

— Nu mai vreau să citesc nimic din ce scrii.

— De ce?

S-a gândit.

— Pentru că-mi face rău, și și-a lovit fruntea în mijloc cu degetele, izbucnind în râs.

54.

M-am întors acasă fericită. M-am închis în baie ca să nu deranjez restul familiei și am învățat până spre trei noaptea, când în sfârșit m-am dus la culcare. M-am sculat la șase și jumătate ca să recopiez textul. Dar înainte l-am citit în frumoasa grafie rotundă a Lilei, o grafie rămasă pe loc în vremea școlii elementare, foarte diferită deja de a mea, care se micșorase și se simplificase. Pe pagină era exact ce scrisesem, dar mai limpede, mai direct. Ștersăturile, mutările, micile adaosuri și, într-un fel, însăși grafia ei mi-au dat impresia că fugisem de mine și că acum alergam cu o sută de pași mai în față cu o energie și, totodată, cu o armonie pe care persoana rămasă în urmă nu știa că le are.

Am decis să las textul în grafia Lilei. I l-am dus lui Nino în felul acela ca să păstrez urma vizibilă a prezenței ei înăuntrul cuvintelor mele. El l-a citit clipind de mai multe ori din genele lui lungi. La sfârșit a spus, cu o neașteptată tristețe:

— Galiani are dreptate.

— Cu ce?

— Știi să scrii mai bine decât mine.

Deși am protestat stânjenită, a repetat fraza aceea, apoi mi-a întors spatele fără să mă salute și a plecat. Nu mi-a spus nici măcar când ar fi apărut revista și cum aș fi putut să mi-o procur, și nici eu n-am avut curajul să-l întreb. A fost un comportament care m-a enervat. Mai ales că, în timp ce se îndepărta, am recunoscut, câteva secunde, mersul tatălui lui.

Așa s-a terminat noua noastră întâlnire. Am greșit totul încă o dată. Zile în șir Nino s-a purtat ca și cum a scrie mai bine decât el era o vină care trebuia plătită. M-am necăjit. Când brusc mi-a reîncredințat corpul, viața, prezența și mi-a cerut să parcurgem o bucată de drum împreună, i-am răspuns rece că eram deja ocupată, trebuia să vină să mă ia logodnicul meu.

O vreme a crezut probabil că logodnicul e Alfonso, dar îndoiala i-a trecut când odată, la ieșire, a apărut sora lui, Marisa, care avea să-i spună nu știu ce. Nu ne văzuserăm de la Ischia. A alergat spre mine, s-a bucurat foarte mult, mi-a spus cât îi păruse de rău că nu mă întorsesem la Barano în vara aceea. Pentru că mă aflam în compania lui Alfonso, i l-am prezentat. Ea a insistat, dat fiind că fratele ei plecase deja, să facem câțiva pași împreună. Mai întâi ne-a povestit toate suferințele ei din dragoste. Apoi, când și-a dat seama că eu și Alfonso nu eram logodiți, nu mi s-a mai adresat și a început să vorbească, în felul ei captivant, cu el. Când s-a întors acasă, cu siguranță i-a povestit fratelui ei că între mine și Alfonso nu era nimic, pentru că el, a doua zi, cu promptitudine, a început din nou să-mi dea târcoale. Dar acum mă enervam numai văzându-l. Era superficial ca tatăl lui, deși îl detesta? Credea că oamenii nu pot trăi fără să-l vrea, să-l iubească? Era atât de plin de sine, încât nu putea tolera alte virtuți decât pe ale sale? I-am cerut lui Antonio să vină să mă ia de la școală. M-a ascultat imediat, dezorientat și totodată onorat de solicitarea aceea. Ceea ce probabil că l-a uimit mai mult a fost faptul că acolo, în public, în fața tuturor, l-am luat de mână și mi-am împletit degetele cu ale lui. Refuzasem mereu să mă plimb în felul acela, atât în cartier, cât și în afara lui, pentru că mi se părea că sunt încă mică și că merg la plimbare cu tata. De data aceea am făcut-o. Știam că Nino ne privea și voiam să înțeleagă cine eram. Scriam mai bine decât el, urma să public în revista în care publica el, eram bună la școală cât el și mai mult decât el, aveam un bărbat, iată-l: și de aceea n-aș fi alergat niciodată după el ca un animăluț fidel.

55.

Lui Antonio i-am cerut să mă însoțească și la nunta Lilei, să nu mă lase deloc singură, să vorbească și, eventual, să danseze numai cu mine. Mă temeam mult de ziua aceea, o simțeam ca pe o ruptură definitivă și voiam alături pe cineva care să mă susțină.

Solicitarea aceea probabil că i-a complicat apoi viața. Lila trimisese invitațiile tuturor. În casele din cartier, mamele, bunicile munceau deja de mult să coasă rochii, să facă rost de pălării și genți, să caute un dar de nuntă, ce știu eu, un set de pahare, un serviciu de farfurii, de tacâmuri. Nu făceau neapărat pentru Lila efortul acela; era pentru Stefano, care era foarte cumsecade, îți îngăduia să plătești la sfârșitul lunii. Dar, în special, o nuntă era o împrejurare în care nimeni nu putea face impresie proastă, în special fetele fără logodnic care, cu acea ocazie, aveau posibilitatea să-l găsească și să se aranjeze, căsătorindu-se, la rândul lor, în vreo câțiva ani.

Tocmai din acel ultim motiv am vrut ca Antonio să mă însoțească. Nu intenționam deloc să oficializez chestia — eram atenți să ținem complet ascunsă relația noastră —, dar tindeam să țin sub control anxietatea de a fi atrăgătoare. Voiam, cu acea ocazie, să mă simt plăcută, liniștită, cu ochelarii mei, rochia mea ponosită cusută de mama, pantofii vechi și între timp să mă gândesc: am tot ce trebuie să aibă o fată de șaisprezece ani, n-am nevoie de nimic și de nimeni.

Dar Antonio a luat-o diferit. Mă iubea, mă considera cel mai mare noroc care i se întâmplase vreodată. Se întreba mereu cu voce tare, cu un fir de neliniște încordată sub aparența distrată, cum de-l alesesem tocmai pe el care era prost și nu știa să lege două cuvinte. În realitate, abia aștepta să se prezinte acasă la părinții mei ca să oficializeze relația noastră. În consecință, solicitarea mea probabil că l-a făcut să se gândească la faptul că în sfârșit mă hotăram să-l scot din clandestinitate și s-a îndatorat ca să-și facă un costum la croitor, fără să pună la socoteală cât îl costa deja darul de nuntă, îmbrăcămintea Adei și a celorlalți frați, o aparență prezentabilă pentru Melina.

Nu mi-am dat seama de nimic. Am continuat împărțită între școală, sfaturile urgente de fiecare dată când se încurcau lucrurile între Lila, cumnata și soacra ei, anxietatea plăcută datorată articolașului pe care-l puteam vedea publicat dintr-un moment într-altul. Eram în secret convinsă că aș fi existat cu adevărat abia în momentul în care ar fi apărut publicată semnătura mea, Elena Greco, și mă chinuiam să trăiesc așteptând ziua aceea fără să-i acord prea multă atenție lui Antonio, care-și pusese în minte să-și completeze vestimentația cu o pereche de pantofi Cerullo. Din când în când mă întreba:

— Tu știi în ce punct se află?

Îi răspundeam:

— Întreabă-l pe Rino, oricum Lina nu știe nimic.

Lucrurile stăteau așa. Cei doi Cerullo, în noiembrie, l-au convocat pe Stefano fără să le pese deloc să-i arate mai întâi Lilei pantofii, care totuși locuia încă în casa lor. Stefano, în schimb, a apărut intenționat cu logodnica lui și cu Pinuccia, toți trei părând ieșiți din ecranul televizorului. Lila mi-a spus că, văzând realizați pantofii pe care-i desenase cu ani în urmă, a simțit o emoție foarte puternică, ca și cum apăruse o zână și îi îndeplinise o dorință. Pantofii erau exact cum îi imaginase la vremea ei. Și Pinuccia a rămas cu gura căscată. A vrut să probeze un model care-i plăcea și i-a făcut multe complimente lui Rino, lăsând să se înțeleagă că-l considera adevăratul artizan al acelor capodopere de lejeritate robustă, de armonie disonantă. Singurul care s-a arătat nemulțumit a fost Stefano. A întrerupt bucuria cu care și-a întâmpinat Lila fratele, tatăl și pe muncitori, a închis gura cu voce mieroasă a Pinucciei care-l complimenta pe Rino ridicând o gleznă ca să-i arate piciorul în mod extraordinar îmbrăcat și, model după model, a criticat modificările aduse desenelor originale. S-a îndârjit mai ales asupra comparației dintre pantoful bărbătesc cum fusese realizat de Rino și Lila pe ascuns de Fernando și același pantof, cum fusese stilizat de tată și fiu.

— Ce e ciucurele ăsta, ce sunt cusăturile astea, ce e catarama asta mică aurie? a întrebat enervat.

Și oricât a explicat Fernando toate modificările din motive de soliditate sau răsuciri care să camufleze vreun defect de creație, Stefano a rămas ferm pe poziții. A spus că investise chiar prea mulți bani nu ca să obțină niște pantofi oarecare, ci identici cu pantofii Lilei.

Au fost multe tensiuni. Lila a trecut blând de partea tatălui, i-a spus logodnicului ei să renunțe: fanteziile ei erau niște fantezii de copil, iar modificările, de altfel nu atât de importante, erau cu siguranță necesare. Dar Rino l-a sprijinit pe Stefano și discuția a continuat îndelung. S-a întrerupt numai când Fernando, devorat de epuizare, s-a așezat într-un colț și, privind tablouașele de pe perete, a spus:

— Dacă vrei pantofii pentru Crăciun, îi ai așa. Dacă îi vrei identici cu cei desenați de fiica mea, dă-i altuia să ți-i facă.

Stefano a cedat, a cedat și Rino.

De Crăciun, pantofii au apărut în vitrină, o vitrină cu o cometă desenată din vată. Am trecut să-i văd: erau obiecte elegante, îngrijit finisate; doar dacă te uitai la ei îți dădeau o impresie de bunăstare care distona cu vitrina săracă, cu peisajul dezolant din exterior, cu interiorul cizmăriei, tot numai fragmente din piele și mese de lucru, și sule, și forme de lemn, și cutii cu pantofi îngrămădite până la tavan, în așteptarea clienților. Deși cu modificările aduse de Fernando, era încălțămintea visurilor noastre copilărești, negândită pentru realitatea cartierului.

Într-adevăr, de Crăciun nu s-a vândut nici măcar o pereche. Doar Antonio s-a prezentat, i-a cerut lui Rino un 44, i-a probat. Apoi mi-a povestit despre plăcerea pe care o încercase simțindu-se atât de bine încălțat, închipuindu-se cu mine la nuntă, cu costumul nou pe el și pantofii aceia în picioare. Dar n-a contat. Când l-a întrebat care era prețul și Rino i-a răspuns, a rămas cu gura căscată:

— Ești nebun?

Și când Rino i-a spus:

— Ți-i vând în rate lunare, i-a răspuns râzând:

— Mai bine îmi cumpăr o Lambretta.

56.

Pe moment, Lila, prinsă cu nunta, nu și-a dat seama cum fratele ei, până atunci vesel, poznaș, chiar dacă sleit de oboseală, redevenea sumbru, dormea din nou prost, se enerva din nou din nimic.

— E ca un copil, a spus ca să justifice cumva față de Pinuccia unele izbucniri, își schimbă dispoziția în funcție de satisfacerea imediată a capriciilor sale, nu știe să aștepte.

Ea, ca și Fernando de altfel, n-a perceput deloc lipsa vânzării de Crăciun a pantofilor ca pe un eșec. În definitiv, realizarea încălțămintei nu urmărise niciun plan: apărută din voința lui Stefano de a vedea concretizată inspirația foarte pură a Lilei, exista cea călduroasă, dar și cea lejeră, acoperea toate anotimpurile. Și ăsta era un lucru bun. În cutiile albe stivuite în cizmăria Cerullo se găsea un discret sortiment. Era suficient să aștepți și la iarnă, la primăvară, la toamnă pantofii s-ar fi vândut.

Dar Rino a devenit tot mai agitat. După Crăciun, din propria inițiativă, s-a dus la patronul magazinului prăfuit de încălțăminte din capătul șoselei și, deși știa că ăla era legat de mâini și de picioare de frații Solara, i-a propus să expună câteva perechi de pantofi Cerullo, fără obligații, doar ca să vadă cum merg. Omul i-a zis în mod politicos nu, produsul acela nu era potrivit pentru clientela lui. El s-a simțit jignit și a rezultat din asta un schimb de înjurături care s-a aflat în tot cartierul. Fernando s-a înfuriat pe fiul lui, Rino l-a insultat și Lila a reînceput să-și perceapă fratele ca pe un element de dezordine, o manifestare a forțelor distructive care o speriaseră dintotdeauna. Când ieșeau în patru, observa cu neliniște că fratele ei făcea în așa fel încât s-o lase pe ea împreună cu Pinuccia s-o ia înainte și să rămână cu cinci pași în spate să discute cu Stefano. În general, mezelarul îl asculta fără să dea semne de enervare. O singură dată Lila l-a auzit spunând:

— Scuze, Rino, după tine, eu am băgat mulți bani în fabrica de încălțăminte așa, nerambursabil, doar din dragoste pentru sora ta? Am făcut pantofii, sunt frumoși, trebuie să-i vindem. Problema e că trebuie să găsim piața potrivită.

Acel „doar din dragoste pentru sora ta" nu i-a plăcut. Dar a trecut peste, pentru că, în schimb, cuvintele acelea au avut un efect bun asupra lui Rino, care s-a liniștit și a început să facă pe strategul de vânzări, mai ales cu Pinuccia. Spunea că trebuia să gândești la scară mare. De ce eșuaseră atâtea inițiative bune? De ce atelierul mecanic al lui Gorresio fusese nevoit să renunțe la mopeduri? De ce buticul negustoresei de mercerie durase șase luni? Pentru că erau afaceri de mică respirație. Pantofii Cerullo, în schimb, ar fi ieșit foarte curând de pe piața cartierului și s-ar fi afirmat pe piețe mai bogate.

Între timp, se apropia data nunții. Lila alerga să probeze rochia de mireasă, făcea ultimele retușuri la viitoarea ei casă, se lupta cu Pinuccia și Maria care, între multe altele, nu tolerau bine amestecul Nunziei. Tensiunile în preajma zilei de 12 martie au crescut tot mai mult. Dar nu de aici au apărut ciocniri în stare să provoace fisuri. Au fost în special două evenimente, unul după altul, care au rănit-o pe Lila profund.

Într-o după-amiază geroasă de februarie m-a întrebat pe neașteptate dacă o puteam însoți la învățătoarea Oliviero. Nu manifestase niciodată niciun interes față de ea, nicio afecțiune, nicio recunoștință. Acum, în schimb, simțea nevoia să-i ducă personal invitația. Pentru că în trecut nu-i vorbisem despre tonul ostil folosit adesea de învățătoare când se referea la ea, nu mi s-a părut cazul să-i spun nici cu acea ocazie, cu atât mai mult cu cât, recent, Oliviero mi se păruse mai puțin agresivă, cu un aer mai melancolic și poate că ar fi primit-o bine.

Lila s-a îngrijit foarte atent de vestimentație. Ne-am dus pe jos până la blocul unde locuia învățătoarea, la doi pași de biserică. În timp ce urcam, mi-am dat seama că era foarte agitată. Eu eram obișnuită cu traseul acela, cu scările acelea, ea nu, n-a spus un cuvânt. Am rotit cheița clopoțelului, am auzit pașii târșâiți ai lui Oliviero.

— Cine e?

— Greco.

A deschis. Avea pe umeri o pelerină violet și jumătate de față înfășurată într-o eșarfă. Lila i-a zâmbit imediat și a spus:

— Doamna învățătoare, vă amintiți de mine?

Oliviero a fixat-o cu privirea cum făcea la școală când Lila deranja, apoi mi s-a adresat mie cu dificultăți în vorbire, ca și cum ar fi mestecat ceva:

— Cine e, n-o cunosc.

Lila s-a zăpăcit și a zis în grabă, în italiană:

— Sunt Cerullo. V-am adus invitația, mă căsătoresc. Și aș fi foarte bucuroasă dacă ați veni la nunta mea.

Învățătoarea mi s-a adresat mie spunând:

— Pe Cerullo o cunosc, asta nu știu cine e.

Ne-a închis ușa în nas.

Am rămas nemișcate pe palier câteva minute, apoi i-am atins ușor o mână ca s-o încurajez. Ea s-a retras, a strecurat invitația pe sub ușă și a pornit pe scări. Pe drum a vorbit neîntrerupt de toate plictiselile birocratice la primărie și cu biserica și despre cât se demonstrase preotul de util.

Cealaltă durere, poate mult mai profundă, a venit pe neașteptate de la Stefano și de la povestea cu pantofii. Se decisese de mult ca nașul de cununie să fie o rudă a Mariei care plecase la Florența după război și pusese pe picioare o mică afacere de lucruri la mâna a doua de proveniență diferită, mai ales obiecte din metal. Această rudă se căsătorise cu o florentină și el însuși dobândise accentul local. Datorită modulației vocii sale se bucura în familie de un anumit prestigiu, motiv pentru care fusese deja nașul de botez al lui Stefano. Doar că, dintr-odată, viitorul mire s-a răzgândit.

Lila mi-a vorbit la început ca de un semn de nervozitate de ultim moment. Ei îi era cu totul indiferent că nașul era unul sau altul, important era să se decidă. Dar câteva zile Stefano i-a dat numai răspunsuri vagi, confuze, nu reușeai să înțelegi cu cine trebuia înlocuit cuplul florentin. Apoi, când mai era mai puțin de o săptămână până la nuntă, a ieșit la iveală adevărul. Stefano i-a comunicat ca pe un lucru decis, fără nicio justificare, că nașul va fi Silvio Solara, tatăl lui Marcello și Michele.

Lila, care până în acel moment nici măcar nu luase în considerare posibilitatea ca o rudă, chiar și îndepărtată, a lui Marcello Solara să fie prezentă la nunta *ei*, a redevenit pentru câteva zile fetița pe care o cunoșteam bine. L-a jignit foarte vulgar pe Stefano, a spus că nu mai voia să-l vadă niciodată. S-a închis în casa părinților ei, nu s-a mai ocupat de nimic, nu s-a dus la ultima probă a rochiei de mireasă, n-a făcut absolut nimic din ce avea de-a face cu nunta iminentă.

A început procesiunea rudelor. Prima a sosit mama ei, Nunzia, și i-a vorbit blând despre binele familiei. Apoi a sosit Fernando, ursuz, care i-a spus să nu se comporte ca un copil: pentru oricine voia să aibă un viitor în cartier, era obligatoriu să-l ai ca naș pe Silvio Solara. În fine, a sosit Rino, care i-a explicat cum stăteau lucrurile pe un ton foarte agresiv și cu atitudinea unui om de afaceri căruia îi pasă doar de profit: Solara tatăl era un fel de bancă și, mai ales, era mijlocul pentru a plasa în magazinele de pantofi modelele Cerullo:

— Ce vrei să faci? a urlat la ea cu ochii umflați, cu vinișoare roșii, vrei să mă distrugi pe mine și toată familia și tot efortul pe care l-am făcut până acum?

A apărut imediat după aceea chiar și Pinuccia, care i-a spus, pe un ton ușor fals, câtă plăcere i-ar fi făcut și ei să-l aibă ca naș de cununie pe negustorul de metale din Florența, dar trebuia să se gândească, nu putea arunca în aer o nuntă și anula o iubire pentru o chestiune atât de neimportantă.

Au trecut o zi și o noapte. Nunzia a stat mută într-un colț fără să se miște, fără să facă nimic în casă, fără să se ducă la culcare. Apoi s-a furișat din camera fetei și a venit să mă cheme ca să vorbesc cu Lila și să pun o vorbă bună. M-am simțit măgulită, m-am gândit îndelung de partea cui să fiu. Era în joc o nuntă, un lucru practic, foarte articulat, supraîncărcat de afecte și de interese. M-am speriat. Eu, care de-acum știam că puteam să mă enervez public pe Sfântul Duh sfidând autoritatea profesorului de religie, excludeam faptul că, dacă m-aș fi aflat în locul Lilei, aș fi avut curajul să arunc totul în aer. Dar ea da, ea ar fi fost în stare, chiar dacă nunta era la un pas de a avea loc. Ce era de făcut? Simțeam că mi-ar fi trebuit foarte puțin ca s-o împing pe calea aceea și că mi-ar fi oferit multă plăcere să mă străduiesc în acel scop. În fond, asta îmi doream cu adevărat: să o readuc la acea Lila palidă, cu coada de cal, cu ochii mijiți de pasăre răpitoare, purtând zdrențe de doi bani. Gata cu aerele alea, comportamentul acela de Jacqueline Kennedy de cartier.

Dar, spre necazul ei și al meu, așa ceva mi s-a părut ceva meschin. Crezând că-i fac un bine, n-am vrut s-o restitui cenușiului casei Cerullo și astfel mi s-a înfipt în minte o singură idee și n-am știut să fac altceva decât să i-o spun și să i-o repet cu o delicatețe convingătoare: Silvio Solara, Lila, nu e Marcello și nici Michele; e greșit să-i confunzi, o știi mai bine decât mine, ai spus-o tu însăți cu alte ocazii. Nu el a tras-o în mașină pe Ada, nu el a tras în noi în noaptea de Anul Nou, nu el s-a plantat cu forța în casa ta, nu el a spus lucrurile acelea urâte despre tine; Silvio va fi nașul de cununie și-i va ajuta pe Rino și pe Stefano cu vânzarea pantofilor, atâta tot; nu va avea nicio importanță în viața ta viitoare. Am amestecat din nou cărțile pe care deja le cunoșteam amândouă suficient. Am vorbit despre înainte și după, despre vechea generație și despre a noastră, despre cum eram noi diferiți, despre cât erau ea și Stefano de diferiți. Și acest ultim argument i-a intrat pe sub piele, a sedus-o, am revenit asupra lui cu multă pasiune. A stat și m-a ascultat în liniște, evident că voia să fie ajutată să se liniștească și încet, încet s-a liniștit. Dar i-am citit în ochi că acea mișcare a lui Stefano i-a arătat ceva din el ce nu reușea încă să vadă cu claritate și că tocmai de asta o speria și mai mult decât obsesiile lui Rino. Mi-a spus:

— Poate că nu e adevărat că mă iubește.

— Cum adică nu te iubește? Face tot ce spui tu.

— Doar când nu-i risc banii adevărați, a spus pe un ton disprețuitor pe care nu-l folosise niciodată pentru Stefano Carracci.

În orice caz, a reînceput să funcționeze. Nu s-a arătat în mezelărie, nu s-a dus la noua casă, n-a fost ea, în fine, cea care să caute reconcilierea. A așteptat să fie Stefano cel care să-i spună:

— Mulțumesc, te iubesc mult, știi că sunt lucruri pe care ești obligat să le faci.

Numai atunci l-a lăsat să vină în spatele ei și s-o sărute pe gât. Dar pe urmă s-a întors brusc și, privindu-l drept în ochi, i-a spus:

— La nunta mea Marcello Solara nu trebuie sub nicio formă să pună piciorul.

— Cum fac asta?

— Nu știu, dar trebuie să-mi juri asta.

El a bufnit și a spus râzând:

— Bine, Lila, îți jur.

57.

A sosit 12 martie, o zi blândă, deja primăvăratică. Lila a vrut să mă duc devreme la vechea ei casă, s-o ajut să se spele, să se pieptene, să se îmbrace. A gonit-o de acolo pe mama ei, am rămas singure. S-a așezat pe marginea patului în chiloți și sutien. Lângă ea avea rochia de mireasă, care părea corpul unei moarte; în față, pe podeaua în hexagoane, era vasul din cupru plin ochi cu apă aburindă. M-a întrebat dintr-odată:

— După tine, greșesc?

— Făcând ce?

— Căsătorindu-mă.

— Te gândești încă la povestea cu nașul de cununie?

— Nu, mă gândesc la învățătoare. De ce nu m-a lăsat să intru?

— Pentru că e o bătrână capricioasă.

A stat tăcută puțin timp privind fix apa care strălucea în vas, apoi a spus:

— Orice s-ar întâmpla, tu continuă să studiezi.

— Încă doi ani: apoi iau diploma și am terminat.

— Nu, să nu termini niciodată: îți dau eu banii, trebuie să studiezi mereu.

Am zâmbit nervos, apoi am spus:

— Mulțumesc, dar, la un anumit moment, școlile se termină.

— Nu pentru tine: tu ești prietena mea genială, trebuie să devii cea mai bună dintre toți, bărbați și femei.

S-a ridicat, și-a scos chiloții și sutienul, a spus:

— Hai, ajută-mă, că altfel întârzii.

N-o văzusem niciodată dezbrăcată, mi s-a făcut rușine. Astăzi pot spune că a fost rușinea de a-mi lăsa cu plăcere privirea pe corpul ei, de a fi martora implicată a frumuseții ei de fată de șaisprezece ani cu puține ore înainte ca Stefano s-o atingă, s-o pătrundă, s-o deformeze, poate, lăsând-o însărcinată. Atunci a fost doar o tumultoasă senzație de disconfort necesar, o situație în care nu poți întoarce privirea în altă parte, nu poți îndepărta mâna fără să-ți recunoști propria tulburare, fără s-o declari tocmai retrăgându-te, fără, deci, să intri în conflict cu inocența netulburată a celei care te tulbură, fără să exprimi chiar cu refuzul emoția violentă care te răscolește, așa că-ți impui să rămâi, să-ți lași privirea pe umerii de băiat, pe sânii cu sfârcurile întărite, pe coapsele înguste și fesele încordate, pe sexul foarte negru, pe picioarele lungi, pe genunchii moi, pe gleznele ondulate, pe tălpile elegante, și te prefaci că nu s-a întâmplat nimic când, în schimb, totul e în desfășurare, prezent, acolo în camera săracă și puțin întunecoasă, cu mobila mizerabilă în jur, pe o podea scâlciată pătată de apă și-ți bate inima, ți se umflă venele.

Am spălat-o cu gesturi lente și atente, mai întâi lăsând-o ghemuită în vas, apoi cerându-i să se ridice în picioare, și am încă în urechi zgomotul apei care picură și mi-a rămas impresia că arama vasului n-avea o consistență diferită de carnea Lilei, care era netedă, tare, liniștită. Am avut sentimente și gânduri confuze: s-o îmbrățișez, să plâng cu ea, s-o sărut, s-o trag de păr, să râd, să simulez talente sexuale și s-o instruiesc cu o voce doctă, să mă distanțez de ea prin cuvinte tocmai în momentul de maximă apropiere. Dar în cele din urmă a rămas doar gândul ostil că o purificam din creștetul capului până la tălpi, dimineața devreme, doar pentru ca Stefano s-o murdărească în timpul nopții. Mi-am închipuit-o goală cum era în acel moment, în brațele soțului ei, în patul noii case, în timp ce trenul huruia sub ferestrele lor și carnea lui violentă intra în ea cu o lovitură clară, precum dopul de plută împins de palmă în gâtul unei sticle de vin. Şi mi s-a părut, pe neaşteptate, că singurul remediu contra durerii pe care o simţeam, pe care aş fi simţit-o, era să găsesc un ungher suficient de izolat pentru ca Antonio să-mi facă mie, în aceleaşi ore, exact acelaşi lucru.

Am ajutat-o să se şteargă, să se îmbrace, să pună pe ea rochia de mireasă pe care eu — eu, m-am gândit cu un amestec de mândrie şi suferinţă — o alesesem pentru ea. Materialul s-a animat, peste candoarea ei s-a răspândit căldura Lilei, roşul buzelor, ochii foarte negri şi duri. La sfârşit şi-a pus pantofii desenaţi de ea însăşi. Presată de Rino, care dacă nu i-ar fi încălţat, ar fi simţit un fel de trădare, îşi alesese o pereche cu tocul jos, ca să evite să pară mult mai înaltă decât Stefano. S-a privit în oglindă ridicând puţin rochia.

— Sunt urâţi, a spus.

— Nu-i adevărat.

A râs nervos.

— Ba da, uite: visurile din mintea mea au ajuns sub picioare.

S-a întors cu o expresie neaşteptată de spaimă:

— Ce urmează să mi se întâmple, Lenù?

58.

În bucătărie, aşteptându-ne nerăbdători, gata deja de o vreme, erau Fernando şi Nunzia. Nu-i văzusem niciodată să arate atât de îngrijit. Pe vremea aceea, părinţii ei, ai mei, toţi mi se păreau bătrâni. Nu făceam mare diferenţă între ei şi bunicii materni, cei paterni, creaturi care, în ochii mei, aveau toate o viaţă rece, o existenţă fără nimic în comun cu a mea, cu a Lilei, Stefano, Antonio, Pasquale. Persoanele cu adevărat devorate de căldura sentimentelor, de elanul gândurilor, eram noi. Abia acum, când scriu, îmi dau seama că Fernando, pe vremea aceea, probabil că nu avea mai mult de patruzeci și cinci de ani, Nunzia era cu siguranță cu câțiva ani mai tânără și împreună, în dimineața aceea, el în cămașă albă și costum închis la culoare, cu chipul lui Randolph Scott, și ea toată în albastru, cu o pălărioară albastră și voaletă albastră, făceau o impresie foarte frumoasă. La fel și părinții mei, în legătură cu a căror vârstă pot să fiu mai exactă: tata avea treizeci și nouă de ani, mama treizeci și cinci. I-am privit îndelung în biserică. Am simțit cu neplăcere că, în acea zi, succesele mele la învățătură nu-i consolau nici măcar un pic, ci dimpotrivă, demonstrau, mai ales mamei mele, că era vorba de o pierdere de vreme inutilă. Când Lila, splendidă în aureola de strălucitoare candoare a rochiei sale și a voalului vaporos, a înaintat prin biserica Sacra Famiglia la brațul cârpaciului și a ajuns lângă Stefano, foarte frumos, în fața altarului plin de flori — ferice de florarul care le furnizase din abundență —, mama, chiar dacă ochiul ei strabic părea îndreptat în altă parte, m-a privit ca să-mi pună în cârcă faptul că eu eram acolo, ochelaristă, departe de centrul atenției, în timp ce prietena mea rea cucerise un soț înstărit, o activitate economică pentru familie, casa ei chiar în proprietate, cu cadă de baie, răcitor, televizor și telefon.

Ceremonia a fost lungă, preotul a făcut-o să dureze o veșnicie. La intrarea în biserică, rudele și prietenii mirelui se așezaseră toți pe o parte, rudele și prietenii miresei de cealaltă. Fotograful a făcut tot timpul un număr infinit de poze — flash, reflectoare —, în timp ce tânărul lui asistent filma momentele importante ale slujbei.

Antonio a stat devotat lângă mine tot timpul, cu costumul lui nou de croitorie, lăsându-i Adei, foarte enervată pentru că, fiind vânzătoare în mezelăria mirelui, ar fi aspirat la cu totul altă poziție, sarcina de a se așeza în spate, lângă Melina, și s-o supravegheze, împreună cu ceilalți frați. O dată sau de două ori mi-a șoptit ceva la ureche, dar nu i-am răspuns. Trebuia să se limiteze să stea lângă mine fără să arate o intimitate specială, ca să evităm bârfele. Am parcurs cu privirea biserica aglomerată, lumea se plictisea și, la fel ca mine, privea încontinuu în jur. Era o mireasmă intensă de flori, un miros de haine noi. Gigliola era foarte frumoasă, foarte frumoasă era și Carmela Peluso. Iar băieții nu erau mai prejos. Enzo și mai ales Pasquale păreau că vor să demonstreze că acolo, în fața altarului, lângă Lila, ar fi știut să facă o impresie mai bună decât Stefano. Iar Rino, în timp ce zidarul și vânzătorul de fructe stăteau în spatele bisericii ca niște santinele ale bunului mers al ceremoniei, el, fratele miresei, rupând ordinea alinierilor familiale, se dusese să stea lângă Pinuccia, în zona rudelor mirelui, și el perfect în costumul nou, cu pantofii Cerullo în picioare, lucitori ca părul dat cu briantină. Ce fast. Era evident că oricine primise invitația nu voise să lipsească și, dimpotrivă, participase îmbrăcat ca un mare domn, lucru care, din ce știam eu, din ce știau toți, însemna de fapt că nu puțini — poate că Antonio în primul rând, care stătea lângă mine — fuseseră nevoiți să se ducă să ceară bani împrumut. M-am uitat atunci la Silvio Solara, voinic, în costum închis la culoare, în picioare lângă mire, cu mult aur strălucitor la încheieturi. M-am uitat la soția lui, Manuela, îmbrăcată în roz, superîncărcată de bijuterii, care stătea lângă mireasă. Banii ostentației veneau de acolo. Cu don Achille mort, erau acel bărbat, cu o culoare palidă, ochi albaștri, părul foarte rărit la tâmple, și acea femeie slabă, cu nasul lung și buzele subțiri, cei care împrumutau bani întregului cartier (sau, mai bine spus, Manuela era cea care gestiona aspectele practice ale acelei activități: faimos și temut era registrul cu copertă roșie în care ea nota cifre și scadențe). Nunta Lilei fusese, de fapt, o afacere nu doar pentru florar, nu doar pentru fotograf, dar mai ales pentru cuplul acela, care, printre altele, furnizase și tortul, și dulciurile din bomboniere.

Lila, am băgat de seamă, nu s-a uitat niciodată la ei. Nu s-a întors niciodată nici măcar spre Stefano, s-a uitat fix doar la preot. M-am gândit că, văzuți așa, din spate, nu erau o pereche frumoasă. Lila era mai înaltă, el mai scund. Lila răspândea în jur o energie pe care nimeni n-o putea ignora, el părea un omuleț lipsit de strălucire. Lila părea extrem de concentrată, ca și cum s-ar fi dedicat înțelegerii profunde a semnificației acelui ritual, el, în schimb, se întorcea, din când în când, spre mama lui sau schimba zâmbete cu Silvio Solara sau se scărpina ușor în cap. La un anumit moment, m-a cuprins neliniștea. M-am gândit: și dacă Stefano într-adevăr nu e cel care pare? Dar nu mi-am dus gândul până la capăt din două motive. Întâi de toate, cei doi miri și-au spus da în mod hotărât și limpede, în emoția generală: au făcut schimb de inele, s-au sărutat, a trebuit să iau act de faptul că Lila se căsătorise cu adevărat. Și apoi s-a întâmplat că brusc n-am mai fost atentă la miri. Mi-am dat seama că-i zărisem pe toți în afară de Alfonso, l-am căutat cu privirea printre rudele mirelui, printre cele ale miresei și l-am găsit în spatele bisericii, aproape ascuns după o coloană. I-am făcut un semn, a răspuns, s-a mișcat spre mine. Dar în spatele lui a apărut foarte îngâmfată Marisa Sarratore. Și imediat după, costeliv, cu mâinile în buzunare, ciufulit, cu jacheta și pantalonii mototoliți pe care-i purta la școală, Nino.

59.

Continuarea a fost o aglomerare confuză în jurul mirilor care ieșeau din biserică însoțiți de sunetele vibrante de orgă și flash-urile fotografului. Lila și Stefano au stat pe treptele din fața bisericii printre pupături, îmbrățișări, haosul automobilelor și stările de nervozitate ale rudelor care erau lăsate să aștepte, în timp ce alții, nici măcar înrudiți cu ei — dar poate mai importanți, mai iubiți, mai bine îmbrăcați, doamnele cu pălării foarte extravagante —, erau urcați imediat în mașini și duși pe strada Orazio, la restaurant.

Cât se aranjase Alfonso. Nu-l văzusem niciodată în costum închis la culoare, cămașă albă și cravată. Fără hainele lui modeste de școală, fără halatul de mezelar, mi s-a părut nu doar că avea mai mult de cei șaisprezece ani ai săi, dar brusc — m-am gândit — diferit fizic de fratele lui, Stefano. Era mai înalt deja, era mai subțire, mai ales părea frumos ca un balerin spaniol pe care-l văzusem la televizor, cu ochi mari, buze groase, nicio urmă încă de barbă. Marisa, evident, nu se dezlipea de el, relația crescuse, probabil că se văzuseră fără să știu nimic despre asta. Alfonso, deși atât de devotat mie, fusese cucerit de coafura numai bucle a Marisei și de vorbăria ei de neoprit care-l scutea de obligația, pe el atât de timid, de a umple golurile conversației? Se logodiseră? Mă îndoiam, mi-ar fi spus-o. Dar lucrurile se aflau în mod clar într-un punct bun, astfel că o invitase la nunta fratelui său. Iar ea, în mod cert ca să aibă permisiunea părinților, îl târâse după ea cu forța pe Nino.

Iată-l, așadar, acolo, pe treptele bisericii, pe tânărul Sarratore, complet neadecvat cu îmbrăcămintea lui neîngrijită, prea înalt, prea slab, cu părul prea lung și nepieptănat, cu mâinile prea adâncite în buzunarele pantalonilor, cu aerul cuiva care nu știe unde să stea, cu privirea asupra mirilor ca toți ceilalți, dar fără niciun interes, ci doar ca s-o fixeze pe ceva. Prezența aceea neașteptată a contribuit mult la dezordinea emotivă a zilei. Ne salutaserăm în biserică, un murmur și atât, bună, bună. Nino apoi se ținuse după sora lui și Alfonso, eu fusesem prinsă zdravăn de Antonio de un braț și, deși mă zbătusem imediat, sfârșisem oricum în compania Adei, a Melinei, a lui Pasquale, a Carmelei, a lui Enzo. Acum, în înghesuială, în timp ce mirii s-au urcat într-o mașină mare albă împreună cu fotograful și asistentul lui ca să meargă să facă poze în parcul Rimembranza, m-a apucat neliniștea că mama lui Antonio îl va recunoaște pe Nino, că-i va citi pe chip vreo trăsătură a lui Donato. Dar grija a fost nefondată. Mama Lilei, Nunzia, a târât-o după sine, distrată, împreună cu Ada și copiii mai mici, într-un automobil care a luat-o de acolo.

De fapt, nimeni nu l-a recunoscut pe Nino, nici Gigliola, nici Carmela, nici Enzo. N-au băgat-o de seamă nici pe Marisa, chiar dacă ea avea încă trăsături apropiate de copila care fusese. Cei doi Sarratore, pe moment, au trecut complet neobservați. Și între timp Antonio mă împingea deja spre vechea mașină a lui Pasquale, și cu noi urcau Carmela și Enzo, și deja urma să pornim, iar eu n-am știut să spun altceva decât:

— Unde sunt părinții mei? Să sperăm că cineva se ocupă de ei.

Enzo a răspuns că-i văzuse în nu știu ce automobil și, în sfârșit, n-a fost nimic de făcut, am plecat și abia am apucat să-i arunc o privire lui Nino, încremenit încă pe treptele bisericii, împreună cu Alfonso și Marisa care vorbeau între ei, apoi l-am pierdut.

Am devenit nervoasă. Antonio mi-a șoptit la ureche, sensibil la fiecare schimbare de-a mea de dispoziție:

— Ce e?

— Nimic.

— Te-a enervat ceva?

— Nu.

Carmela a râs:

— A enervat-o faptul că Lina s-a căsătorit și ar vrea să se căsătorească și ea.

— De ce, tu n-ai vrea să te căsătorești? a întrebat Enzo.

— Eu, dacă ar fi după mine, m-aș căsători și mâine.

— Și cu cine?

— Știu eu cu cine.

— Taci, a spus Pasquale, că pe tine nu te ia nimeni.

Am mers în jos, spre Marina, Pasquale conducea agresiv. Antonio îi pusese la punct mașina atât de bine, că o trata ca pe una de curse. Trecea în viteză, foarte zgomotos, ignorând hurducăturile cauzate de străzile distruse. Se apropia rapid de mașinile din fața lui, ca și cum ar fi vrut să le răstoarne, frâna la câțiva centimetri înainte să intre în ele, vira brusc și le depășea. Noi, fetele, scoteam țipete de groază sau rosteam indignate sfaturi care-l făceau să râdă și-l împingeau să facă și mai rău. Antonio și Enzo nu clipeau, cel mult făceau comentarii înspăimântătoare despre șoferii înceți, lăsau în jos fereastra și, în timp ce Pasquale îi depășea, urlau înjurături.

Pe traseul acela spre strada Orazio am început să mă simt clar o străină devenită nefericită din cauza propriei mele înstrăinări. Crescusem cu tinerii aceia, le consideram normale comportamentele, limba lor violentă era a mea. Dar și urmam zilnic, deja de șase ani, un traseu pe care ei nu-l cunoșteau deloc și pe care eu, în schimb, îl înfruntam în mod atât de strălucitor, încât rezultam cea mai capabilă. Cu ei nu puteam folosi nimic din ce învățam în fiecare zi, trebuia să mă abțin, într-un fel să mă autodegradez. Acolo eram obligată să pun între paranteze ce eram la școală sau să folosesc asta pe neașteptate, ca să-i intimidez. M-am întrebat ce căutam în mașina aceea. Erau prietenii mei, desigur, era logodnicul meu, mergeam spre petrecerea de nuntă a Lilei. Dar tocmai acea petrecere confirma faptul că Lila, singura persoană de care simțeam că am încă nevoie, în ciuda vieților noastre divergente, nu ne mai aparținea și, fără ea, orice mediere între mine și acei tineri, mașina aceea în mișcare pe acele drumuri, se consumase. De ce, atunci, nu eram cu Alfonso, cu care împărțeam atât originea, cât și fuga? De ce, mai ales, nu mă oprisem să-i spun lui Nino rămâi, vino la recepție, spune-mi când apare revista cu articolul meu, să vorbim, să ne săpăm o vizuină care să ne țină departe de modul acesta de a șofa al lui Pasquale, de vulgaritatea lui, de tonalitățile violente ale Carmelei și ale lui Enzo, chiar și — da, chiar și — de ale lui Antonio?

60.

Am fost primii tineri care am intrat în sala de recepție. M-am simțit și mai prost dispusă. Silvio și Manuela Solara erau deja la masa lor împreună cu negustorul de metale, cu consoarta lui florentină, cu mama lui Stefano. Părinții Lilei erau și ei la o masă lungă cu alte rude, părinții mei, Melina, Ada, care era agitată și care l-a întâmpinat pe Antonio cu gesturi furioase. Mica formație își ocupa locul, instrumentiștii își încercau instrumentele, cântărețul microfonul. Ne-am învârtit stânjeniți. Nu știam unde să ne așezăm, niciunul din noi nu îndrăznea să-i întrebe pe ospătari, Antonio stătea lipit de mine străduindu-se să mă distreze.

Mama m-a strigat, m-am prefăcut că nu aud. M-a strigat din nou și eu nimic. Atunci s-a ridicat, a venit lângă mine cu pasul ei șchiopătat. Voia să mă duc să mă așez lângă ea. Am refuzat. A șuierat:

— De ce stă tot timpul lângă tine fiul Melinei?

— Nu stă nimeni tot timpul lângă mine, mamă.

— Crezi că sunt proastă?

— Nu.

— Vino să stai lângă mine.

— Nu.

— Ți-am spus să vii. Nu te ajutăm să înveți ca să te lași distrusă de un muncitor cu o mamă nebună.

Am ascultat-o, era furioasă. Au început să vină alți tineri, toți prieteni de-ai lui Stefano. Între ei am văzut-o pe Gigliola, care mi-a făcut semn să mă duc la ea. Mama m-a oprit. Pasquale, Carmela, Enzo, Antonio s-au așezat în sfârșit cu grupul Gigliolei. Ada, care reușise să se debaraseze de mama ei încredințând-o Nunziei, a venit să-mi vorbească la ureche și a spus: „Vino“. Am încercat să mă scol, dar mama m-a prins cu țâfnă de un braț. Ada a făcut o mutră dezamăgită și s-a dus să se așeze lângă fratele ei, care, din când în când, mă privea și eu îi făceam semn, ridicând ochii spre tavan, că eram prizonieră.

Mica formație a început să cânte. Solistul, la vreo patruzeci de ani, aproape chel, cu trăsături foarte delicate, a fredonat ceva de probă. Au sosit alți invitați, sala s-a aglomerat. Nimeni nu-și ascundea foamea, dar, bineînțeles, trebuiau așteptați mirii. Am încercat să mă ridic din nou, dar mama mi-a șuierat:

— Trebuie să stai lângă mine.

Lângă ea. M-am gândit la cât era de contradictorie fără să-și dea seama, cu furiile ei, cu gesturile ei imperioase. N-ar fi vrut să studiez, dar, dat fiind că deja studiam, mă considera mai bună decât tinerii cu care crescusem și își dădea seama, cum de altfel făceam și eu chiar în acea circumstanță, de faptul că locul meu nu era printre ei. Totuși, iată că-mi impunea să stau lângă ea ca să mă oprească de la cine știe ce mare agitată, de la cine știe ce vâltoare sau prăpastie, toate pericole care în acel moment erau reprezentate, în ochii ei, de Antonio. Dar să stau lângă ea însemna să rămân în lumea ei, să devin întru totul la fel ca ea. Și dacă aș fi devenit întru totul la fel ca ea, cine altul mi s-ar fi cuvenit dacă nu Antonio?

Între timp au intrat mirii, aplauze entuziasmate. Orchestra a început imediat marșul nupțial. Am legat indisolubil de mama, de corpul ei, stranietatea care creștea tot mai mult în mine. Iat-o pe Lila sărbătorită de cartier, părea fericită. Zâmbea elegant, amabilă, mână în mână cu soțul ei. Era foarte frumoasă. La ea, la mersul ei, țintisem de mică, ca să scap de mama. Greșisem. Lila rămăsese acolo, legată în mod vădit de lumea aceea, din care își imagina că scosese ce era mai bun. Și ce era mai bun era tânărul acela, nunta aceea, petrecerea aceea, jocul cu pantofii pentru Rino și tatăl ei. Nimic care să aibă de-a face cu traseul meu de fată studioasă. M-am simțit complet singură.

Cei doi miri au fost obligați să danseze printre blițurile fotografului. S-au învârtit prin sală, cu mișcări precise. Trebuie să accept asta, m-am gândit: din lumea mamei mele nici măcar Lila, în ciuda a tot, n-a reușit să fugă. Eu, în schimb, trebuie s-o fac, nu mai pot să fiu docilă. Trebuie s-o anihilez, cum știa să facă Oliviero când se prezenta la noi acasă ca să-i impună binele meu. Mă ținea de un braț, dar eu trebuia s-o ignor, să-mi amintesc că eram cea mai bună la italiană, latină și greacă, să-mi amintesc că-l înfruntasem pe profesorul de religie, să-mi amintesc că urma să apară un articol cu semnătura mea în aceeași revistă în care scria un băiat frumos și foarte bun din clasa a treia de liceu.

În momentul acela a intrat Nino Sarratore. L-am văzut înainte să-i văd pe Alfonso și pe Marisa, l-am văzut și am sărit în picioare. Mama a încercat să mă țină de marginea rochiei, dar eu am tras haina. Antonio, care nu mă pierdea din ochi, s-a înseninat, mi-a aruncat o privire seducătoare. Dar eu, cu o mișcare opusă față de cea a Lilei și Stefano care acum se duceau să ia loc în mijlocul mesei lungi, între soții Solara și perechea din Florența, am pornit drept spre intrare, spre Alfonso, Marisa, Nino.

61.

Am găsit loc. Am sporovăit generalități cu Alfonso și Marisa, speram ca Nino să se decidă să-mi adreseze vreun cuvânt. Între timp, Antonio a venit în spatele meu, s-a aplecat să-mi vorbească la ureche:

— Ți-am păstrat un loc.

Am șoptit:

— Du-te de aici, mama s-a prins de tot.

A privit în jur nesigur, foarte intimidat. S-a întors la masa lui.

Era o rumoare de nemulțumire în sală. Invitații mai invidioși au început imediat să observe lucrurile care nu funcționau. Vinul nu era de aceeași calitate la toate mesele. Unii erau deja la primul fel când altora nu le fusese încă servit antreul. Alții care ziceau deja cu voce tare că unde stăteau rudele și prietenii mirelui serviciul era mai bun decât unde stăteau rudele și prietenii miresei. Am simțit că detest tensiunile alea, felul lor de a se ambala pus pe ceartă. Mi-am făcut curaj și l-am tras pe Nino în conversație, i-am cerut să-mi vorbească despre articolul lui în legătură cu sărăcia la Napoli, propunându-mi să-i cer imediat după, firesc, vești despre următorul număr al revistei și despre jumătatea mea de pagină. El a început cu discursuri foarte interesante și foarte informate despre starea orașului. M-a izbit încrederea lui. La Ischia avea încă trăsături de băiețel chinuit, acum mi s-a părut chiar prea matur. Cum era posibil ca un băiat de optsprezece ani să vorbească nu generic despre sărăcie pe un ton îndurerat, cum făcea Pasquale, ci despre fapte concrete, în mod detașat, citând date precise?

— Unde ai învățat lucrurile astea?

— E de-ajuns să citești.

— Ce?

— Ziarele, revistele, cărțile care abordează aceste probleme.

Eu nici măcar nu răsfoisem vreodată un ziar sau o revistă, citeam doar romane. Lila însăși, pe vremea când citea, nu citise niciodată altceva în afară de romane zdrențuite de la bibliotecă. Eram în urmă cu totul, Nino putea să mă ajute să recuperez teren.

Am început să-i pun tot mai multe întrebări, el răspundea. Răspundea, da, dar nu dădea răspunsuri fulgerătoare ca Lila, nu avea capacitatea ei de a face orice lucru seducător. Construia discursuri cu atitudine de studios, pline de exemple concrete și fiecare întrebare de-a mea era un mic imbold care stârnea o avalanșă: vorbea fără întrerupere, fără înfrumusețări, fără nicio ironie, dur, tăios. Alfonso și Marisa s-au simțit curând izolați. Marisa a spus:

— Doamne, plicticos mai e și frate-miu, și au început să vorbească între ei.

Și eu, și Nino ne-am izolat. N-am mai auzit nimic din ce se întâmpla în jurul nostru: nu știam ce ne serveau în farfurii, ce mâncam sau beam. Eu mă străduiam să găsesc întrebări să-i pun, ascultam sobră răspunsurile-fluviu. Am prins însă repede faptul că firul discursurilor lui era alcătuit dintr-o singură idee fixă care însuflețea fiecare frază: refuzul cuvintelor neclare, necesitatea de a identifica cu claritate probleme, de a face ipoteze în legătură cu soluții practicabile, de a interveni. Eu făceam mereu semn că da, mă declaram de acord în legătură cu tot. Am avut un aer perplex doar când a vorbit rău despre literatură.

— Dacă vor să fie impostori, a repetat de două sau de trei ori foarte supărat pe dușmanii lui, adică oricine era impostor, să facă romane, le voi citi cu plăcere; dar dacă trebuie schimbate cu adevărat lucrurile, atunci discuția e alta.

În realitate — mi s-a părut că înțeleg — se folosea de cuvântul „literatură“ ca să se supere pe cine distrugea mintea oamenilor cu ceea ce numea pălăvrăgeli inutile. La un protest nesigur al meu, de exemplu, a răspuns așa:

— Prea multe romane cavalerești proaste, Lenù, creează un don Quijote; dar noi, cu tot respectul pentru don Quijote, nu avem nevoie aici, la Napoli, să ne luptăm cu morile de vânt, e doar curaj irosit: avem nevoie de persoane care știu cum funcționează morile și le fac să funcționeze cu adevărat.

În scurt timp mi-am dorit să pot discuta în fiecare zi cu un băiat de nivelul acela: câte greșeli făcusem cu el; ce prostie fusese să-l vreau, să-l iubesc și totuși să-l evit mereu. Vina tatălui său. Dar și vina mea: eu — eu care eram atât de supărată pe mama — lăsasem ca tatăl să-și arunce umbra sa asupra fiului? Am regretat, m-am bucurat de regretul meu, de romanul în care mă simțeam cufundată. Între timp ridicam mereu vocea ca să acopăr zgomotul sălii, muzica, și la fel făcea și el. Uneori priveam spre masa Lilei: râdea, mânca, pălăvrăgea, nici măcar nu băgase de seamă unde eram, persoana cu care vorbeam. Rar, în schimb, priveam spre masa lui Antonio, mă temeam să nu-mi facă semn să mă duc la el. Dar simțeam că nu mă scăpa din ochi și că era nervos, se înfuria. Asta e, m-am gândit, oricum, am hotărât deja, am să-l părăsesc mâine: nu pot continua cu el, suntem prea diferiți. Desigur, mă adora, mi se dedica total, dar ca un cățeluș. Eram uimită, în schimb, de felul în care-mi vorbea Nino: fără nicio condiție de subaltern. Îmi expunea viitorul lui, ideile pe baza cărora l-ar fi construit. Mintea mi se înflăcăra ascultându-l, aproape la fel cum, altădată, mi-o înflăcăra Lila. Felul în care mi se dedica mă făcea să cresc. El, da, m-ar fi scăpat de mama, el care nu voia altceva decât să scape de tatăl său.

M-am simțit atinsă pe umăr, era din nou Antonio. A spus sumbru:

— Să dansăm.

— Mama nu vrea, am șoptit.

A replicat nervos, cu vocea ridicată:

— Dansează toți, care e problema?

I-am zâmbit vag stânjenită lui Nino, el știa bine că Antonio era logodnicul meu. M-a privit serios, i s-a adresat lui Alfonso. M-am dus.

— Nu mă ține strâns.

— Nu te țin strâns.

Era o mare hărmălaie și o veselie cherchelită. Dansau tineri, adulți, copii. Dar eu simțeam ce era cu adevărat în spatele aparenței de petrecere. Nemulțumirea de pe fețele răvășite ale rudelor miresei semnala faptul că erau puși pe ceartă. Mai ales femeile. Sărăciseră din cauza cadoului, a hainelor pe care le purtau, se îndatoraseră și acum erau tratate ca niște cerșetoare, cu vin prost, întârzieri intolerabile în servire? De ce nu intervenea Lila, de ce nu protesta față de Stefano? Le cunoșteam. Și-ar fi stăpânit furia din dragoste pentru Lila, dar la sfârșitul recepției, când ea s-ar fi dus să se schimbe, când s-ar fi întors îmbrăcată cu rochia de călătorie, când ar fi împărțit dulciurile, când ar fi plecat elegantă împreună cu soțul ei, atunci ar fi izbucnit o ceartă epocală, care ar fi dat naștere la o ură de luni de zile, de ani și ranchiuni, și insulte care i-ar fi implicat pe soți, pe fii, pe toți cu obligația de a le arăta mamelor, surorilor, bunicilor că știu să fie bărbați. Le cunoșteam pe toate, pe toți. Vedeam privirile feroce ale băieților îndreptate spre solist, spre instrumentiștii care se uitau nepotrivit la logodnicele lor sau li se adresau cu formule aluzive. Vedeam cum își vorbeau Enzo și Carmela în timp ce dansau, îi vedeam și pe Pasquale și pe Ada așezați la masă: era evident că până la sfârșitul petrecerii s-ar fi împrietenit și apoi s-ar fi logodit și, foarte probabil, peste un an, peste zece, s-ar fi căsătorit. Îi vedeam pe Rino și pe Pinuccia. În cazul lor totul ar fi fost mai rapid: dacă fabrica de încălțăminte Cerullo ar fi pornit cu adevărat, peste un an cel mult ar fi avut o petrecere de nuntă nu mai puțin fastuoasă decât aceasta. Dansau, se priveau în ochi, se îmbrățișau puternic. Iubire și interes. Mezelărie plus încălțăminte. Blocuri vechi plus blocuri noi. Eram ca ei? Încă eram așa?

— Cine e ăla? a întrebat Antonio.

— Cine vrei să fie? Nu-l recunoști?

— Nu.

— E Nino, fiul cel mare al lui Sarratore. Și aia e Marisa, ți-o amintești?

De Marisa nu-i păsa deloc, de Nino da. A spus nervos:

— Iar tu mai întâi mă duci la Sarratore să-l ameninț și apoi stai să pălăvrăgești ore în șir cu fiu-său? Mi-am făcut costum nou ca să stau să mă uit cum te distrezi cu ăla de acolo, care nici măcar nu s-a tuns, nu și-a pus nici cravata?

M-a lăsat în mijlocul sălii și s-a îndreptat cu pași rapizi spre ușa din sticlă care dădea spre terasă.

N-am știut ce să fac câteva secunde. Să mă duc după Antonio. Să mă întorc la Nino. Aveam ațintită asupra mea privirea mamei mele, chiar dacă ochiul ei strabic părea să privească în altă parte. Aveam ațintită asupra mea privirea tatălui meu și era o privire urâtă. M-am gândit: dacă mă întorc la Nino, dacă nu mă duc după Antonio pe terasă, mă va părăsi el și pentru mine va fi mai bine așa. Am traversat sala în timp ce orchestra continua să cânte, perechile continuau să danseze. M-am așezat la locul meu.

Pe Nino a părut că nu-l interesează deloc ce se întâmplase. Acum vorbea în felul lui torențial despre profesoara Galiani. Îi lua apărarea în fața lui Alfonso, care știam bine cât o detesta. Spunea că și el ajungea adesea să se confrunte cu ea — prea rigidă —, dar ca profesoară era extraordinară, îl încurajase mereu, îi transmisese capacitatea de a studia. Am încercat să mă bag în discuție. Simțeam nevoia să mă agăț din nou de Nino, nu voiam să înceapă să discute cu colegul meu de clasă exact cum făcuse cu mine până cu puțin timp înainte. Aveam nevoie — ca să nu alerg să mă împac cu Antonio, să-i spun în lacrimi: da, ai dreptate, nu știu ce sunt și ce vreau cu adevărat, te folosesc și apoi te arunc, dar nu e vina mea, mă simt jumi-juma, iartă-mă — ca Nino să mă implice în mod exclusiv în lucrurile pe care le știa, în capacitățile lui, să mă recunoască drept semenul lui. De aceea aproape că i-am luat cuvântul din gură și, în timp ce el se străduia să-și reia discursul întrerupt, am înșirat cărțile pe care, de la începutul anului, mi le împrumutase profesoara, sfaturile pe care mi le dăduse. A făcut semn că da, puțin încruntat, și-a amintit că profesoara, mai de mult, îi împrumutase și lui unul dintre acele texte și a început să-mi vorbească despre asta. Dar eu aveam tot mai mult nevoie de recompense care să-mi distragă atenția de la Antonio și l-am întrebat fără nicio legătură:

— Revista când apare?

M-a fixat cu o privire nesigură, uşor neliniştit:

— A apărut acum câteva săptămâni.

Am tresărit de bucurie, l-am întrebat:

— Unde o găsesc?

— Se vinde la librăria Guida. Oricum, pot să-ţi fac eu rost de ea.

— Mulţumesc.

A ezitat, apoi a zis:

— Dar n-au pus fragmentul tău, n-au mai avut spaţiu.

Alfonso a zâmbit imediat uşurat şi a şoptit:

— Ce bine.

62.

Noi aveam şaisprezece ani. Eu stăteam în faţa lui Nino Sarratore, a lui Alfonso, a Marisei şi mă străduiam să zâmbesc, ziceam cu nepăsare prefăcută:

— Bine, se va ivi altă ocazie.

Lila se afla la celălalt capăt al sălii — era mireasa, regina petrecerii — şi Stefano îi vorbea la ureche şi ea zâmbea.

Recepţia lungă şi istovitoare era la final. Mica orchestră cânta, solistul cânta. Antonio, cu spatele, îşi înfrâna în piept durerea provocată de mine şi privea marea. Enzo poate că-i şoptea Carmelei că o iubea. Rino cu siguranţă făcuse deja asta cu Pinuccia, care-i vorbea privindu-l fix în ochi. Pasquale, foarte probabil, se învârtea în jurul ideii speriat, dar Ada ar fi făcut astfel încât, înainte să se termine petrecerea, să-i smulgă din gură cuvintele necesare. De ceva vreme se învălmăşeau toasturi cu aluzii obscene şi în arta aceea strălucea negustorul de metale. Podeaua era pătată de sosuri împroşcate de pe o farfurie scăpată de un copil, de vin vărsat de bunicul lui Stefano. Mi-am înghiţit lacrimile. M-am gândit: poate că vor publica rândurile mele în numărul următor, poate că Nino n-a insistat suficient, poate c-aş fi făcut bine să mă ocup eu însămi de asta. Dar n-am spus nimic, am continuat să zâmbesc, am găsit chiar şi puterea să spun:

— De altfel, cu preotul mă certasem deja, să mă cert încă o dată ar fi fost inutil.

— Exact, a spus Alfonso.

Dar nimic nu atenua dezamăgirea. Mă luptam să scap de un fel de întunecare din minte, o dureroasă cădere de tensiune, şi nu reuşeam. Am descoperit că publicarea acelor câteva rânduri, semnătura mea tipărită le considerasem un fel de semn că aveam cu adevărat un destin, că efortul studiului ducea cu siguranţă în sus, undeva, că învăţătoarea Oliviero avusese dreptate să mă împingă înainte pe mine şi s-o abandoneze pe Lila. „Ştii ce e plebea?" „Da, doamnă învăţătoare." Am aflat în acel moment ce era plebea şi mult mai clar decât în momentul în care, cu ani în urmă, mă întrebase Oliviero. Plebea eram noi. Plebea însemna acea disputare a mâncării împreună cu vinul, cearta aceea pentru cine era servit primul şi mai bine, acea podea murdară peste care tot treceau chelnerii, toasturile acelea tot mai vulgare. Plebea era mama, care băuse şi acum se lăsa cu spatele pe umărul tatălui meu, serios, şi râdea cu gura până la urechi din cauza aluziilor sexuale ale negustorului de metale. Râdeau toţi, şi Lila, cu aerul cuiva care are un rol şi-l duce până la capăt.

Probabil dezgustat de spectacolul în desfăşurare, Nino s-a ridicat, a spus că pleacă. S-a înţeles cu Marisa să se întoarcă acasă împreună şi Alfonso a promis s-o însoţească la ora şi la locul stabilite. Ea a părut foarte mândră să aibă un cavaler atât de binecrescut. I-am spus lui Nino, nesigură:

— Nu vrei s-o saluţi pe mireasă?

A făcut un gest larg, a bolborosit ceva despre vestimentaţia lui şi, fără măcar o strângere de mână, un semn oarecare făcut mie sau lui Alfonso, s-a dus spre uşă cu obişnuitul mers legănat.

Știa să intre și să iasă din cartier cum voia, fără să se lase contaminat. Putea s-o facă, era capabil s-o facă, poate că învățase asta cu ani în urmă, pe vremea mutării furtunoase care aproape că-l costase viața.

Eu am avut îndoieli că voi reuși. Să studiez era inutil: notele de zece pe care le puteam lua la școală nu însemnau mai mult de atât; în schimb, cine lucra la revistă adulmecase rezumatul meu, rezumatul meu și al Lilei, și nu-l tipărise. Nino da, putea totul: avea chipul, gesturile, mersul cuiva care va fi mereu mai bun. Când a dispărut, mi s-a părut că a dispărut singura persoană din toată sala care avea energia să mă târască de acolo.

Apoi am avut impresia că ușa restaurantului e închisă de o pală de vânt. În realitate, nu a fost vânt și nici izbitură de canaturi. S-a întâmplat doar ce era previzibil să se întâmple. Au apărut exact la tort, pentru bomboniera, foarte frumoșii, foarte eleganții frați Solara. S-au mișcat prin sală salutând pe unul și pe altul în felul lor de stăpâni. Gigliola s-a aruncat de gâtul lui Michele și l-a târât să se așeze lângă ea. Lila, cu o roșeață neașteptată pe gât și în jurul ochilor, l-a tras energic pe soțul ei de braț și i-a spus ceva la ureche. Silvio a făcut un semn obosit spre fiii lui, Manuela i-a privit cu mândrie de mamă. Solistul a început să cânte *Lazzarella*, imitându-l discret pe Aurelio Fierro. Rino, zâmbind prietenos, l-a invitat pe Marcello să se așeze. Marcello s-a așezat, și-a slăbit cravata, și-a pus un picior peste celălalt.

Imprevizibilul a ieșit la iveală doar atunci. Am văzut că Lilei îi piere culoarea, devine foarte palidă, ca atunci când era mică, mai albă decât rochia ei de mireasă, și ochii ei au avut acea neașteptată contracție care îi transforma în niște crăpături. Avea în față o sticlă de vin și m-am temut că privirea ei o va străpunge cu o asemenea violență, încât o să se facă țăndări, cu vinul care țâșnea peste tot. Dar nu se uita la sticlă. Se uita mai departe, se uita la pantofii lui Marcello Solara.

Erau pantofi Cerullo bărbătești. Nu modelul de vânzare, nu cel cu catarama aurie. Marcello avea în picioare pantofii cumpărați mai de mult de Stefano, soțul ei. Era perechea pe care ea o realizase împreună cu Rino, făcând și desfăcând luni de zile, distrugându-și mâinile.

Tiparul executat la:

EuroBusiness Tipar

office@tipografiaeurobusiness.ro
www.tipografiaeurobusiness.ro